Giro equivocado,
DIRECCIÓN CORRECTA

Giro equivocado,
DIRECCIÓN CORRECTA

ELLE CASEY

TRADUCCIÓN DE
ANA ALCAINA

amazon crossing

Título original: *Wrong Turn, Right Direction*
Publicado originalmente por Montlake Romance, Estados Unidos, 2017

Edición en español publicada por:
Amazon Crossing, Amazon Media EU Sàrl
38, avenue John F. Kennedy, L-1855, Luxembourg
Octubre, 2019

Adaptación de cubierta por PEPE *nymi*, Milano
Imagen de cubierta © Chris Moore - Exploring Light Photography / Getty Images;
© Jacob Lund © iko © Suzanne C. Grim / Shutterstock
Producción editorial: Wider Words

Impreso por: Ver última página

Primera edición digital 2019

ISBN Edición tapa blanda: 9782919805273

www.apub.com

Sobre La Autora

Elle Casey es una prolífica autora estadounidense cuyas novelas aparecen habitualmente en las listas de superventas de *The New York Times* y *USA Today*. Ha trabajado como profesora y ha ejercido como abogada, y en la actualidad vive en Francia con su marido, sus tres hijos y varios caballos, perros y gatos.

Ha escrito más de cuarenta novelas en menos de cinco años y le gusta decir que ofrece a sus lectores un amplio surtido de sabores en el género de la ficción. Dichos sabores incluyen la novela romántica, la ciencia ficción, las fantasías urbanas, las novelas de acción y aventura, las de suspense y las de temática paranormal.

Entre sus libros están las series Rebel Wheels, Just One Night, Love in New York y Shine Not Burn.

Giro equivocado, dirección correcta es el cuarto libro de la serie Bourbon Street Boys. Amazon Crossing ha publicado también las tres entregas anteriores: *Número equivocado, hombre perfecto; Lugar equivocado, momento justo* y *Pregunta equivocada, respuesta oportuna*.

Para Sidney. No estoy segura de quién rescató a quién, la verdad, pero me alegro de que nos hayamos encontrado.

Capítulo 1

—¿Adónde vas? —me pregunta Pável, levantando la vista desde el sofá de su despacho en el almacén. Conozco a este hombre desde hace seis años y trabajo para él desde hace cinco, pero ¿impide eso que me entre el pánico cada vez que oigo su voz? Va a ser que no.

Me subo el asa del bolso para recolocármela en el hombro.

—Solo voy un momento al médico.

Me paso la mano por la barriga, tremendamente hinchada. Mis problemas de digestión son cada vez peores; juro por Dios que a veces es como si estuviera a punto de explotar. El estrés de vivir una doble vida me está matando, muy lentamente. Hasta los tobillos los tengo hinchados.

—¿A qué médico?

—Mmm... —No tengo una respuesta a punto porque estoy mintiendo como una bellaca. No he pedido cita con ningún médico, aunque seguro que no me vendría nada mal. Esta mañana me he terminado otro bote entero de pastillas para el ardor de estómago. El frasco vacío está al lado del ordenador, y verlo, sin rastro ya de ningún antiácido, me recuerda que en solo una semana he ingerido por lo menos dos kilos de lo que sospecho que no son más que trozos de tiza con sabores.

—Al médico de… ¿Oak Street? —Espero que haya algún consultorio médico en esa calle, por si Pável decide comprobar la veracidad de lo que digo.

—¿Es médico bueno?

Con ese acento ruso del demonio y esa sonrisa indolente que tiene, no puedo saber si a Pável realmente le importa la calidad de mi atención médica o si me está poniendo a prueba. Con él nunca hay forma de saberlo con seguridad; siempre pilla a la gente desprevenida, y cuando eso ocurre, hay que andarse con mucho ojo: es hora de llamar al equipo forense. Después de haber calibrado mal la situación unas cuantas veces y de haber acabado con más moretones de los que quisiera recordar, he aprendido la lección. A mí Pável ya no me va a pillar desprevenida nunca más. Ahora, siempre me pongo en lo peor, y si me equivoco, lo celebro soltando un grito inhumano para aliviar el estrés. Con Pável siempre hay lágrimas de por medio, pero a veces son de las buenas, lágrimas en plan: «¡Uf! De buena me he librado hoy, joder…».

—Ya lo veremos. —Me paro un momento en la puerta con aire vacilante, sin hacer caso a mi impulso de salir corriendo. Nunca es bueno dejar que vea que tienes miedo, porque se alimenta de él. El miedo lo excita, no solo en el plano mental sino también sexualmente—. ¿Quieres que te traiga algo de fuera?

Frunce los labios y se me queda mirando durante un buen rato. Luego asiente despacio con la cabeza.

—Sí. Tráeme café. Y cómprate alguna bebida de dieta . Sin azúcar. Estás gorda.

Mi cerebro deja de funcionar un segundo mientras proceso esa extraña solicitud ligada a un insulto. Pável no toma café. Solo bebe Vitaminwater y vodka, como corresponde al gánster metrosexual ruso por excelencia que es. ¿Y desde cuándo habla de mi peso? Nunca habla de eso. Definitivamente, me está poniendo a prueba. Un escalofrío me recorre el cuerpo. ¿Sabe lo que he hecho?

He de seguirle el juego y hacerme la tonta. No me queda otra opción. Tiene razón en eso de que he ganado unos kilitos, pero es culpa suya, por ser un cabrón psicótico que me hace comer de puro estrés. Mi venganza va a ser muy, muy dulce: me voy a comer un dónut gigante con glaseado de gelatina para celebrarlo, en cuanto haya puesto mi plan en acción. ¡Tiene mucha cara! ¿Cómo se atreve a llamarme gorda cuando su cabeza es tan grande que apenas cabe por la puerta?

—Está bieeen… ¿Qué tipo de café? —pregunto—. ¿De alguna cafetería en particular?

—Ningún tipo especial. Ninguna cafetería especial. Tú decides. Pero que sea café bueno. —Ahora su sonrisa es siniestra.

Se me acelera el corazón. Esto es una prueba. Encontrará la manera de joderme con este encargo, sí o sí, solo porque le apetece. ¿Qué narices será un café «bueno» para un gilipollas como Pável? No tengo ni idea. Y ahí está la trampa.

—Sí, claro, ningún problema. Luego te lo traigo. —Le dedico mi sonrisa más radiante, mi código secreto cuando quiero decir: «Un día de estos me las vas a pagar todas juntas, pedazo de cabrón».

Se ríe.

—Eres una buena chica, Tamika. Puedo confiar en que me cuidarás bien, ¿verdad?

Cruzo la puerta mientras respondo, con una oleada de amargura recorriéndome todo el cuerpo.

—Siempre, Pável. Siempre.

3

Capítulo 2

—«Tráeme un café...». «Estás gorda...». «Sin azúcar...». ¿Quién narices se cree que es? —murmuro mientras vuelvo conduciendo con el coche desde la comisaría de policía, donde no ha pasado nada de nada, ya que el inspector Holloway no estaba y no se ha molestado en decirle a nadie adónde había ido. Menudo imbécil. Su política de no llamar por teléfono es una puta mierda.

Que le den a Pável. No soy su esclava. No soy su criada. Le llevo las cuentas, eso es todo. Y encima hago muy bien mi trabajo, sí, señor. Pero ¿lo valora? No. Se va a desahogar conmigo solo porque está aburrido o enfadado con alguien. Estoy hasta las narices de ser el chivo expiatorio de todo el mundo. O la cabra expiatoria.

—¡Ay! Dios, qué dolor...

Me froto la barriga, notando un ardor de estómago más fuerte que nunca. Se me ha olvidado comprar las pastillas. Tengo que comprarlas después de encargarme de su estúpido café. No me puedo creer que me esté estresando tanto por culpa de una bebida. Tengo un título universitario: comprar café no debería ser un desafío para alguien como yo.

—Bueno, ya basta de negatividad —me recrimino. Me agarro al volante mientras el último calambre intestinal me estremece las entrañas, haciendo que me entren unos sudores fríos de dolor—. Hay que ser positiva. El famoso poder del pensamiento positivo,

¿verdad? Mmm, a ver…, ¿qué puedo decir que sea positivo? —Espero a que el semáforo se ponga en verde mientras me devano los sesos tratando de pensar en algún motivo para sentirme feliz con mi vida—. ¡Ah! ¡Ya lo sé!

Levanto el dedo cuando se me enciende la bombilla. Sigo formulando el resto del pensamiento en mi cabeza en lugar de hablar en voz alta conmigo misma porque, ¿quién sabe?, tal vez Pável me ha puesto un micrófono en el coche. Lo único positivo en mi vida en estos momentos es que tengo toda la información contable sobre los negocios de Pável en una copia de seguridad en la nube y que utilicé ese programa de software para encriptarlo todo y cubrirme las espaldas, así que cuando el inspector Holloway por fin mueva el culo y se ponga a trabajar, yo ya me habré librado del cabrón de Pável y estaré empezando mi nueva vida. ¡Boom! A tope de pensamiento positivo.

Una vez que haya ultimado los detalles de mi trato con la policía y que me ofrezcan entrar en el programa de protección de testigos y me consigan una nueva identidad, me largaré de aquí. Adiós, Nueva Orleans: te deseo lo peor, por todo lo que nunca hiciste por mí. Yo iré directa a mi nueva vida y Pável irá derechito a la cárcel el resto de la suya.

¡Sí, señor! ¡Eso es! Métete conmigo y verás lo que pasa, Pável. ¡Ja! Ahora mismo me siento tan fuerte y poderosa… Aunque también estoy aterrorizada. Pronto desvelaré todos los secretos y los asientos contables de un miembro de alto nivel de la Bratva rusa, un «Vor», como les gusta llamarlo a sus lacayos, un «Ladrón de Ley», un nombre que *a priori* parece bastante inofensivo, pero que en ruso significa mucho más que robar cosas: también significa robar vidas. Sé de buena tinta que Pável ha robado más de diez, porque le gusta alardear. También le gusta recordarme cuánto poder tiene sobre mi vida. Seguramente, de eso va toda esta historia con el estúpido café.

El semáforo se pone en verde y mi cabeza vuelve a concentrarse en mi preocupación más inmediata: ¿dónde voy a encontrar un café «bueno», que logre satisfacer al mismísimo diablo? Miro a un lado y a otro, y un cartel de neón parpadeante con forma de taza de café llama mi atención. No conozco demasiado esta parte de la ciudad, pero sí sé reconocer una cafetería cuando la veo, y todas las mesas de fuera están llenas de gente.

—Bingo.

Hago caso omiso de los conductores que me pitan por detrás, cuando giro a la derecha: lo que les pasa es que me tienen envidia por mi agilidad al volante. Sí, he rozado un poco el bordillo con el neumático, ¿y qué? Nadie es capaz de cambiar de marchas con tanta elegancia como yo. Puede que mi pequeño Toyota sea viejo, pero sigue siendo una máquina de primera. He rechazado la oferta de Pável de comprarme un coche nuevo por lo menos cinco veces; no quiero estar en deuda con él más de lo que ya le debo. Todo lo que sale de la mano de Pável viene con condiciones. Además, mi coche apenas tiene dispositivos electrónicos, lo que significa que Pável no puede hackear ningún sistema de navegación para encontrarme. Tiene a su disposición demasiada tecnología; por eso uso un teléfono móvil de esos con tapa en vez de un *smartphone*.

Una mujer me hace señas con la mano desde la acera y frunce el ceño, seguramente también me estará insultando. Las tensiones raciales se han agudizado en la ciudad estos últimos meses, así que tal vez sea una de esas retrógradas que salen a la calle con ganas de bronca y que juzga a las personas por el color de piel. La ignoro, pues no quiero empeorar aún más las cosas. Sí, pronto me iré de Nueva Orleans para siempre, pero eso no significa que quiera que la ciudad se desintegre cuando me vaya.

Necesito pasar desapercibida ahora que estoy a punto de ser libre. Lo último que querría sería discutir en plena calle con una desconocida y acabar detenida por la policía. Pável me vigilaría como un halcón después de pagar la fianza, y eso que prácticamente ya no me quita ojo de encima. Subir a la nube toda la información que poseo de él fue una maniobra potencialmente mortal que tuvo que estar tocada por la mano del mismísimo Dios para que funcionara tan bien como lo hizo. No quiero tentar a la suerte y pedirle más favores al Jefe Supremo, ahí arriba. La sola idea de que Pável me interrogue sobre por qué me detuvieron y qué le he dicho exactamente a la poli hace que me dé otro calambre intestinal.

Agarro con fuerza el volante y me concentro en la señal de la cafetería Lotta Java, que aparece a mi derecha. En la calle, todos me miran, alertados por esa mujer, que todavía sigue gritando. No oigo una sola palabra de lo que dice, con la ventanilla subida y el aire acondicionado a tope, pero estoy segura de que no quiero saberlo. Los *haters* son así, odian a todo el mundo. Voy a pedir a algunos de los clientes que hay sentados en la terraza de la cafetería que me recomienden un buen tipo de café para llevárselo a Pável. Tal vez tenga suerte y le guste lo suficiente como para olvidarse de pagar conmigo lo que sea que lo está molestando.

Hago una mueca al notar un nuevo espasmo en el estómago. El dolor me recorre como un latigazo toda la mitad inferior del cuerpo.

—¡Mierda!... —exclamo, abrazándome la barriga. Miro hacia abajo un segundo y veo, perpleja, cómo se mueve... Es como si hubiera un extraterrestre ahí dentro. Aunque he tenido gases un montón de veces, nunca había visto una burbuja de gas moverse de esa manera. Tal vez sea un tumor.

De repente se oye un fuerte estruendo en la parte delantera de mi coche. Piso a fondo el freno sin pensar y levanto la vista, con el corazón acelerado. Al principio no veo nada, pero entonces, de golpe, aparece un tipo justo delante de mi Toyota.

—¡Qué demonios...! —me grita, con la cara roja como un tomate. Se apoya en el capó del coche y es entonces cuando lo entiendo: mierda... ¡Ese tipo ha cruzado delante de mí y se ha echado encima del coche! ¿Qué clase de idiota hace eso?

7

—¡Dios…! ¡Maldita sea! —Bajo la ventanilla con la manivela—. ¡¿Cómo se le ocurre cruzar la calzada de esa manera?! —le grito—. ¿Va borracho o qué?

Miro de reojo a la cafetería, el Lotta Java, y me pregunto por qué servirán cafés irlandeses tan temprano por la mañana. Tendría que haber una ley contra eso.

El hombre me está mirando y es evidente que no se ha hecho mucho daño, porque está plantado ahí en medio, exhibiendo su cuerpazo. Y sí, puede que esté de muy buen ver, con esa cara y esos músculos, vestido con esos vaqueros tan ajustados, pero eso no significa que pueda comportarse como si tuviera derecho a estar enfadado. Ha sido él el imbécil que ha saltado a la calzada sin mirar y se ha estrellado contra mi coche con ese pedazo de cuerpo, tan musculoso. Mi coche es de color verde brillante, así que es imposible no verlo. Hasta los niños pequeños saben que hay que mirar a ambos lados antes de cruzar la calle. Seguro que es uno de esos estafadores de las reclamaciones de seguros, los que se saben todos los trucos del sistema para ponerme una denuncia y sacarme dinero.

—¡Señora! ¡Que acaba de darme un golpe!

Apoya la mano en el muslo mientras se inclina hacia delante, respirando con dificultad y mascullando algo que podría ser una sarta de palabrotas. Luego, un par de segundos más tarde, se yergue y empieza a acercarse, cojeando, hacia mi ventanilla. Está fingiendo, lo sé.

—Está loco, eso es lo que le pasa…

Busco el bolso a toda prisa. Su cara de cabreo da miedo, y me siento atrapada en este coche con unos calambres en el estómago que están a punto de matarme de dolor. Aunque la verdad es que, llegados a este punto, me da más miedo perder el control de la vejiga que el mal genio de este hombre. La presión ahí abajo es increíble. A la mierda el café. Voy a ir al médico. Pável puede esperar.

Bajo la ventanilla por completo. Ese tipo no me asusta ni un pelo. Desayuno, almuerzo y ceno todos los días con mafiosos rusos, así que a este musculitos esclavo del gimnasio, con su camiseta ajustada y sus botas puntiagudas, podría merendármelo sin pestañear.

—Será mejor que no se acerque más —le advierto, lanzándole una mirada asesina.

Él sigue acercándose, cojeando.

—No crea que va a poder conmigo: tengo un bote de gas pimienta y no me da miedo usarlo. —Le enseño un espray antimosquitos, lo único tóxico que llevo hoy en el bolso. Esperemos que no note la diferencia.

Señala un letrero en blanco y negro en la esquina de la calle y tengo que entrecerrar los ojos para ver lo que dice, porque está muy lejos.

—Esta es una calle de sentido único, señora, y va en dirección contraria. ¡Me ha dado un golpe! ¡Prácticamente me ha atropellado! —Empieza a saltar sobre una pierna—. Encima, me ha dado en la rodilla mala.

Ay, mierda… Tiene razón: es una calle de sentido único y hay un montón de coches viniendo hacia mí en la otra dirección. Y lo cierto es que parece un poco dolorido… Pero ¡maldita sea! ¡Es él el que acaba de echarse delante del coche! Puede que yo me haya equivocado al girar, pero él es el tonto que ha cruzado la calle sin mirar. Es culpa suya que se haya hecho daño, y no mía. Si Pável se entera de esto, querrá saber qué estaba haciendo tan cerca de la comisaría de policía cuando se suponía que estaba en la consulta del médico. Tengo que largarme de aquí cagando leches.

Frunzo los labios mientras urdo mi plan. Sé perfectamente cómo vender esto. Soy una actriz muy buena cuando hace falta.

—¿Quién te crees que eres, llamándome «señora»? ¿Diciendo que te he dado con el coche? ¿En serio? Yo no te he dado, has sido tú quien le ha dado a mi coche. Te echaste justo encima. Tengo testigos, así que ni se te ocurra jugar a ese juego conmigo. —Miro a la aglomeración de gente que se ha congregado en la acera. Creo que veo a bastantes transeúntes que están de mi parte, algunos de ellos incluso sonríen. Levanto la voz para que me oigan todos. Siento las palpitaciones del pulso en el cuello y mis intestinos se retuercen con más fuerza—. Deberías llevar un bastón de ciego si tienes la vista tan mal que no eres capaz de ver un coche verde y viejo delante de tus narices. —Enderezo la espalda y miro por encima del volante, inspeccionando el capó—. Seguro que me has destrozado el parachoques. Y me habrás rayado la pintura. —Lo miro con los ojos entrecerrados—. Pero lo voy a dejar pasar porque hoy tengo prisa.

Realizo un amplio movimiento con el brazo, indicándole que retroceda.

—Apártate de mi camino. Tengo que estar en un sitio, *bystro...* rápido. —Estoy tan estresada que empiezo a soltar palabras en ruso, cosa que no hago nunca si puedo evitarlo. El pánico se está apoderando de mí. Respiro soltando el aire por la boca para intentar controlarlo—: ¡Ah, ah, uf, uf! ¡Ah, ah, uf, uf!

Me mira con cara rara.

Abro la boca para decir algo más, pero entonces me quedo inmóvil y siento un estremecimiento. Me llevo la mano al estómago. El dolor es... Joder... ¿Me estoy muriendo? Creo que es posible que me esté muriendo.

—¡Ay, Jesús, María y José...! —De repente, me pongo a sudar como un cerdo y percibo el olor de algo metálico que sale de mi cuerpo. Siento algo cálido entre mis piernas. Santa Madre de Dios... Me estoy orinando encima—. ¡¿Qué demonios está pasando?! —grito, mientras bajo los ojos hacia la barriga. Luego miro al hombre que me observa perplejo desde el otro lado de la ventanilla.

Se me nubla la vista por el dolor, y siento un torbellino de confusión y miedo cuando la cabeza se me cae hacia atrás contra el asiento. Los coches que tengo delante pitan sin cesar y la gente ha empezado a grabarnos con el teléfono. El hombre enfadado sigue aún junto a mi ventanilla y se comporta como si no pensara irse, y no sé si mi repelente de mosquitos funcionará para ahuyentarlo.

¡¿Por qué me pasan estas cosas?! Lo que me faltaba, que Pável se entere de esto a través de un estúpido vídeo que uno de estos fans del Lotta Java va a colgar en internet.

—¿Adónde va con tanta prisa? —pregunta el hombre, acercándose a mi ventanilla.

Tengo que contestar con un gruñido por el dolor.

—No es asunto tuyo adónde voy o dejo de ir… —Levanto la mirada hacia él, más que molesta porque, por lo visto, no entiende mi idioma—. ¿Te importa? —Desplazo la mirada a su mano, que ha apoyado en mi ventanilla.

Abre la boca para decir algo, pero ya no puedo concentrarme en él. La muerte está demasiado cerca.

—Ayyy, Señor, ten piedad de mi almaaa…

Pongo los ojos en blanco y agarro el volante con tanta fuerza que se me duermen los dedos. Las entrañas están a punto de explotarme. Debería haber comprado esos antiácidos directamente en lugar de dejarlo para luego. Ahora me voy a ir por las patas abajo delante de un perfecto desconocido que, cualquier otro día, me habría hecho soñar con una cita.

—¿Qué le pasa? —pregunta.

Lo miro, y la desesperación y el dolor hacen que se me salten las lágrimas. No hay forma de que logre articular palabra, solo le respondo con la respiración acelerada que impide que el dolor se apodere por completo de mi cerebro.

—¡Ah, ah, uf, uf! ¡Ah, ah, uf, uf!

Apoya las manos en la ventanilla y se inclina hacia delante, mirándome tan de cerca que seguro que me ve las pecas que trato de disimular con la base de maquillaje. Abre la boca y dice el disparate más ridículo que he oído en mi vida:

—No pretendo ser grosero, señora, pero ¿acaba de ponerse de parto?

11

Capítulo 3

—No, no, no, no, no… —repito entre gemidos, sacudiendo la cabeza para despejarme un poco. ¡No puede ser! ¡No puede ser! ¡No estoy embarazada! ¡No puedo estar embarazada!

El hombre se acerca a la ventanilla y pone la mano en mi frente sudorosa.

Levanto la mano instintivamente y aparto la suya.

—¡Quítame las manos de encima! —Lo fulmino con la mirada, casi deseando tener un arma para apuntarle a la cara—. ¿Quién te ha dicho que puedes tocarme?

Me mira como si yo fuera idiota.

—Tranquilícese, solo estaba comprobando si tiene fiebre.

La gente ha formado un corro en la acera para mirarnos, boquiabierta. Me alegro de tener testigos. Levanto la voz de nuevo para asegurarme de que me oyen.

—¿Que me tranquilice? ¿Me estás diciendo que…? No. De eso ni hablar. Eso no va a pasar. Hoy no. Voy a llamar a la policía. Esto es una agresión.

Solo quiero que se vaya para poder irme yo también. Me subiré al bordillo y conduciré por la acera para esquivar a esos malditos coches de delante si no tengo más remedio. Mi cuerpo está a punto de partirse por la mitad, y tengo que asegurarme de que eso ocurra en algún lugar donde disponga de un poco de intimidad, porque estoy segura de que no va a ser un espectáculo agradable. Todo el asiento está empapado de algo que huele demasiado mal como para pararme a pensar siquiera qué es.

—En realidad, no es agresión, sino intento de lesiones —dice, como un capullo arrogante—, pero todavía no ha respondido a mi pregunta, así que, ¿por qué no deja lo de denunciarme para más adelante? —Mira al grupo de curiosos, que parece que estén en un acontecimiento deportivo, antes de centrarse en mí otra vez—. ¿Está a punto de dar a luz? Es decir, ¿se ha puesto de parto?

Gruño como un animal. No puedo evitarlo.

—No, no me he puesto de ¡¡paaar... tooo...!! —digo esa última parte gritando y luego empiezo a jadear, intentando no desmayarme—. ¡Ah, ah, uf, uf! ¡Ah, ah, uf, uf! ¡Ay, cómo duele...! —El dolor me parte en dos y me estruja como si llevara un cinturón de hierro alrededor de la cintura.

El extraño abre la puerta del coche y se inclina sobre mí, acercando la cara a escasos centímetros de la mía.

—Señora, puede que no se haya puesto de parto, pero me parece que está sufriendo alguna clase de emergencia médica.

—¿Tú crees? —contesto apretando los dientes, con unas ganas locas de darle un puñetazo en la nariz, pero demasiado torturada por el dolor para hacer otra cosa que no sea agarrarme al volante—. ¿Y qué vas a hacer al respecto? —Un espasmo abdominal me da un latigazo y me arranca un grito de los labios—. ¡Aaah! ¡Nooo!

Acto seguido, el desconocido empieza a desabrocharme el cinturón de seguridad y desliza los brazos por debajo de mis piernas y por detrás de mi espalda. Luego me saca del coche como si pesara menos que una pluma.

—Que no está de parto, dice... Y yo voy y me lo creo —masculla con un gruñido, girando conmigo a cuestas para mirar hacia la parte trasera del coche—. ¡Llamen a una ambulancia! —le grita a la gente que está más cerca, y echa a andar a paso irregular.

Por el rabillo del ojo, veo más coches dando marcha atrás delante del mío. Por lo visto, piensa dejar mi Toyota ahí en medio de la calle. Se lo llevará la grúa y entonces estaré bien jodida. Pável lo descubrirá todo. Absolutamente todo. Sus métodos de interrogación son famosos en determinados círculos.

—¡Suéltame, pedazo de neandertal! —Levanto la mano para abofetearlo, pero tengo que pararme a la mitad porque, de pronto, otro latigazo de dolor me deja tiesa. Le agarro la oreja en vez de pegarle—. ¡Oooh, maldita sea, qué daño! —exclamo entre dientes. Un líquido caliente me resbala entre las piernas. Vuelvo a oír las palabras del desconocido. «¿Está embarazada?». Mi corazón deja de latir durante unos segundos.

Nooo… No puedo estar embarazada. ¿O sí?

El hombre inclina la cabeza hacia un lado.

—¡La oreja! —grita—. ¿Me la devuelve?

—Lo siento.

Le suelto la oreja y lo agarro de la camisa, apretándola en el puño cuando siento otro latigazo de dolor.

—¡Va a dar a luz! —exclama una mujer, con un grito ahogado.

—¡Cállese! —le suelto—. ¡No es verdad! —Le aprieto la camisa de nuevo—. ¡Aaah! ¡Me duele muuucho! —Miro al hombre que me lleva en brazos y, de pronto, necesito desesperadamente que me escuche y me crea—. Solo es una infección de orina muy bestia. O una indigestión. Es que me quitaron la vesícula biliar… y desde entonces padezco indigestión crónica. En serio. A todas horas… —El dolor ataca de nuevo—. ¡Ah, ah, uf, uf!

—¡Por favor, apártense! —grita él a quienes se interponen en nuestro camino, y se sube cojeando a la acera.

—¿Adónde me llevas? —pregunto, prácticamente incapaz de articular las palabras. Estoy desfallecida y débil; asustada y perdida; en grave peligro, sin ningún control sobre mi cuerpo o mi situación. No puedo permitirme el lujo de estar así, temo realmente por mi vida, pero siento tanto dolor que no puedo hacer nada al respecto. Nunca me había sentido tan vulnerable.

—A algún lugar donde puedas tumbarte. —Con los nervios, el curioso desconocido ha dejado de tratarme de usted.

—No pretendo ser ordinaria ni nada de eso… —Hago una pausa para jadear unas cuantas veces—. Pero es que de verdad que necesito un baño…

El hombre sacude la cabeza, sin decir nada.

Abro la boca para gritarle por no hacerme caso, por no hacer lo que quiero que haga, que es bajarme al suelo y dejarme en paz, pero lo único que sale de mi boca es otro alarido de dolor.

Capítulo 4

El salón de manicura apesta a sustancias químicas peligrosas, una agresión a mis sentidos que hace que las fosas nasales me ardan en llamas instantáneamente, pero lo único que me importa es que se acabe este dolor. Hasta dejaría que me echaran ese quitaesmalte de uñas por la garganta si pensara que eso iba acabar con él. Siento como si se me partiera el cuerpo por la mitad a la altura de la cintura.

—¡Oye! ¿Qué hacéis? —nos grita una mujer asiática y diminuta con un fuerte acento, acercándose a nosotros con sus chanclas.

—Necesito uno de sus sillones de masaje —le indica el hombre que me lleva en brazos. Cuando se vuelve, conmigo a cuestas, aparecen tres sillones delante de mi vista, todos en fila en el rincón de la parte posterior de la sala.

La dueña del salón de manicura sacude la cabeza.

—¡No! ¡No! ¡Esos solo clientes que pagan!

—Voy a pagar —contesta mientras pasa cojeando por su lado hasta detenerse en el primer sillón, donde me deposita muy despacio.

Me agarro a los reposabrazos, enderezándome todo lo que puedo y agradeciendo que me hayan colocado sobre una superficie que no se mueve. Tanto paso renqueante me estaba matando. Mis entrañas se calman un momento y respiro con alivio.

—Gracias —digo, haciendo una mueca mientras trato de acomodarme. Me duele todo el cuerpo y tengo la ropa empapada de sudor y de Dios sabe qué más.

Varias personas nos han seguido hasta el salón. La dueña empieza a gritar otra vez.

—¡Aquí nadie si no manicura! ¡Si quieres manicura, entra! ¡Si no quieres manicura, sale!

—Quiero hacerme una manicura —dice una mujer, corriendo a ocupar otro de los sillones de masaje.

—Yo también —añade un joven surgiendo de entre la multitud, grabándolo todo en vídeo. De camino hacia el último asiento, se tropieza con un carrito de utensilios de manicura y arma un horrible estruendo.

La propietaria del salón lleva en la mano uno de esos abanicos plegables de estilo victoriano y amenaza con golpear a la gente con él si alguien avanza un poco más.

—¡Llame a Emergencias! —le grita el hombre que tengo encima. Apoya la mano en mi brazo y dice con delicadeza—: No te preocupes. La ayuda viene de camino. —Es el tono de su voz y la expresión de su rostro lo que me tranquiliza: no está aquí para hacerme ningún daño, sino que quiere ayudarme de verdad. Y vaya si necesito su ayuda…

Y de pronto, veo la verdad con claridad meridiana, como si un relámpago del cielo me hubiese iluminado directamente el cerebro, y la verdad viene acompañada por una sensación de miedo atroz; nunca en mi vida había sentido tanto miedo, ni siquiera la vez que Pável se plantó a mi lado apuntándome a la cara con una pistola. Alargo el brazo y pongo la mano en mi barriga inmensa y redonda. Esto no es ninguna indigestión ni una úlcera ni un problema derivado de la extirpación de mi vesícula biliar. No es que haya estado comiendo por ansiedad hasta engordar cinco kilos. Me he estado engañando durante meses, haciendo caso omiso de todas las señales y obligándome a creerme mis propias mentiras porque la verdad era demasiado horrible como para imaginarla siquiera: estoy embarazada. Voy a tener un hijo y ¡me he puesto de parto! La presión aumenta inmediatamente entre mis piernas y, aunque nunca he dado a luz, sé lo que eso significa.

—La ambulancia está a punto de llegar —dice, dándome unas palmaditas en la mano.

—No va a llegar a tiempo. —El terror se apodera por completo de mí y me transformo en una persona que no reconozco: soy débil y estoy muerta de miedo, ya no estoy segura de ser capaz de desenvolverme yo sola. Agarro al hombre y le aprieto el brazo—: Ayúdame.

Se queda inmóvil durante varios segundos que se me hacen eternos, primero con una expresión de pánico y luego con confusión antes de asentir por fin.

—¿Qué puedo hacer? —Me apoya la mano en la pierna.

—Quítame los pantalones —le ordeno. Luego, cuando me doy cuenta de lo raro que suena eso, lo suavizo diciendo—: Pero no te hagas ilusiones, ¿eh?

—De acuerdo. Quitarte los pantalones y no hacerme ilusiones. —Asiente con una leve sonrisa—. Puedo hacerlo.

Trata de seguir mis indicaciones. Intento ayudarlo para que le resulte más fácil, pero me cuesta más de lo que creía. El dolor es demasiado fuerte para que me dé cuenta de por qué, pero cuando introduce las manos por debajo de mi camisa gigante de franela, me acuerdo.

—Tienes algo que te sujeta el pantalón y no puedo quitártelo —dice, examinándolo como si fuera un rompecabezas. Baja la mano, se saca una navaja del bolsillo y se acerca a mí con ella.

Presa del pánico, la única explicación que se me ocurre para ese movimiento es que es un amigo de Pável y va a declarar su lealtad a la Hermandad deshaciéndose de un pequeño problemilla que les ha surgido: yo.

—¡Oh, Dios, me va a rajar!

Me agarro a los brazos del sillón para tratar de levantarme. Tengo que escapar de aquí, pero no puedo. El dolor es demasiado fuerte y mi barriga demasiado pesada; me mantiene clavada al sillón como si fuera un ancla.

Me mira frunciendo el ceño y se aparta un poco.

—¡No voy a rajarte! —Baja la voz—. Nunca haría eso. Estoy aquí para ayudarte, no para hacerte daño.

Lo miro fijamente, jadeando por el dolor mientras acerca la navaja despacio hacia mi cinturón. Lo veo avanzar, centímetro a centímetro, esperando que en cualquier momento tuerza la muñeca hacia un lado y me clave la hoja. No confío en nadie, ni siquiera en este hombre que me ha sacado del coche para llevarme a un lugar seguro y ha dejado que casi le arranque la oreja.

—Solo voy a cortar la cuerda con la que llevas abrochados los pantalones.

—Ah, sí, perfecto. —Convencida de que estaba ganando peso por toda la ansiedad que me obligaba a comer a todas horas, empecé a atarme los pantalones sujetando un trozo de cuerda al botón. No quería comprar ropa nueva cuando sabía que mi estrés desaparecería pronto y entonces perdería rápidamente el peso que había ganado. Noto que la sensación de pánico se mitiga cuando me doy cuenta de que no voy a ser víctima de un navajazo… sino solo de mi propia estupidez—. Puedes cortar la cuerda, sí. Pero no me cortes a mí.

—Lo prometo, voy a tener mucho cuidado.

Apoyo la mano en su brazo grueso y musculoso. Tiene la piel cálida, y mueve el brazo con ritmo regular mientras trata de cortar la cinturilla de mis pantalones. Es una situación muy extraña, estar aquí tumbada dejando que un extraño utilice una navaja tan cerca de mí; durante mucho tiempo, ver a un hombre sosteniendo un cuchillo a mi lado solo podía significar una cosa: dolor. Pero en cuanto se me abren los pantalones, siento un gran alivio.

—Uf, gracias a Dios. —Dejo escapar un largo suspiro.

El hombre da unos pequeños saltitos sobre una pierna para cambiar de postura, haciendo una mueca de dolor mientras se guarda la navaja en el bolsillo.

Tenso todo el cuerpo cuando siento que me invade otra oleada de dolor.

—Oh, Dios, algo está pasando…

Le aprieto el brazo de nuevo, hincándole las uñas en la piel. No puedo evitarlo. Es como si algo dentro de mí estuviera a punto de romperme en dos.

Él me tira de los pantalones y me los baja deprisa hasta los tobillos para quitármelos hábilmente a pesar de que están empapados. Percibo unos olores que no me resultan familiares, olores metálicos y amargos. Puaj. Si no fuera por el dolor insoportable, me daría vergüenza tener así a este hombre, ahí abajo, en un lugar tan íntimo, haciéndome cosas tan íntimas. Resoplo al tomar el aire, a medida que aumenta la presión, endureciéndome todo el abdomen.

—¡Que alguien me traiga unas toallas! —suelta.

La mujer sentada en el sillón a nuestro lado se levanta de un salto para ayudar.

En cuanto ella y la dueña del salón regresan con las toallas, él me coloca algunas debajo y emplea un par para taparme la cintura también. Le agradezco su intento de procurarme un poco de pudorosa intimidad: estar desnuda de cintura para abajo, chorreando Dios sabe qué encima del sillón y el suelo de la tienda de esta señora asiática no me da demasiada intimidad, precisamente.

—¿Cómo te llamas? —pregunta, volviendo a situarse junto a mi hombro.

—Tamika. Puedes llamarme solo Mika. —Intento sonreír, pero la expresión de mi cara se transforma en una mueca—. Ay, Dios… Señor… Por favor, no dejes que me muera… —Le agarro la parte delantera de la camisa como si me fuera la vida en ello.

Él se levanta y me sostiene la mano, y el calor de sus dedos y la fuerza de su agarre me dan una momentánea sensación de seguridad. Luego vuelvo a experimentar el latigazo de dolor, destrozándome por dentro.

Me agarro la barriga con la mano libre. Ahora tiene la forma de una bola dura. Me está entrando el pánico al ver y sentir a mi cuerpo hacer todo esto sin que yo participe intelectual o activamente de ningún modo. Todo el proceso se me ha escapado de las manos, y me empuja a un camino oscuro cuyo final no veo. ¿Y si hay algún problema con el niño? ¿O con mi cuerpo? ¿Moriremos los dos?

El dolor me está diciendo: «Sí. Estás a punto de morir. Di adiós a tu vida».

Rompo a llorar. Llevo toda mi vida luchando por sobrevivir, y la idea de que un parto acabe conmigo cuando he sobrevivido a la mafia rusa es demasiado para mí. He estado sola tanto tiempo... ¿Qué pasa si muero y mi hijo sobrevive? ¡Entonces se quedará solo y todo será culpa mía!

—¡Oh, Dios, voy a morir! —Miro al hombre. Desesperada. Moribunda...

—No vas a morir: vas a tener un hijo. ¿Quieres que llame a alguien? ¿A tu marido? ¿Un compañero? ¿Un amigo?

—No —respondo con un gemido, mientras el sudor me resbala por la cara y la espalda—, no llames a nadie. No hay nadie. Solo yo. —La presión entre mis piernas es insoportable. Aprieto el puño contra su pecho sin querer—. ¡¿Qué está pasando?!

—Amigo mío, será mejor que bajes ahí y te prepares para recibir el balón —le dice la mujer que está a nuestro lado.

—Alucinante —dice el chaval que lo está grabando todo—. Tío, está a punto de parir en un salón de manicura.

El hombre se inclina para acercarse a mi cara. Tiene los ojos color avellana bordeados por las pestañas más oscuras y espesas que he visto en mi vida. Me mira con firmeza. Con determinación. Con audacia.

21

Empiezo a perder el sentido, imaginando lo que ve con esos ojos cuando me mira, sabiendo que no es nada bueno. ¿Cómo podría serlo?

—Mika, necesito analizar la situación… ver qué es lo que está pasando ahí abajo. ¿Te parece bien? —Apoya la mano en mi mejilla, y el contacto de su piel me saca del trance nebuloso en el que estaba.

Pestañeo para verlo mejor.

—¿Qué?

—Tengo que agacharme a ver qué pasa en tus… partes íntimas, ¿de acuerdo? Solo voy a mirar. Te prometo que no te haré daño.

—Tú haz lo que tengas que hacer. —Lo suelto y me agarro a los brazos del sillón, cerrando los ojos mientras arqueo la espalda de dolor—. ¡Ayyy, miiierdaaa! —Muevo los pies hasta la mitad del sillón de masaje semirreclinado cuando se me pasa el espasmo, preparándome para lo inevitable. No hay escapatoria. Esto está pasando de verdad. Estoy a punto de dar a luz en este salón de manicura dejado de la mano de Dios.

Se coloca cerca de mis pies, recostado torpemente en el sillón.

—¿Puedes abrir un poco las piernas? —me pide.

Abro las rodillas, y ya no me avergüenza que un extraño vea lo que sea que haya que ver ahí. Solo quiero que todo esto acabe cuanto antes, y si él quiere ayudarme a conseguirlo, mejor que mejor. Por mí, como si quiere verlo todo: mis vergüenzas, mi trasero, mi cuerpo deshaciéndose por completo…

Se agacha y hace una mueca.

—¿Qué pasa? —pregunto, asustada por su expresión, preocupada por el niño, ansiosa por si me habré cagado en el sillón de la señora asiática.

Mira hacia arriba y luego a su alrededor, con las cejas juntas por su estado de concentración o de preocupación, es difícil saberlo. Jadeo de dolor, mirándolo fijamente, y espero que diga algo a lo que pueda aferrarme, algo que me dé esperanzas.

—Ha llegado el momento. —Corre hacia el fregadero, sin cojear apenas, se lava las manos con furia y luego agarra un taburete cercano y lo arrastra. Se frota las palmas y da una palmada fuerte una sola vez—. Muy bien. Vamos a hacer esto. —Se sienta y me mira—. Mika, odio tener que decirte esto, pero, definitivamente, estás a punto de tener un bebé. Ya le veo la cabeza. Casi estamos ahí. —Desvía la atención al espacio entre mis piernas.

Tengo que recostarme en el sillón porque el dolor atroz vuelve a arremeter con fuerza y el impulso de empujar es demasiado grande para ignorarlo. Me agarro a los brazos del sillón.

—¡Me muero! ¡Me muero! —Es lo único que puedo decir, moviendo la cabeza de derecha a izquierda sin parar mientras trato de liberar mi cuerpo de la agonía que sufro en esos momentos—. Me estoy muriendo…

—No, no te estás muriendo —dice la mujer a la altura de mi hombro con una sonrisa en la voz—. Estás a punto de ser madre. ¿Ya eres madre o es tu primera vez?

Me dan unas ganas locas de abofetear a esta mujer, aunque sé que solo trata de ser amable.

—Agárrele la mano, haga el favor —dice el hombre, y yo le agradezco su intervención. ¿Acaso ha adivinado que empezaba a sentir un cosquilleo en la mano que uso para dar bofetadas? Me guiña un ojo antes de mirar hacia el espacio entre mis piernas otra vez—. Está bien, Mika. Allá vamos… ¿Estás lista?

Niego con la cabeza mientras las lágrimas me corren por las mejillas.

—¡No!

El hombre sonríe, y por cada poro de la cara le transpira un *sex-appeal* que sin duda le es innato.

—No pasa nada. Yo estoy lo bastante listo por los dos. Ahora, empuja.

Siento la acometida de una ola, una contracción diseñada para expulsar a este pequeño ser humano que llevo dentro, y me agarro a los brazos del sillón, dándolo todo.

Capítulo 5

—Un empujón más y tendremos la cabeza fuera. —El desconocido me toca la rodilla mientras deja la otra mano suspendida en el aire, más abajo. Rezo para que atrape al bebé antes de que este se deslice por el sillón de masaje y caiga directo al suelo.

—Ay, Dios… ¡Aquí viene otra! —Las palabras me salen atropelladamente de la boca, seguidas de una serie de gritos blasfemos. El ardor insoportable y la sensación de desgarro entre mis piernas no se parece a nada que hubiese creído posible, y dura lo que se me antoja una eternidad. El cuerpo se me va a partir en dos, lo sé.

—¡Esto ya está! —exclama el hombre con voz triunfal—. ¡Ya casi estamos! —Tiene el rostro contraído en una mueca de concentración mientras mira fijamente el espacio entre mis piernas. A continuación, levanta la vista y su expresión se transforma en una muestra de entusiasmo absoluto. Me recuerda a un entrenador de voleibol que tuve en el instituto cuando grita—: ¡Empuja! ¡Otra vez! ¡Venga! ¡Ya lo tienes, Mika!

Sus palabras me animan a esforzarme aún más, a conseguir algo que parece imposible, a derrotar este intenso dolor que parece a punto de destrozarme por completo. Hasta ahora nunca me había acabado de creer lo que decían las mujeres sobre el momento del parto; creía que exageraban sobre el dolor y la agonía, pero ya lo entiendo. En lo que me queda de vida, nada de lo que haga podrá llegar a ser tan doloroso como esto.

—¡Vamos, Mika, tú puedes! —grita, agarrándome la rodilla y apretándola—. ¡Empuja! ¡Eres una mujer! ¡Eres poderosa!

—¡Soy poderosaaa! —grito, empujando con todas mis fuerzas.

Los pequeños hombros y luego las piernas del recién nacido salen de pronto, arrancándome un grito de los pulmones. El hombre sostiene al bebé y contrae los brazos hacia sí mismo. Parece un jugador de fútbol americano que acaba de atrapar un pase de *touchdown* en la zona de anotación.

—¡Es un niño! —grita.

Se oye un gorgoteo del pequeño y luego un leve llanto. El hombre se yergue y coloca al bebé pegajoso boca abajo para poder palmearle la espalda.

No puedo dejar de mirar. Esa cosita… ese bebé… ¿ha estado dentro de mí todo este tiempo? No me lo creo, es imposible. Imposible, imposible, imposible del todo. He leído historias de mujeres que no sabían que estaban embarazadas, pero nunca pensé que algo así pudiera pasarme a mí.

—Está perfectamente sano —dice el hombre, con la respiración jadeante. Parece como si acabara de correr una carrera de cinco kilómetros y hubiese llegado el primero a la meta, y también está sudando a chorros—. Es un niño. Es un niño y está sano. —Presiona los labios, cerrándolos, y hace aletear las fosas nasales mientras sujeta, examinándolos uno por uno, los pies y las manos del bebé—. Tiene todos los dedos de las manos y de los pies. —Se inclina para mirarle la cara y hace una pausa, frunciendo el ceño—. Tiene tres ojos, pero, en principio, eso no tiene por qué ser malo: así podrá ver mejor que todos sus amigos, ¿no? —Levanta la vista y me sonríe.

Lo miro con estupefacción.

—¿Que tiene qué? —Me incorporo lo máximo posible para ver al monstruo que está describiendo.

Se ríe.

—Era una broma. Solo quería asegurarme de que aún estabas consciente. Tiene dos ojos, como todo el mundo. Es un bebé precioso.

Siento que una oleada de alivio me recorre todo el cuerpo. Lo miro meneando la cabeza, sin estar segura de qué es lo que preferiría hacerle ahora mismo a este hombre, si abrazarlo o abofetearlo. Extiendo los brazos.

—Trae aquí. Tú dame a ese niño y cállate.

Alarga los brazos y deposita a la diminuta criatura encima de mi barriga mientras la mujer se acerca con una toalla limpia y me ayuda a envolverlo como podemos con el cordón umbilical en medio. La carita de mi hijo es muy pequeña, con los mofletes especialmente rollizos y los párpados hinchados. Parece un boxeador en miniatura. No me puedo creer que sea mío o que exista siquiera.

—Que alguien me pellizque —digo aturdida—. Esto no puede ser real.

—Uy, sí que es real, te lo aseguro. Y es precioso —dice la mujer—. Enhorabuena. —Me dedica una sonrisa tan cálida y afectuosa que me dan ganas de llorar.

—Gracias. —Le acaricio la mejilla allí donde lo hemos secado con la toalla. Tiene la piel increíblemente suave—. Es muy guapo, ¿verdad? —Un cúmulo de emociones se desata en mi interior, unos sentimientos que ni siquiera sabía que era capaz de sentir: amor intenso, instinto protector, miedo… Imagino a Pável enterándose del nacimiento de mi bebé y tratando de quitármelo. Igual que me veo claramente a mí misma empuñando un arma y disparando a ese malnacido para meterle una bala entre los ojos. Nunca dejaré que le haga daño a este niño ni que se lo lleve.

Hago una promesa solemne a mi hijo recién nacido mientras lo miro a sus ojos azul oscuro:

—No dejaré que nadie ponga en peligro nuestra nueva vida juntos. Ni en sueños. Te lo prometo con toda mi alma y mi corazón.

—Es guapísimo, desde luego —dice el hombre. Alarga el brazo hacia mis piernas para apartar la toalla y poder ver la cara del bebé—. Que naricilla tan graciosa…

No puedo dejar de sonreír. He dado a luz a un bebé precioso, eso es un hecho. No me puedo creer lo increíblemente pequeño que es. Su pulgar no es más grande que un caramelo Tic Tac.

El chico más joven, el que lleva el móvil, se acerca, tropezándose con un montón de toallas mojadas en el suelo antes de recobrar el equilibrio.

—Ha atrapado al bebé en el aire como si fuera una estrella del béisbol, un receptor famoso como Johnny Bench o algo… —Se acerca más y enfoca con la cámara al bebé durante un par de segundos y luego a mi cara—. ¿Quiere hacer alguna declaración para sus futuros seguidores en YouTube?

Levanto la mano y trato de apartar la cámara.

—No, fuera de aquí. Este es un momento de intimidad.

El hombre se acerca y le quita el teléfono.

—Tiene razón: vamos a apagar esto.

—Eh, tío, que ese teléfono es mío. —El chico intenta recuperar su aparato, pero el hombre lo detiene con un golpe en la muñeca que lo hace callar al instante.

El hombre me mira, con el teléfono en la mano.

—¿Quieres guardar este vídeo?

Niego vigorosamente con la cabeza.

—No, ni hablar. Gracias.

—¿Dónde está el botón de eliminar?

—¡Oiga, no puede hacer eso! —grita el chico, tratando una vez más de recuperar su teléfono mientras el desconocido intenta borrar

27

el archivo. El chaval recibe un codazo en el hombro—. ¡Ese vídeo es mío! ¡Lo he grabado yo! ¡No tiene ningún derecho a borrarlo!

—Demasiado tarde.

El alivio que me recorre el cuerpo me sienta igual de bien que un baño caliente en una noche helada de invierno. Ahora no tendré que preocuparme por que Pável vea el vídeo en internet. Durante unos segundos, acaricio la idea de poder ocultárselo todo, incluida la existencia del bebé, hasta el momento en que levanto la vista y veo como mínimo veinte cámaras de móvil grabándolo todo a través del cristal del salón de manicura. Imposible que estas imágenes no ocupen todos los canales de noticias durante días. Estoy bien jodida. El miedo me atenaza el corazón y siento que no puedo respirar.

El hombre le devuelve el teléfono al chico con una advertencia:

—Nada de grabaciones en vídeo a menos que consigas permiso primero, ¿entendido?

El chico se lleva su móvil y murmura alguna grosería mientras regresa al otro sillón de masaje. Se desploma sobre él y empieza a enviar mensajes de texto como un loco, ignorándonos.

—Tengo que cortar el cordón —dice el hombre. Hace una pausa y me mira con cara rara—. ¿Estás bien?

Asiento, ahuyentando mi inquietud sobre Pável. Ahora mismo, tengo algo mucho más importante entre manos, literalmente: el hecho de sujetar un bebé en mis brazos sin estar en absoluto preparada para nada de esto. Veo una grúa gigante desfilar lentamente por delante del salón.

El hombre agarra una toalla para limpiarse las manos. Es como si hubiera tomado parte en una matanza: se ha manchado hasta los codos de sangre y de Dios sabe qué más. Hago una mueca, preguntándome si debería disculparme, pero me da corte sacar el tema de que haya estado trasteando ahí abajo, en mis partes. Esto es simplemente surrealista. Hace media hora intentaba averiguar qué tipo de café haría feliz a Pável y ahora me estoy preguntando cómo narices voy a poder ser la madre de un niño cuya existencia ni siquiera conocía hasta hace cinco minutos. Me explota la cabeza, oficialmente.

—Necesito algo con lo que atar el cordón antes de cortarlo —dice el hombre, mirando alrededor.

La dueña del salón abre un cajón de un mostrador que hay al lado del sillón de masaje, saca una madeja de cuerda y nos la enseña.

—¿Este sirve?

La miro con recelo. Es imposible que eso esté esterilizado. ¿Debería estarlo? No tengo ni idea. Vuelve a entrarme el pánico de nuevo, hasta que habla el hombre.

—Sí, pero lávelo con agua y jabón, y luego empápelo en alcohol, ¿me hace el favor?

Es maravilloso tener a alguien al lado que se ocupe de mis problemas antes incluso de que tenga que formularlos en voz alta. Estoy tan acostumbrada a hacerlo todo yo sola que esto me parece un lujo, y en este momento puedo abandonarme y no preocuparme de que alguien se aproveche de mí ahora que he bajado la guardia. Apoyo la cabeza en el sillón y me acerco más a mi hijo. El niño empieza a girar la cabecita hacia mí.

—Quiere mamar —dice la mujer mientras la dueña del salón se lleva la cuerda a un fregadero.

Miro a la mujer con expresión de pánico.

—No tengo ni idea de cómo se hace eso.

—Si quieres esperar, los auxiliares médicos de la ambulancia pueden ayudarte —dice el hombre. Mira hacia la calle—. Ya oigo las sirenas.

Asiento con la cabeza, entusiasmada ante la idea de esperar a que lleguen los profesionales médicos. Ya he hecho bastante el ridículo por un día y, además, mi hijo se ha quedado dormido otra vez. En general, me preocuparía su escasísima capacidad de atención, pero lo cierto es que se le ve muy contento.

El extraño vuelve su atención hacia mí.

—Enhorabuena, Mika. Es un bebé precioso. —Me mira con ternura, sin rastro de estrés. En un abrir y cerrar de ojos, eso lo transforma de guerrero implacable en todo un caballero. Siento en mi corazón una enorme simpatía hacia él. Posiblemente le haya salvado la vida a mi hijo, y quizá también a mí. ¿Quién sabe qué habría pasado si hubiera seguido al volante de mi coche, conduciendo? Tal vez me habría estampado contra otro coche en un choque frontal o me habría puesto a dar a luz sentada encima de la cabecita del bebé, literalmente. Miles de cosas podrían haber salido muy mal hoy para mi pequeñín y para mí, pero este hombre apareció en mitad de la calle, se me echó encima del coche y se aseguró de que nada de eso sucediera. Puede que haya quedado en ridículo delante de cincuenta personas, pero al menos mi hijo está sano y salvo. Miro hacia abajo, a su cara inocente y adormilada, y sé lo que tengo que hacer.

—¿Cómo te llamas? —pregunto con la voz entrecortada, suave, llena de asombro mientras contemplo a mi hijo.

La habitación se queda en silencio.

Miro a mi salvador.

—¿Y bien? ¿Tienes nombre o qué?

—Ah. Sí. Lo siento, creía que estabas hablando con el bebé. Me llamo Thibault.

—¿Cómo se deletrea eso?

—T-h-i-b-a-u-l-t.

—Bien —digo, volviendo a admirar a mi hijo—. Necesitaré saber deletrearlo para la partida de nacimiento. —No puedo dejar de sonreír, y cuando miro a Thibault, veo que él también parece feliz. Puede que incluso se le escape alguna lagrimilla.

Capítulo 6

El trayecto en ambulancia al hospital es muy fácil. Estar ingresada allí, en cambio, es otra cosa: me dan una habitación en la planta de maternidad y una enfermera tras otra empiezan a acosarme hasta que me dan ganas de gritarles a todas que me dejen en paz de una vez. Todas quieren saber cuáles eran mis síntomas de embarazo, por qué no sabía que estaba embarazada, si había realizado algún cuidado prenatal y si me doy cuenta de lo serio que es esto.

—Por supuesto que sé lo serio que es esto —le digo a la tercera persona que me ha preguntado en la última hora—. Tengo un bebé en mis brazos. ¿Cree que no me doy cuenta de lo que eso significa?

—Pero debe de haber alguien a quien podamos llamar —dice la joven, sonriéndome con una expresión ligeramente tensa y preocupación en la mirada—. ¿El padre del niño, tal vez?

Me cuesta mucho controlar mis emociones y la reacción que mi corazón y mi cerebro desean compartir con ella. Tiene suerte de que no haya nada a mi alcance que poder lanzarle, porque el dominio que tengo sobre mí misma es muy débil.

—Como ya les he dicho a usted y a sus compañeras, no hay nadie a quien puedan llamar. Y le agradeceré que deje de hacerme las mismas preguntas una y otra vez, como si fuera una niña pequeña que no entiende lo que le dicen.

Me enseña unos papeles.

—Es que necesitamos que rellene los formularios del certificado de nacimiento, y la verdad es que habría de poner el nombre del padre en él.

Señalo con la cabeza hacia la mesa con ruedas donde todavía están los restos de mi almuerzo.

—Puede dejar sus papeles ahí. Luego los rellenaré.

Se dirige a la mesita, los coloca allí y se vuelve a mirarme otra vez cuando sale.

—Volveré dentro de una hora para recogerlos.

—Puede volver cuando quiera, pero yo los rellenaré cuando esté lista.

La enfermera aprieta los labios y me mira durante unos segundos antes de volver a hablar.

—¿Sabe qué? Aquí todos tratamos de hacer nuestro trabajo lo mejor posible. Podría colaborar un poco más, nos haría la vida mucho más fácil.

La miro arqueando las cejas.

—¿Ah, sí? Bueno, intentaré tenerlo presente mientras estoy aquí sentada planteándome qué hacer con un bebé sorpresa y con la nueva vida que estoy a punto de empezar absolutamente sola…

Vuelvo a centrarme en mi hijo, acariciándole la parte inferior del cuerpo mientras sigue mamando. No puedo mirar a la enfermera o le diré algo más desagradable de lo que ya le he dicho. Sé que la intención es buena, pero me están presionando y no me gusta que me presionen, sobre todo cuando tengo tantas cosas en que pensar. Me estresan, y eso es malo para mí y para el bebé.

Oigo uno pasos desplazándose por la habitación y doy por sentado que eso significa que estoy sola, así que me sobresalto cuando oigo la voz de un hombre procedente de la puerta.

—Hola, campeona.

Levanto la cabeza inmediatamente, esperando ver al enfermero que ya ha estado aquí dos veces. Desde luego, son muy persistentes.

Sin embargo, el ceño fruncido desaparece de mi cara cuando veo que es él: Thibault. No me puedo creer que haya venido a visitarme. Siento alegría y recelo a la vez.

—Eh, hola, Thibault. ¿Qué haces aquí? —Lo miro de arriba abajo y me fijo en sus muletas. ¿Muletas? Avanza adentrándose en la habitación y se detiene a los pies de mi cama.

—Bah, solo me estoy recuperando de un atropello con conductor a la fuga. Me han dado una habitación en la segunda planta para pasar la noche. La dos cero cuatro, justo al lado del mostrador de enfermeras.

—Un atropello con conductor a la fuga. —No me puedo creer que haya dicho eso. Yo aquí toda emocionada porque ha venido a saludarme, brindándome la oportunidad de darle las gracias de nuevo, y en vez de eso, está aquí para meterme miedo. Y yo que creía que mi día no podía ir a peor…

Apoya las axilas en las muletas.

—Sí. Una loca me atropelló con el coche y luego se dio a la fuga. Por desgracia, no pude anotar su número de matrícula. —Está sonriendo.

No acierto a comprender qué está pasando dentro de esa cabeza suya. La expresión de su cara parece afable, pero sus palabras son todo lo contrario.

—¿A qué juegas? —Seguro que quiere una recompensa. Tengo algo de dinero ahorrado, pero lo necesitaré para mí y para el pequeño Thibault. Los sobornos y ocultar esa clase de intercambios monetarios forman parte de mi trabajo como contable para Pável; sé muy bien cómo funcionan los oscuros entresijos del mundo. Tal vez hace cinco años esta conversación me habría escandalizado, pero hoy ya no. Ni siquiera un poquito. Levanto la barbilla tratando de demostrarle que no me dejo intimidar fácilmente.

Él apoya las muletas contra mi cama y acerca la silla, arrastrándola y luego acomodándose en ella.

33

—Solo trato de evitar que las cosas se compliquen.

—Tengo seguro —le digo. Me encargué personalmente de que el trato que hice con Pável incluyera un seguro de asistencia sanitaria, aunque nunca pensé que recurriría a las prestaciones por maternidad mientras estuviese trabajando para él; además, también tengo un seguro de automóvil, aunque eso lo pago de mi bolsillo.

—¿Y puedes permitirte que te apliquen un recargo en las primas por presentar un parte de accidente? —me pregunta. Parece tener sus dudas. Seguro de lo que dice, es como si estuviéramos jugando a las cartas y tuviese un triunfo en la mano. Debe de pensar que soy usuaria habitual de los servicios sociales. Qué humillante…

Las fosas nasales se me ensanchan y aletean con fuerza mientras trato de mantener la calma y hablar con un tono civilizado.

—Eso no es asunto tuyo.

Frunce el ceño.

—Bueno, pues yo creo que sí es asunto mío, ya que me atropellaste con tu coche.

Me encojo de hombros. Se cree que puede manejarme a su antojo, comportándose como un profesor o cualquier otra figura autoritaria que esté tratando de imitar, pero no le va a dar resultado. Comparado con Pável, es como si fuera un gatito recién nacido al lado de un león. Señalo con la cabeza hacia un rincón de la habitación.

—Tengo el bolso allí. El conductor de la ambulancia fue lo bastante amable para pedírselo al chófer de la grúa antes de que se llevaran el coche. Tráemelo y te daré la información de mi seguro.

Su expresión se suaviza.

—No hace falta que te enfades conmigo. Solo estoy aquí para ver cómo estás. De verdad, no necesito el seguro: solo estaba bromeando. Haré que mi seguro de asistencia sanitaria se encargue de la recuperación.

Me encojo de hombros, sin creerle. Todo el mundo tiene alguna motivación oculta.

—No estoy enfadada. No dejas de hablar de mi seguro y de que te atropellé con el coche, a pesar de que todo el mundo te vio cruzar la calle sin mirar hacia donde ibas, así que, lo que tú digas. Coge mi bolso, te daré la información y podrás seguir con tu vida.

Thibault era un buen tipo cuando todo mi mundo se estaba derrumbando, cosa que fue realmente genial y se lo agradezco mucho, pero ahora quiere jugar conmigo e intimidarme. Está bien. Puedo con esta situación; solo es una persona más que tachar de mi lista de felicitaciones de Navidad, lo cual es muy cómodo porque de este modo ya puedo volver a tener cero personas en esa lista. Así tendré mucho menos trabajo en vacaciones.

Sostener al pequeño Thi con más firmeza me da consuelo y hasta una sensación de fortaleza aquí, sentada frente a un hombre que pretende sacarme de quicio. Ahora no estoy sola y nunca volveré a estarlo. Tengo un hijo. Una cálida sensación me inunda el corazón cuando bajo la cabeza para mirarle la carita. Estoy alimentándolo, manteniéndolo vivo con algo que mi cuerpo ha creado. Es un milagro... Tengo, literalmente, un milagro entre mis brazos.

Creo que, con su tono de voz, Thibault pretende resultar tranquilizador:

—Tamika... Hace tres horas, estaba arremangado ahí abajo, ayudándote a dar a luz a ese hermoso niño que tienes ahí. Por no hablar del hecho de que por poco me atropellas antes incluso de que llegara a dar un sorbo a mi café moka. No voy a presentar parte ni a denunciarte ni nada de eso, pero creo que al menos tengo derecho a preguntarte si tienes seguro. Y sin embargo, actúas como si quisiera perjudicarte o hacerte daño de algún modo. ¿Por qué habría de hacer eso?

Lo miro con gesto impasible.

—No te conozco, Thibault. Te agradezco todo lo que hiciste por mí y por el pequeño Thi, y si quieres que te haga algún tipo de pago por los servicios prestados, es probable que pueda darte algo, pero ahora te agradecería que te fueras y regresaras más tarde. Estoy bastante cansada.

Me recuesto en la cama y apoyo la cabeza sobre la almohada.

—Antes te oí hablar con la enfermera —comenta, acercando la silla a mi cama.

Mi cerebro trata de recordar qué dije justo antes de que él entrara. No creo que fuera nada del otro mundo, pero aun así... Levanto la cabeza.

—¿Estabas ahí, en la entrada de mi habitación, escuchando mis conversaciones privadas? ¿Es que no has oído hablar de la privacidad del paciente?

—No lo hice a propósito. Solo vine a verte y tu puerta estaba abierta. Iba a llamar, pero entonces oí unas voces de enfado.

—No había voces de enfado.

—Parecía que estabas enfadada con la enfermera porque intentaba obligarte a rellenar unos papeles.

Niego con la cabeza.

—Habrás oído mal. No tengo ningún problema con los papeles.

Los miro y luego miro al bebé.

Él se levanta, pero yo no le hago ningún caso; no quiero alentar más la conversación estableciendo contacto visual. Entonces oigo ruido de papeles y, al levantar la vista, lo encuentro al lado de mi mesa.

—¿Qué estás haciendo?

—Son los formularios para la partida de nacimiento del bebé. —Está frunciendo el ceño.

Me siento un poco más erguida en la cama y levanto la voz.

—Deja eso. No es asunto tuyo.

Deja los formularios, vuelve a la silla y se sienta de nuevo.

—¿Puedo hacerte una pregunta personal?

Tiene que estar loco.

—No, no puedes.

—¿Por favor?

Quiero seguir negándole el derecho a inmiscuirse en mis asuntos, pero me resulta difícil cuando está siendo tan educado y me mira como ahora. Es muy guapo y, de no ser por él, tal vez no estaría aquí con un bebé sano en los brazos.

—Está bien —le digo, suspirando profundamente para que sepa que se está poniendo muy pesado—. ¿Qué quieres saber?

Se acerca y me toma de la mano con delicadeza. Le dejo hacer, aunque empiezo a sospechar de sus motivos. ¿Por qué es tan amable conmigo? ¿Por qué le importa mi papeleo?

—¿Tienes a alguien que pueda venir a recogerte al hospital dentro de un par de días y ayudarte a cuidar de ti misma y del bebé?

—Por supuesto. —Me encojo de hombros, como si no fuera ningún problema, aunque por dentro la idea me produce auténtico pánico. Aparto la mano de la suya y ajusto el arrullo del bebé.

¿A quién voy a llamar? Sonia es la única que se me ocurre. Mi compañera de piso y yo no somos lo que se llama amigas realmente, pero quizá podría dejar a un lado su lealtad hacia Pável solo por esta vez, ayudarme un día o dos hasta que pueda arreglármelas sola. He sido buena con ella. La ayudé a abrir una cuenta de ahorros de la que Pável no sabe nada. Sé que ella también sueña con largarse algún día.

—¿Quién? —me pregunta.

—Te he dicho que podías hacerme una pregunta. Con esa, son dos. —Odio admitirlo, pero disfruto discutiendo con él. Es un hombre tozudo, pero no de esa forma tan odiosa que caracteriza a Pável.

—¿Puedo hacerte otra pregunta?

—No hasta que tú me respondas una a mí.

Se encoge de hombros.

—Dispara. Pregunta todo lo que quieras: soy un libro abierto.

—¿Quién eres?

Se queda ahí sentado, parpadeando.

—¿Es una pregunta demasiado difícil? —No puedo evitar sonreír. Parece como si se le hubiera comido la lengua el gato, y me encanta ser capaz de provocar esa reacción en él.

—No, solo intento decidir cómo responderla.

—Como quieras.

Asiente despacio.

—Está bien. Respuesta abierta. Ningún problema. —Se recuesta en la silla antes de continuar—. Me llamo Thibault Delacroix. He vivido en Nueva Orleans toda mi vida. Tengo una hermana llamada Toni que está casada con mi mejor amigo, Lucky. Tienen dos hijos, mellizos, y yo soy su tío favorito. Trabajo en la empresa de seguridad Bourbon Street Boys…

—He oído hablar de esa empresa. —El nombre me suena—. Aunque no me acuerdo de dónde lo he oído.

—Pues eso es un poco raro —dice, mientras se le desvanece la sonrisa.

—¿Y eso por qué?

—Realizamos tareas de seguridad privada en esta zona, pero casi todas son con el departamento de policía. No es que sea un gran secreto, pero nuestro trabajo se lleva a cabo de forma discreta, se realiza entre bastidores. Nunca salimos en las portadas de los periódicos.

Ahora recuerdo dónde he oído ese nombre: Pável dijo algo sobre ellos una vez. No recuerdo qué era ni de qué se trataba.

—Ah. Tal vez me estoy confundiendo con otra empresa de nombre parecido, Bourbon Street Bros o algo así.

—Sí. —Levanta las manos un segundo antes de apoyarlas sobre los muslos—. Bueno, pues ese soy yo. Ahora ¿puedo hacerte yo una pregunta?

—Por supuesto. Mientras no sea demasiado personal. —Ya no estoy de humor para seguir peleando con Thibault. Parece un tipo bastante agradable, y ahora que sé que se dedica a la seguridad, entiendo qué pudo impulsarlo a acudir en mi ayuda cuando me vio en apuros. La mayoría de las personas que trabajan defendiendo la ley, incluso en el sector privado, tienen el deseo de ayudar a la gente, a diferencia de los hombres que trabajan al otro lado de la ley, a quienes, como Pável, les importa un bledo hacer daño a los demás. Sin embargo, a pesar de que parte de mis recelos con respecto a Thibault han desaparecido, eso no significa que quiera ser su amiga del alma. Mi relación como confidente del Departamento de Policía de Nueva Orleans ya es lo bastante peligrosa como para, encima, ir relacionándome con más enemigos de Pável.

—No demasiado personal... A ver, a ver... ¿Qué puedo preguntarte...? —Thibault me mira entrecerrando los ojos y asiente con la cabeza. Se cree encantador. Tal vez lo sea, un poco. Tal vez no. Ya no confío en mi instinto en lo que respecta a los hombres.

No puedo evitar comparar mentalmente a los dos hombres que hay en mi vida ahora mismo, Thibault y Pável. El primero: robusto, con la piel aceitunada, de pelo oscuro, musculoso, guapo, seguro de sí mismo y amable... El otro: alto, pálido, rubio, delgado, no muy guapo, demasiado seguro de sí mismo y cruel. Si me hubieran dado a elegir hace unos años entre el primero y el segundo, sé qué opción habría seguido. Nunca estuvo en mis planes trabajar para un criminal; la vida simplemente me llevó por ese camino. Ojalá hubiese podido encontrar un trabajo en algún sitio como esa empresa, Bourbon Street Boys, en lugar de acabar donde acabé. Estoy segura de que trabajar con Thibault es divertido. Sin duda es un gran bromista: tiene arrugas de la risa alrededor de los ojos. Pero es absurdo lamentarse ahora por cómo me ha ido la vida, porque es imposible cambiar el pasado.

—¿A qué te dedicas? —pregunta al fin.

—Soy contable.

—Mmm. Interesante. ¿Dónde trabajas?

—Le llevo los libros de contabilidad a un empresario de servicios de lavandería. Las típicas lavanderías de barrio.

—¿Aquí en la ciudad?

—Sí. —Miro al bebé, preocupada por lo lejos que quiere llegar con este interrogatorio. No pretendo ser maleducada ahora que estamos charlando tranquilamente los dos, pero si Thibault trabaja con la policía, puede que sepa muchas cosas que preferiría mantener ajenas a nuestra relación, a pesar de que tiene toda la pinta de ser una relación que acabará antes de que lo haga el día.

—Tal vez podríamos llamar a tu jefe. ¿Crees que estaría dispuesto a ayudarte?

Antes de que pueda contenerla, se me escapa una risa amarga.

—Mmm, no. No voy a hacer eso. —Lo miro y trato de sonreír—. Escucha, te agradezco que te preocupes por mí y todo eso, pero no es necesario, de verdad. Estaré bien. Tengo una compañera de piso.

Sonríe.

—Una compañera de piso. Eso es genial. ¿Quieres que te traiga el teléfono? —Hace ademán de levantarse.

—No, está bien. Hablaré con ella más tarde.

Está de pie junto a la cama, mirándome.

—Tal vez convendría que la avisaras con algo de antelación, ya sabes. Para que te consiga una sillita portabebés para el coche, y pañales y cosas que puedas necesitar…

Tengo que hacer un esfuerzo para dominar mi temperamento. Ya está presionándome otra vez. Mucho.

—Thibault, ¿sabes qué? De verdad, te aseguro que te agradezco muchísimo que hayas venido a visitarme y que te preocupes por mí, pero ahora estoy un poco cansada y me gustaría dormir un ratito, así que si no te importa…

La mandíbula le palpita varias veces mientras se agacha y recoge las muletas, a un lado de mi cama.

—No, no me importa en absoluto. Lo siento si te he molestado con mis preguntas. —Se coloca las muletas bajo los brazos y se vuelve de lado—. ¿Quieres que te traiga algo antes de irme? —Mira hacia la mesa—. ¿Un poco de agua?

Estoy a punto de decir que no, pero tengo los labios prácticamente pegados.

—Un poco agua me apetece, sí. Eso estaría bien.

Se dirige a la mesa y me acerca mi botella térmica. La sostiene en el aire, sonriendo.

—Esta botella probablemente te va a costar quinientos dólares, ¿sabes? Asegúrate de metértela en el bolso antes de irte.

Miro al techo con cara de exasperación mientras la cojo.

—Lo sé. Gracias a Dios que tenía al doctor Thibault Delacroix de guardia para ayudar a dar a luz a mi bebé; de lo contrario, tendría que haber pagado unos veinte mil dólares por el parto.

Sonríe, inclinándose para agarrarle el puño diminuto al bebé.

—Te enviaré la factura.

—Espero que no sea demasiado caro —le digo, preguntándome si estará bromeando.

—Tal vez cuando estés recuperada puedas invitarme a almorzar para cubrir el coste.

Me dan ganas de reír y llorar al mismo tiempo. En otro lugar, en otro momento, en otra existencia, eso me gustaría mucho. Pero nunca sucederá. No con Pável en mi vida. Necesito dejar atrás Nueva Orleans lo antes posible.

—Eso estaría bien —respondo con un suspiro melancólico.

—Pero no pongas esa cara tan triste —advierte—. No he sido tan malo, ¿no?

—¿Por qué dices eso? ¿Cuándo has sido malo?

—Antes, me he puesto un poco pesado. Lo siento. Mi hermana dice que tengo complejo de Superman y que me cuesta mucho aceptar un no por respuesta. Cuando veo a alguien que necesita ayuda, quiero ayudar. —Se encoge de hombros—. Es un defecto de mi carácter, supongo.

No tengo más remedio que sonreír. Me lo imagino perfectamente con una capa, luchando contra el crimen, saltando de un edificio alto a otro como si tal cosa.

—Sí, bueno, todos tenemos nuestras cruces que cargar. Mi abuela solía decir que soy más terca que una mula. Demasiado independiente para mi propio bien.

—¿Quien? ¿Tú? —exclama, levantando la voz—. Nooo…

Le aparto la mano y señalo hacia la puerta.

—Vete. Largo de aquí. He tenido un día muy largo y necesito dormir.

Se aleja tambaleándose sobre sus muletas, sonriendo. Se detiene en la puerta y se da media vuelta.

—¿Te importaría que venga a visitarte otra vez antes de que nos den el alta del hospital? ¿Solo para ver cómo os va al bebé y a ti? Prometo que no te insistiré en que llames a alguien o vayas a almorzar conmigo.

Cierro los ojos y apoyo la cabeza en la almohada, acunando al pequeño Thi en mis brazos. Seguramente no debería dejar que Thibault se haga ilusiones, ni alentar estos gestos tan amables que tiene conmigo, pero la idea de no volver a ver nunca más al hombre que fue la primera persona en sostener a mi hijo en brazos me resulta demasiado triste para aceptarla con resignación. Por lo general, no me importa estar sola en el mundo, incluso cuando estoy rodeada de gente, pero algo dentro de mí ha cambiado. Tal vez sea la maternidad, que ya ha empezado a obrar su potente y peligrosa magia.

—Por supuesto. Te veo mañana.

—Sí, de acuerdo. Vendré para el desayuno. Te traeré un dónut.

—Con virutas de chocolate —le digo cuando casi ha cruzado la puerta.

Se ríe.

—Hecho.

La puerta se cierra despacio a su espalda.

Capítulo 7

No puedo relajarme. Las palabras de Thibault siguen resonando en mi cabeza: que quienquiera que venga a recogerme al hospital va a tardar un rato en reunir las cosas que necesito. Las enfermeras ya me han dicho más de una vez que no puedo irme sin una sillita homologada para el coche, por la política del hospital y todo eso. Y se supone que me van a dar el alta mañana al mediodía.

He ido postergando el momento de llamar a mi compañera de piso, Sonia, porque cada vez que me imagino la conversación que vamos a tener, nunca sale bien. Pável premia la lealtad y castiga a las personas que guardan secretos. Dudo que se le pase siquiera por la cabeza que, sin mí, ella no tendría esa bonita cuenta bancaria en un lugar a salvo de las garras de Pável, para el día en que decida largarse y labrarse un futuro fuera de ese mundo. Ahora mismo Sonia está bajo su control, por lo que es más que probable que su lealtad sea, en primer lugar, hacia él.

En algún rincón de mi mente, pienso que mantener otra conversación con alguien que no quiere nada de mí y que no supone una amenaza para mi seguridad personal podría ser beneficioso para mi salud mental. Tal vez por eso me encuentro dos plantas por debajo de la de maternidad, buscando la habitación 204, donde Thibault va a pasar la noche.

Solo son las siete de la tarde. Ni siquiera llamaré a la puerta si no siento buenas vibraciones cuando llegue allí; me limitaré a pasar de largo y me iré a los ascensores, en el otro extremo de la planta. Las enfermeras me han repetido hasta la saciedad que tenía que moverme, porque me ayudaría a recuperarme lo antes posible. Dejar al pequeño Thibault en la *nursery* me pareció horrible al principio, pero ahora me alegro de no tenerlo conmigo: ya estoy agotada. Nunca había estado tan dolorida en toda mi vida, ni siquiera la vez que, de niña, monté durante dos horas a caballo en la única fiesta de cumpleaños a la que asistí. Después me pasé dos días enteros sin poder andar bien, pero creo que esta vez tardaré al menos una semana en que se me pasen este dolor y la rigidez de las articulaciones.

Cuando me acerco a la puerta de Thibault, tres mujeres que vienen de la otra dirección se detienen frente a ella. Me ciño la bata con más fuerza alrededor del cuerpo y simulo interesarme por la habitación al otro lado del pasillo mientras ellas empujan su puerta y entran, dejándola entreabierta a sus espaldas.

Me desplazo a la derecha para estar más cerca, intrigada. ¿Quiénes son esas mujeres? ¿Estará casado? ¿Una de ellas será su esposa, su novia? ¿Compañeras de trabajo? ¿Amigas? ¿Familiares? He visto que una de las visitantes era tan corpulenta como él, con el mismo color de pelo y tono de piel. Tal vez sea su hermana.

Probablemente debería sentirme culpable por aguzar el oído y espiarlos, pero es lo que hizo él antes conmigo. La revancha es jugar limpio, ¿verdad? Me acerco todo lo que puedo a la puerta sin que resulte demasiado obvio, apoyando una mano en la pared y la otra en mi barriga. No me hace falta fingir que estoy hecha polvo. Ojalá hubiese una silla aquí fuera para poder escuchar a mis anchas y con toda comodidad.

—¡Thibault! ¡Oh, Dios mío! ¿Cómo estás? —La voz de esa mujer es realmente estridente.

—Hola, May, estoy bien. Hola, Jenny. Hola, Toni. ¿Qué hacéis aquí?

—¿Dónde están todos tus moretones? —pregunta una de las chicas, May.

—¿Qué moretones? —dice él.

—Tuviste un accidente de coche, ¿verdad? ¿Dónde están todos los cortes y moretones y esas cosas?

Lanzo un resoplido sin hacer ruido. Un accidente de coche. Sí, claro. Más bien se le olvidó una de las lecciones que aprendió en el jardín de infancia, como, por ejemplo, que se supone que tienes que mirar a derecha e izquierda antes de cruzar la calle.

—La verdad es que no he tenido ningún accidente, no es que me hayan atropellado exactamente. Solo me dieron un golpecito de nada con el coche.

—Eh, hermano —dice alguien con un tono de voz más serio. Su hermana, deduzco. Me pregunto si es Toni o Jenny—. ¿Cómo puede darte alguien «un golpecito de nada» con el coche?

—Eso me gustaría saber a mí también, Toni —dice una voz similar a la primera: Jenny, al parecer. Si me fueran las apuestas, diría que ella y May son hermanas. Se parecían bastante. Eso convertiría a Toni, la que se parece a Thibault, en su hermana.

—Estaba tomando un café y crucé la calle sin mirar por dónde iba.

¡Ja! ¡Lo sabía! Antes solo me estaba tomando el pelo, haciendo como si todo hubiese sido culpa mía. Sí, está bien, me equivoqué al girar en esa esquina, pero de todos modos… él debería haber mirado antes de cruzar. Ahora al menos acaba de reconocerlo.

—¿En qué estabas pensando? —pregunta May—. Podrías haber muerto. ¿Y si hubiera sido un autobús, qué?

—Si se le hubiera acercado un autobús lo habría oído, ¿no? —dice Jenny—. ¿Qué te has hecho en la rodilla?

—Estoy esperando que el radiólogo vea las radiografías. Podría ser un simple hematoma. El técnico dijo algo sobre el menisco, pero ¿qué sabrá él?

—Vas a tener que guardar reposo por un tiempo —señala Toni—. ¿Ozzie está al corriente? ¿Sabe que vas a tener que estar un tiempo de baja?

¿Ozzie? Debe de ser su jefe. Ahora me siento culpable por el papel que he desempeñado en todo esto. No me había dado cuenta hasta ahora de lo mal que tiene la pierna.

—Le he enviado un mensaje. Ha dicho que se pasaría más tarde. Y nadie ha dicho que tenga que estar de baja, ¿de acuerdo?

May interviene entonces.

—Ozzie se ha planteado lo de contratar a ese chico nuevo, Jerry, pero no quiere hacerlo sin consultarlo antes contigo. Tal vez este sea un buen momento, si vas a estar fuera de juego una temporada. Jerry podría sustituirte.

Toni parece burlarse del chico nuevo cuando da su opinión.

—¿Jerry? ¿Te refieres a Jericó?

—Vamos, Toni, es un buen tipo —dice Thibault—. Creo que será un buen fichaje para el equipo, sobre todo teniendo en cuenta su experiencia en las fuerzas especiales. Y no es culpa suya que a sus padres les gusten las historias de la Biblia; deja de meterte con el chico por culpa de su nombre.

—Si fuera yo, me haría llamar Jericó —comenta Jenny—. A mí me parece un nombre genial.

La voz de May es muy, muy estridente. Me la imagino saltando arriba y abajo.

—¡Eh, Jenny! Podrías llamar Jericó a tu... —Se calla bruscamente y luego completa el resto de su frase tartamudeando—. Perro... o gato... o jerbo... Si quieres. O no. —Hace una pausa—. ¿Qué es eso que hay en la ventana? ¿Es un loro? Creo que alguien ha perdido a su loro.

—Las persianas están cerradas, May —señala Toni—. ¿Cómo es posible que hayas visto un loro?

—Bueno —dice Jenny alegremente—, ¿te han dicho si vas a pasar por el quirófano por ese problema con el menisco? —Reacciona como si el hecho de que May haya visto un loro invisible no sea del todo extraño. Tal vez su hermana está como una cabra y ella ya está acostumbrada. Pável tiene un primo con problemas, y ahora todos somos ya completamente inmunes a sus rarezas. Alexéi. Ahuyento esa preocupación. Los problemas, mejor de uno en uno…

—Sí, más o menos, eso han dicho —responde Thibault.

—¿Quirófano? —exclama May—. ¿De verdad? Guau. Menudo golpecito de nada te dieron, entonces.

¿Van a operarle? No tenía idea de que Thibault tuviera que pasar por el quirófano para que le arreglen la pierna. Ahora sí que me siento culpable. Creí que se quejaba del dolor como el típico hombre, convirtiendo un simple moretón en una herida de máxima gravedad. Sin embargo, ya debería haberme dado cuenta de que era algo más grave cuando dijo que se iba a quedar ingresado una noche. Hoy en día te echan del hospital en cuanto pueden. Me muerdo el labio, preguntándome si debería disculparme. Al fin y al cabo, era yo la que iba por la calle en dirección contraria.

—No sé —dice él—. Se supone que de momento debo dejar descansar la rodilla.

—Todavía no entiendo cómo te echaste encima de un coche al cruzar la calle. —Toni parece contrariada—. Tú siempre eres muy precavido.

Oigo el suspiro de Thibault a través de la puerta.

—No es que no fuese precavido, es que el coche iba en dirección contraria en una calle de sentido único, ¿de acuerdo? No pasa nada. La conductora apenas me rozó.

La habitación se queda en silencio unos segundos y luego May dice:

—Aaah, ya veo... Así que era una mujer la que conducía el coche, ¿eh? Ahora empiezo a entenderlo todo...

—¿Y es guapa? —pregunta Jenny, con una sonrisa en la voz.

Tengo las mejillas acaloradas. Ahora debería irme, pero me muero por escuchar su respuesta.

—Por favor... —dice Toni, molesta—. Como si el hecho de que fuera una mujer la que conducía el coche cambiase en algo las cosas. Dame toda la información de su seguro y empezaré a rellenar los formularios de reclamación por ti.

Entorno los ojos. ¿No le ha oído decir que fue sobre todo culpa suya? Ya veo que la tozudez y la insistencia forman parte de los rasgos familiares.

—No hace falta. No va a haber ningún problema.

La habitación se queda en silencio. Me doy media vuelta, por si acaso están pensando en salir. La voz de Thibault me detiene.

—Mirad, estoy un poco cansado por todos los analgésicos que me han dado, así que si pudierais dejarme solo un rato para relajarme antes de salir de aquí...

—Sí, claro, ahora mismo te dejamos descansar —dice May—. Que te mejores pronto. Nos veremos mañana.

Jenny es la siguiente en hablar.

—Eso, que te cures rápido. Nos vemos mañana. Llámame si necesitas algo y te lo traeré, o te lo traerá Dev. Te manda recuerdos, por cierto. Ahora mismo está en una sesión de fisioterapia con Jacob, pero debería terminar pronto. No estoy segura de si vendrá a visitarte, pero seguro que te llama.

—Genial. Gracias.

Los pasos se dirigen hacia la puerta, así que me doy la vuelta y echo a andar en la dirección opuesta a la que vinieron cuando llegaron. Cuando la hoja se abre y luego se cierra, y el ruido de sus pisadas se desvanece por el pasillo, regreso a la habitación de

Thibault para poder disculparme por lo que le he hecho a su rodilla. Me siento fatal. Sin embargo, al oír una voz femenina aún dentro de la habitación, me quedo fuera, paralizada, incapaz de moverme.

—Creías que te habías librado de mí, ¿eh? —dice la voz femenina.

Es Toni. Solo Jenny y May deben de haberse ido.

—Mmm… Pues sí. —Thibault parece decepcionado.

—No me rindo tan fácilmente. —Se oye un crujido, como si acabara de sentarse en la cama de su hermano—. Dime qué pasa aquí.

—Nada. Ya te lo he contado todo. Ahora mismo me duele la pierna, ¿te importa dejarme solo?

—Y una mierda. No es eso lo que te pasa. ¿Qué problema hay con el seguro?

Maldita sea, desde luego, qué cabezotas son todos en la familia Delacroix. Sonrío, plenamente consciente de la frustración que debe de estar sintiendo Thibault. Disfruto de lo lindo oyendo cómo prueba su propia medicina.

—¿Problema? Ningún problema. Estoy cubierto por el seguro —dice.

—Estoy hablando del seguro de la conductora. ¿Te dio sus datos o no?

—No me hacen falta.

Ya está otra vez. No importa que le diga que yo también estoy cubierta por mi seguro, no va a presentar ninguna reclamación en mi contra. Dijo algo de que me cobrarían el doble de prima si presentaba un parte. En cierto modo, me molesta que intente protegerme cuando no necesito su protección, pero también me doy cuenta de que, simplemente, es su manera de ser: le gusta ayudar a la gente. Tal vez está haciendo lo que cree que se le da mejor. Eso lo respeto.

—¿Desde cuándo? Tal vez tengas una rotura de menisco, Thibault. Alguien debe pagar esa operación. Tendrás suerte si sales de aquí con una factura de menos de cincuenta mil dólares.

—No te preocupes por eso.

Su voz se dulcifica.

—Hermano, ya sabes que te quiero, y sabes que te daría un riñón si lo necesitaras, pero si crees que voy a dejar que renuncies a una reclamación del seguro porque una chica te ha enseñado las tetas, estás loco.

Me quedo boquiabierta. ¡Menuda desfachatez ha dicho esa mujer! No me conoce, pero eso no le da ningún derecho a dar por sentado que yo haría algo así. ¿Y qué si le he enseñado a Thibault mis partes íntimas? Eso era diferente; no estaba tratando de llamar su atención ni nada de eso, y aunque lo hubiera intentado, no habría funcionado. Menudo espectáculo. En todo caso, tendría que haberme cobrado él por obligarlo a vérmelo.

Thibault baja la voz con un tono tranquilizador.

—Oye, entiendo lo que dices, ¿vale? No te equivocas con respecto al coste de la estancia en el hospital, pero tienes que creerme cuando te digo que no ha habido ningunas tetas de por medio.

No me queda más remedio que sonreír. Tiene razón. Es posible que haya visto todo lo que tengo por debajo de la cintura, pero nunca me quité la parte de arriba. Al menos hasta que llegué al hospital.

Se produce una larga pausa y oigo un suspiro antes de que Thibault vuelva a hablar.

—Está bien, esa mujer tiene tetas, pero te prometo que no se las he mirado. Bueno, no más de dos segundos, de todos modos. Además, sucedieron muchas otras cosas que requerían mi atención.

Siento que me voy sonrojando ante la idea de que sí me las miró, aunque solo fuese un momento.

—Cuéntamelo todo.

—No me vas a creer.

—Ponme a prueba.

Lanza un suspiro.

—No se lo digas a May. Se pondrá como loca y no me dejará en paz. Tengo que esperar a sentir mucho menos dolor para soportar eso.

—Está bien. No diré nada. ¿Qué pasó?

—Esa mujer me dio con el coche porque se puso de parto. La ayudé a dar a luz en un salón de manicura.

—Venga ya…

—No, lo digo en serio.

—¡Lo oí en las noticias cuando venía de camino aquí! —exclama—. ¿Ese eras tú?

—Sí, chissst… Seguro que May está ahí en el pasillo.

Todo mi cuerpo se queda petrificado, como una estatua, hasta que Toni habla y deduzco por su voz que todavía sigue dentro de la habitación.

—No, está en el coche. Acaba de enviarme un mensaje diciéndome que me dé prisa.

Dejo escapar un largo suspiro de alivio porque no me hayan pillado.

—Bien, entonces vete ya. Ya te contaré el resto más tarde.

—No, ahora. May puede esperar.

—Pues la verdad es que eso es todo. Dio a luz al niño y nos trajeron aquí en dos ambulancias diferentes. Ella está en la planta de maternidad. La grúa se llevó su coche y ni siquiera tiene ropa que ponerse, porque tuve que rasgarle y destrozarle la que llevaba en el salón de manicura. —Lanza un fuerte suspiro—. Es madre soltera, ¿sabes? Es una mujer dura, pero está sola. Y yo tengo un buen seguro médico, así que no pienso arruinarle la vida por un pequeño accidente que podría haber evitado si simplemente hubiera mirado por dónde iba.

51

—Vaya, así que estamos haciendo de Superman otra vez, ¿verdad?

—No empieces, Toni. No es eso. Tú habrías hecho lo mismo.

—Y una mierda.

—¿En serio? Después de criar a un par de mellizos los últimos dieciocho meses y de ver todo lo que eso implica, todo el sacrificio que requiere, ¿no sentirías una pizca de compasión por una chica que, hasta el momento de dar a luz, ni siquiera sabía que estaba embarazada? ¿Que no tiene amigos ni familia que puedan ayudarla? Por favor. No eres tan fría.

Me está defendiendo de una forma tan vehemente que siento que se me remueve algo por dentro. No debería importarme, pero me importa. Hacía años que nadie daba la cara así por mí.

—¿Cómo podía no saber que estaba embarazada? ¿Y no tiene familia? ¿Qué hay del padre del niño?

—No lo sé. No sé nada de todo eso. No ha querido decirme nada. Aunque tengo la impresión de que no está en una buena situación.

Ahora me arde la cara de vergüenza. «No está en una buena situación» es una forma bastante acertada de describir mi vida.

A continuación, sigue una larga pausa hasta que Toni responde.

—Eso es una putada.

—Sí. Es una putada. Así que déjalo.

—No estoy segura de que sea una buena idea, aunque la entiendo… Está en una posición muy difícil.

Thibault lanza un gemido.

—¿Podemos tener esta conversación otro día? La verdad es que no estoy muy fino.

—Vale. Pero me contarás el resto mañana, cuando venga a buscarte.

—¿Vendrás a buscarme cuando me den el alta?

—Desde luego.

—¿Qué pasa con los niños?

—Lucky se encarga. Por cierto, vendrá más tarde si puede escaparse. Ozzie le ha asignado un caso que lo tiene metido hasta las cejas en asuntos financieros, pero quiere verte. Tengo que volver antes de que empiece a enviarme mensajes.

—Bien. —Thibault parece muy cansado—. Dile que me traiga el cepillo de dientes y mi maquinilla de afeitar.

—Hecho.

Consciente de que está a punto de salir, empiezo a alejarme, pero no antes de oír sus últimas palabras:

—Espero que ella lo valga.

Me paro para escuchar la respuesta de Thibault, pero habla demasiado bajo. Camino apresuradamente por el pasillo, sin mirar atrás, ni siquiera cuando oigo la puerta abrirse detrás de mí.

Capítulo 8

Estoy a punto de quedarme traspuesta después de haber depositado al niño en su cuna. Son las ocho y media de la mañana, y habré dormido unas tres horas en total en toda la noche. El pequeño Thi es un cabroncete muy mono, pero hay que ver lo que le gusta tragar… Me miro los pechos y me asusto al ver lo grandes que se me están poniendo. Creo que tengo leche suficiente para alimentar a tres bebés y sé que no me va a caber ninguno de mis sostenes. Siento envidia de esas mujeres que disponen de meses para prepararse para estas cosas.

Llaman a mi puerta. Thibault y mi dónut han llegado. Había pensado en llamarlo a través de la centralita telefónica del hospital para decirle que no se molestara, pero luego lo pensé mejor y me di cuenta de que eso sería descortés. Al fin y al cabo, fue él quien me asistió en el parto de mi hijo.

—Adelante.

Me aliso el pelo y me aseguro de tener los pechos cubiertos por este absurdo camisón de hospital que me veo obligada a llevar, ya que todavía no tengo ninguna muda de recambio. Con un poco de suerte, Sonia se acordará de traerme las cosas que le pedí; no le hizo ninguna gracia que la despertara a las siete y media de la mañana con la noticia de que estaba en el hospital y necesitaba que me llevara al depósito donde la grúa dejó mi coche.

Una enfermera asoma la cabeza en la puerta.

—Tiene una visita —dice.

Sonrío.

—¿Es un hombre con un dónut?

Parece confusa.

—Mmm… No. Es un hombre, pero no trae ningún dónut.

Mira por encima del hombro. Al ver la cara tan rara que pone tengo un mal presentimiento. Mi sonrisa se desvanece.

—¿Quién es?

La enfermera entra deslizándose y sujeta la puerta cerrada con la mano.

—Ha dicho que se llama Pavole. O Pavelli. Lo siento, hablaba con acento extranjero.

Se me hiela la sangre mientras el sudor me recorre todo el cuerpo.

—No. No lo dejes entrar —susurro.

Baja la voz para ajustarla a la mía.

—No ha pasado todavía a la sala de maternidad. Aún no le han abierto la puerta. —Hace una pausa—. Por lo general, cuando alguien dice que va a visitar a una persona determinada y conoce todos los detalles sobre la paciente y el bebé, no nos molestamos en preguntar a la paciente, pero él no sabía… Y parecía… enfadado. —Hace una mueca.

Me incorporo en la cama y alzo la voz.

—Que no lo dejen entrar. No lo quiero en mi habitación.

Extiende las manos.

—Tranquila, no lo dejaremos pasar. Quédese aquí.

En cuanto la enfermera se va, salgo de la cama y camino lo más rápido posible hacia la cuna del pequeño Thi. Lo tomo en brazos, entro en el baño y cierro la puerta detrás de mí. Me siento en el inodoro y espero a que mi mundo se derrumbe alrededor de mis oídos.

Joder, maldita Sonia… Me ha delatado. Ya sabía yo que no podía confiar en ella. ¿Por qué la habré llamado? Se me cae el alma a los pies cuando la respuesta destella en mi cerebro: porque era la única persona en el mundo entero con quien creía que podría tener alguna posibilidad, alguien que podría guardarme el secreto unas pocas horas y darme el tiempo suficiente para largarme de aquí. Ahora ya se ha confirmado: no tengo a nadie más que a mi hijito. Solo somos Thi y yo… Nosotros contra el mundo.

Tanto movimiento lo ha despertado y empieza a quejarse y armar alboroto. Lo ayudo a agarrarse al pecho y luego miro fijamente la puerta, repasando los detalles de mi plan: pediré algo de ropa prestada a una de las enfermeras. Alguna de ellas debe de tener algo en una bolsa del gimnasio o en alguna taquilla por aquí. O simplemente me iré con el camisón de hospital y la bata. No me importa. Tengo que marcharme antes de que Pável encuentre la manera de entrar. En cuanto consiga ropa y zapatos, o solo unos zapatos, tomaré un taxi para ir al depósito. Llamaré primero para asegurarme de que Pável no esté ahí. Luego sacaré todo el dinero de mi cuenta bancaria, compraré algunas provisiones y un mapa, y saldré a la carretera. La trabajadora social que vino a mi habitación ayer dijo que podían prestarme una sillita portabebés para el coche si aceptaba ir a una clase de crianza. Aceptaré el trato, me llevaré la sillita y la dejaré cuando compre otra. Pero a la mierda las clases de crianza; tengo que irme de esta ciudad lo antes posible.

Llaman a la puerta del baño y me pongo tensa. El pequeño Thi se separa y empieza a hacer pucheros. Lo vuelvo a guiar de nuevo a su sitio.

—¿Sí?

—¿Señorita Cleary? —dice la voz de una mujer.

—¿Sí?

—¿Podría salir aquí, por favor?

—Mmm… No, lo siento, no puedo. Estoy un poco ocupada ahora mismo.

—Soy Joanna Readling, directora de servicios sociales del hospital.

—Es que ahora no es un buen momento, de verdad.

Transcurre una larga pausa antes de que conteste.

—El personal de seguridad ha invitado a marcharse del hospital al hombre al que no quería dejar entrar en su habitación, si es eso es lo que le preocupa.

Siento que una oleada de alivio me inunda todo el cuerpo. Es tan fuerte que hace que me zumben los oídos. Tengo que inspirar aire varias veces, larga y profundamente, antes de sentirme cómoda estando de pie. Una vez que me aseguro de que puedo andar, me dispongo a abrir la puerta. Después de mirarme al espejo y arreglarme algunos mechones de pelo rebeldes, salgo del baño, actuando como si fuera la cosa más natural del mundo llevarme a mi hijo al baño y encerrarnos los dos allí.

Hay una enfermera y una señora con un portapapeles en medio de la habitación. Me acerco a la cama y me meto dentro, con cuidado de no molestar al pequeño Thi. Él sigue a lo suyo sin perder comba, mamando con todas sus fuerzas.

—Señorita Cleary, hola. —La mujer del portapapeles se acerca y me tiende la mano—. Soy Joanna Readling.

—Encantada. —Asiento con la cabeza, pero no le estrecho la mano. Leí un folleto que me dio una de las enfermeras sobre cómo proteger a mi hijo de los gérmenes; imagino que esa es la única excusa que necesito para mantener lejos de mí a esta gente.

—Hay indicios de que podría tener usted un problema… —Mira a la enfermera, que asiente con la cabeza—. Con alguien que insistía mucho en ver a su bebé. —Se calla con aire incómodo—. Asegura ser el padre del niño.

Me encojo de hombros.

—Puede decir lo que quiera, pero eso no importa, ¿verdad? —También me leí el folleto de bienvenida del hospital para madres que acaban de parir y dice claramente que tengo plena autoridad sobre quién puede ver a mi hijo y quién no. Cualquiera que insista en sus derechos necesita una orden judicial.

—Técnicamente no, no importa, pero me han informado de que no dispone usted de sillita homologada en su automóvil; ni tampoco ha hecho ningún preparativo para que alguien la acompañe cuando le den el alta. Hay un formulario que debe completar con esa información.

Cambio a Thi a mi otro pecho como forma de ganar tiempo para ordenar mis ideas. Cuando ya se ha acomodado, levanto la vista.

—¿Quién le ha dicho que no tengo a nadie para eso?

La enfermera que está de pie junto a ella me sonríe, pero la emoción no le alcanza a los ojos.

—Quién me lo haya dicho no importa, la pregunta es ¿es cierto? ¿Tiene a alguien que pueda llevarla a casa? ¿Y tiene un lugar al que ir? Necesitaremos que rellene los formularios si así es. —Joanna levanta una mano para impedirme hablar—. Para que lo sepa, contamos con servicios disponibles para usted si no dispone de otras alternativas. No queremos que piense que está metida en algún lío si su situación no es… la ideal.

—Mi situación es perfectamente buena. He pedido a los servicios sociales que me presten una sillita para el coche, pero si eso es un problema, le diré a mi gente que me traiga una.

—¿Qué gente? —Joanna deja suspendido un bolígrafo sobre el portapapeles—. Estaré encantada de llamar a quien haga falta y confirmar que tendrá lo que necesita para poder recibir el alta médica.

Me quito al pequeño Thi del pecho porque se ha quedado dormido y me lo pongo encima del hombro mientras fulmino con la mirada a las dos mujeres tan pesadas que tengo delante.

—¿Qué problema tenéis, exactamente? —pregunto.

—¿Cómo dice? —exclama la enfermera.

—¿Por qué me estáis acosando? —Miro primero a una y luego a la otra—. No puedo creer que les hagáis esto a todas las madres primerizas que pasan por aquí. Tendríais que contratar a diez personas más solo para seguir el mismo ritmo.

—No la estamos acosando, solo intentamos ayudarla —dice Joanna.

—De eso nada. Estáis cubriéndoos el trasero para que no pueda poneros luego ninguna denuncia.

Joanna se aclara la garganta mientras mira su portapapeles.

—Eso no es cierto. Tenemos un protocolo preestablecido para garantizar su seguridad y el bienestar de su hijo. —Se mete un largo rizo por detrás de la oreja y sacude un poco la cabeza, sin mirarme todavía—. Entendemos que usted quiere lo mismo que nosotras.

La miro entrecerrando los ojos.

—No intentes amenazarme.

—¿Quién la está amenazando? —exclama la enfermera. Mira a Joanna—. Ya te dije que era una paciente difícil. Todavía no ha rellenado el certificado de nacimiento.

—¡Lo rellenaré cuando esté lista! —replico, en voz demasiado alta. El pequeño se sobresalta, así que le froto la espalda para calmarlo. Bajando la voz, intento de nuevo hacerlas entrar en razón—. Estaré lista para irme pronto, así que no tenéis que preocuparos por si me quedo más tiempo de la cuenta. Os agradezco la atención y vuestra ayuda, pero ahora mismo estoy un poco fatigada y me gustaría quedarme a solas con mi hijo para que ambos podamos descansar.

Joanna frunce los labios.

—Lo siento, pero tenemos que aprobar el portabebés para el coche…

Simplemente, no lo entienden. No importa lo amable que sea ni que trate de expresarme con cortesía, ellas siguen presionando. Me doy por vencida.

—Fuera.

Ambas se quedan paralizadas, con la boca abierta.

—Ya me habéis oído. —Señalo la puerta—. Fuera de aquí. —Miro la carita del pequeño Thi, en mi hombro, hinchada y arrugada mientras duerme a medias, ebrio de leche después de comer.

—¿Y si volvemos dentro de media hora? —sugiere Joanna—. Cuando el bebé esté durmiendo y usted pueda concentrarse en la conversación.

—Sí. Mejor.

Ni siquiera las miro cuando se van.

Es hora de adelantar mi plan. Tengo que salir de aquí ahora mismo. ¿Es lo ideal? No. Ni de lejos. Pero estas mujeres tan ocupadas no se van a contentar únicamente con examinar mi sillita homologada. Ahora que la aparición de Pável ha requerido que lo echaran físicamente del hospital, empezarán a decir que no es seguro para nosotros que nos vayamos del hospital, o que no es seguro para el bebé. La idea de que alguien de los servicios sociales pueda arrebatarme a mi hijo hace que casi me dé un ataque al corazón. Tengo que largarme de aquí, ahora mismo.

Capítulo 9

Deambular por los pasillos de la planta de maternidad y tratar de encontrar ropa resulta bastante inútil. Bueno, no del todo: he encontrado unas tijeras, con las que he podido deshacerme de las pulseras del hospital, la mía y la del pequeño Thi. El centro cuenta con un sistema de avisos que alerta a las enfermeras cuando un bebé abandona la planta con una de esas pulseras. Sin embargo, cortarla sin más no funciona, porque eso es lo que haría cualquier ladrón de bebés: el sistema emite una alarma cuando la pulsera no se quita correctamente.

Aunque trabajar con delincuentes tiene sus ventajas: suelen ser expertos en abrir candados y engañar a los sistemas que actúan como candados, y no les importa nada compartir sus habilidades con el resto de la humanidad. Lo único que necesito es un tenedor de mi bandeja del desayuno para crear un puente para la señal entre los dos extremos cortados, y el sistema permanece intacto mientras mi bebé queda liberado. Escondo la pulsera trucada detrás de una máquina polvorienta que, por la capa de mugre que lleva encima, es evidente que nadie ha movido en años.

Por suerte para mí, una vez que decido irme, suceden dos cosas que van a mi favor: aparecen un par de abuelos que vienen a ver a su nieto, así que les dejan entrar, y una mujer en el pasillo se pone a gritar como loca porque se ha puesto de parto, por lo que la mayoría de las enfermeras corren en su auxilio y desaparecen de sus puestos en el mostrador. Tengo una puerta abierta de par en par delante de mis narices y no hay nadie mirando a las cámaras.

Estoy lista, en el pasillo, con la bolsa al hombro, cargada con todos los artículos para bebé que abastecían mi habitación, así que cuando la puerta se abre para dejar entrar a los dos abuelos, salgo directamente con la cabeza bien alta. Los abuelos están tan entusiasmados por ver a su nuevo nieto que no me prestan atención. Percibo un par de miradas de extrañeza cuando atravieso el vestíbulo, pero nadie me para… Nadie detiene a la loca del camisón de hospital que se lleva a un recién nacido por la puerta.

Cuando llego a la acera de la entrada principal, hay dos taxis aparcados. Me acerco al primero y me inclino para mirar al conductor a través de la ventanilla del copiloto.

—Hola.

El viejo aparta el periódico y me mira con aire aburrido.

—Hola.

—Necesito que me lleven al depósito de Right Way.

—¿Tiene una sillita de seguridad para ese bebé?

Vuelve a concentrarse en el periódico.

—Mmm, no. Pero voy a comprar una.

—¿Ha robado a ese bebé? —Me mira, inclinando la cabeza hacia abajo para ver por encima de las gafas.

Me miro el camisón, furiosa por tener que volver a explicar mi situación.

—¿Parezco una ladrona de bebés o una mujer que ha dado a luz a su hijo y lo único que quiere es largarse de aquí de una vez porque está hasta las narices de que la gente la trate como si fuera una indigente?

Deja el periódico y se baja del coche.

—Suba —dice, dirigiéndose al maletero.

Me muerdo el labio. ¿Estará engañándome? ¿Me encerrará en el coche mientras llama al personal de seguridad del hospital?

Abre la puerta del maletero y el coche se zarandea mientras él remueve algo dentro. A continuación, cierra el maletero y rodea el coche con una sillita portabebés en la mano.

—¿Va a subirse o no?

Me dirijo lo más rápido posible al asiento trasero y me deslizo dentro.

—Muchas gracias. No sabe lo mucho que significa esto para mí.

Siento vértigo por el miedo que me produce de pronto toda esta situación. En cualquier momento, alguien de la planta de maternidad podría darse cuenta de mi ausencia y dar la voz de alarma. Siento el martilleo de mi corazón en el pecho mientras espero que el taxista coloque la sillita. He estado asustada muchas veces en mi vida, pero siempre tenía miedo solo por mí. Ahora que el pequeño Thi forma parte del escenario, todo me resulta mucho más difícil.

—¿Lista para salir? —me pregunta.

Asiento mientras aseguro al bebé en la silla. No tengo ni idea de lo que estoy haciendo. El taxista me mira desde fuera del coche con aire vacilante y luego abre la puerta de nuevo para ayudarme con las correas.

—Tiene que ir colocado mirando hacia atrás hasta que sea más mayor. Cuando compre una sillita, lea atentamente las instrucciones para saber cómo colocarla, ¿de acuerdo?

—Sí. Gracias. Entendido. —Ajusto bien el arrullo alrededor de su cuerpecito, acariciándole la suave carita con el dedo mientras el conductor se sube al coche.

Me mira por el espejo retrovisor.

—¿Vamos primero al depósito de vehículos o a la tienda de puericultura?

Tomo la mano del pequeño Thi y me quedo pensando unos segundos. La Mika de siempre respondería que primero hay que ir al depósito. Tengo que largarme cuanto antes de esta ciudad. Mi otro yo, la Mika que acaba de dar a luz, sabe que la otra opción es mejor.

—A la tienda de puericultura.

—Buena chica.

El hombre me mira y asiente con la cabeza antes de arrancar el coche y abandonar la zona de aparcamiento del hospital.

No necesito la aprobación de este extraño, pero me reconforta contar con ella, desde luego. Paso todo el camino hasta la tienda mirando la cara del pequeño Thi, con los planes y los resultados de esos planes bullendo en mi cabeza.

Capítulo 10

El taxista me deja en la oficina del depósito del servicio de grúa. Intento pagarle con el dinero en metálico que me queda en la billetera, pero no lo acepta. Dice que tiene nietos y que no se imagina a su hija teniendo que lidiar con ellos ella sola vestida con un camisón de hospital. Me pone al borde de las lágrimas, no solo por su generosidad sino también por recordarme lo penoso de mi actual situación.

Mientras empujo la sillita y el paquete de pañales que he comprado hacia la puerta de la oficina del depósito con el pequeño Thi en mis brazos, un todoterreno se detiene en la calzada. Es uno de esos cacharros grandes como los que conducen los agentes del FBI en las películas, con los cristales tintados. El corazón me da un vuelco hasta que veo a la conductora salir y rodear el bordillo. Es un palmo más bajita que yo y pesa unos diez kilos menos.

Cuando creo que va a pasar de largo por mi lado y entrar en la oficina, veo que no lo hace: se para justo delante de mí, invadiendo mi espacio personal. Es entonces cuando la reconozco. Es Toni, la hermana de Thibault, la mujer que vi ayer en el hospital. ¿Qué demonios…?

—Tú eres Tamika —dice sin más preámbulo, ni un hola, ni nada. Ahora también reconozco su voz.

—Sí. ¿Y qué?

Estrecho a mi hijo con más fuerza contra mí. Si se le pasa por la cabeza tocarme, aunque sea un pelo, haré que desee no haber nacido.

—Thibault me ha pedido que viniera aquí y te ayudara.

Arrugo la frente.

—¿Qué? ¿Por qué iba a hacer eso? ¿Y cómo sabía él que estaba aquí?

Me está entrando un poco de canguelo con esto...

—Porque se cree que es un superhéroe y no puede resistirse a socorrer a una damisela en apuros. —Mira el cartel que hay encima de nuestras cabezas—. No ha sido difícil encontrarte. La grúa se llevó tu coche y te has ido del hospital en un taxi. Te vio un montón de gente. No pensarías pasar desapercibida yendo en camisón y en zapatillas... Así que, ¿dónde ibas a estar si no?

Dejo que mi cerebro procese esa información unos minutos antes de responder.

—Supongo que tienes razón. Puedes decirle a tu hermano que no necesito su ayuda, pero gracias por el ofrecimiento.

—Eso haré. —Toni se despide de mí con la mano y empieza a alejarse.

La forma tan despreocupada en que despacha el asunto me molesta. No debería, porque está haciendo justo lo que le he pedido, pero me molesta.

—¿Thibault se va a enfadar contigo por dejarme aquí?

—Es probable —contesta, abriendo la puerta.

—¿Y no te importa? —digo casi gritando, para que me oiga pese al ruido del motor.

Baja la ventanilla del copiloto para hablar conmigo.

—Claro que me importa, pero a veces mi hermano hace estupideces porque está demasiado ocupado luchando contra sus fantasmas para darse cuenta de qué es lo que pasa realmente, así que como hermana suya que soy, tengo el deber de cabrearlo cuando es necesario.

Empieza a subir la ventanilla.

—No soy una indigente, ¡¿sabes?!

La ventanilla se cierra y el coche empieza a alejarse.

Me quedo allí plantada, viendo como el coche se hace cada vez más pequeño en la distancia. Esta va a ser la última vez que tenga noticias de Thibault Delacroix, y una parte de mí se entristece. Es un buen hombre. Ha enviado a su hermana aquí para ayudarme, y ella ha venido, a pesar de que no quería hacerlo y de que es una maleducada. El hecho de que la gente sienta esa lealtad hacia él dice mucho sobre la clase de hombre que es. No parece la misma clase de lealtad que inspira alguien como Pável, una lealtad basada en el miedo de sufrir una muerte terriblemente dolorosa. La clase de lealtad que suscita Thibault nace del amor. Siento una punzada de dolor en el corazón, imaginando cómo sería formar parte de eso. Me inclino y beso la cara del pequeño Thi, orgullosa de que se llame como ese hombre.

Más abajo, al cabo de la calle, se encienden las luces de freno del todoterreno. El vehículo se queda inmóvil durante largo rato. Debería entrar en el depósito y recuperar mi coche, pero me intriga saber qué es lo que hará Toni a continuación.

Se encienden los pilotos de la marcha atrás y el todoterreno regresa a toda velocidad, más rápido de lo que jamás imaginé que un coche podía retroceder. Se detiene en seco a mi lado y se zarandea unas cuantas veces antes de quedarse inmóvil. El olor a caucho quemado me asalta las fosas nasales.

Espero a ver qué locura ocurrirá ahora, pero me llevo un chasco. Toni se queda en el interior del vehículo y sus ventanillas permanecen subidas. Me encojo de hombros, me doy media vuelta, cargando con las bolsas de la compra, la sillita para el coche y el bebé, y entro en la oficina del depósito. No tengo tiempo para jueguecitos ahora mismo.

La mujer del mostrador ni siquiera me mira. Me planto delante de ella y acuno al bebé cuando empieza a gimotear. Entonces me aclaro la garganta.

—¿Puedo ayudarla? —dice con una voz que indica que fuma muchos cigarrillos al día. No levanta la vista; un montón de formularios arrugados de color rosa concentra toda su atención. Lleva unas gafas de leer con una cadenita hecha de una larga sarta de cuentas muy hortera de color turquesa y amarillo.

—Mmm... pues sí. —Por eso estoy aquí plantada—. He venido a recoger mi Toyota.

Lanza un suspiro.

—¿Número de expediente?

Saca un formulario de debajo del mostrador, toma un bolígrafo, humedece la punta y aguarda mi respuesta, con la mano lista para escribir.

—No estoy segura. Es un modelo de 1989... ¿Un Corolla? ¿Verde?

Me mira, baja la cabeza para verme por encima de las gafas de leer y deja escapar otro largo suspiro. Aparta el formulario a un lado y alarga las manos para arrastrar la pila de papeles rosados hacia ella. Lamiéndose el pulgar, me mira con aire expectante.

—¿Cuándo lo trajeron?

—Ayer. Por la mañana. Estaba en dirección contraria delante de una cafetería llamada Lotta Java.

Empieza a hojear los formularios y luego se detiene, soltando el papel que sujeta en la mano.

—Ah, sí. Ya me acuerdo. —Se endereza y saca un poco el pecho—. Ya lo han recogido. Se separa del mostrador, como dispuesta a dar por zanjado el asunto e irse.

—¿Ya lo han recogido? ¿Qué significa eso? —El miedo me atenaza el corazón. Esto no puede estar pasando.

—Significa lo que significa. Que ya se lo han llevado.

Noto que se me calientan las orejas mientras proceso el significado de sus palabras. No tengo coche. Me he quedado tirada.

—¿Quién? ¡Ese es mi coche!

Me mira con expresión divertida.

—No quiero tener problemas.

En cuanto dice eso, ya sé lo que ha pasado. Ha sido Pável.

—Pero ¿cómo han podido…? —Las lágrimas me brotan de los ojos. Son lágrimas de enfado, las que me salen cuando tengo ganas de abrir un agujero en la pared de una patada.

—Si tiene algún problema con eso, puede hablar con el propietario: Andreas Polotnikov. —Me mira, asintiendo con la cabeza. El nombre del dueño del depósito me dice todo lo que necesito saber sobre este lugar y lo infructuosas que serán mis súplicas…, sobre lo peligroso que sería armar un escándalo y llamar la atención de otro ruso que dirige el cotarro con mano de hierro.

La puerta se abre detrás de mí, pero no hago ningún caso.

—Sí, de acuerdo. Lo entiendo. —Esta mujer está igual de jodida que yo—. Para su información, le han dado mi coche a un criminal y ahora estoy en un auténtico aprieto.

—¿Necesitas que alguien te lleve a algún sitio? —pregunta alguien a mi espalda.

Reconozco su voz, así que no me molesto en darme la vuelta.

—No. Puedo arreglármelas.

La empleada del depósito mira por encima de mi hombro a la mujer que está detrás de mí. Toni.

—Sí, creo que sí lo necesita.

Me dan ganas de gritar, pero no puedo porque si lo hago despertaré a mi hijo. Me doy media vuelta lentamente, apartando los paquetes de en medio para poder enfrentarme a Toni cara a cara.

—No necesito tu ayuda.

—¿Tienes coche?

Hago rechinar los dientes, odiando la respuesta que tengo que dar.

—No.

—¿Tienes algún sitio adonde ir?

Me imagino tomando un taxi para ir a mi apartamento durante aproximadamente medio segundo antes de descartar la idea. Eso es justo lo que Pável esperará que haga, ir a casa y recoger mis cosas. Él mismo en persona me estará esperando o será la traidora de Sonia, y no dejarán que me vaya. Cualquier sueño que tenga de conseguir mi libertad quedará hecho trizas en un instante.

—No, pero puedo encontrar un sitio.

—¿Sabes lo que les pasa a las madres sin hogar y a sus hijos? —pregunta, con la cadera ladeada y los brazos cruzados sobre el pecho.

—Me lo imagino. —Está intentando provocarme, pero no dejaré que lo haga.

—Los separan: los servicios sociales vienen y se llevan a los niños. Tendrás suerte si te conceden visitas supervisadas. —Me mira de arriba abajo—. Pareces una paciente que se acaba de escapar de un psiquiátrico. ¿Crees que algún hotel te va a dar una habitación? Ni siquiera lo intentes. No eres tonta. Sabes que no lo harán.

Abro la boca para decirle dónde se puede meter sus consejos por hablarme de esta manera, pero la mujer de detrás del mostrador me interrumpe.

—Tiene razón, ¿sabes? Le pasó a mi sobrina. No recuperó a su hijo hasta que tenía dos años. Dos años. Eso es mucho tiempo perdido.

La sola idea me revuelve el estómago. Miro la cara del pequeño Thi y no puedo imaginarme a un extraño arrebatándomelo, dándole leche artificial con un biberón, meciéndolo en sus brazos y acostándolo en la cuna en su casa. No en mi casa, sino en la suya.

Solo he estado tan desesperada una vez en mi vida, y eso fue lo que me llevó hasta aquí, plantada en la oficina de este depósito con un camisón de hospital y zapatillas desechables con un bebé recién nacido en brazos. Esta vez tengo que tomar decisiones más inteligentes.

—¿Qué quieres de mí? —le pregunto a Toni—. Porque no estoy de humor para jueguecitos.

—No son jueguecitos. Solo le estoy haciendo un favor a mi hermano, eso es todo.

—¿Y qué tiene que ver tu hermano con esto? —Señalo con los codos hacia mis cosas en el suelo, a la empleada y al caos general que es mi vida.

—Ya te lo dije. Fantasmas. Mi hermano lucha contra ellos todos los días.

No me gusta su respuesta críptica, pero me gusta aún menos la idea de ser tan vulnerable. Tal vez pueda aceptar parte de la ayuda que me brindan sin comprometerme del todo. Ahora tengo un hijo en el que pensar; no puedo preocuparme por ser siempre una persona tan independiente. Debo ser más egoísta, hacer lo que hay que hacer: por mí y por el pequeño Thi.

—Está bien. Me puedes llevar.

—¿Adónde?

Lanzo un suspiro de irritación. Es tan pesada…

—Ya lo decidiré por el camino.

Toni da un paso adelante y yo retrocedo para evitarla. Se agacha y recoge mis bolsas del suelo, mirándome con expresión divertida.

—Qué asustadiza eres…

—No hagas movimientos tan repentinos y no tendré que asustarme.

Toni se encoge de hombros y se da media vuelta.

—Estaré en el coche esperando. No tardes demasiado.

La puerta se cierra de golpe tras ella y la campanilla de la entrada repica con fuerza contra el cristal.

—Buena suerte, cielo —dice la mujer del mostrador, y por primera vez su voz no suena tan dura.

—Sí. Muchas gracias.

Salgo por la puerta preguntándome en qué lío me estaré metiendo al aceptar la oferta de ayuda de Toni y Thibault, aunque, al mismo tiempo, sé que no puede ser peor de lo que sufriría en manos de Pável.

Capítulo 11

—Bueno, ¿adónde? —me pregunta otra vez. Todavía estamos aparcadas frente a la oficina del depósito. Cuanto más tiempo pasamos aquí, más pánico siento. Pável enviará a alguien a buscarme en cuanto se dé cuenta de que me he ido del hospital. Tengo que largarme. Estoy en el asiento trasero con el bebé y es como si estuviera en una pecera. Los cristales tintados me ofrecen poca seguridad.

—Tú conduce.

—Sí, señora, lo que usted diga. —Pone el coche en marcha justo en el momento en que un Chevrolet Camino restaurado se detiene detrás de nosotras. Miro por el parabrisas trasero y veo a un hombre salir del coche. Lleva un tatuaje de un águila bicéfala en la parte superior del brazo, lo que lo señala como uno de los amigos de Pável. Siento que un sudor frío me recorre la espalda cuando me doy cuenta de lo cerca que hemos estado de encontrárnoslo cara a cara.

Miro a mi nueva amiga, preguntándome si se habrá fijado en el hombre. Conduce sin inmutarse ni mirar por el espejo retrovisor.

—Tengo que ir a buscar a Thibault al hospital —dice—. ¿Te importa si pasamos y lo recogemos de camino a tu casa?

—Claro, ningún problema. —«Mi casa». Yo ya no tengo casa. Mi mente es un torbellino. Ahora tampoco tengo coche, así que hasta que consiga uno y algo de ropa, soy completamente vulnerable. Quiero llorar de rabia, lágrimas llenas de ira, pero no me molesto. En este coche a nadie le importan una mierda mis problemas. Toni ya me ha dejado bien clarito que no quiere saber nada de ellos.

Thibault está esperando junto a las puertas cristaleras del hospital cuando nos detenemos en la zona de aparcamiento exprés. Lleva muletas y sujeta con un dedo el asa de una taza de café.

Toni baja la ventanilla del copiloto.

—Date prisa.

—Voy lo más rápido que puedo —dice. Cuando llega a la puerta, la abre y se monta en el coche, soltando un resoplido al golpearse la rodilla—. Mierda… —Una vez que encuentra acomodo, se vuelve en el asiento y me mira con una leve sonrisa en los labios—. ¡Qué sorpresa encontrarte aquí!

—Pues sí.

No tengo nada que decir a eso. Me avergüenza estar aquí, odio la sensación de estar a merced de unos desconocidos. Bueno, prácticamente desconocidos.

Thibault se vuelve y da un golpe en el salpicadero.

—¡Vamos!

—¿Cómo está tu pierna? —pregunto después de un par de semáforos. El silencio es demasiado incómodo.

—Bien.

—No es eso lo que me han dicho —interviene Toni.

—No tienes que preocuparte por eso —contesta él.

—Puedo darte mis datos del seguro si quieres —le digo, recordando lo obsesionada que estaba Toni con eso cuando fue a visitarlo. No quiero que siga pensando que fueron mis tetas las que movieron a Thibault a ser amable conmigo.

—Perfecto. Luego me los dices, cuando te dejemos —responde Toni, mirándome por el espejo.

—No, no lo haremos —replica él, mirando a su hermana. Se vuelve hacia mí—. Ya te lo dije… Mi seguro se va a encargar de todo.

Toni y yo suspiramos exactamente al mismo tiempo y haciendo el mismo ruido. Thibault se ríe.

—Soy el atún en mitad de una empanada de dos tozudas.

—Cállate —dice su hermana—. Aquí el único empanado eres tú.

Miro al bebé, envuelto en el arrullo barato del hospital que las enfermeras me dijeron que podía llevarme. Le compraré uno nuevo en cuanto nos hayamos instalado en algún sitio. Se merece algo mejor.

—El pequeño tiene muy buen aspecto —comenta Thibault, mirando por entre los asientos delanteros—. ¿Cómo se llama?

—Puedes llamarlo Thi —le digo—. Así es como lo llamo yo. Es el diminutivo de Thibault.

—Pobrecito niño —dice—. Esperaba que hubieras cambiado de opinión sobre eso, por su propio bien.

—¿Has llamado a tu hijo «Thibault» por mi hermano? —Toni me mira por el espejo de nuevo—. ¿Y a santo de qué viene eso?

Odio la insinuación que acaba de hacer, como si yo fuera detrás de él o algo así.

—Él fue quien me ayudó a traer a mi hijo al mundo. Fue bastante importante para mí, la verdad, pero ya veo que tú no lo entenderías. —Toma ya, bruja antipática.

—¿Estás segura de que quieres hacer eso? —exclama Thibault—. Es un nombre horrible.

—¿Lo dices en serio? —No puedo creer que acabe de insultar a mi hijo así, de esa manera. Y a sí mismo.

Se ríe.

—Sí, hablo en serio. Tienes que darle un nombre decente. Thibault es un nombre pésimo. ¿Sabes cuántas veces me han llamado Tirol o Tu Bol o Tubo? Los niños son crueles. No es demasiado tarde, ¿sabes?

—Sí, es demasiado tarde. —Miro por la ventanilla. Ahora estoy más decidida aún a seguir llamándolo así. Cuando firme al fin la partida de nacimiento, lo haré oficial.

—Sé que todavía no has rellenado esos formularios que estaban en tu habitación.

Es como si pudiera leerme el pensamiento. No me gusta saber que soy tan transparente.

—No me conoces.

—¿Lo hiciste? —pregunta Toni, mirándome mientras esperamos en un semáforo en rojo—. ¿Rellenaste esos formularios?

No quiero responder, pero lo hago al cabo de una pausa de todos modos.

—No.

—Te pillé —exclama Thibault. Me da algo: la taza blanca—. Esto es para ti. —En su interior hay un osito de peluche en miniatura y unos caramelos—. Enhorabuena. No es un dónut con virutas de chocolate, pero es lo mejor que he podido encontrar.

Sé que es solo un regalo tonto, pero hace que se me salten las lágrimas. Se ha acordado del dónut también. Tal vez tenía tantas ganas de dármelo como yo de que me lo diese, cosa que es ridícula porque solo era un maldito dónut. La taza lleva unas letras impresas, unas palabras que rodean un corazón: LA MEJOR MAMÁ DEL MUNDO. Vuelvo la cabeza para mirar por la ventanilla y evitar que vean mi reacción, exageradamente emocionada.

—Gracias —digo cuando estoy segura de que puedo dominar mi voz.

—De nada. Bueno, ¿y adónde vamos?

Mira a su hermana y luego a mí. Ambas negamos con la cabeza.

—Mmm… ¿Alguien quiere decirme lo que está pasando?

Me aclaro la garganta.

—Toni me iba a dejar en alguna parte.

—¿En tu casa? —pregunta.

—Sí. En mi casa. Gira a la derecha ahí delante. —Mi cerebro urde un plan a medida que avanzamos por la avenida. Veré qué vehículos hay aparcados antes de entrar, y si los coches de Sonia y Pável no están allí, me arriesgaré. Podría dejar a Thi con la señora Barkley, mi vecina, mientras saco rápidamente algunas cosas de mi habitación y del baño. Luego podría tomar un taxi hasta la estación de autobuses e irme desde allí. O ir en taxi a la comisaría de policía primero, para poder hablar con el inspector Holloway. Tal vez me lleve a la estación de autobuses después de eso.

—Luego a la izquierda y después a la derecha en Lincoln.

Toni sigue mis instrucciones mientras Thibault tamborilea con los dedos en la pierna.

—¿Está tu compañera de piso en casa? —me pregunta.

—Ni idea. —Espero que no esté, porque seguramente no solo me traicionaría otra vez, sino que también me darían ganas de pegarle una bofetada por todos los problemas que me ha causado.

—Tienes una llave, espero. —Thibault se da la vuelta para mirarme—. Se llevaron tus llaves de casa con el coche, ¿recuerdas? Dejamos el coche en marcha cuando entramos en el salón de manicura.

Abro la boca para responder en el mismo momento en que me doy cuenta de que tiene razón.

—Maldita sea —mascullo entre dientes. Tardaré una eternidad en conseguir que el portero me deje entrar.

—Pero si tu compañera de piso está ahí, te abrirá la puerta, ¿verdad? —La pregunta de Toni es claramente desafiante.

—Sí, claro.

Saco el teléfono del bolso. Dejo el pulgar suspendido sobre las teclas. Quiero enviarle un mensaje a Sonia y preguntarle si está en casa, pero las alarmas empiezan a sonar como locas en mi cabeza y me dicen que no lo haga. En lugar de enviar el mensaje, me guardo el teléfono en el bolsillo.

—Gira a la derecha en ese semáforo. El edificio de apartamentos está a dos manzanas a la izquierda.

Un miedo pavoroso me invade todo el cuerpo cuando imagino lo que podría esperarme en casa. Cuando el aparcamiento del edificio aparece ante mí, reconozco tres vehículos que me dicen que entrar en mi casa sin que se den cuenta va a ser misión imposible: los de Sonia, Pável y Sebastian, uno de los secuaces de Pável. Es como si estuvieran celebrando una fiesta o algo así. ¿Desde cuándo viene Sebastian a mi casa?

—¡No pares! —digo, demasiado fuerte y demasiado rápido.

Toni deja el pie suspendido en el pedal del freno y luego deja que el coche siga avanzando. Va demasiado despacio; seguro que se dan cuenta.

—Acelera —dice Thibault, sin rastro ya del tono de broma con el que hablaba antes—. ¡Ahora!

Toni pisa el acelerador y pasa por el aparcamiento a toda velocidad, aferrándose al volante como si estuviera huyendo de la policía.

Thibault mira atrás y me sonríe, como si no tuviera ni idea de que estaba al borde de la histeria hace un segundo, al pensar que pararían en mi apartamento.

—¿Te apetece venir a mi casa a comer algo rápido? Antes de que te traigamos a la tuya, quiero decir.

Me está salvando de nuevo. Contra mi voluntad... otra vez. Pero igual que en la última ocasión, me doy cuenta de que no estoy en posición de rechazar su ayuda. Me fastidia bastante, pero una madre tiene que hacer lo que tiene que hacer. Voy a seguir repitiéndome eso siempre que lo necesite.

—Genial —le digo, simulando el mismo tono despreocupado que él, desenfadado y alegre—. Eso estaría muy bien, gracias.

Toni deja escapar un largo suspiro, sacudiendo la cabeza. Me vuelvo a recostar en el asiento, sintiendo una mezcla de vergüenza y miedo, a partes iguales. Toni y Thibault intercambian una mirada, pero ninguno de los dos dice nada.

Hago como si no viera su conversación muda y concentro la mayor parte de mi atención en el bebé. Es lo único que puede evitar que se me escapen las lágrimas que tanto me escuecen en los ojos, que no me dejen unos regueros salados en las mejillas.

Después de unos kilómetros en silencio, miro al asiento a mi lado y veo la taza que me ha regalado Thibault: LA MEJOR MAMÁ DEL MUNDO. Sí, seguro… Es como una broma cruel, burlarse así de mí. Aprieto los dientes por la injusticia de todo lo que está pasando. Mi abuela estaría muy decepcionada conmigo. Sabía perfectamente que no me convenía verme en esta situación. O debería haberlo sabido. Sacudo la cabeza, tratando de ahuyentar esos pensamientos negativos. «Fuera —solía decirme mi abuela—. Siempre que esos espíritus oscuros intenten entrar en tu cabeza, échalos fuera».

Pensar en ella y en sus sabias palabras me da una inyección de coraje: puedo hacerlo mejor, sé que puedo. No dejaré que mi vida siga siendo de esta manera, y voy a ser la mejor madre de todo el planeta. Thi no ha pedido venir a este mundo; él es el ser inocente en todo esto. Puede que yo tampoco haya elegido traerlo al mundo, pero eso no importa; soy su madre y tengo el deber de protegerlo y de garantizar que reciba una buena educación, para que pueda ser un buen hombre, un buen marido y un buen padre. Creo que puedo hacerlo. Al final, lo conseguiré. Cuando sea libre.

Solo necesito un plan para largarme de aquí que me lleve bien lejos de toda esta locura. Y solo hay un plan que tenga sentido, aunque me da un miedo terrible: debo ponerme en contacto con el inspector Holloway y decirle que estoy preparada para darle el material que necesita y ser testigo de la fiscalía contra Pável y todos los miembros de su organización criminal.

Capítulo 12

—Así que aquí es donde vives, ¿eh? —Miro alrededor de su sala de estar, fijándome en todos los detalles mientras dejo el portabebés con Thi en el suelo. Apoyo la mano en mi vientre, haciendo una mueca de dolor por los calambres que siguen estropeándome mis ratos de buen humor. Estar así después de dar a luz me parece francamente injusto. Después de todo lo que he pasado, me parece que me merezco un descanso de varios meses de esa tortura, sobre todo porque mis períodos nunca han sido regulares, para empezar.

—Sí. —Señala el sofá—. Por favor, siéntate.

Llevo al pequeño conmigo sin sacarlo del portabebés y me recuesto relajadamente en los cojines. No es un sofá nuevo, pero es muy cómodo. Podría quedarme dormida ahora mismo. Me siento más erguida para asegurarme de que eso no suceda. Estoy muy cansada y dolorida.

—Esta era la casa para invitados de mis padres. —Señala por la ventana—. Toni vive allí, en el edificio principal, con su marido, Lucky, y sus dos hijos.

—Creciste en un lugar muy bonito.

Los techos cuentan con molduras decorativas, hay estanterías de obra, un reloj de cuco que parece muy antiguo y unas láminas enmarcadas con paisajes de los pantanos de Luisiana colgadas en las paredes de color beis. Al otro lado del jardín, la casa más grande a la que está señalando es enorme, con un gran porche que rodea la parte delantera y los laterales. Hay juguetes para niños desperdigados por el césped. Si el alojamiento para invitados tiene este aspecto, no quiero ni imaginar cómo será la casa principal por dentro.

—El sitio estaba bien, sí. —Lanza un gruñido, trasladando el peso de su cuerpo sobre una pierna mientras levanta el portabebés y lo coloca a mi lado en el sofá—. El ambiente, no tanto.

Me cuesta creer que Thibault no se llevara bien con sus padres. A juzgar por lo que he visto de él hasta ahora, lo imagino como la estrella del fútbol del instituto, sacando las mejores notas de la clase y haciendo que sus padres se sintieran orgullosos de él.

—¿Qué le pasaba al ambiente? —Parece una forma extraña de describir la vida familiar.

—Mis padres tenían problemas con el alcohol, los dos. Empezaban a beber muy temprano, por la mañana, todos los días. Toni y yo no pasábamos mucho tiempo en casa. Preferíamos salir con amigos o ir a ver a nuestros abuelos.

Asiento con la cabeza. Eso lo entiendo.

—Yo también estaba muy unida a mi abuela.

Sale de la habitación y se dirige a la cocina.

—¿Te apetece algo de beber? Tengo agua mineral si quieres.

—Sí, gracias. —Siento que estamos jugando a un juego un poco extraño, en el que fingimos que todo es normal cuando no lo es. En absoluto. Toni salió del coche y se fue a su casa sin decir ni una palabra. Thibault me ha invitado a la suya sin dudarlo. Sé que ella no lo aprueba, pero a él no parece importarle. Y no sé qué va a pasar ahora. No tengo ningún plan, y eso me pone muy nerviosa.

—Aquí tienes —dice mientras me ofrece un vaso de agua.

—Gracias. —Lo tomo y me bebo la mitad en el acto—. Estos días tengo mucha sed.

—Sí. A Toni le pasaba igual, después de dar a luz a los mellizos.

Su expresión es completamente neutra. Ha ocupado una silla al lado del sofá y también bebe agua.

—¿Qué ocurre? —pregunta, bajando la vista para mirarse a sí mismo—. ¿Pasa algo malo?

—No. Solo trataba de entenderte.

Un amago de sonrisa aflora a sus labios.

—¿Y lo has conseguido?

Niego con la cabeza.

—La verdad es que no.

No quiero que piense que estoy coqueteando con él, conque cambio de tema.

—Así que Toni tiene mellizos, ¿eh?

Asiente.

—Sí. Melanie y Victor.

—Dijiste que eres su tío favorito. Supongo que eso significa que tienes otros hermanos. ¿Estáis tan unidos como Toni y tú?

—No, no tenemos otros hermanos.

—¿Y su marido?

—Perdió a su única hermana hace unos años.

—Así que tú eres el único tío de esos niños.

—Técnicamente, sí, pero no tan técnicamente, no.

Doy unos golpecitos en mi vaso de agua.

—Explícate.

Se reclina hacia atrás en la silla.

—Tenemos unos amigos muy cercanos que vienen mucho por aquí. Forman una parte importante de nuestras vidas y ella los considera los tíos y tías de sus hijos.

Siento una punzada de envidia en el corazón. Ojalá tuviera yo esa clase de amigos.

—Ah, qué bien. ¿Y quiénes son?

Me tranquiliza saber más cosas sobre su vida en lugar de preocuparme por mi próximo movimiento, un respiro momentáneo frente los problemas del mundo real con los que tendré que lidiar más tarde.

—Son personas con las que crecimos y con las que trabajamos. Y sus parejas.

—¿Tienen nombres? —Tomo un sorbo lento de mi vaso de agua.

Frunce el ceño.

—Parece que sientes mucha curiosidad por mi vida.

Me encojo de hombros.

—Solo intento darte conversación.

—¿Qué tal si te hago yo algunas preguntas? Solo por darte conversación a ti también.

Me pongo a la defensiva inmediatamente. No debería haber entablado ninguna charla.

—Por supuesto. —Si quiero seguir contando con su ayuda, y me temo que la necesito al menos para conseguir algo de ropa, tendré que seguirle el juego.

—¿De qué estás huyendo exactamente?

Dejo el vaso de agua sobre la mesa y acerco el portabebés hacia mí, entreteniéndome con las correas que sujetan a Thi.

—De nada. De nadie.

—No me lo creo. —Se acabaron las sonrisas y el derroche de encanto que desplegaba hasta hace tan solo un momento. Ahora se muestra completamente frío.

Saco a mi hijo del portabebés y lo apoyo sobre el hombro.

—De nadie de quien tengas que preocuparte.

Se queda mirando su vaso de agua durante un minuto largo antes de reanudar la conversación.

—Me gustaría ayudarte, pero no puedo hacerlo si no sé lo que ocurre.

—Pero es que no necesito tu ayuda.

Lanza un suspiro mientras me mira meneando la cabeza.

—¿Por qué eres tan cabezota?

—¿Por qué eres tan pesado?

Le doy una palmadita a Thi en la espalda rápidamente, tratando de disimular mi frustración, aunque no tengo mucho éxito. Me dan ganas de levantarme y salir de aquí, pero ¿adónde iría? Ahora estoy en las afueras, no en el centro de la ciudad. En esta zona no hay taxis, y si llamo uno y me planto en una esquina así vestida a la espera de que llegue, lo más probable es que alguien llame a la policía. Y la policía, a su vez, llamará a los servicios sociales, lo que significa que me quitarán a Thi. Estoy entre la espada y la pared, pero eso tampoco significa que me vaya a doblegar ante nadie.

—No tendría que ser pesado si tú no fueras tan terca —dice con un amago de sonrisa. Se cree que me tiene contra las cuerdas.

—Ah, así que tu mala actitud hacia las mujeres, creyéndote con derecho a darles órdenes y empujarlas en la dirección que quieras, ¿es culpa de ellas? —Lanzo un resoplido—. Por favor…, ¿podrías ser más misógino?

Lanza un largo suspiro y deja caer la cabeza hacia atrás sobre el cojín del asiento.

—Señor, líbrame de las mujeres beligerantes y tozudas… —Levanta la cabeza y me mira—. Eres exactamente igual que mi hermana. Igualita. Dos gotas de agua.

—No lo dices en serio. —De hecho, su hermana me pareció increíblemente maleducada, así que estoy segura de que esto es un insulto.

—Sí, completamente en serio. —Sonríe con poco convencimiento, como si lo que está diciendo le resultase confuso a él mismo—. Las dos sois obstinadas, francas, duras, directas y vais por el mundo cargadas de complejos.

Me quedo boquiabierta, en estado de shock. No pensaba que la opinión de Thibault sobre mí me importase tanto, pero supongo que sí me importa: eso me ha dolido más de lo que debería.

—Bueno, perdona, pero no recuerdo haber solicitado ningún análisis de la personalidad cuando acepté tu oferta de llevarme a tu casa, pero ahora que sé que esas eran las condiciones, me voy a ir y punto.

Aparto al pequeño Thi de mi hombro y lo deposito con toda delicadeza en el portabebés, con manos temblorosas. Las correas y los broches están enredados, así que hace falta un poco de maña para soltarlos. Hago un gran esfuerzo por no llorar de frustración. Hoy nada me sale bien. Nada.

Thibault se inclina hacia delante, tratando de conseguir que su pierna coopere.

—No, espera. No lo hagas.

Me paro y lo miro, con los ojos humedecidos por unas estúpidas lágrimas.

—¿Que no haga el qué? ¿Defenderme? ¿Negarme a aceptar un trato injusto por parte de un hombre? ¿Irme de un sitio donde no soy bien recibida?

Es como si tuviera un cristal puntiagudo incrustado en el pecho. El rechazo de este hombre no debería importarme ni siquiera una pizca, pero me duele. No voy a mentirme a mí misma y decirme otra cosa.

Tiende las manos hacia mí en señal de rendición.

—No, no digas eso. No hagas eso. —Lanza un profundo suspiro mientras desvía la mirada—. La he cagado.

Consigo al fin alinear el cierre de las tiras de sujeción del portabebés y las dos hacen clic.

—No, no la has cagado. Simplemente has dicho la verdad.

Niega con la cabeza y habla en voz baja:

—No, no lo he hecho.

Me fijo en su espalda encorvada hacia delante, en el aleteo de sus fosas nasales y en las palpitaciones de los músculos de su mandíbula. Está decepcionado y confundido tal vez. Está enfadado por

85

algo. De repente me mira y me sorprende examinándolo. Desplazo la mirada hacia mi hijo y me entretengo ajustándole el arrullo.

—Soy un imbécil.

No me esperaba eso. Lo miro, pestañeando. No se me ocurre nada que decir. Creo que las normas de cortesía me obligan a decir que no estoy de acuerdo, pero no puedo hacerlo. Conmigo no siempre se ha comportado como un imbécil, pero, desde luego, hace dos minutos acaba de imitar a uno a la perfección.

Se frota la rodilla una y otra vez con la mirada fija en el suelo.

—La rodilla me molesta de verdad, y los analgésicos no me están haciendo mucho efecto, y me preocupa mi trabajo y la gente a la que voy a dejar tirada si no puedo llevarlo a cabo. —Lanza un suspiro—. Lo he pagado contigo, y eso no ha sido justo.

Me asaltan los remordimientos. Todo eso que le está pasando es en parte culpa mía. No solo me he complicado la vida a mí, también lo he arrastrado a él conmigo.

—Escucha… Siento mucho haberte atropellado con el coche. —No consigo que mi voz alcance un volumen normal—. Es una mierda que necesites una operación. La verdad es que es terrible. Seguro que eso te ha arruinado muchos planes, tanto a ti personalmente como con tu trabajo y esas cosas.

Niega con la cabeza.

—No te preocupes por eso. Como tú dijiste…, debería haber mirado a ambos lados de la calle antes de cruzar.

El ambiente está enrarecido, triste. Estar con este hombre me crea tanta confusión que no sé qué responder.

—Bueno, pero ¿en qué consiste tu trabajo exactamente? —Dejo de tocar a mi hijo y junto las manos en el regazo. Quiero sacar esta conversación del lugar oscuro donde estaba y conseguir que volvamos a hablar con tranquilidad. No voy a ganar nada convirtiendo a este hombre en mi enemigo, y ya he traído suficiente negatividad a su vida.

Endereza la espalda en la silla y levanta los hombros, de forma que parece mucho más grande.

—Trabajo como consultor de seguridad. Mi empresa colabora sobre todo con el Departamento de Policía de Nueva Orleans, lo ayuda a reunir pruebas para solicitar órdenes judiciales o condenas, pero también nos contratan compañías privadas o personas que necesitan protección.

—Mira tú por dónde… —exclamo antes de poder contenerme.

Me dedica una media sonrisa.

—Necesitas protección. Y yo ofrezco protección.

Niego con la cabeza.

—No, no necesito protección.

Lanza un suspiro.

—No pretendo ser borde… ni pesado…, pero tengo que decirte esto… —Junta las manos—. Tienes toda la pinta de necesitar ayuda.

—¿Por qué? ¿Porque me fui del hospital en camisón? Como recordarás, llegué al hospital en una ambulancia y la grúa se llevó mi coche. Era imposible que tuviera una muda de ropa que ponerme.

—A menos que le pidieras a algún amigo o amiga que te la llevara al hospital.

Me encojo de hombros.

—Tal como has señalado tan amablemente, a veces soy un poco cabezota. Puede que tenga amigos, pero que no quiera molestarlos.

—¿Me vas a castigar para siempre por haber dicho eso de ti? —pregunta, con aire un poco lastimoso.

—Tal vez.

—Cabezota —dice, sonriendo.

Intento no devolverle la sonrisa, pero no me resulta fácil.

—¿Quieres saber lo que pienso? —pregunta, desplazándose hacia la parte delantera de la silla. Acto seguido, hace una mueca de dolor y se frota la rodilla.

—Probablemente no.

No dice nada y la presión aumenta.

—Está bien, dime qué piensas.

Mantiene la mirada fija en su rodilla.

—Pienso que hay un hombre llamado Pável que fue a veros al bebé y a ti, y que cree que es suyo. Y pienso que ese individuo no es buena persona y que estás tratando de mantenerte lo más lejos posible de él.

Me mira para saber mi reacción.

Abro la boca para descargar sobre él una batería de preguntas, pero me detiene levantando la mano.

—Espera… No he terminado… También creo que eres una buena chica que podría estar metida en algún apuro y tal vez con un poco de ayuda podrías salir de esa situación, porque eres dura y autosuficiente, y quieres hacer lo correcto por el bien de tu hijo.

Siento como si estuviera en una montaña rusa de emociones. Primero me siento ofendida, luego triste, luego orgullosa y, por último, confundida. Digo lo primero que me viene a la cabeza.

—¿Cómo diablos sabes lo de Pável?

Junta las manos y las restriega.

—Ya te lo he dicho: me dedico a la seguridad. Y mi empresa tiene mucha relación con el Departamento de Policía de Nueva Orleans. —Se calla y fija la mirada en el suelo unos segundos antes de mirarme—. Fui a verte esta mañana, como dije que haría. Llevaba un dónut con virutas de chocolate para una chica que acababa de tener un bebé y todavía no había recibido ninguna otra visita aparte de mí. —Antes de que pueda interrogarle sobre eso, responde—: Les pregunté a las enfermeras y ellas me dieron la información con mucho gusto. Resulta que esperaban que pudiera hacer entrar en razón a esa mujer, que se negaba a rellenar el certificado de nacimiento del bebé.

—Ja. ¿Quieres hablar de mujeres cabezotas? Pues intenta discutir con esas enfermeras…

—¿A que sí? —Sonríe—. Desde luego, les encanta el papeleo, eso seguro.

Muevo el piececito de mi hijo, cubierto por un calcetín. Está durmiendo tan profundamente que ni siquiera se estremece. Ya no puedo mirar a Thibault. Está escarbando en mis miedos, y sé que mis intentos de impedírselo no funcionarán. Y quiero saber qué es lo que sabe y cómo averiguó toda esa información personal sobre mí, porque si él ha podido conseguirla, también puede hacerlo Pável. Tengo que aprender a proteger mejor mi intimidad no cometiendo los mismos errores dos veces.

—Había dos agentes de policía en la puerta de Maternidad cuando llegué. Los conozco personalmente por el trabajo que hemos hecho juntos. Me hablaron de una joven madre que había recibido la visita de un conocido mafioso local llamado Pável y que, después de negarse a verlo, había desaparecido del hospital con su bebé. De algún modo, había descubierto la manera de puentear la pulsera de seguridad que llevaba el bebé.

—Tenía que irme de allí —le digo en voz baja. Todavía estoy viendo la expresión en la cara de esa enfermera cuando me dijo que Pável estaba fuera y que quería entrar a verme. Ella ya sabía que era un indeseable. Por suerte, obedeció a su instinto y no lo dejó pasar.

—No me cabe ninguna duda. Su historial delictivo da bastante miedo.

Asiento con la cabeza. La policía no sabe ni la mitad. Me revuelve el estómago pensar que mi hijo tiene la mitad de su ADN, pero haré todo lo que esté a mi alcance para asegurarme de que crezca en el lado correcto de la ley. Estoy más decidida que nunca a conseguirlo.

—Así que no fue demasiado complicado averiguar adónde habías ido. Le pedí a mi hermana que encontrara el depósito al que habían llevado tu coche y Toni llegó allí justo a tiempo de encontrarte intentando recuperarlo. Pero supongo que Pável se te adelantó.

—Sí. ¿Y cómo demonios encontró mi coche antes que yo? Eso es lo que me gustaría saber.

—Tu historia apareció en todas las noticias. Todavía aparece. Incluso tenían fotos de tu coche mientras se lo llevaba la grúa, así que la empresa privada de retirada de vehículos consiguió un montón de publicidad gratuita y Pável ni siquiera tuvo que hacer una sola llamada para encontrar el vehículo.

Dejo escapar un largo suspiro, recostándome de nuevo en los cojines y mirando al techo.

—Eres bastante bueno en tu trabajo, supongo.

—Soy muy bueno en mi trabajo, sí.

—Y humilde, también. —No tengo más remedio que sonreír. Es un buen tipo. Pesado, pero buen tipo.

Se ríe.

—Ahí me has pillado.

La habitación se queda en silencio. En mi cabeza bullen múltiples futuros hipotéticos para Thi y para mí. ¿Adónde iremos? ¿Y cómo? ¿Cuánto dinero tengo y cuánto tiempo me durará? No he comprobado mi cuenta de fondos de inversión últimamente, así que no sé si el saldo ha aumentado o disminuido. Supongo que dispongo de suficiente dinero para seis meses si vivo de forma austera y encuentro un apartamento barato en alguna parte. Me pregunto si será muy difícil alquilar algo sin tener que dar mi verdadera identidad.

Miro a Thibault.

—En tu trabajo… ¿falsificáis documentos de identidad para la gente?

Me mira frunciendo el ceño.

—No.

—Ah. Vaya, qué lástima. —Vuelvo a mirar fijamente al techo.

—¿No preferirías solucionar los problemas que te están obligando a huir en lugar de cambiar de identidad?

Me río con amargura.

—Pues claro. Y también me gustaría que me tocara la lotería, pero no veo que eso vaya a ocurrir en un futuro próximo.

—No puedes ganar si no juegas —dice, mirándome.

Lo miro de nuevo y suspiro, cansada de la conversación, del tema, de todo lo relacionado con mi vida en sí y de la horrible dirección que está tomando.

—¿Se supone que eso tiene que significar algo para mí, además de lo obvio?

—Significa que huir no te llevará a ningún lado sino a otro lugar con los mismos problemas. Nunca te sentirás segura. Este tipo, Pável, parece tener muchos recursos, al menos por lo que dijo la policía. ¿No te preocupa que te encuentre?

Me incorporo en el sofá, ahora enfadada. Lo está haciendo de nuevo.

—Siempre presionando, ¿no?

—No, solo estoy…

—Sí, sí que lo haces. Presionas y presionas. ¡Sí! ¡Está bien! ¡Lo entiendo! ¡Estoy jodida! Huiré y él me encontrará. Huiré de nuevo y él me encontrará otra vez. No puedo hacer nada más que seguir adelante con esto y ver qué pasa. Tal vez tenga suerte y no me encuentre.

—¿Tienes un plan? —Ni siquiera se inmuta con mi respuesta desabrida. Hace que piense que no me escucha.

—Puede que lo tenga, pero no es asunto tuyo.

Él asiente.

—Tienes razón.

—Ya sé que tengo razón. —Las fosas nasales me aletean con aire ofendido.

Él sonríe.

—Estás discutiendo conmigo sobre algo con lo que estoy de acuerdo.

—¿Y qué?

—Cabezota. Como te he dicho.

—No pienso rebatirlo. —Me pongo de pie—. ¿Dónde está el baño?

Señala con el dedo.

—Al final del pasillo, la primera puerta a la derecha.

Agarro el asa del portabebés.

—Puedes dejarlo aquí. Yo lo vigilaré; me aseguraré de que no se quite la correa de seguridad y se vaya gateando.

Miro a Thibault con cara de exasperación mientras suelto el asa.

—Gracias. —Me siento idiota, creyendo que necesitaba llevarme al bebé conmigo. No tengo ni idea de lo que hago. Odio sentirme tan estúpida e indefensa.

Thibault se levanta con gran esfuerzo.

—Espera. Espera un segundo.

Me detengo en medio de la habitación. Se acerca con las muletas y se detiene a un par de palmos de distancia.

—Perdóname.

Parpadeo varias veces, tratando de descifrar qué hace ahora.

—¿Que te perdone por qué?

—Por comportarme como un imbécil. Solo estoy preocupado por ti, eso es todo.

Niego con la cabeza despacio y le lanzo una mirada compasiva.

—Pobre Superman. Tiene aquí a una damisela en apuros que no quiere su ayuda. ¿Qué puede hacer?

Frunce el ceño.

—¿Se puede saber por qué Toni y tú me llamáis así? No soy ningún superhéroe. No creo que lo sea y no trato de actuar como tal.

—Pues, desde luego, tienes toda la pinta de intentar serlo.

Echo a andar hacia el baño.

—¡No sé cómo puedes llamarme superhéroe con esta pierna inútil que tengo! —Su voz me persigue por el pasillo.

Sonrío. Sé que no debería, pero no puedo evitarlo.

—Supongo que ahora ya sabemos cuál es la kriptonita de este Superman.

—¿Ah, sí? ¿Y cuál es?

—¡Los parachoques de los Toyota!

Cierro la puerta del baño y me río para mis adentros. Siento el corazón más ligero que hace media hora. Sé que la sensación no durará demasiado, pero la disfrutaré mientras pueda. Antes de que acabe el día, necesito tener un plan que implique irme de aquí y de la vida de Thibault para siempre. La idea me entristece más de lo que debería. Es un buen tipo, y algún día me gustaría tener a un hombre como él como amigo en mi vida.

Capítulo 13

Después de dar de mamar al bebé y echarme una siesta en el sofá de Thibault, me despierto sola con Thi dormido a mi lado, en la sala de estar. No se oye nada más que el reloj de cuco, que acaba de despertarme. Son las cinco de la tarde y me ruge el estómago.

Miro alrededor y mis ojos se detienen en un álbum de fotos. Lo recojo de la mesita de café que tengo delante y empiezo a hojearlo.

Lo primero que me llama la atención es lo felices que parecen todos. Creo que estoy viendo a los empleados de Bourbon Street Boys, ya que uno de ellos lleva una camiseta con un logo con ese nombre. Por lo visto, celebran muchas barbacoas. Sé que estoy viendo más de una en las distintas fotos porque la gente lleva ropa diferente y los árboles tampoco son los mismos. Alguien ha ordenado las imágenes y ha añadido pequeños textos, y quienquiera que sea esa persona, tiene un buen ojo. Doy por sentado que la artífice es una mujer, ya que no conozco a ningún hombre que haga álbumes de fotos como este.

Los mellizos aparecen en algunas de las imágenes, casi siempre en brazos de Thibault o en los de otro hombre. Tal vez el padre. Es muy guapo, con una barba poblada y larga que no oculta en absoluto su hermosa cara. En la foto que estoy mirando ahora aparece al lado de Thibault, y descubro que el atractivo de ese hombre mengua en comparación con el de Thibault. Este parece más fuerte;

más compacto. Con un tono de piel más oscuro y el rostro más anguloso. Parece muy seguro de sí mismo, de quién es y de cuál es su lugar en el mundo. Lo envidio por eso.

—Ah, has encontrado el famoso álbum de fotos. —Thibault baja cojeando por las escaleras, con una muleta en un brazo y aferrándose con el otro a la barandilla.

—Organizáis un montón de barbacoas.

—Cada vez que cerramos un caso, lo celebramos así. Llueva o truene.

Paso la página.

—Muchos niños.

—Sí, ahora todos menos yo tienen al menos uno.

Lo miro.

—Algunos de ellos son muy jóvenes, así que esto debe de ser algo nuevo en la empresa. ¿no? ¿Tener tantos críos de golpe?

—Sí. —Se sienta conmigo en el sofá, colocando el asiento del bebé a un lado para poder señalarme las imágenes. Me concentro en el hombre voluminoso de la foto.

—Ese es Ozzie —dice Thibault—. Él fundó la empresa y fue el primero en pringar.

—¿Pringar?

Sonríe.

—Sí. En caer bajo el hechizo de una mujer y ponerle un anillo en el dedo.

Me encojo de hombros.

—Bueno, si te gusta, más vale que le pongas un anillo.

—Jaja. Muy buena, Beyoncé.

—¿Y este quién es? —le pregunto, señalando a un hombre que le saca dos cabezas a la mujer que tiene a su lado.

—Esos son Dev y Jenny. Fue el segundo en pringar.

Me río.

—¿Y el tercero?

95

—Lucky. —Señala al hombre de la barba—. El marido de mi hermana. Tuvo que pringar con ella.

—Pobrecillo… —digo, antes de poder contenerme.

Thibault deja escapar una carcajada.

—¡Ja! Lo has dicho tú, no yo. —Se recuesta en el sofá—. No, solo estoy bromeando. Pero ha sido muy gracioso. Se lo diré a Lucky la próxima vez que lo vea.

—¿Ella no te saca de quicio? —No me quiero ni imaginar tener una hermana como ella—. Debe de poner a prueba la paciencia de su marido.

—Claro que me saca de quicio. Y el día que me case, será con alguien que sea lo opuesto a ella. Pero la quiero más que a nada ni a nadie en el mundo. —Se encoge de hombros—. Hemos pasado por mucho juntos. Y puede que sea un poco dura, pero por dentro tiene un corazón de oro. No cambiaría su forma de ser por nada.

—Habéis pasado por mucho juntos cuando erais jóvenes, ¿quieres decir? ¿Con vuestros padres?

Tiene la mirada perdida.

—Sí, entonces. Y más tarde en la vida, también.

Cierro el álbum de fotos despacio. Esto empieza a ponerse interesante, y no se me ocurre mejor manera de distraerme de mis problemas que escuchar los de los demás.

—¿Qué pasó?

Se queda en silencio durante un buen rato. Entonces, de repente, parece salir de su ensimismamiento y endereza la espalda de golpe.

—Nada que me apetezca revivir. —Me quita el álbum y lo coloca sobre la mesa—. Hablemos de ti.

—Preferiría no hacerlo.

—¿Tienes hambre? —me pregunta.

Su brusco cambio de tema me deja descolocada.

—Mmm… Pues sí, un poco. Tal vez. —Me ruge el estómago y me sonrojo de vergüenza—. Ya lo creo. Definitivamente, tengo hambre.

Me da una palmadita en la rodilla y luego se apoya en mi pierna para levantarse.

—¿Qué te parece si preparo la cena mientras charlamos en la cocina? Puedes ayudarme, teniendo en cuenta que estoy medio inválido.

Me pongo de pie. Agradezco el cambio de escenario. Llevo horas sentada en esta sala de estar.

—Por supuesto. ¿Puedo dejar aquí al bebé?

—Sí, claro. Sácalo del portabebés y déjalo en el sofá si quieres. Probablemente estará más cómodo.

—Pero, ¿y si se cae?

—No se caerá. Es muy pequeño todavía para eso, pero podemos envolverlo muy bien y luego ponerle ese álbum al lado para que no sea el primer bebé de dos días en aprender a rodar por el sofá y caer sobre la alfombra.

Me siento estúpida por no saber las cosas más básicas sobre los recién nacidos.

—Bueno. —Miro a Thibault mientras envuelve a Thi en el arrullo como un profesional, hasta que mi pequeñín parece una fajita humana. Luego lo deposita con delicadeza sobre el sofá y utiliza el álbum de fotos para protegerlo.

—Le echaremos un vistazo cada pocos minutos para asegurarnos de que esté bien. También puedo ir y pedirle prestado a Toni el viejo moisés de alguno de sus hijos, por si quieres dejarlo en una cuna de verdad.

—Ya veremos. —No me siento cómoda con la idea de pedirle prestado algo a Toni, y plantar aquí una cuna me parece un compromiso que no quiero adquirir. Lo sigo a la cocina, sin dejar de mirar a mi hijo; está profundamente dormido, sin mover un solo músculo.

—¿Te gusta la pasta? —pregunta, abriendo una puerta pequeña que conduce a una despensa.

Me acerco a ayudarle.

—Mucho.

—¿Me alcanzas ese paquete, por favor? —dice, señalándolo.

Saco un paquete de rigatoni de la estantería, junto con un bote de salsa, que también me señala.

—Soy un experto en hervir espaguetis —dice, fingiendo estar orgulloso de sí mismo.

Disimulo una sonrisa; por alguna razón, no quiero que sepa que su encanto ejerce algún efecto sobre mí. Dejo los artículos en la encimera, al lado de los fogones, y luego lo observo concentrarse en su especialidad culinaria: hervir la pasta.

—Desde que tuvo a los niños, mi hermana cocina bastante más. Voy mucho a cenar a su casa.

—Parece que estáis muy unidos: vivís puerta con puerta, compartís comidas…

—Sí. Ahora estamos muy unidos, pero hubo una época en la que no lo estábamos tanto. Cuando vivía con otro tipo. Charlie.

—¿De verdad? ¿Por qué? ¿No te caía bien?

Niega con la cabeza mientras llena una olla con agua.

—He dicho que no me apetecía revivirlo y, sin embargo, aquí estoy, sacando el tema de nuevo.

—Tal vez sí quieras hablar de ello.

Se encoge de hombros, observando la olla mientras el agua arranca a hervir.

—Hablar ayuda a veces. A algunas personas, al menos. Aunque a mí no suele ayudarme.

—¿Lo haces a menudo? ¿Hablar con la gente sobre tus problemas?

—No. Nunca.

—Entonces, ¿cómo sabes si te ayuda o no?

Vierte los rigatoni en el agua, los revuelve un poco y deja la cuchara sobre la encimera antes de volverse hacia mí.

—Tal vez no lo sepa. —Se encoge de hombros y toma un pellizco de sal; se vuelve y agrega la sal al agua—. Es una larga historia.

Estoy a punto de decir: «Tengo tiempo de sobra» cuando me doy cuenta de que tal vez no sea verdad. ¿Se puede saber qué hago aquí?

—¿Por qué pones esa cara? —me pregunta Thibault, al sorprenderme con el ceño fruncido y la mirada fija en el suelo.

Niego con la cabeza.

—No, no es nada.

—Venga ya, no me mientas. Pareces preocupada.

Me encojo de hombros.

—Porque sería una locura que estuviera preocupada en este momento, ¿verdad?

—No, probablemente no.

—¿Te importa si me sirvo un poco de agua? —pregunto.

—Qué va, mujer. Sírvete tú misma. Encontrarás los vasos en el armario, allí. Las botellas de agua están en la despensa.

Alegrándome del momento de distracción, me desplazo por la cocina y sirvo un vaso de agua para cada uno.

—Tengo una idea —dice, mientras pone otra cazuela en el fuego y vierte la salsa.

—¿Me va a gustar?

Él se ríe.

—¿Siempre eres tan suspicaz?

—Bastante.

Las siguientes palabras las dice en voz baja:

—Dios, me recuerdas tanto a ella…

—¿A quién? —pregunto, aunque me temo que ya sé la respuesta.

—A mi hermana.

99

—Así que, básicamente, te recuerdo a una persona que te molesta mucho.

Mira por encima del hombro.

—Sí. Pero también la quiero con locura, así que no todo es malo…

—Ya, bueno. Descuida, que no me he ofendido. No pretendo ser desagradable ni nada de eso, pero tú tampoco eres mi tipo, la verdad.

—¿Ah, no? —Se ríe—. ¿Y cuál es tu tipo, exactamente? —Está removiendo la salsa, de espaldas a mí. Eso hace que sea más fácil mostrarme sincera cuando respondo.

—Bueno. Alguien comprensivo. Que me deje hacer lo que quiero hacer. Que no me trate como si necesitara ayuda todo el tiempo, como si fuera débil.

Deja de remover la salsa.

—Ofrecer ayuda a alguien no es lo mismo que llamar débil a esa persona. —Se vuelve a mirarme—. Aceptar ayuda tampoco te vuelve débil.

Arqueo una ceja.

—¿Tú aceptas ayuda?

Mueve la cabeza para indicar el paquete de pasta.

—Me has sacado la pasta del estante, ¿verdad? ¿A que no me he quejado…?

No tengo más remedio que sonreír.

—Eso no es lo mismo. —Me levanto rápidamente para echar un vistazo al bebé y regreso después de asegurarme de que no se ha movido ni un centímetro.

Thibault se concentra en la salsa, dándome la espalda.

—Si tú lo dices…

Me muerdo el labio mientras pienso en lo que ha dicho. ¿Estoy siendo terca?

—He aceptado tu ayuda.

Él asiente con la cabeza.

—Sí, así es. Bueno, al menos en parte.

—Estoy en tu casa, ¿no? Eso ha sido una gran ayuda para mí, me has traído en coche y me has brindado un lugar donde estar unas horas para meditar sobre mis opciones y echar una cabezadita.

—¿Alguna idea de adónde irás a partir de aquí? —pregunta.

Mueve los hombros enérgicamente mientras cocina y disfruto de mirarlo sin que él lo sepa. Es un hombre muy compacto. Su cuerpo es casi tan duro como su cabeza. Sonrío al formular ese pensamiento.

Se da la vuelta y me sorprende sonriendo.

—¿Qué es lo que te hace tanta gracia?

Niego con la cabeza, y la sensación de despreocupación se esfuma.

—Nada. —Tomo un sorbo de agua—. Respondiendo a tu pregunta de qué voy a hacer ahora, puedo decir con toda sinceridad que no tengo ni idea.

Da unos golpes con la cuchara en el lateral de la cacerola y luego la deja en la encimera. Se da media vuelta, cojeando, se apoya en el fregadero y se cruza de brazos sobre el pecho.

—Podrías quedarte aquí. Unos días. Hasta que lo decidas.

Niego con la cabeza.

—No, no creo que sea una buena idea.

—¿Por?

—Bueno, como sabes, hay un tipo que me está buscando, y no es el hombre más amable del mundo. Debo irme de la ciudad, cuanto antes, mejor. Probablemente esta noche sería buena idea. Tendría que consultar los horarios de autobuses.

—¿Sabes adónde vas a ir?

Varios nombres de ciudades desfilan por mi cabeza: Baton Rouge, Atlanta, Nueva York, Seattle… Ninguno de ellos suena bien.

—No.

—Háblame de Pável —dice. Levanta la barbilla, como desafiándome.

—Háblame de Charlie —le contesto.

—¿Qué tiene que ver con esto?

Me encojo de hombros.

—Tú quieres saberlo todo sobre mi vida. Tal vez yo quiero saber algo sobre la tuya.

Aprieta los labios unos segundos y luego asiente levemente con la cabeza.

—De acuerdo. Te hablaré de Charlie y luego tú podrás hablarme de Pável.

—Bien. —No estoy segura de si puedo esperar que sea sincero. Adivino por la forma impaciente en que mueve los ojos que empieza a arrepentirse de su decisión—. Pero puedes desdecirte si quieres. No pasa nada, solo dilo y cada uno se guardará sus secretos.

Se aparta de la encimera y vuelve a concentrarse en remover la salsa y la pasta.

—No, no es ningún problema. Solo tengo que decidir por dónde empezar.

—¿Qué tal por el principio?

Me sonríe por encima del hombro.

—Vaya, ¿por qué no habré pensado en eso?

Me río, pero no digo nada más. Si sigo jugando con las palabras, solo conseguiré retrasar el momento de que me cuente la historia, y lo cierto es que me interesa más de lo que quizá debería. Me dirijo a la entrada de la sala de estar y echo un vistazo al bebé mientras Thibault empieza a hablar.

—Toni se juntó con él bastante pronto. En ese momento yo no sabía por qué se había liado tan rápido, pero más tarde descubrí que lo hizo para conservar nuestra amistad con Lucky y los demás.

Me vuelvo a mirarlo.

—No lo entiendo.

Lanza un suspiro.

—Hay mucha historia detrás, pero, básicamente, todos los chicos con los que trabajo... Hemos sido amigos desde niños. Todos estábamos juntos en la calle. Cuando Toni y Lucky eran más jóvenes, se gustaban y hubo algo entre ellos, cosa que no supe hasta mucho más tarde, pero en el momento en que ocurrió, a Toni le preocupaba que, si salían juntos, eso rompiera la dinámica en nuestro grupo, y ese grupo era lo único que teníamos... Lo significaba todo para nosotros... Así que se lio en serio con el primer tipo que encontró para poder distanciarse de Lucky. Ese hombre era Charlie.

—¿Y no era un buen tipo?

Me responde con voz grave, teñida de emoción:

—No. Era un tipo muy, muy malo.

—¿En qué sentido?

—En aquel primer momento, a mí solo me parecía un puto gilipollas. —Me mira—. Lo siento, pero es imposible hablar de él sin soltar tacos.

—Está bien, no te preocupes. Ya he oído tacos antes.

Se mira las manos, examinándolas y retorciéndolas mientras flexiona los músculos. No sé quién es ese tal Charlie, pero estoy segura de que si estuviera aquí, el señor Delacroix le dejaría la cara hecha un mapa.

—El caso es que Toni estuvo viviendo con él durante unos años. Y luego nos enteramos de que la había maltratado. Muchas veces.

Siento que se me revuelve el estómago. Ahora estamos entrando en el tipo de mundo en el que vivo.

—¿Tú presenciaste los malos tratos?

—Veía los moretones, pero ella siempre nos daba unas explicaciones perfectamente creíbles sobre cómo se los había hecho, explicaciones que no tenían nada que ver con Charlie. Practicaba deporte, era dura, se peleaba con gente... Siempre tenía alguna excusa. —Niega con la cabeza—. Pero debería haberme dado cuenta.

103

—Porque tienes complejo de Superman.

—No. Porque no estoy ciego y quiero a mi hermana, pero por aquel entonces yo estaba completamente absorto en mí mismo. — Se calla, como si quisiese poner en orden sus pensamientos y emociones antes de terminar, tal vez viajando un poco por el túnel del tiempo—. De todos modos, para resumir, los malos tratos y la situación de abuso se hizo tan insostenible que mi hermana consiguió un arma. Y luego, un día, él quiso darle una paliza y ella se defendió.

—¿Toni le disparó? —No esperaba ese final. Pensaba que iba a decir que hubo una pelea monumental y que luego alguien acabó un tiempo en la cárcel. Me imagino a la mujer diminuta que me trajo aquí en su todoterreno y, sí, supongo que podría verla dando patadas y moliendo a palos a alguien, pero ¿pegarle un tiro? Eso requiere una clase especial de temperamento que yo no creo que fuera capaz de exhibir. Su vida debió de ser un infierno con ese tal Charlie. Siento una punzada de lástima por ella. Con razón va tan enfadada por la vida...

Thibault parece mortificado mientras se frota el pecho, a la altura del corazón, con la mirada fija en la pared.

—Me llamó por teléfono mientras estaba arrodillada junto a su cadáver. No paraba de gritar y gritar... —Se interrumpe durante un largo rato, como si reviviera el momento. Frunce el ceño y le brillan los ojos, y cuando habla de nuevo, su voz es áspera—. Nunca lo olvidaré. Era como estar en una pesadilla; aún me persigue a todas partes, hasta el día de hoy. —Sacude la cabeza y vuelve a enfocar la mirada en mí—. Así que, sí, Toni lo mató de un disparo. Y cumplió condena por ello. —Se da la vuelta y agarra la cuchara de madera para meterla en la cazuela—. Y nunca me perdonaré por no haber estado más atento para advertir lo que sucedía en su vida. Podría haber evitado que ocurriera todo eso. Terminó en la cárcel y se destrozó la vida... O estuvo a punto. Tiene cicatrices profundas que es probable que nunca desaparezcan.

Me acerco y le doy un golpecito en el brazo para asegurarme de que está aquí conmigo, en el presente, y de que me escucha.

—No puedes decir que es culpa tuya. Tu hermana es una persona adulta. No es justo que te cargues con todo ese peso.

Él se encoge de hombros.

—Así son las cosas. Cuando quieres a alguien, tienes que estar ahí, a las duras y a las maduras. Tienes que prestar atención a los detalles de su vida y no aceptar mentiras y excusas como si fueran la verdad.

Ahora entiendo por qué Toni dijo que Thibault vive con fantasmas. Lo que me acaba de contar son recuerdos muy poderosos, y no es algo que alguien pueda olvidar fácilmente, tal vez nunca se logre. Sé exactamente cómo se siente.

—¿Por eso trabajas en seguridad?

—Ya estaba en el sector de la seguridad antes de que sucediera eso, lo que solo lo hace aún más grave: debería haberlo visto. Estoy entrenado para enfrentarme a personas violentas. —Respira hondo y deja escapar el aire despacio, como si practicara alguna técnica de relajación. Diría que no le sirve de nada: parece a punto de gritar o de abrir un agujero en la pared.

Aunque no me da miedo. Solo está enfadado consigo mismo. Pobrecillo. Verdaderamente, tiene un complejo, pero al menos ahora entiendo por qué. Me siento mal por su hermana y por él. Pasar por algo así es una experiencia horrible. La verdad, ahora que lo pienso, él y yo no somos tan diferentes. Ambos hemos tenido que tratar con la violencia y el crimen, ambos hemos intentado encontrar algo de paz, luchando siempre, a veces con éxito, y otras, casi siempre, fracasando, al menos en mi caso. Por lo que veo, a él no le va tan mal, y su hermana parece haber recogido los pedazos rotos de su vida y haber pasado página.

El tictac del reloj interrumpe mis pensamientos. Se está haciendo tarde y todavía no tengo ningún plan. La pequeña puerta

105

de la parte delantera del reloj se abre de repente y sale el pajarito, haciendo que me sobresalte.

¡Cucú! ¡Cucú! ¡Cucú! ¡Cucú! ¡Cucú! ¡Cucú!

—No sé cómo no te vuelves loco con el ruido de ese pajarito —le digo, señalando el reloj.

Thibault intenta sonreír.

—A lo mejor ya lo estoy.

Entro en la habitación contigua y cojo al bebé en brazos, pues necesito sentir su cuerpecillo cálido cerca de mí y quiero inhalar su dulce olor. Así es como encuentro la paz ahora, por frágil que sea.

—No te conozco muy bien, pero creo que eres un buen hombre, Thibault. Demasiado duro contigo mismo, por supuesto, pero lo entiendo. —Camino por el suelo enmoquetado, entro de nuevo en la cocina y le entrego al bebé. No estoy segura de si la magia de Thi surtirá el mismo efecto en Thibault que en mí, pero vale la pena intentarlo—. ¿Me lo aguantas un momento?

—Claro. —Thibault se coloca al pequeño sobre el hombro para poder darle unas suaves palmaditas en la espalda. Se vuelve hacia un lado y huele la cabeza del bebé, cerrando los ojos, mientras una leve sonrisa se despliega en sus labios e ilumina la oscuridad que lo rodeaba.

Sí. También funciona con él. Salgo al pasillo que conecta con la cocina.

—¿Adónde vas? —pregunta Thibault.

—Voy a lavarme las manos. Cuida de todo.

—Sí, no te preocupes. Tendré bien agarrado a este angelito hasta que vuelvas.

Le hablo desde el interior del pequeño cuarto de baño, debajo de las escaleras.

—Tal vez puedas enseñarme a envolverlo como lo hiciste antes. Parece que le gusta estar inmovilizado con ese arrullo, como una momia.

—¡Claro! —grita para que lo oiga por encima del ruido del agua corriente mientras me lavo las manos.

Cuando salgo, lo encuentro acariciando suavemente la espalda de Thi.

—Llamamos a esa técnica «la fajita de bebé» —dice—. Con resultados garantizados para calmar a un bebé intranquilo.

A Thi le entra hipo y Thibault inclina la cabeza hacia abajo e inhala profundamente.

—Huele bien, ¿eh?

Me acerco a oler yo también la magia del bebé. Me agacho y los olores de mi hijo y de la colonia de Thibault se mezclan. Siento una punzada de emoción estando tan cerca de este hombre mientras sostiene a mi hijo con tanta ternura. Es como una especie de vértigo. Es una descarga emocional demasiado potente para mí. Le arranco al niño de los brazos sin decir ni una palabra y me doy la vuelta para que no vea la expresión dibujada en mi cara. Necesito poner un poco de distancia entre nosotros. Me duele en el corazón desear algo que no podré tener jamás; no con este hombre, en cualquier caso, y no en esta ciudad.

Me acerco a la mesa de la cocina y me siento.

—Supongo que es mi turno de confesar mi peor momento. —No hay mejor manera de volver a pisar terreno firme que recordarme lo caótica que es mi vida en este momento.

Thibault se dirige al rincón de la cocina donde hay una cómoda con un cambiador encima.

—¿Por qué no traes a Thi y te enseño mi técnica de envoltura mientras me cuentas tu historia?

Le hago caso y voy junto a él, esperando que las instrucciones ayuden a distraerlo y no me escuche con demasiada atención. Esta historia representa los momentos más humillantes de mi vida, no es algo que me enorgullezca compartir, pero él me ha hablado de su pasado, y ahora me toca a mí. Nunca rompo un trato una vez que lo he aceptado.

Le entrego al pequeño Thi y Thibault lo deposita en la funda acolchada del cambiador. Desenvuelve al bebé y da comienzo a la lección. Mientras, Thi sigue durmiendo.

—Mira, se dobla una esquina del arrullo hacia abajo y colocas la cabecita en la esquina doblada. —Me mira, con una expresión que pretende ser alentadora. Es hora de que empiece a hablar.

Me aclaro la garganta.

—Mis padres eran drogadictos y se pasaban la vida entrando y saliendo de la cárcel, desde que tengo memoria.

Él mantiene toda la atención en el bebé, lo cual le agradezco enormemente.

—Tienes que ponerle los bracitos en los costados o sobre el pecho. Ya te dirá él qué es lo que prefiere.

—Bueno, pues cuando tenía doce años y volvieron a detener a mis padres, esta vez a los dos juntos, mi abuela se quedó conmigo. Fue ella la que me crio después de aquello, consiguió la custodia legal y todo eso.

Asiente con la cabeza, haciéndome saber que me está escuchando.

—Ahora empiezas con la parte izquierda del arrullo y la cruzas por encima de su cuerpo, apretando con fuerza e insertándola por debajo del niño, en el lado opuesto.

—No teníamos gran cosa, pero nos teníamos la una a la otra. Ella me ayudaba con los deberes, me hizo ver el valor que tiene la educación. Mi abuela no estudió más allá de la secundaria, y siempre lo lamentó.

—Luego recoges la parte inferior. La levantas y la doblas si es demasiado larga.

Me sorprende la delicadeza de Thibault con esas manos tan grandes y musculosas. No sé por qué, pero siempre me he fijado en las manos de los hombres. Tal vez sea porque muchas veces las han usado contra mí, así que debo tenerlas vigiladas. Sin embargo, sus manos no me preocupan para nada, aunque sí me hacen pensar en él en otras situaciones… Hacen que me pregunte si será tan delicado con una mujer como lo es con los bebés. Al imaginarlo así, siento un hormigueo en determinados puntos de mi cuerpo, y pierdo el hilo de mi pensamiento.

—¿Lo has pillado? —me pregunta, sacándome de mi estado de hipnosis.

—Sí. Lo he pillado. —Hago una pausa, tratando de recuperar el hilo—. A ver, ¿por dónde iba? Ah, sí… Empecé los estudios para sacarme el título de pregrado, pero mi abuela murió durante mi primer año.

Me mira de repente, interrumpiendo la lección de cómo envolver al bebé.

—Lo siento mucho. Debió de ser un golpe muy duro para ti.

—Gracias. Sí, lo fue. —Asiento y bajo la mirada al suelo para controlar mis emociones. El día que perdí a mi abuela pasará a mi historia personal como el peor momento de mi vida. Formulo mis pensamientos en voz alta sin querer—. Fue el día en que me di cuenta de lo que realmente significaba estar sola. Ella era lo único que tenía. —Un nudo en el pecho me impide decir nada más, gracias a Dios.

—¿Terminaste? Los estudios, quiero decir.

Su pregunta me ayuda a superar el bache emocional. Sí, mejor hablar de lo que pasó después.

—Sí, terminé. Acabé el primer ciclo, pero dejé la carrera a medias porque tuve que ponerme a trabajar para pagar los préstamos que pedí para pagar los libros y todo lo demás. También tenía los gastos del alquiler del apartamento y la comida. Cuando mi abuela estaba viva, vivía con ella, pero cuando murió, tuve que mudarme. Disponía de unos pequeños ahorros que me duraron hasta el final de mi segundo año, pero se me acabaron con el tiempo.

Señala al bebé.

—Una vez que hayas asegurado la parte inferior del arrullo, agarras ese otro lado, el último, y lo metes por debajo, apretando con fuerza.

Asiento, tratando de sonreír. Estoy segura de que está utilizando esta clase práctica de cómo envolver al bebé para distraerme de mi dolor, cosa que le agradezco en el alma. Este Thibault Delacroix es un buen hombre.

—Intenté conseguir trabajo como contable, pero nadie me contrataba. Decían que no tenía suficiente experiencia.

Levanta al bebé en el aire.

—*Voilà*: fajita de bebé. —Me da a Thi y me lo coloco en el hueco del brazo, mirándolo fijamente mientras cuento el resto de la historia.

—Estaba desesperada. Pensaba que conseguiría algún trabajo haciendo cualquier cosa, aunque no estuviera relacionado con la contabilidad, pero fuese a donde fuese, todos me cerraban la puerta en la cara. Incluso intenté conseguir un trabajo en un lugar de comida rápida, pero la crisis económica era tan dura que nadie quería contratar personal nuevo. Ni siquiera conseguía una sola entrevista. Había facturas que pagar y también quería terminar los estudios, pero no tenía dinero ni familia... ni esperanzas. Sentía que todo el universo conspiraba contra mí.

—¿Y qué hiciste entonces? —Alarga el brazo, retira el arrullo de la cara de Thi y se lo remete por debajo de la barbilla. Es un gesto pequeño, pero considerado. Se me enternece el corazón y me hace sentir que estoy en un lugar seguro. Hacía mucho, muchísimo tiempo que no experimentaba esa sensación. Eso me da el impulso que necesito para terminar mi triste historia.

—Pues el caso es que había un tipo en mi barrio que me dijo que quería ayudarme.

—Vaya —exclama Thibault—. Eso no suena nada bien.

—No, no fue nada bueno, ni lo sigue siendo. Pero sentí que no tenía elección. Intentaba hacer lo correcto una y otra vez, pero no funcionaba... Así que acepté su oferta. —Miro a Thibault, furiosa con mi pasado, esperando que me juzgue, cosa que estoy segura de que hará. Lo que hice estuvo mal, fue algo terrible, y eso es así. Hice lo que hice y soy quien soy.

—¿Qué pasó después? —Habla con tono suave. Todavía no percibo ningún juicio en sus palabras, pero no ha escuchado lo peor.

Me encojo de hombros, sintiendo cómo se fortifican los muros que yo misma erijo a mi alrededor. Me protegen de que me hagan daño. Los levanté por primera vez el día en que me reuní con Pável para discutir su propuesta, y no los he bajado desde entonces. Forman parte permanente de la persona que soy ahora.

—Empecé a trabajar... En una esquina. Ya sabes..., con clientes, en la calle. —A pesar de mis muros de autoprotección y de los años que he pasado diciéndome que lo que otras personas piensen de mí no significa nada, la cara me arde de vergüenza. No me educaron para vender mi cuerpo, me educaron para que usara mi cerebro para mantenerme, pero el mundo tenía otros planes para mí.

Su expresión se transforma despacio. Parece enfadado. Su cara adquiere un tono rojo.

—Lo sé. Asqueroso, ¿verdad? —Aparto la mirada. No puedo soportar ver la mueca de asco que hay allí.

—No, oye, no es eso, para nada. —Me sujeta por la parte superior de los brazos, me aprieta ligeramente y luego me da unas palmaditas con aire torpe, tratando de hacer que lo mire a la cara—. No pienso que seas asquerosa. Yo nunca pensaría eso: no te juzgo.

Lo miro, tratando de descifrar a partir de su expresión si habla en serio o simplemente trata de decir lo correcto. No veo señales de que esté mintiendo. Tal vez sí exprese lástima, o frustración.

—Lo que hiciste… no es fácil. No es fácil estar en esa situación y sentir que no tienes otra opción. Solo desearía haberte conocido entonces… para haber podido ayudarte.

Trato de sonreír, pero estoy demasiado triste.

—¿Superman al rescate?

Da un paso atrás, torciendo el gesto.

—No. Superman no. Solo… una persona. Un hombre que te habría ayudado con mucho gusto. —Se pasa una mano por el pelo.

Extiendo la mano, le agarro el antebrazo un segundo y luego lo suelto.

—Solo me estaba metiendo contigo. Lo siento. No pretendía burlarme de tu necesidad de ayudar a la gente. Ahora entiendo de dónde viene eso… Ahora que me has hablado de tu hermana y de Charlie. Por favor, no te enfades conmigo.

Levanta la vista de repente, con cara de sorpresa.

—No estoy molesto contigo, para nada. —Se calla, y sus rasgos faciales se suavizan cuando intenta sonreír—. Solo estoy enfadado con ese tipo. No sé quién es, pero me han entrado unas ganas inmensas de partirle la cara.

Apenas puedo pronunciar las palabras cuando, de pronto, pienso en el presente y la realidad de mi situación me alcanza.

—Es el hombre que vino a verme al hospital. Pável.

Thibault mira al suelo, endureciendo la mandíbula.

—Entonces, ¿es tu chulo?

—No. Es mi jefe.

Levanta la vista y parpadea un par de veces, a todas luces confundido por mi respuesta.

Lo más probable es que Thibault se ría de mí o piense que soy una idiota integral, pero ahora no puedo dejar de contar mi historia. Necesito compartirla entera con él; es como una especie de terapia, poder contarle todo a alguien por fin en lugar de solo algunas partes, como con el inspector Holloway.

—Resulta que se me da fatal hacer de prostituta. —Sonrío un poco, recordando las broncas que me echaba Pável, gritándome y diciéndome que tenía que aprender a ser una puta como es debido.

Thibault sonríe con cautela.

—¿En serio?

—Pues sí. He descubierto que a los hombres no les gusta que les toques las pelotas durante el acto; en sentido figurado, claro… —Levanto un dedo rígido y luego lo voy doblando despacio hasta que se va quedando cada vez más flácido y tristón. Frunzo el ceño con gesto exagerado.

Su sonrisa es peligrosamente encantadora.

—Vaya, quién lo iba a decir… —exclama.

—Pero… —Mi sonrisa se desvanece y vuelvo a ponerme seria, desplazando mi atención hacia el bebé. Esta historia no tiene un final feliz, a pesar de que conseguí algunos triunfos personales por el camino—. También resulta que se me da bastante bien llevar los libros de cuentas, con mi título del ciclo formativo en gestión financiera y todo eso. Y Pável necesitaba que alguien se encargara de la contabilidad de su boyante empresa, así que cuando dejé de trabajar como una de sus chicas, no me libré de él, sino que me contrató para ese nuevo trabajo.

—¿Y cuál es la historia de Pável? ¿De dónde es?

—Es ruso. Vino aquí cuando tenía diecinueve años, hace unos siete. La gente lo llama *Vor*. Significa «ladrón», pero es una clase especial de ladrón… Uno al que su gente respeta de verdad.

—¿Así que trabajas como su contable?

Me encojo de hombros.

—Era eso o acabar en una zanja en alguna parte.

Thibault asiente, sin rastro ya de humor en su rostro.

—Lo entiendo. —Se vuelve hacia el cambiador y saca un pañal, colocándolo en la parte superior—. Bueno, al menos dejaste de hacer la calle.

Niego con la cabeza, pensando que ojalá fuera tan bueno como hace que suene.

—Simplemente cambié un infierno por otro. —Me acerco y coloco a Thi sobre la funda acolchada—. ¿Te importa si lo cambio?

—No, qué va. Ese es uno de los pañales de Melanie de cuando era recién nacida. No sé por qué lo guardé, pero debería ser perfecto para Thi. Es muy pequeño. De hecho, podría irle mejor que los que has comprado.

—Gracias. —Desenvuelvo despacio la fajita de mi bebé y empiezo a cambiarle el pañal mientras termino mi triste historia—. Llevo cuatro años haciendo este trabajo. Oficialmente, Pável tiene algunas lavanderías y yo le llevo los libros de cuentas..., unos libros aparte de cara a la contabilidad oficial, para el gobierno, por supuesto. Pero extraoficialmente, tiene una red de prostitución con sus propios libros de contabilidad, y pasa la mayor parte del dinero que obtiene de esa red a través del negocio legal para blanquearlo. Lo sé todo sobre su vida, tanto la laboral como la personal. Ahora también trafica con chicas de Europa. —Me callo y me aclaro la garganta en un intento por controlar las lágrimas. Mi vida pasó de ser mala a ser desesperadamente horrible en cinco años. Dejo que la pena me invada todo el cuerpo y me siento como si me estuviera ahogando en un mar de remordimientos mientras miro a mi hijo—. No podía quedarme ahí de brazos cruzados, sin hacer nada... Seguir dejando que esas chicas sean utilizadas de esa manera y sufran esa clase de abusos... Algunas son muy jóvenes, y a diferencia de lo que me pasó a mí, ninguna de ellas sabía dónde se estaba metiendo. Cuando dejaron sus países de origen, pensaron que iban a conseguir una vida mejor. Tenía que hacer algo.

—¿Y qué hiciste? —Se acerca y me ayuda con uno de los adhesivos del pañal. Los dedos me tiemblan demasiado para poder hacer bien lo que tienen que hacer. Cuando termina de ayudarme, no dice nada, sino que se limita a apoyar su mano grande y cálida en mi hombro mientras termino y le pongo la ropita al bebé.

—Fui a la policía y me convertí en confidente. —Pongo la mano en la barriga de Thi y respiro profundamente unas cuantas veces—. Una parte de mí todavía no puede creer que lo hiciera.

—Hace falta mucho valor para eso. Para correr ese riesgo.

—No sabía que estaba embarazada. No sé si lo habría hecho si lo hubiera sabido.

Thibault me rodea, cojeando, para ayudarme con el arrullo manta, guiándome con delicadeza por el proceso de envolverlo mientras espera que vuelva a hablar.

—Tal vez sí lo habría hecho, no lo sé. —Lanzo un suspiro—. No tiene sentido preguntarse lo que pudo haber pasado. Estoy aquí y he hecho lo que he hecho. Solo tengo que averiguar qué hacer a partir de ahora.

—¿Cuánto tiempo llevas informando a la policía sobre él?

—Tres meses. Pero no me encontraba muy bien, así que iba a decirle al inspector que tenía que dejarlo un tiempo hasta que me recuperase. Iba a decirle que debía ir al médico y que ellos tendrían que pagármelo, porque todo este espionaje me estaba causando indigestión. —Suspiro al recordarlo. Estaba tan decidida entonces, tan segura de mí misma…—. La idea era empezar a ayudar a la policía de nuevo y hacer lo que pudiera cuando me encontrara mejor…

—Pero resulta que todo ese tiempo estabas embarazada. —Hace una pausa—. ¿De Pável?

Me río con amargura.

—Menuda estúpida, ¿verdad? ¿Cómo podía no saber que había un bebé creciendo dentro de mí? —No quiero entrar en detalles sobre cómo pude acostarme con Pável sabiendo, como he sabido desde el primer día, que es el hijo del mismísimo diablo. Mi historia ya es bastante triste.

—Son cosas que pasan —dice.

—No a mí, o eso creía yo. —Cojo al bebé y lo abrazo. Bajo la voz hasta hablar en un susurro—. Resulta que no tengo ni idea de muchas cosas. —Las lágrimas me escuecen en los ojos. Es como si estuviera compartiendo un oscuro secreto con mi bebé mientras la pelusa de su cabecita me roza los labios y se me escapan las palabras—. Y ahora no sé qué voy a hacer. —Me tiembla la barbilla con el esfuerzo de contener la emoción que amenaza con desbordarme. Estoy volviendo a experimentar esa sensación de desesperanza absoluta. Odio sentirme así.

Thibault me agarra por los brazos y me da la vuelta despacio para que lo mire de frente.

—Escucha… Sé que dices que tengo complejo de héroe o lo que sea, pero si me escuchas, quizás pueda mostrarte algo. Si pudieras confiar en mí, confiar en que no hago esto para hacerte daño ni para conseguir algo para mí…

Lanzo un suspiro y me aclaro la garganta para hablar con serenidad.

—¿De qué estás hablando? —Me separo de él porque no me siento cómoda con el calor que emana de su cuerpo y los sentimientos que la proximidad empieza a generar en mí. Mi vida ya es bastante complicada; no me hacen falta más problemas ahora mismo.

—Estoy hablando de los Bourbon Street Boys.

Me quedo pensativa un segundo, pero no me ayuda a comprender sus palabras. Creo que estoy muy cansada.

—No te entiendo.

—Podríamos echarte una mano. Todos nosotros. Mi equipo. Si nos dejas.

No me permito albergar ninguna clase de esperanza, pero eso no me impide dejarme arrastrar por la curiosidad.

—¿Cómo vais a hacer eso?

—Primero, tendrás que descansar. Tres días, mínimo. Acabas de tener un hijo y tu cuerpo necesita al menos ese tiempo para empezar a recuperarse. Para serte sincero, a mi rodilla probablemente también le vendría bien algún tiempo de inactividad, así podría hacerte compañía. Después podría presentarte al equipo. Explicarles tu situación. Discutir las opciones. Y una vez que estén dispuestos a hacerlo, podríamos ir a hablar con la policía y, juntos, encontraremos una solución. El pequeño Thi y tú estaréis a salvo durante todo el proceso. Te doy mi palabra.

Tengo unas ganas tan inmensas de creerle que me duele el corazón, pero sé que es imposible.

—No creo que vaya a funcionar.

—¿Por qué no? Estamos entrenados para este tipo de cosas. Mi pierna no está al cien por cien, pero eso no significa que sea completamente inútil.

Se mira la rodilla y una vez más me siento culpable por mi parte de responsabilidad en su lesión.

—Sí, pero Pável… Él no va a dejar de buscarme. Vino al hospital, se llevó mi coche… Seguirá buscando hasta que me encuentre. Sé demasiados secretos sobre su vida. —Miro alrededor—. Ni siquiera debería estar aquí. Ya he pasado demasiado tiempo en esta casa.

Thibault se apoya en sus muletas y me mira a los ojos.

—Tengo un sistema de seguridad de tecnología punta que está supervisado en todo momento por una empresa externa. He sido entrenado para enfrentarme a personas y situaciones peligrosas por algunos de los mayores expertos en el terreno de la seguridad personal.

—No conoces a Pável. No es solo malo…, es el diablo en persona.

Thibault se endereza y saca pecho.

—Y yo soy un buen tipo, ¿recuerdas? —Hace como si dibujara la letra ese en su camiseta.

No tengo más remedio que reírme. Es un hombre serio y duro y, de repente, al cabo de un segundo suelta una broma inocente. Salta a la vista que tiene mucha práctica manejando los cambios de humor de su hermana. Parece que también sabe manejar los míos.

—¿Y si te digo que lo pensaré?

Un rayo de esperanza ha iluminado mi corazón y quiero aferrarme a él, a pesar de que acariciar la idea de quedarme aquí es una locura. Es peligroso y del todo insensato e imprudente. Es como jugar al escondite en el jardín de Pável.

—Eso suena de fábula —dice—. ¿Por qué no te sientas y yo sirvo la pasta?

—Me parece bien. —Me siento, abrazando a mi hijo. El pequeño abre los ojos con el movimiento. No sé si puede ver mi cara todavía, así que me inclino y le hablo en un susurro—. Mamá se va a asegurar de que estés a salvo. Te lo prometo. —Lo beso en la frente y luego levanto la vista y descubro a Thibault dándose la vuelta en dirección a los fogones de la cocina, con una expresión ilegible que le nubla el rostro.

Capítulo 14

—¿Puedo usar el cambiador de pañales de los mellizos? —pregunto mientras Thibault pone nuestros platos sucios en el lavavajillas. Thi acaba de mamar y empiezo a notar su pañal muy pesado. Sé que llevo el pelo encrespado y no me vendría mal un baño, pero mi primera preocupación es mi hijo. Tal vez cuando termine de cambiarlo pueda darme una ducha, antes de irnos a la estación de autobuses. Pese a que agradezco en el alma la oferta de Thibault de ayudarnos, sé que no puedo seguir aquí con él más tiempo. Es demasiado peligroso. Siento un nudo en el corazón, pero mi cerebro ya ha tomado la decisión.

—Por supuesto. Tú misma.

Desenvuelvo al bebé, le quito la ropita y retiro las tiras del pañal. Cuando alargo el brazo para buscar otro de los diminutos pañales de los mellizos, siento que algo cálido me golpea la cara. Al cabo de un segundo, me doy cuenta de lo que está pasando.

—¡Ay, socorro! ¡Puaj! ¡Qué asco! ¡Es un bombero! —Extiendo las manos, tratando de contener el flujo de orina que sale disparada hacia mi cara. El bebé se inclina hacia un lado y su manguera se desplaza con él, lanzando un chorro a la pared—. Pero ¿qué narices...? ¡Para ya, T! ¡Eso no está bien! ¡Mierda, está dejándolo todo perdido!

Thibault aparece a mi lado de repente, saca una toallita para bebés del recipiente del cambiador y la suelta sobre el cañón lanzaorina de mi hijo.

Tengo que parar un momento a recuperarme antes de hablar.

—Lo siento mucho. Dios, ¿qué ha sido todo eso? —La orina del bebé me gotea por la mejilla. Agarro una toallita y me limpio la cara con ella, frotando con furia.

Thibault habla con voz tensa.

—¿«Socorro»? ¿«Es un bombero»?

Esbozo una sonrisa tímida, tirando la toallita a la papelera.

—Es que parecía una manguera para apagar incendios o algo así, por la manera en que estaba regándolo todo, por todas partes. Menudo descontrol… ¿Eso es normal?

Observo a mi hijo. Tiene la mirada fija en la lámpara del techo, hipnotizado, con las piernecitas diminutas tiritando de frío.

Lo tapo rápidamente con el arrullo, sintiéndome culpable por dejarlo desprotegido en el aire frío. El arrullo está mojado por debajo, lo cual es un problema porque es el único que tengo.

—Completamente normal… al menos para los niños. En el caso de las niñas, no tanto. —Thibault usa un pañuelo de papel para limpiar las gotitas de la parte superior de la cómoda.

Aparto el arrullo y coloco el pañal debajo del bebé. Después de limpiarlo, trato de ponerle el pañal, pero, por alguna razón, no quiere cooperar.

—Los adhesivos van de detrás hacia delante —dice Thibault, retirando el pañal y dándole la vuelta.

—Ah. Genial. —Empiezo a pensar que esto de la maternidad se me da increíblemente mal. La verdad es que tengo ganas de llorar por culpa de un estúpido pañal.

—Eh, no pasa nada. Yo tuve que cambiar muchos pañales cuando nacieron Mel y Vic. Que las tiras vayan hacia delante hace que sea más fácil quitarlas y ponerlas. —Cierra la parte superior del pañal tras ajustar con fuerza los lados. Oírlo hablar y actuar como si no fuera el fin del mundo me da el momento de respiro que necesito para recuperar la serenidad.

Lo miro con la esperanza de que no vaya a utilizar esto en mi contra.

—Siento que mi hijo se haya meado en tu pared.

—No lo sientas. Tendrías que estar orgullosa. —Thibault sonríe de oreja a oreja.

—¿Orgullosa?

—Sí. Es solo un recién nacido y mira toda la fuerza que tiene. —Señala la ola de destrucción que Thi ha dejado a su paso—. Mira la distancia a la que es capaz de disparar…

Levanto la mirada hacia el techo.

—Genial. Supongo que lo mejor será invertir en capas de plástico para revestir las paredes. —Tomo una toallita y trato de limpiar el desaguisado como puedo.

—Qué va. Solo tienes que colocarle un par de pañuelos de papel ahí abajo, en sus partes, en cuanto le quites el pañal y no pasará nada. El problema es el aire frío: hace que les entren ganas. —Se agacha y hace como que regaña a T—. Será mejor que te portes bien, jovencito. ¿No querrás darle problemas a tu mamá, eh? —Mientras termino con la pared, Thibault abotona la ropita del bebé y toma en la mano uno de sus pies diminutos. Lo mueve—. Mira esas piernecillas tan delgadas. —Aprieta uno de los muslos de Thi con el pulgar y el índice y se inclina para mirarlo a los ojos azul oscuro—. Será mejor que empieces a engordar. Mami necesita que te hagas grande y fuerte.

—¿Te parece que está demasiado flaco? ¿Como si no estuviera sano del todo? —Me inclino y mido la circunferencia de las piernas de Thi envolviéndolas con los dedos. Parecen bastante pequeñas.

121

—No, es perfecto en todos los sentidos. Un bebé precioso. —Thibault lo envuelve y lo levanta del cambiador antes de entregármelo—. Aquí está tu mamá. —Se detiene, sin soltar a Thi.

—¿Qué pasa?

—Este arrullo está mojado por detrás.

Hago una mueca.

—Es que creo que se hizo pipí ahí también. Es el único que tengo.

Thibault lo deja encima de la mesa.

—No pasa nada. Ahora mismo vuelvo.

Me deja ahí con el bebé y aprovecho el momento a solas con mi hijo para desvestirlo y dejarlo únicamente con el pañal y limpiarlo con un paño que encuentro en el cajón superior del cambiador y que humedezco con un poco de agua del fregadero. Usando la parte limpia del arrullo, lo seco y luego me abro el camisón del hospital para que pueda comer; pegado a mi pecho, está lo bastante calentito para que no tenga que preocuparme por si le entra frío, aunque esté semidesnudo.

Thibault regresa a la cocina y aparta la mirada rápidamente cuando ve lo que estoy haciendo.

—¿Prefieres darle de mamar en la sala de estar? Estarías más cómoda.

—No, estoy bien aquí.

Mira el reloj.

—Escucha… Se está haciendo tarde. Sé que dijiste que querías ir a la estación de autobuses, pero ¿estás segura de que quieres presentarte ahí con lo que llevas puesto?

No le falta razón. Me tapo un poco mejor el pecho, cubriendo con la tela del camisón la cabecita de mi hijo.

—Sí, supongo que no es lo ideal. Podría ir a los almacenes Target si me llevas. O podría ir yo misma en taxi. Sé que aún te duele la rodilla.

Se apoya en sus muletas.

—No te preocupes por mi rodilla, eso no es ningún problema. Pero ¿y si esperaras hasta mañana?

Niego con la cabeza.

—No. Tengo que irme esta noche. Cuanto más tiempo me quede aquí, peor podrían ponerse las cosas.

Abre la boca para decir algo, pero alguien llama a la puerta principal. Me pongo tensa automáticamente, imaginándome a Pável ahí plantado, insistiendo en verme y sacarme de aquí. Debería haberme ido antes. ¿Por qué me echaría esa siesta?

—Esa debe de ser Toni —dice.

—¿Toni?

Su espalda desaparece por el pasillo mientras se dirige hacia la parte delantera de la casa.

Me aparto a Thi del pecho y me abrocho el camisón como puedo. Seguro que Toni piensa que estoy intentando insinuarme a su hermano, exhibiéndome delante de él. Ni siquiera me había dado cuenta hasta ahora de que he estado amamantando al bebé delante de él todo el día sin sentirme avergonzada. Creo que ayuda que me haya dicho directamente que no soy su tipo. No tengo que preocuparme de que me mire por eso y, además, debe de haber visto a su hermana dar de mamar a sus sobrinos cientos de veces. Seguramente a estas alturas ya es incluso inmune a las tetas de las mamás…

Oigo unas voces y veo entrar a Toni en la cocina con una bolsa de lona.

—¿Dónde está Thibault? —pregunto.

Toni deja la bolsa en el suelo y se sienta en la silla a mi lado, moviéndola para poder mirarme de frente.

—Está fuera, trayendo un par de cosas.

Apoya los tacones de sus botas de tacón de aguja en el travesaño de la silla, con las piernas separadas. Es una mujer dura y lo sabe.

—Pero su rodilla…

—Su rodilla podrá soportarlo. Quería hablar contigo sin que él estuviera delante.

—Ah. —Conque esas tenemos—. Muy bien, pues dime lo que tengas que decirme.

Levanto la barbilla. Me han juzgado mujeres mejores que ella. Toni no puede hacerme daño.

—Thibault es un buen chico —dice—. Un hombre realmente bueno.

—Lo sé.

—Y ya te dije que le gusta creerse Superman.

—Sí, me he dado cuenta.

—También carga con un gran complejo de culpa.

—Sí, me ha hablado de Charlie.

Le cambia la cara.

—¿Que qué?

Me encojo de hombros. No quiero que se enfade, pero también quiero que sepa que no estoy aquí para hacerle daño.

—Lo entiendo. Me dijo que se siente culpable por no haber cuidado mejor de ti y que no dejará que eso vuelva a suceder. Sé que es por eso por lo que quiere ayudarme.

—¿Él te ha dicho qué? ¿Que no cuidó mejor de mí? —Se levanta, fuera de sí.

Alargo el brazo y la agarro por la muñeca.

—Por favor, no le digas nada.

Me mira, zafándose de mi mano muy despacio.

—Se equivoca. No debería haberte dicho eso.

—¿Por qué?

—No es asunto tuyo. —Lanza un suspiro—. ¿Por qué te habrá dicho eso? Debes de gustarle más de lo que creía.

Casi me ahogo al escuchar eso.

—No, no, yo no le gusto, no seas ridícula. No soy su tipo, para nada.

—¿Eso quién lo dice? —Suelta una carcajada.

—Lo dice él. Thibault. Me lo dijo.

—¿En serio? ¿Él te soltó eso, así como así?

—Pues sí. —No me hace ninguna gracia que crea que fui yo la que, de algún modo, lo obligué a decirme eso, como si me hubiera insinuado o algo así—. Para que lo sepas, me dijo que cuando encuentre a alguna chica para ir con ella en serio, será el polo opuesto a ti, porque piensa que tú y yo somos muy parecidas... —Me encojo de hombros. Que saque sus propias conclusiones.

Se limita a mirarme fijamente.

—Sé que crees que voy a traerle problemas. —Sacudo la cabeza, mirando a mi hijo—. Pero no tienes que preocuparte por eso. Me voy esta noche y no volverás a verme nunca más.

Toni se sienta despacio.

—¿Ah, sí? ¿Y adónde te vas?

Me encojo de hombros.

—No lo sé. Lejos de aquí.

Me estudia detenidamente, durante tanto tiempo que tengo que levantar la vista y mirarla. Su expresión me resulta totalmente indescifrable.

—¿Qué pasa? —digo al fin, molesta por su silencioso escrutinio.

—Solo trato de entenderte. De adivinar a qué juegas.

Comprendo que se muestre protectora con su hermano, así que trato de no enfadarme demasiado por sus frías palabras.

—No estoy jugando a nada, ¿de acuerdo? Thibault y yo nos conocimos en circunstancias muy extrañas y se comportó de forma francamente impecable. Ahora quiere ayudarme aún más incluso de lo que ya ha hecho, pero ya le he dicho que no, ¿entendido? Me iré esta noche, y mañana vuestras vidas podrán volver a ser como eran antes. —Me siento mal. Sucia. Como si fuera una mala persona que dejará sus vidas marcadas. No es mi peor momento, pero se acerca mucho, y creo que me siento así porque tengo a mi hijo en brazos.

Es tan perfecto, tan inocente… No quiero que la oscuridad de mi vida inunde la suya.

Toni arruga la nariz.

—¿Qué dice Thibault de que te vayas?

—No importa lo que diga. Él no es mi ángel guardián, y no soy su responsabilidad.

Ella sonríe, o al menos creo que la expresión de su cara es una sonrisa. Parece más bien como si sufriera algún tipo de dolor en vez de estar de buen humor.

—Intenta decirle eso a mi hermano y a ver lo que consigues.

Mi corazón se ablanda un poco.

—Es bastante terco.

—Apuesto a que tú tampoco te quedas atrás en cuanto a cabezonería. —Arquea una ceja con gesto desafiante.

Me encojo de hombros.

—Tal vez no.

Se inclina de repente y agarra la bolsa de lona del suelo para abrir la cremallera en un solo movimiento, con gran agilidad.

—Te he traído algunas cosas. Puedes quedártelo todo. —Saca varios artículos y los deja encima de la mesa—. Arrullos, *bodies*, un par de camisetas de lactancia para ti, unas chanclas, unos pantalones de chándal… —Mira la parte inferior de mi cuerpo y frunce el ceño—. Puede que te queden un poco apretados, pero mañana puedes ir de compras y buscar algo mejor.

Creo que acaba de hacer un comentario aludiendo a que mi trasero es más grande que el suyo, pero voy a dejar pasar ese desliz porque acaba de quitarme un enorme peso de encima al pensar en mi bebé y asegurarse de que tenga todo lo que necesita.

Levanto la mano y toco uno de los arrullos, muy suave.

—No sé qué decir. —Me acerco la tela a la cara, profundamente agradecida por tener esta mantilla para mi hijo: así no tendrá que ir envuelto en un trapo de hospital empapado en pipí. Me siento abrumada por el hecho de que sea tan generosa conmigo cuando es evidente que no le gusto ni un pelo. Es casi ridículo... Solo unos *bodies* y un par de arrullos...

—Oye, ¿qué haces? —pregunta, acercándose y apartándome la muñeca—. No llores... Joder, pero si solo es ropa de bebé...

La miro, tragándome el nudo en la garganta antes de hablar.

—Sí, lo siento. Supongo que deben de ser las hormonas o algo.

Resopla.

—Las hormonas y el hecho de que te persiga un gánster ruso. No es una buena combinación.

La sangre se congela en mis venas. ¿Cómo sabe ella lo de Pável y que estoy huyendo de él?

Se oyen unos golpes en el porche y Thibault deja escapar unos cuantos tacos.

—¿De qué estás hablando? —le pregunto con total recelo.

—El equipo ha hecho algunas indagaciones.

—¿Qué equipo?

—Mi equipo. El equipo de Thibault. La empresa de seguridad para la que trabajamos. Investigamos a ese tipo, Pável, el que fue al hospital. Hablamos con Holloway.

—¿Que hicisteis qué?

—Cuando mi jefe, Ozzie, llamó al Departamento de Policía de Nueva Orleans para preguntar sobre Pável, el jefe lo puso en contacto con el inspector que se encarga de los casos relacionados con él. Holloway. Hablamos con él y, cuando supo que estabas con nosotros, nos informó de que estabas trabajando con él de forma confidencial. Le dijimos que sabemos dónde estás y que te encuentras a salvo.

—Pero ¿se puede saber por qué hicisteis algo así? —Me pongo de pie, arañando el suelo con la silla mientras la fulmino con la mirada—. ¿Y por qué lo ha hecho él? ¡Se supone que nuestra relación es confidencial!

Se levanta y me mira. Estamos cara a cara, y si no tuviera un bebé en brazos, iría directa a su yugular. Ella también parece dispuesta a abalanzarme sobre mí y dejarme noqueada en el suelo.

—Porque sí. Entraste en la vida de mi hermano por la razón que sea, el destino, si quieres llamarlo así, y él quiere ayudarte. No me parece que sea la mejor idea para él, pero no es mi decisión. Él me ha dicho que quiere ayudarte, así que eso es lo que estoy haciendo. Trabajamos con la policía constantemente. Nos conocen y confían en nosotros.

—Pero Thibault no puede decidir eso por mí.

Niega con la cabeza.

—No, no puede.

Lanzo un resoplido.

—Lo que dices no tiene ningún sentido.

Se encoge de hombros.

—Pues yo creo que sí.

—Me estás diciendo que estáis ayudándome sin mi permiso ni mi bendición y, al mismo tiempo, en la misma frase, me dices que no tenéis derecho a hacerlo.

—Sí.

—Eso es… contradictorio.

—Bienvenida a mi mundo. —Me rodea para dirigirse al pasillo y se detiene justo en el umbral. Se vuelve para mirarme—. Si has sobrevivido al lado de ese gánster, es obvio que sabes desenvolverte en la calle. Pero tener un hijo lo cambia todo, y tú lo sabes. Y me parece que no tienes muchas opciones, así que tal vez deberías plantearte aceptar nuestra ayuda ya que te la ofrecemos.

—Pero ¿no habías dicho que estabas en contra de esa decisión?

—Y lo estoy. Pero respeto a mi hermano y él parece creer que merece la pena el esfuerzo por ti.

—Me dijo que me parezco mucho a ti.

—Pobrecilla.

Se encamina hacia el vestíbulo.

—Thibault quiere que pase la noche aquí —digo, lo bastante alto para que me oiga.

—Haz lo que tengas que hacer —contesta mientras abre la puerta principal.

Me quedo mirando el espacio vacío que ha dejado tras ella, mientras mis pensamientos se agolpan en mi cabeza. Luego miro la mesa y el montón de cosas que me ha traído. Toco el arrullo y la ropita, y percibo el olor de las prendas recién lavadas. Me recuerda a mi abuela. Debía de usar el mismo detergente que Toni.

Las lágrimas me humedecen los ojos y Thibault me sorprende cuando me resbalan por las mejillas.

—Mierda... ¿Qué te ha dicho? —Mira hacia el pasillo.

—No, no, nada. —Levanto la mano y lo agarro del codo—. Perdona, estoy muy cansada. Había pensado ir a la estación de autobuses cuanto antes, pero creo que me vendría muy bien pasar aquí la noche y descansar antes de ponerme en marcha. ¿Te importa si paso una noche aquí?

Asiente con la cabeza, con gesto inexpresivo.

—No, claro que no me importa. No hay problema. Puedes ocupar el dormitorio que hay en la planta superior, al lado de la escalera. El mío está justo al final del pasillo.

—Puedo dormir en el sofá.

Niega con la cabeza.

—Preferirás dormir en la cama, créeme. Y querrás tener a Thi cerca cuando se despierte. Mi hermana te ha traído un moisés para que lo uses. Puedes ponerlo junto a ti en el suelo.

—¿Por eso estabas soltando palabrotas en el porche?

Esboza una sonrisa avergonzada.

—Sin comentarios. —Mira a la mesa—. Ah, qué bien; te ha traído algunas cosas para el bebé. Le he preguntado si tenía algo por ahí.

Le enseño los pantalones de chándal.

129

—También me ha traído ropa para mí, aunque no está segura de que me quepa.

—Puedo ir a comprarte algo en el centro comercial si quieres.

Niego con la cabeza.

—No, no pasa nada. Estoy bien, de verdad. De todos modos, me voy a meter en la cama ya. Estoy segura de que no pegaré ojo en toda la noche, así que más vale que me acueste temprano.

Él asiente.

—Yo también me voy a dormir. Esa medicación que me dieron en el hospital me está haciendo efecto. —Saca su teléfono—. ¿Estás segura de que no quieres llamar a nadie? —Me enseña el teléfono—. Este cacharro tiene un chip que impide que alguien rastree las llamadas, por si quieres usarlo.

—No, tranquilo —le digo—. Tengo mi propio teléfono.

Thibault se queda completamente paralizado unos segundos.

—¿Qué? —pregunta al fin.

—He dicho que tengo mi propio teléfono. ¿Hay algún problema?

Aprieta la mandíbula con fuerza.

—Soy un idiota.

Arrugo la frente.

—¿Cómo dices?

—¿Me enseñas tu teléfono?

—Por supuesto. —Entro en la sala de estar, con creciente ansiedad—. Aunque no veo qué problema hay. Si te preocupa que mi teléfono sea un problema, no tienes ningún motivo.

—¿Y eso por qué? —pregunta, cojeando detrás de mí.

Rebusco en mi bolso hasta que localizo el pequeño móvil negro. Lo deposito en su mano extendida, sin molestarme en revisar los mensajes que sin duda habré recibido.

—No es un teléfono inteligente. No tiene GPS ni ninguna de esas cosas que hacen que se pueda rastrear la ubicación.

Retira la tapa posterior del aparato y la golpea en la mano, haciendo que se le salga la batería.

—Cualquier teléfono con una tarjeta SIM se puede rastrear.

Se me hiela la sangre en las venas.

—¿Qué? ¿En serio?

—Sí. Si Pável dispone de la tecnología necesaria, podría triangular tu posición a través de las señales de las torres de telefonía cercanas. En general, no es una tecnología que el consumidor de a pie pueda adquirir fácilmente, pero está disponible en el mercado negro.

Siento que el corazón se me va a salir por la boca.

—Pero no creo que la tenga. Nunca me ha dicho nada eso, y tampoco lo he visto utilizar algo así con nadie.

—No quiero arriesgarme. Mi hermana vive ahí delante. —Mira por la ventana—. Y tiene dos niños pequeños.

—Ya. Bueno, supongo que tienes razón. Adelante, destruye la tarjeta SIM también, si quieres. Tengo una copia de seguridad de mis números de teléfono.

Aunque no es que haya alguien en mi vida con quien vaya a querer ponerme en contacto cuando me vaya de aquí. Excepto con Alexéi, por supuesto, pero tener su número de teléfono no me va a ayudar, puesto que hace semanas que dejó de responder a mis llamadas. Ya me preocuparé de asegurarme de que está bien cuando yo misma esté a salvo. No voy a dejar tirado a Alexéi. No puedo. No tiene a nadie más que a mí, porque a su primo Pável le importa un bledo. Por eso pasaba temporadas en mi casa. Se me encoge el corazón por tener que dejar aquí a ese pobre chico. Él no va a entender por qué me he ido.

Thibault saca la tarjeta SIM, se dirige a la cocina sobre las muletas y, una vez allí, la mete en el microondas y la deja allí hasta que empieza a emitir chispas y se funde.

—Caramba, no te andas con rodeos. —Casi estoy hipnotizada por el espectáculo de luces. Es como si mi vida se estuviera esfumando en una nube de humo. El plástico derretido apesta. Muy apropiado.

—Más vale prevenir que curar. —Saca los restos de la tarjeta con unas pinzas y los suelta en el triturador de basura. Abre el grifo de agua y deja el motor en funcionamiento durante mucho rato, triturando el plástico.

Me siento fatal por crearle tantos problemas, aunque la verdad es que no creo que Pável pueda encontrarme a través de ese estúpido teléfono con tapa. Es la razón por la que me lo compré, para empezar. Lo había visto localizar a otras chicas con una aplicación que les instaló en sus teléfonos inteligentes. También me dio uno de esos teléfonos a mí, pero yo siempre me las arreglaba para perderlo. Al final me dijo que me comprara el de tapa porque era demasiado despistada para que se me pudiera confiar algo valioso. Fue una de las pocas victorias que obtuve bajo su yugo, así que me fastidia mucho pensar que podría derrotarme usándolo para encontrarme de todos modos.

—Siento todas las molestias. Tal vez debería irme a la estación de autobuses ahora, en lugar de pasar aquí la noche.

—No te preocupes por eso —dice mientras escribe algo en su teléfono—. Ahora la tarjeta ya no funciona. Que te quedes aquí esta noche no va a cambiar nada.

—¿Estás seguro?

Thibault me mira a los ojos, con absoluta seriedad.

—Si ya ha activado la búsqueda de la señal de tu teléfono, el proceso ya está en marcha. Mantendremos los ojos y los oídos bien abiertos, pero lo cierto es que no creo que vaya a hacer nada esta noche. Es difícil encontrar una aguja en un pajar. Va a necesitar más de un día para encontrarte.

—¿Estás seguro?

Asiente, con aire profesional.

—¿Se lo dirás a tu hermana?

Me enseña su teléfono, con unos mensajes en la pantalla.

—Ya lo he hecho. Y a su marido. —Hace una pausa—. ¿Qué hay del ordenador? ¿Llevas algún otro dispositivo electrónico contigo?

Niego con la cabeza.

—No. Solo el bolso con mi cartera y cuatro cosas básicas. Nada de aparatos electrónicos.

—¿Qué hay de la información que le ibas a dar a Holloway? ¿La has traído contigo?

—No. No llevo nada de eso encima.

Thibault se rasca la cabeza, dejando la mano en el pelo.

—¿Significa eso que tienes que volver al lugar donde la has guardado?

—No.

Está esperando que me explique, pero no estoy lista para confiarle esa información a nadie. Obviamente se preocupa por mi bienestar, pero eso no significa que vaya a darle todo lo que quiere solo porque cree que lo necesita. Cuanto menos sepa de mi situación, mejor. No me puedo creer que ya le haya contado tantas cosas. Y voy a echarle a Holloway un buen rapapolvo y a darle un tirón de orejas por hablarle a Ozzie o como se llame de nuestro trato. Ese idiota tiene que volver a la academia de inspectores de policía o algo.

—Está bien. —Thibault empieza a decir algo más, pero se calla—. Mmm... sí. Pues voy a llevarte estas cosas arriba. Si me oyes soltar alguna palabrota otra vez, simplemente tápate los oídos.

El momento estresante ya ha pasado, y dejo escapar el aliento que no sabía que estaba conteniendo.

—Muy bien. Gracias. —Me coloco a Thi sobre el hombro—. Enseguida subimos nosotros también.

Thibault sale de la cocina y me siento tranquilamente, sopesando los acontecimientos de las últimas horas. Los sonidos de golpes y los murmullos de frustración procedentes del pasillo apenas interfieren en mis pensamientos.

133

He escapado de las garras de Pável, pero solo de momento. Tal vez estoy siendo demasiado paranoica, pero voy a dar por sentado que tiene lo que necesitaba para rastrearme siguiendo la señal de mi teléfono y que, como supone Thibault, empezará a buscarme mañana. Eso significa que seguramente tendrá a un amigo o dos apostados en la estación de autobuses, y es posible que haya pagado a alguien de las compañías de taxis locales que se pondrá en contacto con él si alguien que se parece a mí con un bebé toma un taxi a cualquier destino. Eso implica también que necesito un medio de transporte alternativo a otra ciudad desde donde pueda subirme a un autobús o un tren.

Odio admitirlo ante mí misma, pero parece que Thibault es mi única esperanza de seguir estando a salvo en estos momentos. Para esta noche, me ha ofrecido su casa. Dijo que mañana me acompañaría al centro comercial y a la estación de autobuses. La idea de pedirle que me lleve a Baton Rouge o a Lafayette me hace sentirme fatal conmigo misma, como si me estuviera aprovechando de él después de haberle causado tantos problemas, a él y a su familia, pero ¿qué otra opción tengo? El inspector Holloway me viene a la cabeza, pero me preocupa que, si acudo a él primero y me obliga a cumplir con nuestro trato, deje de tener algo con lo que ejercer presión sobre él para que me ayude. Incluso podría insistir en que me quede por aquí para testificar o lo que sea. Ya no puedo confiar en ese hombre.

No… Necesito estar bien lejos cuando me ponga en contacto con Holloway para que todo se desarrolle según mis propios términos. Ahora Nueva Orleans me parece una trampa; necesito dejar atrás la ciudad lo antes posible. En cuanto consiga dormir un poco. Siento como si mis párpados estuvieran hechos de plomo. Thibault aparece a mi espalda y me da un susto de muerte al tocarme.

—Oye. ¿Estás durmiendo sentada? —pregunta, con la mano en mi hombro.

Sacudo la cabeza para despejarme.

—Sí. Tal vez. —Bostezo—. ¿Qué hora es?

—Casi las nueve. Tu habitación está lista. Está arriba, junto a la escalera. Te he dejado una toalla en la cama por si quieres darte una ducha. El baño está justo al lado. Y mi habitación está al final del pasillo, por si quieres algo. Llámame si me necesitas.

Asiento con la cabeza.

—Está bien. —Me levanto y cambio de posición al bebé para estar más cómoda. Tengo el brazo medio dormido—. Gracias, Thibault. Por todo. Lamento mucho causarte tantas molestias.

Se apoya en sus muletas.

—No, no te preocupes por eso. Me alegro de poder ayudarte.

Avanzo por el pasillo. Cuando llego al pie de la escalera y miro hacia arriba, su voz me detiene.

—¿Mika?

—¿Sí?

—Siento mucho que estés pasando por todo esto… Que esto te esté pasando a ti.

Apoyo la mano en la barandilla.

—Sí, bueno, mi abuela siempre recordaba un refrán muy antiguo que decía: «Quien mala cama hace, en ella se yace». No puedo culpar a nadie más que a mí misma.

Oigo sus muletas por el pasillo mientras subo las escaleras.

—Eres demasiado dura contigo misma.

—Le dijo la sartén al cazo… —señalo, con una sonrisa amarga.

—Encantado de conocerte, cazo —dice, con una voz tan suave que casi no lo oigo.

Entro en el dormitorio con Thi y cierro la puerta. Hay una sonrisa que pugna por aflorar a mi rostro y quitarme el ceño. Aun en mis horas más oscuras, se hace la luz a veces. Eso es lo que está pasando aquí, hoy, en casa de Thibault. Estaría en la calle con un camisón de hospital si no fuera por él y Toni. Me imagino a mi abuela mirándome y diciéndome que no debería huir tan deprisa de unas personas que solo tratan de ayudarme.

135

Capítulo 15

Suena el timbre de la puerta y me despierta de un sueño inquieto. Me incorporo en la cama y pienso si debería preocuparme que aparezca una visita en casa de Thibault tan temprano. El reloj de al lado de la cama dice que son las ocho de la mañana. Cuando la niebla del sueño se disipa en mi cerebro, decido que no tiene sentido asustarse: si Pável viniera por mí al más puro estilo gánster, no se molestaría en llamar al timbre.

Bostezo, deslizando las piernas por el lado de la cama para apoyar los pies en el suelo. Thi se ha despertado cuatro veces durante la noche, lo que no me ha permitido descansar demasiado entre toma y toma. Al menos pude ducharme antes de la medianoche. Hoy me encuentro diez veces mejor que ayer. Los pantalones de chándal de Toni me van demasiado estrechos, pero no me importa. Ahora tengo un culo de mamá primeriza, y opto por sentirme orgullosa de ello. La chaqueta con cremallera me queda bien, igual que la camiseta de lactancia que me dio para que me la pusiera debajo.

Mientras me cepillo el pelo y lo recojo en una coleta, oigo a Thibault avanzar por el pasillo en el piso de abajo. Abro la puerta cuando llega al vestíbulo para poder espiar y averiguar quién ha llamado sin que me vean. Por si es Pável.

Thibault va sin camisa, con unos pantalones vaqueros justo por debajo de la cintura. Tiene la espalda ancha y musculosa, y eso hace que se me acelere el pulso, al verlo ahí plantado, descalzo, con el pelo alborotado. En otra vida, podría imaginármelo como un novio perfecto. A ver, es un mandón, sí, pero ¿quién no querría a Superman en su cama, eh? Mira a través de la mirilla, introduce un código en un teclado y abre la puerta.

—¡Buenos días, señor Buen Samaritano! —No puedo ver a la persona que habla, pero reconozco su voz. Se llama… May. Fue a visitar a Thibault al hospital con su hermana y con Toni. Es la chica que tuvo la alucinación con los loros. Entra en la casa mientras Thibault se aparta de su camino. Su sonrisa es absolutamente radiante.

—Se te ha olvidado ponerte una camisa —dice la segunda mujer al pasar por la puerta, señalando su pecho desnudo. Es Jenny.

—Pedazo de abdominales —comenta May. Mira a su hermana—. El entrenamiento de Dev realmente está dando sus frutos.

Thibault se frota el estómago con aire distraído y luego se rasca la cabeza.

—¿Qué?

—Y que lo digas… —dice Jenny, moviendo las cejas.

Él lanza un suspiro.

—Ahora mismo me siento un objeto sexual. —Adivino por su tono de voz que no lo dice en serio, pero tampoco parece que esté disfrutando con los cumplidos.

—Creo que una camisa resolvería tu problema —dice Jenny, suspirando y sonriendo. Levanta una bandeja—. Magdalenas caseras: mano de santo para tus dolores y molestias derivadas de una noche de insomnio.

Él mira hacia abajo, a su rodilla.

—¿Y por casualidad no serán mano de santo para una rotura de menisco?

—Me temo que no. Creo que la cirugía es tu única esperanza.

May intenta mirar por encima del hombro mientras Thibault se pone una camiseta.

—¿Dónde está el pequeñín? Necesito ponerle las manos encima inmediatamente. Tengo antojo de bebé, y si alguien no me da uno para que lo acune pronto en mis brazos, voy a tener que fabricarme otro yo misma.

Él levanta la mano como si fuera una señal.

—No tan rápido. Y baja la voz, ella está durmiendo.

—Ya me he levantado. —Los tres se vuelven a mirarme al unísono. Estoy de pie en lo alto de la escalera, con Thi en mis brazos. No me parece bien seguir espiándolos.

Thibault suspira.

—Mika, te presento a May y Jenny. —Señala a las mujeres—. May y Jenny, esta es Mika.

—Sí, señor, ese es el brillo que irradia una mujer que acaba de dar a luz —comenta May. Extiende los brazos—. Todavía no me conoces, pero tú y yo vamos a ser muy buenas amigas. ¿Me dejas que tome al bebé en brazos? Yo también tengo uno, así que sé lo que hago. Ahora está en la guardería. Ah, y me desinfecté las manos y los brazos antes de entrar, para que no tengas que preocuparte por si le transmito mis gérmenes a tu pequeñín.

Bajo las escaleras despacio, apoyándome en la barandilla. Cuando miro a Thibault, veo que está conteniendo el impulso de acudir en mi ayuda, pero no lo hace. Le dirijo una seña con la cabeza para que vea que le agradezco que me haya dado mi espacio.

—Gracias —digo, tratando de relajarme, a pesar de que la iniciativa de May me resulta un poco agresiva—. No me importa que alguien me lo quite de los brazos un momento, para variar. Esta noche pasada ha sido muy dura.

—¿No la has ayudado? —May proyecta su ira sobre Thibault—. ¿Qué has hecho? ¿Dormir como un tronco todo el tiempo?

—Para tu información, no… No he dormido como un tronco. También he pasado despierto casi toda la noche.

—Lo siento mucho —le digo, mientras se desvanece mi sonrisa—. ¿Hacíamos demasiado ruido el peque y yo? —Ahora que estoy más cerca, me doy cuenta de que Thibault tiene mala cara. Necesita un afeitado y más horas de sueño profundo para que desaparezcan esas bolsas debajo de sus ojos. Supongo que debería resultarme poco atractivo con ese aspecto, pero no es así. Aun demacrado, me sigue pareciendo guapo.

—No, no pasa nada —me asegura Thibault—. Simplemente lo oía todo, hasta el más mínimo ruido, porque estaba en estado de alerta o algo así. —Sacude la cabeza como si todavía estuviera tratando de despertarse—. Tengo el sueño muy ligero.

May toma a Thi en sus brazos y le aparta el arrullo de la cara.

—Ay, madre mía, es adorable… —Se agacha para olerle la frente—. ¡Oooh! Huele a bebé recién nacido… Ay, que me lo como, que me lo como, que me lo como… Mmm… —Inhala profundamente con los ojos cerrados.

Jenny se inclina sobre su hermana para verlo mejor.

—Anda, tómatelo con más calma, que das miedo. No queremos que tengas una sobredosis de tanto oler al bebé.

—Pues será mejor que te acostumbres, hermana —dice May, guiñándole un ojo.

Jenny la mira fijamente un segundo y luego vuelve a mirar embobada al pequeño. Ambas lanzan exclamaciones de regocijo sobre su carita dormida. No podría estar más de acuerdo con ellas: es un bebé precioso, con esos mofletes hinchados que tiene.

De pronto siento un leve mareo. Me sujeto a la barandilla y parpadeo varias veces. No he comido ni bebido nada desde las nueve de la noche anterior. Creo que estoy deshidratada.

—¿Estás bien? —me pregunta Thibault en voz baja.

Jenny me mira.

—¿Tienes entuertos? Yo lo pasé muy mal por culpa de eso después de dar a luz a mi último hijo.

El mareo se me pasa tan rápido como llegó.

—Estoy bien —digo, bostezando—. Tengo algunos dolores, sí, pero más que nada, estoy muy cansada y tengo mucha sed.

Thibault me frota el brazo.

—Jenny ha traído magdalenas y yo he preparado café y zumo. Vamos.

Jenny y May advierten el contacto entre ambos y rápidamente intercambian una mirada elocuente, pero no dicen nada. Quiero decirles que no pasa nada, que Thibault y yo ya nos hemos dicho, en términos inequívocos, que no puede haber nada entre nosotros, pero eso sería una tontería. Lo verían como una señal de que solo trato de convencerme de algo que no creo. Dejaré que se imaginen cosas que no existen; cuando me vaya, ya se darán cuenta de que no era más que una muestra de afecto amistoso por parte de Thibault.

May y Jenny esperan a que pase delante y me siguen con Thi en brazos. Le hacen carantoñas y le hablan con lenguaje infantil, diciendo toda clase de boberías. Lo cierto es que en el fondo es una imagen tierna. Antes esas cosas siempre me parecían muy irritantes, pero cuando alguien se lo hace a mi hijito, eso es distinto.

Thibault pone la cafetera mientras nos acomodamos alrededor de la mesa. La conversación gira en torno a mi parto y él nos da la espalda. Se comporta como si no le importara lo que estoy diciendo, pero se para cada vez que respondo a una pregunta. No pierde palabra.

—Entonces, ¿se echó encima de tu coche, así, literalmente? —pregunta May. Me escucha con atención, empapándose de cada detalle de mi historia. Cada vez me resulta más simpática, ella y su entusiasmo. Jenny arranca con cuidado a Thi de los brazos de su hermana y pone una cara muy cursi cuando mira embobada su carita dormida. Siento que se me hincha el pecho de orgullo.

—Ya lo creo —le contesto, apartando la vista de la feliz escena de amor de Jenny hacia mi hijo—. Y luego se acercó a la ventanilla, hecho una furia, pero no veas cómo se sorprendió cuando me vio resoplar con los dolores del parto… —En aquel momento era todo muy estresante, pero ahora veo que la escena tenía su gracia.

—Es increíble que no supieras que ibas a dar a luz —comenta May.

—He leído que es más habitual de lo que parece —señala Jenny.

—Sí, bueno, estaba en fase de negación. Debería haber sabido lo que estaba pasando. Había señales inequívocas, pero yo seguía encontrando una explicación para todo. Sin embargo, Thibault supo de inmediato cuál era mi problema. Me sacó del coche y me llevó en brazos a ese salón de manicura.

—¿Te llevó en brazos? —May lo mira con aire soñador—. Aaay, qué romántico…

Arrugo la frente.

—No, no fue nada romántico. En realidad, fue repugnante. Había roto aguas y lo estaba dejando todo perdido.

May niega con la cabeza, con la barbilla apoyada en la mano y los codos sobre la mesa.

—Pues en mi opinión, eso solo lo hace aún más romántico.

Jenny le da un codazo.

—Nadie te ha pedido tu opinión. —Me hace un gesto con la barbilla—. Continúa.

—No hay mucho que contar. Me senté en un sillón de masaje y sucedió.

Thibault se da la vuelta y deja una taza para cada una de nosotras.

—Magia potagia, el bebé nació. Fin de la historia.

May lo mira frunciendo el ceño.

—No lo estropees, aguafiestas. Deja que lo cuente ella. —Vuelve su atención hacia mí, sonriendo de nuevo—. ¿Fue increíble? Thibault se puso… ¿en plan mandón y todo eso?

—May… —Jenny la mira frunciendo el ceño.

—¿Qué pasa? —May mira a Jenny y a Thibault—. Ya sabéis que es un mandón, ¿verdad? No es ninguna novedad para ninguna de las personas que estamos aquí, espero.

No puedo evitar reírme.

Jenny se encoge de hombros, con un amago de sonrisa en los labios.

—Eh, eh… ¿Por qué tengo la impresión de que hay una confabulación en mi contra? —pregunta Thibault. No espera una respuesta, sino que regresa a la encimera a buscar el azúcar y la leche.

—¿Fue él quien te atendió en el parto? —pregunta Jenny.

Asiento con la cabeza.

—Sí.

—Madre mía, así que se metió a fondo en el papel… —dice May.

—Y que lo digas. —Noto que los oídos me arden cada vez más con el embarazoso recuerdo—. Un perfecto desconocido viendo partes de mi cuerpo que ni siquiera yo misma he visto.

Todos se ríen, incluso Thibault.

La habitación se queda en silencio hasta que a May se le ocurre la siguiente pregunta.

—Bueno, y… ¿cuál es tu situación? ¿Sales con alguien? ¿O estás casada? ¿O eres soltera, tal vez? No veo ningún anillo, pero en estos tiempos eso no quiere decir nada.

Parece una pregunta extraña, pero no quiero ser maleducada e ignorarla. Además, es muy fácil hablar con May; parece completamente inofensiva, una clase de ser humano que no acostumbro a ver muy a menudo.

—Estoy soltera, pero no busco ningún tipo de relación. Al menos no ahora mismo.

—Creo que vas a estar un poco ocupada un tiempo —comenta Jenny, riendo.

—Huy, no lo sé —dice May, con aire malicioso—. Te puedo decir, por experiencia, que es mucho más fácil criar a un bebé con ayuda.

—Eso es verdad —dice Jenny—. Yo también doy fe de ello. Incluso después de separarme de mi marido, tenía a May para que me echara una mano.

Asiento, sin querer comentar nada más o compartir los detalles de mi vida privada con ellas. Son afortunadas: tienen pareja y familia, pero no todo el mundo disfruta de ese lujo. ¿Preferiría estar haciendo esto con un hombre que me quisiera? Por supuesto que sí. Puede que no cambiara en nada las tomas nocturnas, pero el resto sí sería distinto. Tener a alguien al lado que me apoyase estaría muy bien… y a alguien que pagara las facturas de la electricidad hasta que yo pueda encontrar otro trabajo.

—Bah, pero no te preocupes. Ahora nos tienes a nosotros —dice May—. Podemos ayudarte, ¿verdad, Jenny?

Abro la boca para protestar, para explicar que me iré tan pronto como salgan por la puerta, pero Jenny habla primero.

—Absolutamente. Y también tienes a Thibault. Es maravilloso con los niños.

—De verdad —dice May. Mira a la espalda de Thibault mientras él sigue junto al fregadero—. Un auténtico blandengue: Melanie y Victor hacen con él lo que quieren.

Tengo la clara impresión de que están tratando de venderme la idea de Thibault como figura paterna. Lástima que eso no esté escrito en nuestros destinos.

—Sigo aquí, lo sabéis, ¿verdad? —interviene él—. Oigo todo lo que decís.

—¿Y ese café? —pregunta May—. No me puedo comer la magdalena sin acompañarla con algo líquido.

—¿Tienes descafeinado? —pregunta Jenny—. Mika debería tomar descafeinado.

—Ya estoy en ello —dice Thibault—. Yo también me voy a tomar una taza. Me convendría intentar recuperar el sueño perdido esta tarde.

—Ay, ¿a que es muy tierno? —dice May, guiñándome un ojo—. Compartir una cafetera de café descafeinado después de una noche de insomnio juntos…

La cocina se queda en silencio. Thibault se da media vuelta y me mira, haciendo que se me encienda la cara.

—No fue así —digo.

Por un momento, me imagino a Thibault y a mí misma perdiendo el sueño juntos. Me produce una honda tristeza saber que eso nunca sucederá, lo cual es una locura, porque debería alegrarme inmensamente de no tener una relación con un hombre como él: mandón, tozudo… Mandón…

—Ninguno de los dos ha dormido esta noche, ¿verdad? —May mira a su hermana—. Eso es lo que han dicho, ¿verdad?

Jenny le da un codazo.

—Lo dices como si hubiesen estado juntos, juntos. Pero no lo estaban. Solo son… —Nos mira—. ¿Compañeros de piso?

Thibault la señala.

—Exacto. Compañeros de piso. Compañeros de piso muy temporales.

Sé que, si digo que me voy a ir dentro de una hora, la situación se volverá muy incómoda, así que mantengo la boca cerrada. Mi futuro llegará en un abrir y cerrar de ojos; no hace falta que le meta más prisa todavía, utilizándolo para zanjar esta conversación.

May se inclina sobre el bebé, que sigue en los brazos de su hermana.

—Hola, cuchi, cuchi. Hola. ¿Cómo te llamas, eh? ¿Te llamas Cuchi?

—Yo lo llamo Thi. Es el diminutivo de Thibault.

Las hermanas intercambian una mirada y May lanza un suspiro.

—Es perfecto… Te equivocaste de calle al girar con el coche y acabaste casi atropellando al hombre que te ayudó a dar a luz a tu hijo. Pues claro que le has puesto su nombre. —Hace una pausa, mirando aún al bebé—. Si no fuera porque sé que no puede ser, diría que todo esto ha sido obra del destino. Y tal vez incluso un poco romántico.

—Pero sabes que no puede ser —interviene Thibault, al tiempo que trae la cafetera y me sirve una taza de café—. Ahora mismo voy a por la versión con cafeína.

Jenny señala su taza.

—Ponme a mí un descafeinado también.

Thibault vuelve junto a la mesa y le llena la taza.

—Dijiste que no tenías familia por aquí —señala Jenny—. ¿Y amigos? ¿Hay alguien a quien podamos llamar o ir a buscar? Toni comentó que no tenías ropa. —Toma un sorbo de café y da un bocado a la parte superior de una magdalena mientras aguarda mi respuesta.

Deduzco que a ella no le han informado sobre Pável. Le respondo, siguiendo la corriente y esperando que la conversación termine pronto.

—No, la verdad es que no. Yo… Acababa de dejar el piso, así que Thibault ha sido muy amable al ofrecerme un lugar donde quedarme antes de que… encuentre un nuevo hogar.

En otra ciudad, muy, muy lejos de aquí.

—Pero debes de tener ropa en algún sitio —dice May—. ¿Dónde están todas tus cosas? ¿En algún almacén o un trastero?

Hago amago de responder, pero Thibault me interrumpe.

—¿Quién tiene una magdalena para mí? —Se inclina hacia la bandeja—. ¿Es que pensabas comértelas todas, May? —La mira, sin sonreír.

Ella lo mira y parpadea un par de veces. Luego, toma una magdalena de la bandeja y se la da despacio.

—Aquí tienes una magdalena, Thibault.

Él la acepta y muerde la parte de arriba.

—Qué buena… —dice con la boca llena. Señala su taza—. ¿Estás lista para que te sirva el café?

Ella asiente y le da la taza. Si hasta hace un momento hablaba por los codos, ahora se comporta como si fuera muda. El ambiente es muy tenso.

—¿Cuánto tiempo te vas a quedar aquí con Thibault? —pregunta Jenny.

Cuando no respondo de inmediato y Thibault la mira, ella añade:

—¿O aún no lo sabes?

Niego con la cabeza, alegrándome de que me haya ofrecido una salida fácil.

—No, aún no. Todavía estamos intentando resolver eso. Debo solucionar algunas cosas y atar algunos cabos sueltos antes de hacer planes más definitivos.

—Sí —dice Thibault—. Puede quedarse aquí todo el tiempo que quiera, pero es posible que tengamos que irnos a otro lugar.

—¿Qué quieres decir? —pregunta May, más cautelosa.

Thibault se sirve una taza de café y se sienta a la mesa. Me mira, con expresión intensa.

—Jenny y May son parte de mi equipo. Los tres trabajamos en la empresa de seguridad de Bourbon Street Boys, y todos estamos capacitados para lidiar con… situaciones delicadas.

May se sacude las migas de las manos encima de la servilleta.

—Aaah, ¿tenemos una situación delicada? ¡Qué bien! ¿De qué se trata?

El hecho de que esté tan entusiasmada me inspira muy poca confianza en su capacidad para manejar mis problemas.

—Yo que tú no me pondría tan contenta —le digo, deseando que fuera la aventura divertida que parece creer que es.

Thibault asiente.

—Esto es serio.

—¿Y Ozzie ya lo sabe? —pregunta May—. Lo digo porque no me ha comentado nada, y normalmente lo hace. —Me mira—. Ozzie es mi marido. Es el dueño de la compañía: la empresa de seguridad Bourbon Street Boys.

—Ah.

—Todos somos los dueños de la compañía —interviene Thibault—. Todos somos accionistas. Pero eso es irrelevante. Lo que importa es que Mika necesita mantener un perfil bajo durante un tiempo mientras se solucionan otras cosas en su vida. —Me mira—. ¿Tengo tu permiso para explicar lo que me has contado sobre tu jefe?

Tuerzo el gesto. No me puedo creer que quiera hablar con ellas sobre las cosas que le he contado en confianza.

—No.

—Puedes confiar en ellas —insiste, mirando a las chicas antes de volver la vista hacia mí de nuevo—. Pongo la mano en el fuego por ellas, y puedo prometerte que son buenas personas. Me han apoyado muchas veces y nunca me han fallado.

Ya está presionándome otra vez, tomando el control de mi vida, pensando que él sabe lo que es mejor para mí, más aún que yo misma.

—Entiendo y agradezco lo que dices, pero no. Prefiero mantener mi intimidad en privado. —Me pongo de pie, pues ya no estoy de humor para magdalenas o café—. ¿Me devolvéis a Thi, por favor? Tengo que darle de comer.

Jenny me lo da y salgo de la cocina, dirigiéndome hacia las escaleras. Odio ser tan borde con ellas, pero no me puedo dejar avasallar por este hombre, no puedo dejar que me empuje a hacer algo que no quiero hacer. Dentro de unas horas habrá desaparecido de mi vida, y hacerle creer que tiene algo que decir respecto a eso es un error. La capitana de esta nave soy yo. Yo decido cómo funciona y adónde va. No me importa lo bueno que sea conmigo o lo guapo que esté por las mañanas, no me va a obligar a tomar una dirección en la que no quiero ir.

Estoy en mitad de las escaleras cuando oigo la voz de May.

—¿Qué narices está pasando? —dice, susurrando mucho más fuerte de lo que cree.

—No os lo puedo decir —responde Thibault.

Subo las escaleras acompañada del eco de los susurros, más triste aún por mi situación de lo que estaba antes de bajar las escaleras, y eso que no creía que fuera posible.

Capítulo 16

Doy de mamar a Thi durante veinte minutos, tratando de expulsar de mi cabeza los pensamientos de tristeza, enfado y estrés que siguen allí agolpados. Necesito tener la cabeza despejada y funcionando a pleno rendimiento si quiero urdir algún tipo de plan y huir de aquí. Ahora mismo, en lo único en que puedo pensar es en May y Jenny diciendo que es mucho más fácil criar a un bebé cuando alguien te ayuda. Por el momento tengo a Thibault. Mañana no habrá nadie. Por primera vez desde que atropellé a ese hombre con mi coche, mis problemas parecen insuperables.

Me levanto para ir al baño, dejando a Thi en su moisés. Hago una pausa después de abrir la puerta cuando me doy cuenta de que las voces de abajo reverberan por las escaleras. Las oigo con toda claridad, como si la conversación se estuviera desarrollando delante de mí. Las chicas deben de estar en el vestíbulo, preparándose para irse.

—No estás muy fino, ¿verdad? —dice Jenny.

Thibault lanza un suspiro.

—No lo sé. Creo que es la pierna. La rodilla me está matando.

—No creo que sea tu rodilla —señala May.

—No, definitivamente no es la rodilla —conviene Jenny. Parece como si estuvieran compartiendo una broma.

—La falta de sueño, entonces.

—Tampoco es la falta de sueño —dice May.

—No, tampoco es la falta de sueño —coincide otra vez Jenny.

—¿Entonces, qué? ¿Quiero saberlo?

—Ella te gusta —dice Jenny.

—Qué romántico... —exclama May—. Amor al primer trompazo.

—¿Trompazo? ¿No querrás decir «flechazo»? —pregunta Thibault, y me quedo de piedra cuando no le dice que está loca de atar. Aunque parece que está teniendo mucha paciencia con ella.

—Ella te dio un golpe con el coche, así que, obviamente, no te vio. Es como el amor a primera vista, como un flechazo, solo que te dio un trompazo. —Hace una pausa—. Es menos sutil, pero me gusta.

—Vosotras dos... Siempre estáis buscando problemas.

—Creo que eres tú el que busca problemas esta vez —dice Jenny.

May habla en voz más baja, pero todavía puedo oírla.

—Te has enamorado de la novia de un gánster. ¿Estás loco o qué?

Me enfado inmediatamente. Pues vaya con la confianza... Les ha hablado de Pável a pesar de que le dije tajantemente que no lo hiciera. Si me quedara aquí con él, se iba a enterar de lo que es bueno.

—Amor al primer trompazo —dice Jenny con naturalidad—. Lo ha noqueado de un solo golpe. El poderoso Thibault ha caído rendido a sus pies.

—En serio, tenéis que dejarlo ya, las dos. Son imaginaciones vuestras. Estáis soñando. Fantaseando. Estáis aburridas de vuestra vida de mujeres casadas y solo intentáis meter cizaña.

Jenny da un respingo.

—¡Cómo te atreves! —Entonces se ríe—. Como si la vida de mujer casada con cuatro hijos pudiera ser aburrida...

—O con dos perros y un niño —dice May.

—Ya le he dicho que no es mi tipo.

Se produce un largo silencio hasta que Jenny habla por fin:

—¿Por qué narices has hecho eso?

Thibault contesta con la voz un poco rara. Como más joven.

—No lo sé. Me salió así, sin más.

—Aaah, ya lo entiendo —dice May, riendo—. Tienes miedo de ella. Está clarísimo. Lo dijiste en plan: «Huy, ni se te ocurra hacerte ilusiones, nena… Voy a ser un soltero de oro de por vida», y ella se puso en plan: «Sigue soñando, anda. Ya te gustaría a ti», y resulta que, todo el tiempo, los dos estáis loquitos el uno por el otro.

—¿Lo dice en serio? —pregunta Thibault.

—Me temo que sí —le contesta Jenny—. Vamos, May, es hora de irse. Tengo que llevar a Jacob al fisio en media hora. No puedo llegar tarde.

—Yo no he caído rendido a los pies de nadie —declara Thibault, casi con desesperación, si mis oídos no se equivocan—. Solo la estoy ayudando.

Las chicas responden al unísono.

—Sí, claro.

Los pasos se dirigen hacia el vestíbulo, de modo que retrocedo un poco más, pero dejo la puerta entornada porque me gusta sufrir y siento una curiosidad irresistible.

Thibault habla muy, muy bajito. Tengo que aguzar el oído para saber qué dice.

—Entonces, si logro convencerla de que se quede un tiempo, ¿estaríais dispuestas a ayudarnos a Mika y a mí o no?

—¿Lo ves? Ya habla de los dos como si fueran pareja —señala May.

—Aunque es extraño que él no se dé cuenta, ¿no crees? —observa Jenny.

Les habla entre dientes, mascullando ruidosamente.

151

—¿Os queréis callar? Yo estoy aquí delante de vuestras narices y Mika está arriba.

—Sí, pero tus facultades auditivas son las típicas de un hombre —le suelta May.

—Sí —dice Jenny—. El típico oído de hombre, también conocido como «oído selectivo». Así que tenemos que hablar más alto.

—Oigo perfectamente todo lo que decís. No quiere decir que esté bien.

—La negación no solo se expresa con partículas, Thibault —dice May.

—Con adverbios —la corrige Jenny—. La negación suele expresarse con adverbios.

—Eso es lo que he dicho. Partículas.

—Ay, Dios… Recuérdame que no permita que la tía May enseñe gramática a mis hijos.

—Cuidado con lo que dices, guapa, porque si no, Ozzie y yo no os haremos de niñeros a Dev y a ti esta noche.

La voz de Jenny se transforma en un silbido amenazador.

—Como nos dejéis colgados, te mataré. Dev y yo tenemos planes.

Thibault se aclara la garganta.

—Bueno, pero ¿puedo contar con vosotras o no?

—Como si tuvieras que preguntarlo —dice Jenny.

—Solo dinos dónde y cuándo quieres que intervengamos, y allí estaremos —corrobora May—. Al pie del cañón.

—Estupendo —asiente Thibault—. Iré a ver a Ozzie más tarde. Si puedo convencer a Mika.

—Estará fuera todo el día, pero ven a casa de Jenny esta noche y podrás hablar con él. A las ocho y media, cuando los niños se vayan a la cama. Lo pondré en antecedentes — indica May.

—Lo conseguirás —dice Jenny—. Después de todo lo que has hecho por ella hasta ahora, tiene que saber que eres un buen tipo.

Y ya sé que no podías decirnos nada más de lo que ya sabíamos por Toni, pero parece que no le vendría nada mal un amigo en este momento.

Siento que se me encoge el corazón al oír sus palabras: él no les ha contado nada; no ha traicionado mi confianza. Siento una especie de mareo, una indicación de lo mucho que significa eso para mí.

—Sí, pero ella no quiere mi ayuda. Dice que soy demasiado insistente.

—Bueno, puedes ser… un poco pesado algunas veces, pero esa es una de tus mejores cualidades —declara May.

—Pues no parece una buena cualidad cuando lo dice Mika.

—Solo necesita más tiempo contigo para ver que no eres un obseso del control, simplemente estás supercentrado en ayudar a la gente —dice Jenny.

—Como Superman —añade May.

—De verdad, me gustaría que dejaseis de decir eso de mí —replica, suspirando—. No es ningún cumplido.

—Está bien, no más comentarios sobre Superman. Vamos, May. Tengo que irme, de verdad. Se acabó la cháchara y el psicoanálisis. Jacob me estará esperando.

Una cosa es que digan que necesito ayuda; esa idea me saca de mis casillas, porque he estado cuidando de mí misma durante toda mi vida, y eso es lo único que sé. He sobrevivido todo este tiempo, así que, la verdad, no creo que necesite su ayuda. Pero ¿que digan que necesito un amigo? La verdad es que no tengo nada que objetar a eso. Sé que a Thi y a mí nos vendría muy bien tener uno, ahora más que nunca, seguramente.

—Te veré en tu casa esta noche —dice Thibault—. Deséame suerte para convencerla.

—Tú flexiona los bíceps un par de veces y ya está. Eso la impresionará. —May se ríe con malicia.

—No, yo no le gusto. No es nada de eso.

Jenny suspira.

—Lo que tú digas, grandullón. Lo que tú digas.

Se abre la puerta principal y los pasos atraviesan el vestíbulo.

—De verdad que no le gusto —insiste él—. Me lo dijo ella misma.

La voz de May se desvanece al salir a la calle.

—¡Pues a mí me parece que los dos os empeñáis demasiado en negarlo!

Camino despacio hacia el fondo de la habitación y me siento encima de la cama, con el bebé a mis pies, en el moisés. Duerme profundamente con su *body* nuevo, envuelto en uno de los arrullos que me ha dado Toni. Es una estampa tan bonita… Y acabo de compartir una magdalena y un café con dos mujeres muy simpáticas que adoran al hombre que se ha comprometido a ayudarme. Todo parece tan… normal. No puedo tener esta vida ahora, pero me gustaría tenerla algún día.

Oigo pasos en las escaleras y, rápidamente, me acuesto de lado en la cama, de espaldas a la puerta. Percibo la presencia de Thibault al otro lado de la puerta entreabierta, pero él se limita a seguir avanzando por el pasillo hasta su habitación. Siento una mezcla de alivio y tristeza cuando compruebo que no intenta hablar conmigo.

Las burlas a las que lo han sometido las dos chicas hacen que me sienta confusa. ¿Quiero gustarle a Thibault? Por una fracción de segundo, siento una chispa de esperanza cuando me imagino cómo sería eso, pero luego la realidad se impone. No, por supuesto que no… Mi mundo no es sitio para un hombre como Thibault, él se merece algo mejor de lo que yo puedo ofrecerle.

Y esa certeza me deja enormemente triste.

Capítulo 17

No quería quedarme dormida, pero la habitación cálida, el bebé dormido y la magdalena en mi estómago han resultado ser demasiado. Cuando Thi me despierta, casi es mediodía.

La casa está en absoluto silencio salvo por el tictac del reloj. Dejo a Thi en su moisés y salgo a echar un vistazo al resto de la casa, pero Thibault se ha ido. Encuentro una nota en la encimera, al lado de un sándwich en un plato.

Salgo a comprar unas cosas y después tengo cita con el cirujano. Lucky está trabajando desde casa. Ha dicho que te llevaría a la estación de autobuses si no puedes esperar a que vuelva yo. No abras la puerta si puedes evitarlo. La alarma está activada y seguramente es mejor que te quedes dentro y no te dejes ver demasiado hasta que consigamos más información. Si necesitaras salir, el código es 0220. Espero que te guste el sándwich. Es mi especialidad.

Thibault

Levanto la rebanada de pan de la parte de arriba y me encuentro un pedazo de mortadela empapado en mostaza. No puedo contener una carcajada.

Le doy un mordisco a la «especialidad» de Thibault, segura de que no me va a gustar nada, pero me sorprende cuando no es así. Ha metido pepinillos debajo del fiambre. Sigo masticando mientras releo la nota varias veces, tratando de descifrar el mensaje que sé que se oculta bajo las palabras.

Les dijo a las chicas que quería que me quedara, que intentaría convencerme, ¿y luego va y dispone que otra persona se encargue de llevarme a la estación de autobuses? ¿A qué juega? La mayoría de los hombres que he conocido eran verdaderos maestros en ese arte, pero algo me dice que Thibault no está haciendo eso. Doy otro bocado al sándwich, mientras los engranajes de mi cerebro trabajan a toda velocidad.

Si sigo la premisa de que no está jugando a nada, ¿qué significa esto? ¿Se está apartando a un lado, dejándome el espacio que le he expuesto muy claramente que necesito? Si es así, sé que este es un gran paso para él. No solo lo he visto ser insistente y mandón desde el momento en que lo conocí, sino que tanto Jenny como May me confirmaron que es uno de los rasgos principales de su carácter. ¿Acaso le preocupa que me esté enamorando de él, y por eso se ha retirado? Eso no me parece bien, porque no se me ocurre un solo momento en que haya flirteado con él o animado a May y a Jenny a ponerse frívolas con esto nuestro.

La idea de que se deshaga tan fácilmente de mí me molesta, sobre todo porque sé que no debería molestarme. Le doy otro mordisco al sándwich. Está salado, lo que me hace fijarme en una botella de agua en la encimera. Hay una nota adhesiva amarilla, con la letra de Thibault:

Bébetela toda.

Sonrío. Sí, es un mandón. Desenrosco la botella y me bebo casi la mitad de golpe. Así que, definitivamente, esta invitación a marcharme sin que él tenga nada que ver ha sido un paso muy importante para él. Apartarse a un lado y delegar en otra persona no es su fuerte. ¿Estará esperando que le haga caso? ¿Deseando que no lo haga? Imposible saberlo.

Vuelvo a subir las escaleras para echar un vistazo a Thi. Es demasiado adorable para dejarlo en el moisés, así que me lo llevo a la cama conmigo. Lo coloco a mi lado y miro fijamente su carita, recorriendo con la mirada sus delicadas facciones: sus cejas diminutas, casi invisibles; sus minúsculas pestañas; el pequeño botoncito de su nariz y sus labios arrugados. Es perfecto, y por eso quiero darle una vida segura y feliz. Subir a un autobús que no nos va a llevar a ninguna parte parece una muy mala idea en este momento.

Intento imaginar cuál será nuestro destino y lo que haremos cuando lleguemos, dónde nos instalaremos, cómo sobreviviremos, pero las imágenes en mi cabeza se vuelven demasiado espesas para seguir visualizándolas. Lentamente, la habitación va sumiéndose en la oscuridad cuando se me cierran los párpados...

Capítulo 18

Cuando me despierto de nuevo, son casi las cuatro y media. Después de dar de mamar a Thi y cambiarle el pañal, bajo con él en brazos. Hay otra nota en la mesa y más comida. Esta vez es comida para llevar: costillas, una hamburguesa y mazorcas de maíz. Le doy un mordisco a la hamburguesa mientras leo la nota.

Siento no haberte visto ahora tampoco. He tenido que ir al trabajo y luego a casa de Jenny. Debería volver a tiempo para cenar, aunque sea tarde. Si te apetece esperarme, traeré pizza. Si tienes hambre y no quieres esperar, hay comida en la nevera y te veré por la mañana.

Thibault

PD: Gracias por quedarte. Pero si tienes que irte, Lucky debería estar ahí hasta las 19.30 y yo volveré poco después.

Lucho conmigo misma menos de un minuto. No voy a irme a ninguna parte esta noche. Soy una aguja y toda esta zona es un pajar inmenso; Pável no va a encontrarme tan rápido, y aunque localizara la casa, no me vería dentro de ella, y además hay una alarma conectada. Estoy demasiado cansada, tengo demasiada hambre y albergo demasiadas pocas esperanzas sobre lo que voy a conseguir con un bebé recién nacido a cuestas como para pensar en irme a alguna parte ahora mismo. Solo quiero tomarme un respiro en mi vida y dejar todas las decisiones importantes para más adelante. Ojalá estuviera aquí Thibault para poder hablar con él. Al menos él me da energía; ahora mismo estoy tan sumamente… floja.

Veo la televisión como una autómata durante unas horas hasta que renuncio a encontrar algún programa que valga la pena. Las reposiciones del *reality show* de turno no me convencen, y los programas de decoración del hogar solo hacen que me deprima aún más. Ni siquiera tengo un hogar, así que de decorar, mejor ni hablar.

Vuelvo a hojear el álbum de fotos de Thibault. Es entrañable y triste a la vez. Y lo que resulta más absurdo: me produce envidia. Odio no poder ver a otras personas disfrutar de sus vidas sin desear tener lo que ellas tienen. Cierro el álbum antes de llegar a las últimas páginas porque me resulta demasiado doloroso ver a gente feliz llevando una vida feliz. Thibault está solo en todas las fotos, sin ninguna mujer a su lado, pero eso es precisamente lo que quiere. Lo dejó muy claro.

Thi reclama su cena, así que hago lo que hacen todas las madres; a continuación, se sucede el episodio de la manguera: voy a tener que comprarle a Thibault un bote de pintura para la pared.

Miro alrededor en la sala de estar, con Thi vestido con ropa limpia y un pañal nuevo, envuelto como una fajita. ¿Qué hago ahora? Thibault aún va a tardar más de una hora en llegar a casa. Necesito respirar un poco de aire fresco. Thibault me dio el código de la alarma, así que, obviamente, le parece bien que salga de la casa. La idea de salir me levanta el ánimo. Empiezo a sentirme enclaustrada. Iré a dar un pequeño paseo, y espero que eso me despeje la cabeza.

No tengo cochecito, pero no lo necesito. Thi pesa dos kilos setecientos gramos. Mi bolso pesa más que eso, y cargo con él todo el día. Además, ya no tengo tantos dolores de entuerto, así que la verdad es que me siento con bastante energía. Echo a andar por el camino de entrada con mis chancletas prestadas y giro a la derecha. Creo recordar haber pasado por algún un parque de camino hacia aquí.

El paseo resulta ser mucho más largo de lo que creía. Dos manzanas se convierten en tres, y luego en cuatro y en cinco antes de que aparezca el parque. Para cuando finalmente consigo llegar allí, el sol está empezando a ponerse y me duele todo el cuerpo.

—¿Qué narices, Thi? —Me siento con cuidado en un banco, cerca de un columpio—. ¿Qué diablos le pasa a este cuerpo mío? —Sé que acabo de dar a luz hace un par de días, pero, maldita sea… Solo tengo veintisiete años, no debería sentirme como si tuviera cincuenta.

Respiro hondo y miro a mi alrededor. Este parque ha visto días mejores; dos de los tres columpios están rotos, y hay basura desparramándose por los bordes de múltiples contenedores. Sin embargo, aquí no hay nadie más que Thi y yo, así que no estoy preocupada. No es que Pável vaya a asomar por arte de magia. Probablemente, este parque es más seguro que la casa de Thibault si Pável me está siguiendo a través de la señal de mi móvil.

Una orquesta de insectos y otros bichos empieza a emitir ruiditos. El cielo está cada vez más oscuro, el tiempo pasa muy deprisa y Thi me pesa cada vez más en los brazos. Me pregunto qué estará haciendo Thibault ahora mismo. Lo más probable es que esté en casa de Jenny, con sus amigos y colegas de trabajo. Yo nunca he disfrutado de eso, de poder pasar tiempo relajándome con mis compañeros de trabajo. Para el equipo de Pável, pasar tiempo de calidad significaba practicar la puntería, ya fuese con objetos inanimados o con seres de carne y hueso. No es lo mío, la verdad. No, yo siempre me iba a casa tan pronto como acababa de trabajar, y me quedaba ahí encerrada. Era raro que Sonia o yo recibiéramos visitas en nuestro apartamento. Pável venía de vez en cuando, pero, por lo general, solo cuando estaba borracho. Yo siempre echaba la llave de mi puerta y me hacía la dormida. Bueno, casi siempre. Hubo esa única vez en que no cerré la puerta lo bastante rápido…

Un ruido me sobresalta y me saca de mi viaje al pasado. Alguien le ha dado un puntapié a una piedra o algo, y esta repiquetea sobre el asfalto.

Miro alrededor y veo una figura que se aproxima desde un par de manzanas de distancia. Se mueve despacio. Adivino que se trata de un hombre por la forma y la amplitud de sus hombros. Se detiene, mirando al parque, y luego sigue avanzando.

Se me acelera el pulso mientras trato de calcular su corpulencia física. ¿Es alto como Pável o robusto como Thibault? ¿O ninguna de las dos cosas? Camina de un modo un poco peculiar, lo que me hace pensar que está borracho o drogado o algo. A medida que se acerca, me doy cuenta de lo tonta que he sido viniendo a un parque que no conozco cuando estaba anocheciendo. ¿Por qué me habré ido de la casa de Thibault, donde estaba completamente a salvo? ¿Es eso lo que hace una buena madre? ¡No! Abrazo a Thi con fuerza, acercándomelo al cuerpo, tratando de encogerme y de hacerme menos visible.

Capítulo 19

—¿Mika?

Nunca en toda mi vida me había sentido tan aliviada de escuchar una voz. Thibault. No es Pável, y eso que estaba segura de que lo era. Hasta me estaba imaginando las distintas expresiones que desfilarían por su rostro al descubrir que me tenía ahí mismo, a su alcance, en este banco del parque: una expresión de triunfo, de enfado y, por último, de entusiasmo ante lo que iba a imponerme como castigo por negarme a que me visitara en el hospital y desaparecer. Siento que estoy a punto de vomitar.

Él aminora el paso, dando tregua a su pierna y extendiendo una mano.

—Eh, Mika. Soy yo, Thibault. ¿Estás bien?

—Sí. —Me tiembla la voz.

Se acerca renqueando hasta el banco y se sienta poco a poco, hasta que el peso de su cuerpo arranca un crujido de protesta de la madera. Le agradezco el esfuerzo de intentar que no se mueva demasiado para no despertar al bebé dormido.

Nos sentamos juntos y observamos los columpios delante de nosotros en silencio, sin decir nada durante un buen rato. Así tengo oportunidad de calmar mi corazón y mis nervios, de ahuyentar mis lágrimas. Me siento fatal por haber desaparecido sin dejar una nota.

Tal vez creyera que me había ido a la estación de autobuses. Me pregunto si eso le produjo tristeza.

—Se me ha ocurrido salir a dar un paseo —le digo. Hablo con tono arrepentido. Me siento estúpida e ingenua. Me preocupa mi capacidad de ser una buena madre.

—Siento no haberte dejado ningún teléfono para que pudieras llamar. Ha sido una estupidez. Seguramente te sentías como una prisionera en mi casa.

Apoyo la mano en su brazo, con la palma fría y pegajosa en comparación con su piel cálida y seca.

—No digas eso. No me sentía como una prisionera, te lo prometo. No exactamente. Creo que solo necesitaba pensar, y me costaba hacerlo de forma objetiva estando rodeada de todas tus cosas.
—Era como si el álbum de fotos se mofara de mí, con toda esa felicidad dentro.

—Lo entiendo. —Lanza un suspiro—. No te preocupes por eso. Tienes que hacer lo que tienes que hacer.

—Es solo que… A veces puedes ser muy abrumador.

—¿Qué quieres decir? —Me mira como tratando de escudriñar la expresión de mi cara. Yo apenas le veo la suya; está muy oscuro.

—Eres grande, eres fuerte, tienes a todos tus amigos y familiares cerca. Estás muy seguro de ti mismo. Y también estás muy seguro de lo que puedes hacer y de lo que debo hacer yo y de lo que va a pasar luego. Pero el problema es que yo no estoy tan segura.

Habla en voz baja. Con delicadeza.

—¿De qué parte no estás segura? Tal vez pueda decirte algo para que te sientas mejor.

Lanzo un profundo suspiro y tardo unos minutos en responder porque tengo la cabeza hecha un lío.

—He de marcharme, pero cada vez que me imagino yéndome, no consigo decidir adónde debo ir. Adónde puedo ir. Tengo dinero, pero no tengo contactos. Ningún plan. Me has ofrecido la opción de quedarme contigo un tiempo, pero tu hermana tiene dos hijos y vive aquí mismo, al lado. Estoy preocupada por ellos. ¿Qué pasa si Pável…? —No puedo terminar la frase, sino que me echo a temblar, y no es por la temperatura.

Él asiente.

—Te entiendo. Es una preocupación que comparto contigo, y probablemente mi hermana también, pero creo que tengo una solución para ese problema si te interesa escucharla.

Temo albergar demasiadas esperanzas.

—Está bien —digo con aire vacilante—. ¿De qué se trata?

—Mi familia tiene una cabaña en la zona de los *bayous*, en los pantanos. No está mal, para ser una cabaña. Quiero decir que no es la típica choza destartalada hecha de adobe, palos y neumáticos viejos, como otras, pero tampoco es nada del otro mundo.

Me estoy imaginando el lugar donde dice que está su cabaña, rodeada de neumáticos y esas cosas, pero aun así, parece una opción mucho más atractiva que subirse a un autobús rumbo a ninguna parte.

—Suena… pintoresco.

—Está a las afueras de la ciudad, y nadie sabe de su existencia. Tiene un dormitorio, un baño y una pequeña cocina. No hay televisión ni prácticamente cobertura para el móvil, pero está muy escondida. No hay nadie cerca.

—Entonces, nadie sabe que tienes esa cabaña salvo todos los miembros de tu equipo.

—Sí, ellos lo saben, pero son de total confianza. Pondría la mano en el fuego por ellos; no has de temer nada de ninguno.

Lo miro y sacudo la cabeza.

—Debe de ser muy agradable. —Ya vuelvo a sentir esa punzada de envidia de antes; odio cómo asoma su fea cabeza.

—¿El qué?

—Pues no sé… Depositar tanta fe en alguien, supongo.

Él se encoge de hombros.

—Son mi familia.

—Pareces Pável.

—¿En qué sentido? —Su voz ha perdido el dejo cariñoso.

—Su gente siente mucha lealtad hacia él, y viceversa. En parte se debe a que son adeptos de toda esa historia de la hermandad, como si fuera una maldita secta, pero la otra parte es que, si se te ocurre joderles, te matan. Ni siquiera hacen preguntas: simplemente ¡pum!, una ejecución en toda regla. Ese tipo de crueldad inspira lealtad como ninguna otra cosa en el mundo. En el hospital, me preocupaba lo que podría pasarnos al bebé y a mí, pero ahora también me inquieta lo que podría pasaros a tu familia y a ti. Si Pável se entera de que me estás ayudando, todos estaréis en peligro…

Pasa el brazo por el respaldo del banco y se vuelve hacia mí, aclarándose la garganta antes de hablar.

—Está bien, no es mi intención presionarte, porque sé que ya tienes suficiente presión, pero necesito que entiendas algo.

Me vuelvo a medias para mirarlo a la cara.

—Te escucho.

Coloca la palma de la mano sobre su corazón.

—He dedicado toda mi vida adulta a trabajar con la policía, a ayudarles a resolver casos y a apartar a los delincuentes de las calles. Ese soy yo. No estoy diciendo que sea un héroe ni que sea perfecto y nunca meta la pata, pero sí puedo decirte que no conozco a nadie que pueda poner más empeño que yo en manteneros a salvo al pequeño Thi y a ti. Yo ayudé a traerlo al mundo y sé que es una locura decirlo, pero me siento responsable de él y de ti. ¿Entiendes lo que quiero decir?

—¡Pero si todo fue pura mala suerte! —protesto, sin poder contener la exasperación. Este hombre es una persona generosa, y sé que su intención es buena, pero veo con claridad meridiana lo mucho que se arrepentiría si por el hecho de ayudarme a mí alguien de su círculo resultara herido… o algo peor—. ¡Te atropellé con mi coche! Tú no elegiste estar aquí conmigo ni involucrarte en mi vida. Ni siquiera me conoces. Solo soy una chica que por poco te atropella, y tú solo eres el tonto distraído que se interpuso en mi camino, ¿verdad? Lo que no entiendo es cómo he pasado de ser esa chica a esta persona a la que quieres proteger a toda costa. ¡No tiene ningún sentido! Deberías querer denunciarme, no protegerme.

La cabeza me da vueltas. No tengo ni idea de dónde me ha salido todo ese torrente de palabras, pero me alegro de habérmelo sacado de dentro. Maldita sea.

Levanta las manos.

—Mira, Mika, no creo en las coincidencias ni en los accidentes fortuitos que pasan así, sin más, en nuestras vidas. Creo que todo sucede por una razón. Hay una razón por la que decidí levantarme esa mañana e ir nada menos que hasta la cafetería de Lotta Java cuando hace meses que no me dejo caer por allí. Y tiene que haber una razón por la que te equivocaste al girar con el coche y entraste en esa calle en particular, de un solo sentido, conduciendo como una loca. —Se calla y luego, cuando vuelve a hablar, el volumen de su voz ha bajado de forma considerable—. Y crucé la calle en el momento justo, exactamente cuando estaba distraído.

—En el momento equivocado, querrás decir.

—No, quiero decir el momento justo. Hay una razón para todo eso. Es normal que te pusieras a gritarme como una energúmena desde tu coche: debería haber mirado a ambos lados antes de cruzar, pero no lo hice. Normalmente lo hago, lo juro. Lo hago siempre, de verdad. Pero ese día, en ese preciso instante y en esa calle en concreto, cuando tú ibas conduciendo por donde no debías, no miré. Entonces me atropellaste, y el resto es historia.

Respira hondo antes de terminar.

—Así que… no tengo más remedio que preguntarme por qué todos esos pequeños acontecimientos se sucedieron de esa forma específica y se desarrollaron para situarme en la posición perfecta para estar delante de una mujer embarazada a punto de dar a luz, en el preciso instante en que tenía dolores de parto que le impedían seguir conduciendo. —Sacude la cabeza y veo su sonrisa a la luz de una farola en la acera de enfrente—. Podrías haber estado una manzana más adelante o una manzana detrás de donde estabas y nunca te habría conocido. No me habrías atropellado y nuestros caminos nunca se habrían cruzado. Creo que todo eso pasó porque estaba predestinado a chocarme contigo, o a que me atropellaras con el coche, para poder ayudaros al bebé y a ti. ¿Qué otra explicación hay? Había demasiadas variables que confluyeron a la perfección para decir ahora que todo fue obra del azar. Y si eso es cierto, entonces significa que tengo que seguir apoyándote. No puedo ayudarte a alumbrar a un niño sano y luego dejarte a merced de un gánster. Yo no soy así. —Se pasa las manos por el pelo—. En pocas palabras, ese no soy yo. —Se calla y su voz se deshace en un murmullo casi inaudible—. Ya no.

El torrente de lágrimas empieza y no cesa. Me está hablando del destino y de las cosas que están escritas en él, como si alguien en el cielo tuviera un plan para mí, un plan que incluye plantar a hombres buenos como Thibault en mi camino para ayudarme. Solo que yo no creo nada de eso. He tenido demasiada mala suerte en la vida para creer que merezco algo bueno. Es más probable que el universo tenga un plan para Thibault, y no es muy halagüeño.

—Tal vez nos ha llegado la hora a los dos, y esta es la forma que tiene el destino de ponernos a ambos en el camino de un asesino.

Él niega con la cabeza.

—No lo creo, de ninguna manera. Me queda todavía mucha vida por delante. Tengo más trabajo que hacer aquí, en la Tierra. Y una de mis tareas, algo que siento en lo más profundo de mi corazón, es asegurarme de que estés a salvo, de que puedes seguir adelante con tu vida con tu hijo sin tener que preocuparte porque un mafioso ruso te ande persiguiendo para cortarte el cuello. —Lanza un suspiro entre dientes—. Joder, lo siento. Eso ha sonado fatal.

Una risa amarga atraviesa mi mar de lágrimas. Se ha acercado más de lo que cree a una descripción fidedigna de cómo es mi vida.

—No, no te disculpes. Gracias por ponerlo de forma tan gráfica. ¿Sabías que ese es su método de ejecución preferido, o lo has adivinado de chiripa?

Niega con la cabeza.

—No, no lo sabía, pero sí conozco a muchos tipos como él. Son unos desgraciados sin piedad que están pidiendo a gritos que alguien acabe con ellos. —Me toma de la mano y la sostiene con ligereza en la suya. Probablemente debería apartarla, pero no lo hago. Dejar que me toque así es demasiado placentero—. Tú tienes todas las pruebas contra Pável. Mi equipo ha accedido a ayudarte con la condición de que me encargue de comprobar todos los datos que me has proporcionado y de que verifique que son ciertos.

Lanzo un profundo suspiro; me duele que no confíen en mí, pero lo entiendo perfectamente.

—Supongo que no puedo esperar que confíen en la palabra de una exprostituta, ¿verdad?

Me aprieta la mano con delicadeza.

—En primer lugar, no hables así de ti misma. El hecho de que te forzaran a hacer un trabajo o de que eligieras hacer algo para poder sobrevivir no te convierte en una mala persona. En segundo lugar, no le he contado a nadie esa parte de tu historia. Es tu secreto y tú decides con quién quieres compartirlo, no yo.

Lo observo, mirando fijamente su perfil durante varios minutos. Quiero ver lo que pasa por su cabeza y su corazón, descubrir qué hay ahí dentro, averiguar qué es lo que lo mueve. Es un hombre complicado, terco, amable, firme y sexy... Todas esas cosas conforman un hombre sólido. Su mano es fuerte. Encallecida. Segura. Apostaría lo que fuese a que nunca ha utilizado esa mano para infligir violencia sobre una mujer. Es peligrosamente atractivo. Podría volverme adicta a la persona que tengo sentada a mi lado. Es tan diferente de todo lo que he vivido estos últimos años… Mi última experiencia sexual fue desagradable, por decirlo suavemente. Me pregunto cómo será Thibault en la cama. ¿Será delicado? ¿O un macho alfa al que le gusta llevar la iniciativa en todo? ¿Será bruto? ¿Creativo? Nunca lo sabré, pero eso no me impide dejar volar la imaginación. Soñar. Desear que las cosas pudieran ser diferentes. Me dijo que no soy su tipo y yo le dije que él no es el mío, pero cuanto más tiempo pasamos hablando, más me convenzo de que tal vez los dos estemos un poco equivocados con respecto a eso.

—Tengo una confesión que hacerte —le digo. Las palabras me salen a borbotones de la boca antes de que pueda detenerlas.

—¿Otra?

Intenta fingir que está molesto, lo que me hace sonreír y seguir hablando cuando no debería hacerlo.

—Sí. Una más.

—¿Me va a dejar de piedra?

Si me tomara el pulso ahora mismo, sabría la locura que supone esto para mí, coquetear de esta forma con él. Eso es lo que estoy haciendo. Estoy coqueteando, que Dios me ayude.

—Probablemente.

—Está bien. Adelante. Suéltame la bomba. Estoy listo. —Cierra los ojos, fingiendo que se prepara para el impacto.

No puedo dejar de mirarle la boca. Esos labios suyos… carnosos, oscuros, un misterio. ¿Qué sentiría al tenerlos en contacto con los míos?

—Tengo muchas ganas de besarte ahora mismo —le susurro.

Me mira, encogiéndose de hombros.

—¿Y qué es lo que te impide hacerlo? —Me tira de la mano y se inclina un poco hacia mí.

No me lo puedo creer. No se ha reído de mí, ni me ha dicho que siga soñando. ¡Él también quiere besarme!

—Las cosas ya son muy complicadas tal como están —digo, acercándome a él. No puedo ignorar la atracción que hay entre nosotros, aquí sentados en la oscuridad, en este banco, con el mundo real a mil kilómetros de distancia—. Esto solo conseguirá empeorarlo todo.

—Pero a mí me gustan las cosas complicadas.

—Empiezo a pensar que a mí también.

Nos encontramos en el medio. Nuestros labios se tocan…

Y entonces el bebé empieza a llorar porque tiene hambre y es demasiado tarde para que esté en un parque público. Y yo, mejor que nadie, debería saberlo.

Thibault lanza un gemido y se aparta.

—Otra vez será —dice. Se levanta, apoyándose en una pierna, y extiende la mano—. ¿Lista para ir a casa? ¿De vuelta a mi casa?

Le tomo la mano y me apoyo en él para poder arrancar mi dolorido cuerpo del banco.

—Sí. La verdad es que hace bastante frío aquí fuera. —Me río con una risa incómoda. También tengo tantas ganas de hacer pis que apenas puedo aguantarme.

Echamos a andar por la acera.

—Deberías llevar siempre una bolsa de pañales cuando salgas a la calle, por si Thi decide hacer de las suyas en cualquier momento. Mi hermana ha tenido unos cuantos episodios de lo más aparatosos con los mellizos. También puedes echar una chaqueta para ti en la bolsa, para esas tardes que quieras salir a dar un paseo al parque y la temperatura baje de pronto. —Me mira y sonríe.

—Lo que tú digas, Superman.

Hace una pausa.

—No me llames así. No soy superhéroe. Solo soy un hombre normal.

Me detengo y lo miro, sin bromear.

—No sé quién te ha dicho eso, pero se equivoca. Definitivamente, tú no eres un hombre normal.

El bebé llora de nuevo.

—¿Quieres darle de mamar aquí? —me pregunta.

—Prefiero hacerlo en tu casa.

—Bueno, pues vamos, entonces.

Se arrima a mi lado y me sorprendo disfrutando de los sonidos de la noche, que aumentan de intensidad a nuestro alrededor —grillos, murciélagos y lechuzas que entonan sus cantos nocturnos—, a pesar de que lo que sea que hay entre nosotros está completamente rodeado por una realidad bastante sombría. La idea de alejarme de todo me resulta sumamente atractiva en este momento. Me imagino cómo sería estar escondida en una cabaña en los pantanos, donde nadie pudiera encontrarme. Podría ser feliz allí, cuidando de mi hijo y decidiendo cuáles van a ser mis próximos pasos. Lo único que echaría en falta sería a Thibault. Pero no podría pretender que se viniera con nosotros allí. Su trabajo terminará cuando estemos a salvo.

—Entonces, ¿cuándo estás pensando que podría ir a tu cabaña? —pregunto.

—¿Qué te parece mañana por la mañana?

—Por mí bien. —No me puedo creer la tristeza que me provoca la idea de dejar a Thibault. Ese proyecto de beso me ha dejado muy tocada, sinceramente.

—Y no me refería a que vayas allí tú sola. Iré contigo. No tengo la rodilla operativa ahora mismo, así que Ozzie, mi socio, me ha recomendado que me tome unas semanas de descanso hasta que me operen.

—Pero ¿no te necesitan en el trabajo?

—Vamos a contratar a alguien a quien Dev va a poner al día muy rápido. Podrán funcionar perfectamente sin mí por un tiempo.

No tenemos nada importante en este momento que requiera mi participación específica.

Casi me duele decir esto, porque estoy acostumbrada a estar sola y a no depender de nadie, pero no puedo guardármelo para mí: sería una falta de sinceridad por mi parte, cuando él está haciendo todo este esfuerzo.

—Creo que lo preferiría, sinceramente. Me encantaría que estuvieras allí conmigo.

—Perfecto.

Percibo la sonrisa en su voz, y eso ahuyenta el frío de la noche. Ya no necesito una chaqueta.

Capítulo 20

Nuestra primera parada al salir de la ciudad es el hipermercado local. Nunca había entrado, aunque he pasado muchas veces por delante. Conduce Thibault; supongo que fue pura suerte que le diera en la pierna izquierda y no en la derecha, y también que su coche sea automático.

—¿Tengo que ir yo también? —le pregunto, mirando el letrero rojo, blanco y azul y luego el aparcamiento repleto de vehículos y personas que se mueven apresuradamente con sus carritos de la compra.

—Sería lo mejor. Voy a abastecerme de comida y cosas para la cabaña, y no sé qué te gusta comer o qué podrías necesitar.

—¿Quieres decir que no vamos a tomar sándwiches de mortadela en todas las comidas? —Le sonrío.

—Bueno, podríamos, si sigues en ese plan.

Me muerdo la parte interna de las mejillas unos segundos, tratando de hacer desaparecer la sonrisa.

—Lo siento. Me has mimado como nadie, me has cuidado a todas horas, y yo aquí burlándome de ti…

—No pasa nada —dice mientras apaga el motor y sale del coche—. Yo también me estoy cansando de los sándwiches.

Deja las muletas en el coche.

Coloco el portabebés en el carrito y echo a andar junto a Thibault mientras él lo empuja hacia la entrada.

—¿Quieres que lo haga yo? —pregunto, señalando el carrito—. ¿Lo empujo?

—No. Si no te importa, así lo utilizo de muleta.

—Ah. Sí, de acuerdo; ningún problema. Empuja, empuja. — En realidad me alegro de que se ocupe él, porque me duele todo el cuerpo después de la caminata de anoche—. No me puedo creer que todavía esté tan cansada. —Apoyo la mano en el lado del carro, alegrándome egoístamente de que Thibault no pueda ir muy rápido y odiándome luego por regodearme con la lesión que le causé.

—Creo que es normal que estés cansada y fuera de combate. Solo han pasado unos pocos días desde que este pequeñajo empezó a darte guerra. —Hace una pausa para hacerle una carantoña al bebé y luego sonríe cuando este se retuerce y suelta una burbuja de gas. Thibault me mira mientras esperamos nuestro turno para entrar en el supermercado—. Si quieres que te vea un médico antes de que nos vayamos, estaré encantado de llevarte a la consulta.

—No, estoy bien. Estoy segura de que esto es completamente normal. Me parece que no conviene andar demasiado, pero un poco sí es bueno. Las enfermeras me lo dijeron en el hospital. Este será mi ejercicio del día.

Se inclina sobre el carrito y me mira fijamente.

—Puedes esperar en el coche. De verdad, ya me encargo yo. Incluso puedo llevarme a Thi conmigo si quieres. Tal vez así puedas echarte una cabezadita.

Le doy una palmada en el brazo.

—No estoy enferma, ¿de acuerdo? Solo… he tenido un hijo.

Él sonríe y empuja el carrito hacia delante.

—Está bien, señorita Dura de Pelar. Pues vamos. Si te cansas demasiado, te meteré en el carrito y te empujaré ese trasero tan… por toda la tienda.

Ha estado a punto de decir «ese trasero tan gordo», estoy segura. Me doy media vuelta y me miro el culo.

—¿Qué le pasa a mi trasero?

Sigue empujando el carrito y me deja atrás.

—Absolutamente nada. —Me mira con una sonrisa maliciosa.

—No sé si… —Lo miro meneando la cabeza, disfrutando de nuestras pequeñas provocaciones, pero fingiendo que me irrita. Me gusta coquetear inocentemente con él. No recuerdo cuál fue el último hombre con el que pude hacer eso.

Sigue avanzando, enseña su tarjeta de socio en la entrada y pasa por el departamento de televisión y estéreo. Lo alcanzo cuando está mirando las radios que se conectan a los teléfonos móviles para reproducir música.

Miro a mi alrededor en el gigantesco hipermercado, asombrada con la cantidad de productos. Solo distingo una enorme sección de frigoríficos en la parte del fondo. Me pregunto a qué distancia de la cabaña estará la tienda de comestibles más cercana.

—¿Tienes una nevera grande en la cabaña o es una de esas neveras mini de las residencias de estudiantes?

—Es una nevera grande.

—Pues parece como una casa para pasar las vacaciones como Dios manda. ¿Y has dicho que está en la zona de pantanos, en el *bayou*?

—Sí. Rodeada de grandes árboles con las ramas cubiertas de musgo colgante. Es muy bonito.

—Estoy deseando verla.

Suena como el mismísimo cielo en comparación con los sitios donde he vivido yo, sinceramente, aunque tal vez no debería esperar demasiado. Es solo algo temporal, y Thibault dijo que no es nada del otro mundo.

—Yo también. —Coge unos auriculares para examinarlos—. Me he dado cuenta de que hace dos años que no me voy de vacaciones. —Me mira—. Bueno, no es que esto sean unas vacaciones, pero es tiempo de descanso, sin trabajar.

—¿Dos años? Guau. ¿No tienes días de vacaciones en tu trabajo?

—Sí, claro. No es que la empresa no me dé días libres, simplemente nunca los tomo. Siempre estoy demasiado ocupado trabajando en un caso tras otro. Incluso ahora, cuando no hay nada importante, todavía tengo que resolver asuntos relacionados con los empleados, tomar decisiones de gestión empresarial junto con Ozzie. También habré de ir a entrenar cuando mi rodilla esté mejor…

Alguien me empuja y me golpea el brazo, alguien que va con tantas prisas que ni siquiera se para a disculparse. Arrugo la frente, mirando a su espalda, un desconocido que lleva los pantalones demasiado altos.

—Este sitio es una locura.

—Un auténtico manicomio —conviene Thibault, mirando alrededor—. ¿Dónde está la sección de aperitivos y cosas de picar?

Me detengo delante de unos estantes de cristal y tomo en mis manos un bolso iluminado por un foco. No me puedo creer lo que ven mis ojos.

—Este es un bolso de Gucci. ¿Sabes cuánto cuesta esto en la tienda Gucci?

Trato de localizar el precio. Esta es la clase de regalo que Pável le compra a una mujer como señal de que la posee. Descubrí muy pronto su forma de actuar y solía resistirme a aceptar sus regalos…

—Seguro que cuesta más allí que aquí —dice Thibault.

Encuentro el precio por fin en una pequeña etiqueta pegada al estante. Joder…

—Ya lo creo que sí.

Lo deposito con cuidado de nuevo junto a los demás. A pesar de que cuesta casi la mitad de su precio normal, sigue siendo demasiado caro para mi presupuesto. No puedo concebir siquiera la idea de gastarme ese dineral en un bolso ahora que tengo que comprar pañales.

Thibault empuja el carrito hacia otra zona del hipermercado, lejos de las secciones de electrónica y artículos de lujo.

—Aquí hay que comprarlo todo al por mayor, pero me imagino que con todos los pañales que va a necesitar este pequeñajo, estamos en el lugar indicado.

Se detiene para dejar pasar a alguien y acaricia la mejilla de Thi. El pequeñín reacciona estremeciéndose un poco, pero sigue durmiendo. Frunce el ceño como si Thibault lo estuviera molestando, y eso nos hace reír a los dos.

—Está diciendo: «Quítame las manos de encima. ¿Es que no ves que estoy intentando dormir?» —digo, tocándole la diminuta barbilla.

—Lo siento. Debería dejarlo en paz. —Thibault parece avergonzado.

—Eh, que lo decía de broma… —Le doy unos golpecitos en el brazo con la mano—. Vamos, alegra esa cara y relájate. Solo te tomaba el pelo. Puedes hacerle todas las carantoñas que quieras.

Arquea las cejas.

—¿Acabas de decirme que me relaje?

—Sí. —Trato de no sonreír.

Presiona sus labios.

—Muy bien, pues entonces me relajaré. —Sonríe y apunta con el carrito en dirección a un pasillo lleno de comida basura—. Bolsas gigantes de aperitivos: preparaos, que allá vamos.

Cuando lo veo echar en el carro lo que parecen unos cien paquetes de *beef jerky*, un aperitivo a base de carne deshidratada, tengo que hacer la pregunta que me viene a la cabeza.

—¿Cuánto tiempo crees que vamos a estar en la cabaña?

Se encoge de hombros.

—Tal vez solo unos días. Depende de lo que descubra el equipo una vez que analice tus datos.

—¿Qué datos?

Me quedo inmóvil, pues no estoy segura de entender de qué está hablando.

Agarra otra bolsa de carne seca y estudia el paquete mientras responde.

—La información que tienes pensado darle a Holloway. —Me mira—. Suponiendo que confíes en nosotros para que la veamos primero y se la entreguemos nosotros luego.

Vuelve a concentrarse en los aperitivos, dándome tiempo para poner en orden mis pensamientos sin la presión de su mirada.

—No recuerdo haber dicho que eso formara parte de mi plan —le digo mientras empuja el carrito por el pasillo.

—No hemos tenido oportunidad de comentar ese tema. Pensaba que podríamos discutirlo de camino a la cabaña. Es una hora en coche.

Mi primera reacción es decirle que ni hablar, que se olvide del asunto; darle información a su equipo no formaba parte de mi plan. Sin embargo, después de una reflexión más profunda, me doy cuenta de que la verdad es que no tengo ningún plan. No he tenido ninguno desde que me puse de parto.

Me acerco y agarro el borde del carro, usándolo para apoyar el peso del cuerpo. La parte baja de la espalda me molesta.

—Entonces, ¿estás diciendo que crees que tu equipo puede darle a Holloway lo que quiere de mí? ¿Y que entonces no sería necesario que me reuniera con él? —Me gusta la idea de no tener que volver a Nueva Orleans, no porque no me guste la ciudad, sino porque Pável está allí, y me imagino que tiene ojos en todas partes y que todos esos ojos están buscándome.

—Puede ser. Supongo que depende de lo que tengas.

Me entran ganas de contárselo todo. Sería maravilloso poder desahogarme con alguien y compartir la carga que llevo a cuestas, pero no puedo. Al menos, de momento. Aun así, está en su derecho de saber algunas cosas; al fin y al cabo, nos está escondiendo a mi hijo y a mí.

—Tengo lo que el inspector dijo que necesita; digámoslo así.

Me mira antes de empujar el carrito del supermercado hasta el siguiente pasillo.

—Una vez que nos hayamos instalado, nos pondremos en contacto con ellos y les daremos lo que tengas. Si quieres. Depende de ti. —Hace una pausa, baja la voz y me mira a los ojos—. No quiero que pienses que soy un maldito pesado, presionándote todo el tiempo.

Es evidente que se ha tomado muy en serio las cosas que le dijeron May y Jenny. Eso debo reconocérselo; la mayoría de los hombres piensan que los consejos que les dan las mujeres no sirven para nada.

—Está bien. Parece un buen plan.

—Creo que es justo, teniendo en cuenta que has empezado a dejar que te ayude un poco.

—¿Qué se supone que significa eso?

Se encoge de hombros y vuelve a empujar el carrito mientras apoya todo el peso sobre los codos.

—Nada. Solo digo que antes pensabas subirte a un autobús y desaparecer, y ahora estás dejando que te ayude. Un poco. Y me alegro. —Se calla y me mira por encima del hombro—. Estamos bien, ¿verdad? ¿Te sientes menos agobiada que antes?

Me encojo de hombros.

—Sí, estamos bien. —Toda esta situación me asusta, claro que sí, pero no es culpa suya. Se está esforzando mucho, eso es evidente. Y yo también. Aunque no sé qué es lo que me impulsa a esforzarme. ¿Será el miedo? ¿La envidia? ¿El deseo? ¿La locura? Llevo semanas

179

subida a una montaña rusa emocional, así que cualquiera de las opciones anteriores podría ser una explicación plausible. Pero no voy a centrarme en eso ahora. Ahora me concentraré en hacer la compra, ir a esa cabaña, respirar tranquilamente durante un día y luego ya me preocuparé por todo lo demás.

—Entonces, ¿sabes cocinar algo más que sándwiches y pasta? —pregunto.

Se señala el pecho con el pulgar.

—¿Quién, yo? ¿Estás de broma?

—No. ¿Por qué iba a bromear? Eres un hombre soltero que vive solo. Me parece que es razonable dar por sentado que consumes comida congelada recalentada o pides algo para llevar casi todas las noches, cuando no vas a casa de tu hermana. Eso es lo que hace Pável.

—Sobre todo comida para llevar. No soy ningún fan de los congelados.

—Oh. Así que no cocinas, aparte de la pasta.

—Un poco. Cocino un poco, pero puedes encargarte de las tareas de cocina si quieres, por mí encantado.

Recorremos algunos pasillos más hasta que Thibault habla de nuevo.

—¿Así que Pável y tú vivíais juntos?

Detiene el carrito cuando llegamos al siguiente pasillo.

—No.

La sola idea ya me pone tensa. Tenía suficiente con trabajar junto a él casi todos los días.

Thibault mete una caja gigante de chicles en el carrito.

—Escoge lo que quieras. Todo lo que te dé la gana, no hay límites.

Me alegro de poder desviar la atención hacia otra cosa.

—Ah, qué emocionante…

Pongo una bolsa de Oreos en el carrito.

Deja de empujar para mirarme.

—Cuando pasamos por tu apartamento y no pudiste entrar, supuse que eso significaba que era porque él estaba dentro.

Por alguna razón, es más fácil hablar con él en medio de este gigantesco hipermercado, rodeados de extraños, que cuando estamos solos en su casa.

—No, no estaba viviendo con él, pero sí con alguien a quien él conoce muy bien. Y su coche estaba allí, así que... —Me encojo de hombros.

—Ah.

Empuja hacia delante y al final llega a una mesa repleta de libros. Examina los títulos.

Hago lo mismo y me detengo al ver uno con muy buenas fotografías de comida.

—¿Te importa si compro un libro de cocina? —Se lo enseño—. Puedo devolverte el dinero cuando pasemos por un cajero automático.

—Adelante. —Se acerca y baja la voz—. Pero creo que es mejor que nos mantengamos lejos de los cajeros automáticos por un tiempo. Alguien podría averiguar nuestros movimientos a través de ellos, y ahora mismo preferiría evitar esa eventualidad.

—Está bien. —Asiento con la cabeza y vuelvo a experimentar todos mis miedos y mis inquietudes con respecto a Pável.

—No has llegado a contarme cómo te encontró Pável en el hospital —dice, haciendo como si fuese la pregunta más despreocupada del mundo, cuando es imposible que lo sea—. ¿Lo llamaste por teléfono?

Suspiro, dejando el libro de cocina en el carrito. Me habría ahorrado tantísimos problemas si hubiese hecho caso a mi instinto y no hubiese llamado a Sonia...

—No exactamente.

Tal vez Pável se habría enterado al cabo de unas horas al ver mi coche en las noticias, pero me habría dado más tiempo para irme bien lejos.

Me adelanto un poco para examinar las bolsas de queso refrigerado y miro atrás para asegurarme de que Thibault me sigue, con el bebé a cuestas. Confío en que Thibault no va a hacer nada que suponga un riesgo para él, pero siento verdadera inquietud cuando tengo a Thi a más de metro y medio de distancia. Es como si hubieran cortado el cordón umbilical, pero hubieran dejado uno invisible que aún nos mantiene conectados.

Thibault mira fijamente al bebé y se queda plantado en medio del pasillo, obligando a la gente a rodearlos. Me acerco y me detengo junto a él, mirando a mi hijo.

—¿Por qué lo miras así? ¿Está bien?

—Está perfectamente. Creo que está soñando. —Thibault señala su cara—. Míralo, arrugando las cejas de esa manera, como si estuviera enfadado.

Sonrío.

—Lo hace muchas veces. Me pregunto qué estará pensando ahora mismo.

El bebé empieza a sonreír en sueños y hace movimientos de succión con los labios diminutos.

—Creo que está soñando con tus tetas.

Se me escapa una carcajada.

—¿Cómo dices?

Sonríe como un niño pequeño al que han pillado en falta.

—¿Qué he dicho? Es un recién nacido. Tus tetas son el centro de todo su mundo.

—¿Ah, sí?

Levanta las manos en el aire.

—Eh, a mí no me mires. Soy inocente: solo estoy haciendo un comentario sobre una madre y su hijo.

—Me parece que deberías mantener tu mente alejada de mis ya sabes qué y centrarte en las compras.

—Como usted diga, señora. —Se aleja, cojeando, encorvado sobre la barra del carrito. Apostaría a que sigue sonriendo, aunque no pueda verle la cara.

Levanta las manos.

—¡Soy inocente! —exclama, más fuerte.

Lo miro, meneando la cabeza, mientras dobla la esquina hacia el siguiente pasillo. Es imposible que pueda ser más encantador de lo que es.

—Eh, Tamika. ¿Qué haces aquí? —La voz viene de detrás de mí. Se me acelera el corazón cuando la reconozco: ¡¿Sebastian?! ¿En esta tienda? Mi paranoia me dice que Pável lo ha enviado a buscarme y me dan ganas de ponerme a gritar al constatar que me ha encontrado: se suponía que yo era una aguja en un pajar. Pero entonces veo que Sebastian va con su propio carrito lleno de cosas, y la paranoia pasa a un segundo plano. Ahora solo estoy asustada. Sebastian está haciendo la compra en el hipermercado, como un cliente más, pero no tardará en llamar a Pável por teléfono para decirle a quién ha visto aquí.

Thibault se ha parado y me mira; el carrito no se ve, porque ha quedado en el otro pasillo. Le hago una señal con los ojos y muevo ligeramente la cabeza antes de volverme hacia el hombre que hay detrás de mí.

—Hola, Sebastian. ¿Qué tal estás? Hacía siglos que no te veía.

No puedo mirar atrás a Thibault; todavía hay una posibilidad de que Sebastian no me haya visto con él y con el bebé. Tengo ganas de vomitar. He de tragar saliva una y otra vez para no perder el control de mi estómago.

—Bien, bien, estoy bien. Hace días que quiero ponerme en contacto con Pável. ¿Lo has visto? Ayer fui a su casa, pero no estaba. Le envié un par de mensajes de texto, pero no me responde.

Está mintiendo. Sebastian estaba en mi apartamento con Pável y Sonia la otra noche; yo misma vi su coche. Está jugando conmigo.

Me encojo de hombros y deslizo las manos en los bolsillos de la sudadera de Toni para ocultar los temblores.

—No, yo tampoco lo he visto. He estado un poco ocupada.

—¿Ah, sí? ¿Qué has estado haciendo?

—Bah, nada importante. Ya conoces a Pável... Siempre me tiene trabajando en una cosa u otra. No le gusta que vaya por ahí contándole demasiadas cosas a la gente. —Eso es. Plantaré la semilla de la sospecha en la cabeza de Sebastian. Con el círculo de Pável no cuesta nada hacerlo: siempre están hiperparanoicos. Tal vez crea que Pável estaba jugando con él el otro día, fingiendo que me buscaba cuando sabía perfectamente dónde estaba.

Sebastian frunce el ceño.

—Sí, te entiendo. —Acto seguido, alegra la cara al formular la siguiente pregunta—. ¿Y cómo le va a Alexéi? ¿Está bien?

Más juegos. Ahora no puedo ponerme nerviosa y empezar a darle vueltas a por qué el primo discapacitado de Pável, un ser tierno e inocente, dejó de venir hace unas semanas a mi apartamento para comer conmigo, cosa que solía hacer de vez en cuando. La policía tendrá que buscarlo como parte de mi trato con ellos; no pienso abandonar a la única persona que me dio una razón para seguir levantándome por las mañanas.

—Hace mucho tiempo que no lo veo. Semanas incluso.

Cuando Alexéi dejó de asomarse por mi apartamento, tuve que fingir que no me importaba. Era la única forma de evitar que Pável se inmiscuyera demasiado en mi vida. Intento ignorar el hecho de que Alexéi también es la razón por la que me quedé tanto tiempo allí y que su desaparición facilitó que decidiera entregar los secretos de Pável a cambio de mi libertad, pero es imposible. La culpa que siento por no ser mejor como amiga me escuece en el corazón.

—Yo tampoco lo veo desde hace mucho tiempo. —Sebastian mira a derecha e izquierda y baja la voz—. ¿Hizo algo mal? ¿Lo han… liquidado?

Me encojo de hombros, abrazándome el cuerpo con fuerza. Es como si la temperatura hubiese bajado diez grados de golpe.

—No lo sé. Ya sabes que no hago esa clase de preguntas.

—Ya, pero pensaba que con Alexéi sería diferente. Vosotros dos erais amigos, ¿verdad? ¿No te quedabas a cargo de él alguna vez?

Miro a Sebastian. Está jugando conmigo y ambos lo sabemos, pero no pienso morder el anzuelo porque necesito largarme de aquí antes de que hable con Pável y le diga que me ha visto.

Sebastian endereza la espalda y sonríe.

—No me hagas caso, aquí hablando de liquidar a la gente… —Levanta la mano y hace como si fuera a darme un golpecito en el brazo. Me aparto, pero recibo el impacto de todos modos. Luego me saldrá un moretón, porque se ha asegurado de usar un nudillo—. Estoy seguro de que Alexéi está bien. Cuando lo veas, salúdalo de mi parte.

—Descuida, eso haré.

Apoya las manos en las caderas.

—Cuídate, Tamika.

Sus palabras van con segundas, pero no quiero adivinar siquiera qué es lo que quieren decir en el fondo.

—Sí, claro. Igualmente.

Me doy media vuelta para echar a andar en dirección contraria, de vuelta a la parte delantera de la tienda. Tengo que huir. Esconderme. No puedo dejar que Sebastian me vea con mi hijo. Es exactamente la clase de lameculos psicótico que sería capaz de agarrar a Thi y salir por la puerta con él, pensando que le está haciendo un favor a Pável por entregarle a su hijo en la puerta de su casa. Rezo para que Thibault sepa que yo nunca abandonaría a mi hijo. Solo me voy a esconder hasta que sepa que Sebastian ya no puede verme.

Capítulo 21

Estoy junto al puesto de perritos calientes, al otro lado de las cajas registradoras. Thibault tiene tres personas delante en la caja que ha elegido para pagar. Por la forma en que empieza a retorcerse dentro del arrullo, parece que el pequeño Thi se está despertando. Thibault se inclina para hablar con él, pero no oigo lo que le dice. Saber que mi bebé tiene hambre hace que mi cuerpo reaccione. De repente, siento que me pesan mucho los pechos, que están a punto de reventar. Maldita sea. Miro hacia abajo con la esperanza de que la chaqueta que llevo sea lo bastante gruesa para ocultar las manchas de humedad.

Una mujer que espera en la cola del siguiente pasillo se acerca a mi hijo.

—¿Qué tiempo tiene? —pregunta en voz alta. No podría llevar un top más escotado ni unos pantalones más ceñidos. La odio al instante. «Aléjate de mi bebé. Aléjate de mi… amigo», le ordeno con la mente.

Mierda. En lugar de «mi amigo», he estado a punto de decir «mi chico». Sacudo la cabeza, tratando de volver a concentrarme en lo importante. Está claro que necesito comer algo. El olor a perritos calientes me está haciendo la boca agua.

Thibault responde algo que no consigo oír. Está completamente concentrado en el bebé. Me extraña que no se esté comiendo a la mujer con los ojos, cuando todos los hombres a su alrededor están haciendo justo eso. Hasta a mí misma me cuesta apartar la mirada de ella. Es como ver una catástrofe de vestuario inminente, como si se le fueran a salir los pechos del top en cualquier momento.

—¡Oh, Dios mío, un recién nacido! —exclama, sacudiendo sus melones en las narices de Thibault—. Es increíble que lo hayas sacado ya a pasear a la calle.

Thibault parece preocupado cuando responde.

Ella se encoge de hombros.

—A algunas personas no les gusta exponer a sus hijos recién nacidos a los gérmenes hasta pasado un tiempo, pero estoy segura de que tu pediatra sabe lo que hace. —La mujer se encoge de hombros y le muestra su dentadura blanca y reluciente.

Me siento como una idiota por no haberme quedado dentro del coche. El folleto informativo que leí en el hospital decía que debería limitar el contacto de Thi con extraños y con los gérmenes del ambiente. Pero ¿se puede saber qué me pasa? Podría haber esquivado a un psicópata y cualquier amenaza de enfermedad al mismo tiempo.

Thibault tapa mejor al niño con el arrullo, y asiente con la cabeza a la mujer. Empuja el carrito cuando una de las personas que tiene delante termina de pagar su compra. Está examinando la multitud, seguramente buscándome, pero me preocupa que, si me ve, me haga una señal con la mano. Entonces Sebastian también podría vernos a los tres. Deduzco que todavía está en algún lugar del hipermercado, porque no lo he visto irse.

Vamos, vamos... Me duele el pecho, tanto por la necesidad de dar de mamar a mi hijo como por miedo. Thi está demasiado lejos. Cualquiera podría robarlo. Lo único que impide que me deje llevar por el pánico absoluto es saber que Thibault está con él. Él no dejaría que le pasara nada a mi niño. Respiro hondo varias veces para

187

calmarme, tratando de poner freno a mi corazón desbocado. Estoy congelada de frío, pero al mismo tiempo sudo.

Tardan siglos en pagar en la caja. Cuando Thibault está casi listo, me dirijo rápidamente hacia la salida, sin levantar la vista cuando un empleado me hace una señal y me dice que tiene que revisar mis compras. Como no he comprado nada y no puedo permitirme perder tiempo quedándome en un lugar donde Sebastian podría verme, me voy directamente a la parte trasera del aparcamiento y me detengo junto a unos arbustos en un promontorio sobre la acera, con la esperanza de poder ver los movimientos de Thibault desde un poco más de altura. Tan pronto como se acerque al coche, correré hacia allí.

Por fin, Thibault sale cojeando por la puerta del hipermercado. Se detiene y mira a su alrededor, sacudiendo la cabeza al no verme por ninguna parte. Me siento aliviada porque si él no puede encontrarme, Sebastian tampoco podrá.

Cuando llega al todoterreno y abre la puerta del maletero, salgo caminando lo más rápido posible, mirando a izquierda y a derecha, lista para moverme en otra dirección si veo la cara de Sebastian o la camisa de color rojo brillante que llevaba puesta. En cuanto atravieso la primera hilera de coches, aprieto a correr.

—¿Dónde estabas? —me dice, hablando entre dientes y cerrando la puerta de golpe.

Extiendo las manos, que me tiemblan descontroladamente.

—Dame al niño. Tenemos que irnos.

La expresión de Thibault cambia en un instante, pasando del enfado a la comprensión.

—Está dentro del coche. Sube. Las ventanillas traseras están tintadas. No podrá verte nadie.

En cuanto estoy dentro, me da a mi hijo y cierra la puerta. Abrazo a Thi con fuerza, inclinándome para poder inhalar su olor.

—Lo siento mucho, pequeño. Te he dejado ahí dentro. No volveré a hacerlo nunca más. —Siento que voy a vomitar. No puedo creer que haya pasado eso.

Thi está nervioso y protesta, así que rápidamente hago lo que puedo para darle de comer. Estoy sudando, temblando, y la cabeza me da vueltas, pero en cuanto se me aferra al pecho, por fin puedo respirar.

—Dios mío, sálvame de esos malditos cabrones —susurro.

Thibault se sienta en el asiento delantero y me mira por el espejo retrovisor.

—No iré a ninguna parte hasta que el bebé esté completamente atado en su sillita. Relájate. Nadie en todo el aparcamiento puede verte ahí detrás.

Se limpia el sudor de las sienes y del labio superior.

—Está bien.

Mira por el parabrisas delantero, con el brazo estirado por encima del volante. Se hace un silencio entre nosotros, pero pese a lo incómodo del momento, no puedo hablar. No hay nada que decir. Lo que ha pasado ahí dentro es un recordatorio del peligroso juego al que estoy jugando: delatar a Pável, informar de todas sus actividades y tratar de no morir en el intento. Debo de estar loca para pensar que puedo conseguirlo. Intento contener las lágrimas mientras pienso en lo que eso significa para mi hijo.

Capítulo 22

El viaje a la cabaña transcurre sin incidentes. Echo una cabezadita entre toma y toma, y Thibault solo detiene el coche cuando tengo que sacar al bebé de su asiento. Cuantos más kilómetros recorremos, más aliviada me siento. Mi pasado se ha quedado en Nueva Orleans y mi futuro me espera ahí en alguna parte, pero mi presente está en este coche con Superman y, por una vez, no me importa que tenga complejo de héroe.

Estoy descansando, con los ojos cerrados, cuando noto que el coche reduce la velocidad. Veo una gasolinera y Thibault se detiene. Cierro los ojos de nuevo y trato de relajarme.

Se acerca al surtidor, apaga el motor del coche, se baja y se dirige cojeando hacia el lateral del vehículo, que se balancea un poco cuando empieza a llenar el depósito y luego se para de nuevo cuando Thibault se aleja unos metros y saca el teléfono. Las ventanillas de atrás están cerradas, pero la de Thibault está abierta, así que oigo todo lo que dice.

—Hola, soy yo. ¿Tienes un minuto? —Hace una pausa—. Sí, escucha, estoy con Mika, y vamos a irnos de la ciudad un tiempo. Ozzie me dijo que me tomara un par de semanas antes de mi operación, así que eso es lo que voy a hacer. Al menos de momento.

Me dan ganas de incorporarme y ver la expresión de su rostro, pero sigo haciéndome la dormida. No tengo vergüenza. Mis problemas de confianza hacen que me resulte imposible no aprovecharme de la situación. ¿Y si tiene otros planes para mí? ¿Y si no está siendo del todo sincero? Mi abuela siempre me decía que la gente que se pone a escuchar a otros a hurtadillas merece oír lo que digan sobre ella, pero no voy a dejar que eso me detenga.

—Sí, ahora que lo dices, sí que hay algo —dice—. ¿Podrías hacerme un favor y llamar al inspector que trabaja en su caso y hablarle un poco más sobre la relación? Se había mostrado bastante abierto a eso antes, quizá tenga más información ahora que ella ha desaparecido. Tal vez ha oído algún rumor que esté circulando por la calle. ¿Y podrías preguntarle por un tipo llamado Sebastian?

Se me acelera el pulso al oír el nombre. Sebastian No encontrarán nada sobre él; trabaja en la sombra, siempre tiene las manos limpias y deja que otros se encarguen de hacerle el trabajo sucio. Aunque eso no significa que no sea sumamente peligroso.

Se queda callado unos segundos.

—No tengo ni idea. Nos lo hemos encontrado hoy. Él la ha reconocido y ella se ha asustado, pero no sé nada más. —Espera y luego lanza un suspiro—. No, no me está ocultando información. De verdad que no. Solo está… nerviosa. No creo que confíe en nadie en este momento, pero no la culpo. Seguiré haciéndole preguntas y, con un poco de suerte, espero que uno de estos días empiece a responderlas. Tal vez si ve que lo único que quiero es ayudarla…

Lanza un gemido de impaciencia y luego se ríe a medias.

—¿Quieres dejar eso? Te lo digo en serio. Habla con tu mujer o con May si quieres analizar los detalles de la relación, esa es su especialidad; yo no soy tu chico para eso.

Se me acelera el corazón. Debe de ser Dev, el marido de Jenny, y es como si estuviera metiéndose con Thibault y atosigándolo por lo que está pasando entre nosotros. Sé que no debería querer que albergue sentimientos hacia mí, pero parece que últimamente soy incapaz de controlar mis emociones. Ese semibeso que compartimos solo ha hecho que empeorar las cosas.

—El caso es que voy a intentar que me hable de lo que le va a contar a Holloway, así que, si lo hace, te enviaré un mensaje de texto con lo que crea que pueda ser útil.

Sigue una pausa realmente larga mientras escucha antes de volver a hablar.

—Si eso te hace sentir incómodo, dímelo y ya está. Puedo hacerlo yo. Es solo que la cobertura de mi móvil no es muy buena aquí, y la verdad es que me gustaría concentrarme en Mika y el bebé mientras tenga toda su atención. Está asustada y está convencida de que necesita irse, pero no tiene ningún plan. Quiero intentar ayudarla a diseñar uno, como mínimo.

Su amabilidad es un don y una maldición a la vez. Pierde valor rápidamente cuando sé que él no sentiría lo mismo si supiera todo lo que hay que saber sobre mí.

Oigo los crujidos de la grava bajo sus suelas y su voz se hace más débil.

—Está bien, genial. Dale las gracias a Ozzie de mi parte, ¿quieres? Tengo que ir a pagar la gasolina. —Se para de repente—. ¿Que qué? —Luego se echa a reír—. ¿En serio? ¡Joder! ¡Enhorabuena!

Me incorporo y me doy media vuelta, asomándome por encima de los asientos. Thibault se ha llevado una mano a la cabeza.

—¿De verdad? Es una noticia increíble. Me alegro mucho por los dos, chicos. Joder. Vais a tener la casa llena de críos. ¿Cuándo sale de cuentas?

¿Jenny está embarazada? Me vuelvo otra vez y cierro los ojos de nuevo, apoyando la cabeza en el asiento. Me alegro por ella. Su marido parece muy agradable, y los dos tienen buenos trabajos con compañeros normales, no con criminales. Intento no sentir envidia, pero es muy difícil. Me gustaría tantísimo tener eso mismo para Thi y para mí... Sentada en la parte de atrás del coche de este hombre, huyendo de las garras de un gánster, parece un sueño imposible.

Thibault le ha dicho a Dev que quiere ayudarme a idear un plan. He intentado resistirme todo lo posible a sus ofrecimientos de ayuda porque no estoy acostumbrada a depender de otras personas ni a confiar lo bastante en ellas para hacer eso, es lo único que sé. Sin embargo, ahora que vamos de camino a su cabaña y que por fin siento que tengo tiempo y espacio para pensar en un lugar seguro, seguir rechazando su ayuda me parece una tontería. Acabo de oírlo mantener una conversación privada y no ha dicho nada que me haga sospechar que actúa por motivos encubiertos. Hasta ahora no he tenido razones para lamentar que haya aparecido. Tal vez debería plantearme hacerle caso. Saber cuál es su opinión no puede ser malo, ¿no?

Capítulo 23

—¿Todo bien por ahí atrás? —pregunta Thibault mientras se acomoda en su asiento.

—Sí. ¿Con quién hablabas? —Decido hacerme la inocente para ver lo que me dice. Es una prueba. Quiero confiar en él, de verdad. Me agarro con fuerza al reposabrazos de la puerta mientras espero su respuesta.

—Un amigo del trabajo. Va a hacer unas llamadas que le he pedido que haga. En la cabaña no hay mucha cobertura.

—¿Y por casualidad esas llamadas tienen que ver conmigo?

—Sí.

Ha sido sincero. Bien. Un punto para Thibault.

—Gracias por dejarme dormir. Estaba agotada.

—Claro, no te preocupes.

De repente me doy cuenta de lo mucho que brilla el sol; hace que parezca que el capó del coche de Thibault centellea.

—Hoy hace un día muy bonito.

—Pues sí. Hace un día muy bueno. Una brisa agradable.

—Parece que has comprado muchas cosas en el hipermercado —le digo, mirando por encima del asiento hacia el maletero. A pesar de que me separé de él antes de que acabara de llenar el carro, ha tenido el acierto de comprar lo que Thi y yo necesitamos. Veo dos cajas de pañales encima de toneladas de comida y otros artículos para bebés. Me gusta que sea tan práctico y su capacidad para mantener la cabeza fría bajo presión.

—Sí. El pequeño Thi y yo nos encargamos de todo. Ese pequeñajo sabe muy bien cómo comprar.

La vergüenza hace que me cueste hablar, pero tengo que hacerlo.

—Siento haberos dejado solos, chicos. Gracias por cuidar de Thi en mi lugar. Estar tanto rato separada de él ha sido horrible.

—Sí… ¿Y a qué ha venido todo eso, por cierto?

Me encojo de hombros, preguntándome ahora si no habré sido demasiado exagerada.

—Bueno, es que no quería que nadie supiese nada de mi vida.

—Ya me di cuenta. ¿Me puedes decir quién es Sebastian?

Thi se pone a llorar, así que lo saco de su asiento y lo tomo en brazos para poder darle de mamar enseguida, antes de que volvamos a la carretera. Me estoy quedando sin tiempo para que se me ocurra una respuesta. Tener a mi hijo cerca ayuda a ahuyentar esos malos sentimientos que experimenté cuando me separé de él.

—No tienes que decírmelo si no quieres —dice Thibault.

Está siendo extremadamente amable y paciente conmigo, así que me siento mal por no ser sincera con él. Y cuando trato de imaginarme lo que me podría pasar si supiera algo más de mí, me cierro en banda y no se me ocurre nada. Lanzo un suspiro, luchando todavía contra el miedo que siento cuando me imagino dejando que alguien se asome a mi vida privada.

Por favor, Dios, no dejes que me arrepienta de esto…

—Sebastian es uno de los socios de Pável. No pertenece a la familia exactamente, pero es lo más emparentado que se puede estar sin tener lazos de sangre.

—¿También es ruso?

—No lo sé. No lo creo. Es de algún lugar de Europa del Este, pero no sé de dónde exactamente. No tengo ni idea. Nunca lo he preguntado. —Lo miro, esperando ansiosamente que me crea, porque estoy siendo del todo sincera—. Siempre he tratado de mantener un perfil bajo y centrarme en lo que se suponía que estaba haciendo, que era llevar la contabilidad. Siempre había tensiones con esos tipos, pero yo me mantenía al margen.

Thibault asiente con la cabeza.

—Lo entiendo. Tu vida giraba en torno a la supervivencia pura y dura. Mantener una distancia prudente de todo eso parece una maniobra inteligente.

—Sí, pero luego, cuando firmé el acuerdo con Holloway, parte del trato consistía en que tenía que seguir más de cerca sus movimientos. Él quería saber qué hacía Pável todos los días, adónde iba, con quién estaba…

—¿Y se lo dijiste? A Holloway, me refiero. ¿Le diste la información?

—No le he contado nada todavía, la verdad. Hablé con él varias veces para decirle lo que estaba intentando hacer, y me esforcé al máximo por cumplir lo que me pedía, pero cada día me encontraba peor y me sentía más enferma. O al menos eso era lo que pensaba: que estaba enferma. Creía que haber infringido mi regla personal de no involucrarme de forma más directa me estaba provocando una úlcera o un síndrome del intestino irritable o algo así. Así que fui a verlo a la comisaría del distrito para decirle que tenía que dejar de espiar a Pável hasta que me encontrara mejor, pero el inspector no estaba. Y entonces, bueno… Entonces te conocí a ti.

Thibault esboza una media sonrisa.

—Y luego diste a luz.

—Sí. Exactamente. —Miro la preciosa cara de Thi—. Y todos mis planes se fueron al traste. Y descubrí por qué estaba aumentando de peso y por qué se me hinchaban los tobillos.

Thibault se vuelve casi por completo, agarrándose al borde del asiento.

—Entonces, ¿cuál era tu plan, exactamente? Me refiero a después de que haber dado a la policía la información sobre Pável.

Lo miro, sin que su entusiasmo me haga ni pizca de gracia.

Levanta una mano.

—Si quieres contármelo. Solo si te sientes cómoda.

Me veo obligada a sonreír.

—Tienes que relajarte.

—¿Qué? Pero si estoy relajado, ¿lo ves? —Levanta las manos y sonríe. Luego pone cara de payaso, algo de lo que no pensaba que fuera capaz.

Durante unos segundos, me arranca una carcajada, pero entonces debo recordarme a mí misma que esto no es un juego. Y puede que sea el hombre más encantador y entrañable del mundo, pero eso no significa que mi realidad vaya a cambiar.

—Mira… Sé que solo intentas ayudarme, ¿de acuerdo? Sé que dar un paso atrás y dejarme a mí llevar la iniciativa no ha sido fácil para ti.

Él asiente con la cabeza, y se despide del cómico que lleva dentro.

—Creo que puedo decir que estoy de acuerdo con ese análisis.

El bebé se me ha quedado dormido en el pecho, así que lo aparto y lo envuelvo en el arrullo.

—Y espero que te des cuenta del esfuerzo que estoy haciendo para intentar confiar en ti.

—Sí, me doy cuenta. Y te lo agradezco.

Lo miro y dejo de hacer lo que estoy haciendo.

—Para mí es un problema muy grande. Todavía no te conozco de verdad, y me juego mucho con todo esto. Para ser sincera, creo que ahora mismo estoy desesperada, así que por eso estoy arriesgándome mucho más de lo que haría normalmente con un extraño.

Vuelve a agarrarse al asiento.

—¿Qué te parece si… si pasamos los próximos dos días en la cabaña, conociéndonos? Así podrás sentirte más cómoda conmigo y ya no tendremos que vernos como extraños.

Asiento con la cabeza. Me gusta el bajo nivel de compromiso y riesgo.

—Me parece razonable.

—Pero tiene que funcionar en los dos sentidos —dice—. Yo me comprometo a esforzarme en dejar de lado mi necesidad de controlar cada uno de tus movimientos y tú tendrás que esforzarte en confiar en mí lo suficiente como para compartir lo que puedas. ¿Trato hecho?

—Sí. Estoy de acuerdo. Trato hecho.

Me tiende la mano.

—Perfecto.

Pongo al bebé en su asiento y luego estrecho la mano a Thibault. No debería ser nada del otro mundo, simplemente estamos sellando un pacto informal, pero tocar su piel provoca una reacción en mí. Abre los ojos con expresión de sorpresa con el contacto. Él también lo siente.

—Trato hecho —repito con voz tensa. Aparto la mano de la suya y me entretengo en abrochar el cinturón de Thi en el porta-bebés. Hay mucha tensión entre nosotros, pero no sé muy bien si tiene más que ver con la situación peligrosa que estamos viviendo juntos o con alguna forma de atracción irresistible. Lo que sí sé es que nunca había sentido algo así.

Tocarle la mano no debería ser nada especial, y aun así, me ha parecido algo muy íntimo.

—Ya empiezas a cogerle el tranquillo a esto —dice, señalando a Thi—. Envolverlo en el arrullo, darle de mamar, colocarlo en el portabebés… Pareces toda una profesional.

Le dedico una sonrisa cansada.

198

—Bueno, siento como si ya llevase muchísima práctica. Solo han sido unos días, pero para mi cuerpo es como si hubieran pasado semanas.

—¿Cómo es? —Mira al bebé y luego a mí—. El hecho de ser madre. ¿Lo estás disfrutando de momento?

Me enternece que se moleste en preguntar, y me gusta el hecho de que, de algún modo, eso haga que pase de ser un hombre duro, especialista en seguridad y en cerrar tratos, a ser un hombre que disfruta rodeado de niños.

—Está muy bien. Me gusta, pero no es fácil. Ni por asomo. Supongo que para mí sigue siendo algo simplemente raro, porque ni siquiera me había dado cuenta de que estaba embarazada y, de repente, ¡nació! —Tomo la pequeña mano de Thi y sus deditos se cierran alrededor de mi pulgar—. Al principio, solo podía pensar que era una pesadilla, pero ahora me doy cuenta de que en realidad es un milagro. Soy muy afortunada.

—Pues la verdad es que sí. Eres verdaderamente muy afortunada. —Se da media vuelta para arrancar el coche, maniobrando para que podamos continuar el viaje—. Puede que esto suene un poco cursi, pero me alegra poder vivir esta experiencia contigo. —Me mira por el espejo retrovisor—. Ha sonado cursi, ¿verdad?

Niego con la cabeza.

—No, no; qué va. —Cuando mira hacia otro lado, encuentro el valor para explayarme un poco más—. Yo también me alegro de que me acompañes. Creo que dudaría mucho de mi cordura si no tuviera a alguien como tú a mi lado guiándome todo el tiempo, enseñándome a hacer cosas como envolverlo en el arrullo o ponerle un pañal.

—Puedes contar conmigo para lo que sea —dice, y se incorpora a la carretera.

Sus palabras me producen una inmensa sensación de paz. Por desgracia, eso me pone paranoica y suspicaz, pues la paz es un concepto muy extraño para mí, por lo que la sensación solo dura unos segundos. No confío en que el destino tenga nada bueno preparado para mí, así que mi buen humor no tarda en dar paso a un sentimiento de tristeza y pesadumbre. Me vuelvo para mirar por la ventanilla e impedir que vea esa expresión en mi cara. Que me cueste confiar en la felicidad no significa que tenga que arrastrar a Thibault a mi mundo agrio y sombrío.

—¿Cuánto falta? —pregunto mientras los árboles desfilan junto a mi ventana, uno detrás de otro. Decididamente, el paisaje se ha vuelto más boscoso y deshabitado. No he visto ningún edificio desde la gasolinera de antes.

—Unos quince minutos más o menos. Una vez que lleguemos allí es probable que haya que hacer algo de limpieza antes de poder instalarnos.

—Yo ayudaré.

—Tranquila, tú seguramente deberías relajarte y descansar.

—Creo que necesito hacer algo más que relajarme y dar de comer a Thi —digo, suspirando—. No estoy acostumbrada a ser tan inútil.

Thibault tamborilea con los dedos sobre el volante, siguiendo un ritmo interno durante unos segundos antes de detenerse y responder.

—Sé que los negocios de Pável no son legales del todo, al menos parte de ellos, pero ser la contable de una empresa de esa envergadura requiere mucho trabajo. Entiendo que te resulte frustrante estar todo el día y toda la noche simplemente alimentando a un bebé. A Toni le pasaba lo mismo. A la semana del nacimiento de los mellizos, ya estaba subiéndose por las paredes en su casa.

Estoy muy impresionada por el hecho de que entienda tan bien todo esto. Siento que transmite un gran respeto por mí, y definitivamente eso no es algo que esté acostumbrada a recibir de los hombres.

—Sí, tienes razón. Ser su contable implica mucho trabajo. Y no es que pueda llamar a alguien con más experiencia y preguntarle cómo hacer esto o aquello, precisamente. En un par de ocasiones, le envié un correo electrónico con algunas dudas a un antiguo profesor, pero cuando comenzó a pedirme detalles sobre por qué le preguntaba todo aquello, tuve que interrumpir la comunicación. Aprendí enseguida que no debía intentar entrar en contacto con personas que estaban fuera de la órbita de Pável. Eso me obligó a documentarme y a resolver las cosas por mi cuenta, pero estuvo bien. Me acostumbré.

—Tal vez te parecerá una locura que diga esto, pero deberías sentirte orgullosa de ti misma. —Me mira por el espejo.

—Gracias.

No debería importarme que Thibault muestre admiración por mis logros personales, pero el caso es que me importa. Me transmite la impresión de que está bien sentir cierto orgullo por una misma.

—¿Alguna vez pensaste en ahorrar y luego desaparecer? ¿Irte a otra ciudad y reinventarte allí?

—Todos los días —le digo, suspirando mientras veo los árboles desfilar por la ventanilla—. Todos los días. —Sé qué es lo que está diciendo en realidad con esa pregunta: que debería haberlo hecho. No debería haberme quedado tanto tiempo con Pável. Que tenía la capacidad para irme y nunca la aproveché. No lo culpo. A veces es difícil entender a una persona cuando no puedes ponerte en su piel.

—¿Y qué te lo impidió? —pregunta.

—Las circunstancias no eran favorables. Pável sospechaba algo y me vigilaba muy de cerca. O algo me asustaba y entonces pensaba que, si intentaba marcharme, me matarían. Alexéi… —Me callo, pues no quiero ir por ese camino. ¿Dónde estará? ¿Qué estará haciendo? ¿Quién le estará dando la cena?

—¿Alexéi? ¿Quién es?

¿Cómo puedo explicarle quién es Alexéi? Pensará que estoy loca. Pensará que hay una parte de mí que quería quedarse allí.

—Un chico.

Thibault no insiste más, cosa que le agradezco. Siento que ya he hablado demasiado.

La salida de la autopista está un poco más adelante. Reduce la velocidad y la toma, y levanta una nube de polvo y de grava que sube hasta las ventanillas. Cierra la suya.

—El camino se vuelve un poco difícil a partir de aquí. Hay muchos baches, mucho traqueteo. El consejo municipal no mantiene la carretera en muy buen estado, porque apenas la usa nadie. Conduciré despacio.

—Gracias.

Me inclino y agarro la mano del pequeño Thi, acariciándole el dorso con el pulgar. A él no parece importarle el traqueteo, pero a mí sí. Me sujeto la parte baja del vientre con la mano que tengo libre, esperando que termine pronto. Maldita sea, eso duele.

—Voy a preguntarte algo, pero no espero que me respondas ahora, ¿de acuerdo? —dice Thibault.

Me pongo en guardia de inmediato.

—Está bien…

—Si te sientes cómoda y consideras que puedes confiar en mí, me gustaría que me dijeras cuál es exactamente la información que planeas darle a Holloway.

Siento que me enciendo, pero consigo dominar mi temperamento. Thibault está siendo extremadamente delicado y es evidente que procura no presionarme, a pesar de que quiere la información.

—¿Por qué necesitas saberlo?

Reduce la velocidad y toma una curva especialmente cerrada que zarandea el coche con violencia.

—Bueno, creo que si conociera todas las piezas del rompecabezas, podría ayudarte a idear un plan de acción. Conseguir ponerte en la buena dirección con las mayores posibilidades de éxito.

Thibault me va a enviar en la buena dirección. Me gusta la idea, pero me entra cierta tristeza al pensar en a quiénes voy a dejar atrás, tanto a Thibault como a Alexéi. La vida es tan complicada a veces… Ojalá pudiera cortar todos los lazos y desaparecer. Comenzar de cero. Olvidar que me importan determinadas personas.

—No confías en mí, ¿verdad? —pregunto cuando por fin cesa el traqueteo del coche. Necesito poner todas las cartas sobre la mesa. Estoy harta de jugar con la gente. De ahora en adelante, voy a vivir mi vida de cara, sin trampa ni cartón. Es la hora de afrontar algunas verdades difíciles.

—Quiero hacerlo, de verdad que sí.

—No te culparía si no lo hicieras. Tu trabajo es meter entre rejas a los criminales, y yo he estado trabajando para uno durante cinco años. Supongo que eso también me convierte en una criminal.

—Técnicamente, es posible que así sea, pero creo que, teniendo en cuenta lo que me has contado, hay circunstancias atenuantes. Y de ser así, estoy seguro de que, si llegase a haber un juicio ante un tribunal, el fiscal estaría dispuesto a ofrecerte algún tipo de trato, pero solo si puedes proporcionar información con la que se puedan dictar condenas contra asesinos, traficantes de drogas y traficantes sexuales.

La realidad de mi situación es demasiado deprimente. Hasta ahora he tenido bastante éxito evitando pensar en el aspecto criminal de lo que he hecho estos últimos años. El hecho de que Thibault haya sacado el tema es una decepción, y me cuesta mucho no recriminárselo.

—Haré lo que tenga que hacer, como siempre.

Miro al frente y dejo la mente en blanco. El coche traquetea un poco más, pero apenas me doy cuenta. Se me da bastante bien distanciarme y hacerme inmune a determinadas cosas, incluso cuando estoy en medio del caos.

—Adivina qué hay para almorzar —dice al cabo de unos minutos, sacándome de mi ensimismamiento.

Lo miro por el espejo.

—¿Un sándwich?

Sonríe de oreja a oreja.

—De mantequilla de cacahuete y mermelada, nena, con mantequilla de cacahuete extracrujiente.

No puedo evitar devolverle la sonrisa.

—Estoy impaciente por probarlo.

Capítulo 24

Thibault coloca dos sándwiches junto a dos grandes vasos de leche en la mesita de centro de la sala de estar y me despierta de la siesta que me estoy echando en el sofá.

—Vaya, lo siento. Creo que me he quedado dormida.

Me incorporo y me toco el pelo tratando de alisármelo. Miro alrededor y veo que ha estado limpiando. Ha retirado las sábanas de todos los muebles y el aire huele a espray para el polvo.

—No pasa nada. Es obvio que tu cuerpo lo necesita.

Señalo con la cabeza la transformación que se ha obrado en la habitación. Cuando entramos, tenía un aspecto antiguo y olía a espacio cerrado y humedad, y ahora parece un lugar cálido y renovado…, acogedor.

—Caramba, sí que has limpiado rápido todo esto. —Me miro la muñeca, pero no llevo reloj—. O he dormido como Rip van Winkle y es muy, muy tarde.

—No, qué va. Solo media hora más o menos. —Se deja caer sobre un sillón frente a mí, con un plato en el regazo y un vaso de leche en el brazo del mueble—. Tengo mucha práctica limpiando esta casa.

—¿Y eso? —Me siento y coloco a Thi en el cojín del sofá, a mi lado. Ha dormido en mis brazos la mar de contento mientras yo descansaba.

—Cada vez que veníamos aquí con nuestros abuelos, Toni y yo éramos los encargados de retirar todas las fundas de los muebles y quitar el polvo. Mi abuelo cortaba leña y mi abuela limpiaba la cocina. Era un trabajo en equipo.

—¿Cuándo fue la última vez que estuviste aquí?

Doy un bocado a mi sándwich y mastico despacio.

—¿Cuatro años? ¿Cinco? No me acuerdo.

—Toni y tú estáis muy unidos, ¿verdad?

—Sí. A raíz de nuestra infancia de mierda, nos sentimos muy cerca.

Como no quiero que nos dé un bajón de ánimo al desenterrar antiguas historias de una infancia desgraciada, pruebo con una táctica diferente.

—Has dicho que venías aquí con tus abuelos. ¿Significa eso que vivíais con ellos?

Niega con la cabeza.

—No. Vivíamos con nuestros padres. No eran muy buenas personas ni demasiado felices. Cuando estábamos con nuestros abuelos, era como nuestro refugio: allí no había gritos, ni peleas, ni problemas para gestionar la ira.

Me impresiona ver el grado de paralelismos en nuestras vidas. Antes de que dijera lo que acaba de decir, habría pensado que teníamos muy poco en común.

—En mi caso también fue así, más o menos.

—¿De verdad? Cuéntamelo. —Deja de comer un momento—. Si quieres, claro.

—Todos mis abuelos han muerto. Mi padre también. Mi madre… a saber dónde está. Se fue hace mucho tiempo. Le perdí la pista cuando entró en la cárcel. En ese momento supe que nunca cambiaría ni se convertiría en una verdadera madre para mí, y lo último que necesitaba era esa negatividad a mi alrededor todo el tiempo. El mero hecho de continuar con mis estudios ya era bastante difícil.

—Vaya, lo siento.

—Gracias. Sí, mis padres no se preocupaban mucho por mí. Incluso cuando era muy pequeña, pasaba mucho tiempo con mi abuela, pero cuando cumplí los doce años, mis padres ya no tenían remedio. Vinieron los de servicios sociales y se me llevaron.

—La droga es terrible para las familias.

—Sí. La droga… Y además, mi padre también era ladrón de coches. —Esbozo una sonrisa triste—. Por mis venas corre un ADN un poco especial, te lo digo sinceramente.

—Parece que tu abuela era una persona muy buena, así que supongo que tienes razón en eso.

Asiento, pero no digo nada. Le agradezco que intente ver las cosas de forma positiva, pero me temo que todo lo que diga a partir de ahora va a sonar a autocompasión.

Thibault recorre la habitación con la mirada. La sigo y observo los detalles: otro de esos relojes de cuco, solo que este es mucho más grande; astas de varios animales colgadas de la pared; fotos familiares en los estantes; viejos juegos de mesa apilados unos encima de otros.

—Sí, siempre nos gustó venir aquí con nuestros abuelos —rememora—. La verdad es que eran geniales. Nos dejaban siempre a nuestro aire. Hay un lago por aquí cerca al que Toni y yo solíamos ir a nadar y a pasar la mitad del día. Recuerdo que yo siempre me tiraba en bomba para salpicar mucho y hacer rabiar a Toni. —Toma un sorbo de leche—. Pero hoy no se me ocurriría ir a nadar allí.

—¿Y eso?

—Por los caimanes. Antes no había tantos, y nunca nos molestaban, pero imagino que hoy en día ese lugar estará totalmente infestado. Aquí no hay depredadores, y se multiplican como conejos.

Todos saben que Pável ha escondido alguna vez cadáveres en el estómago de los caimanes. Me pongo a temblar literalmente solo de imaginarlo.

—Brrr, no, gracias. No necesito nadar en un lago infestado de caimanes. Ni siquiera necesito verlo.

—Está bien. Aunque espero que no te tengas nada en contra de las serpientes.

Aparto despacio mi sándwich de la boca.

—Pues la verdad es que las serpientes no me gustan nada. ¿Te importaría decirme por qué has dicho eso?

—Bueno, ya sabes… La zona de los humedales sueles ser una… mmm… un área donde hay bastantes serpientes. Les gustan los árboles, las hojas y el sol… —Está haciendo un gran esfuerzo por contener la risa.

Poco a poco levanto los pies del suelo y los repliego debajo de mi cuerpo, apoyando el plato en mi regazo.

—Gracias por la información. —Miro por encima del hombro hacia el baño.

—¿Qué buscas? —pregunta.

—Estoy tratando de decidir cómo voy a llegar de aquí al baño sin tocar el suelo.

Se ríe.

—No tienes que preocuparte por eso. No hay ninguna serpiente en la casa.

—¿Estás completamente seguro?

Se encoge de hombros.

—Prácticamente.

Niego con la cabeza despacio.

—Desde luego, te encanta ponerme nerviosa, ¿verdad?

Sonríe y da un generoso bocado a su sándwich. Luego se señala el pecho.

—¿A mí? —dice, con la boca llena.

Me río.

—Si, a ti.

Me mira frunciendo el ceño, como si estuviera loca.

Suspiro y miro alrededor en busca de otro tema del que hablar. Siento que estamos flirteando, y aunque es divertido, también es una pésima idea, teniendo en cuenta nuestra situación.

—Bueno, dijiste que aquí no hay buena cobertura de teléfono, no veo ningún ordenador y dijiste que tampoco hay televisión. Así que ¿qué vamos a hacer todo el día? —Lo miro, aguardando una respuesta, y veo que arquea la ceja muy despacio. Me doy cuenta demasiado tarde de que acabo de flirtear con él otra vez. Lo que acabo de decir ha sido toda una insinuación...

Señala a las estanterías con el resto de su sándwich.

—Tenemos cartas y juegos de mesa. —Se aclara la garganta. Suena como si de repente tuviera una rana dentro.

—Lo único a lo que sé jugar es al ocho loco.

—Bueno, pues entonces podemos matar el tiempo aprendiendo algunos juegos de cartas básicos.

—O sea, me estás diciendo que nos vamos a morir de aburrimiento.

Se ríe.

—También podríamos hablar.

Me encojo de hombros.

—Me parece que lo que voy a hacer es dormir mucho. Además, si este pequeñajo sigue comiendo como lo hace, no sé cómo voy a permanecer despierta el tiempo suficiente para jugar una partida de cartas entera.

—No tienes que hacer nada si no quieres. Yo puedo mantenerme ocupado. Tengo planeado desahogarme y resolver algunas de mis frustraciones en el tocón para cortar leña que hay ahí detrás.

—¿Qué frustraciones?

El ambiente entre nosotros se tensa. Lo he vuelto a hacer, maldita sea. Va a pensar que estoy acosándolo o algo.

—Bah, solo las habituales de siempre. —Me guiña un ojo y luego se bebe el resto de la leche y se levanta con los platos vacíos en la mano.

—Has terminado muy rápido —le digo, señalando su plato, en un intento desesperado de superar la situación incómoda que yo misma he creado con mis insinuaciones.

—Mi hermana, Toni, dice que soy capaz de comerme un sándwich en tres bocados.

—Pues ese te lo has acabado en cuatro —le digo.

—Ya veo que me vigilas muy de cerca… —Me guiña un ojo de nuevo, avergonzándome más aún con ese gesto que con su comentario—. Socorrer a damiselas en apuros me abre el apetito, supongo.

Resoplo y miro hacia otro lado.

Deja los platos sobre la mesa y extiende la mano hacia mí.

—Venga. Vamos.

Levanto la mano y estrecho la suya, dejando que me ayude a levantarme del sofá.

—¿Adónde?

Me suelta y se inclina a recoger al bebé.

—A dar un paseo.

—¿Fuera? ¿Con todas esas serpientes y cocodrilos? No, gracias. —Levanto la mano para quitarle el bebé, pero se da media vuelta para impedírmelo.

—No te pasará nada, lo prometo. Si alguna serpiente intenta atraparte, la agarraré y la tiraré al bosque.

—¿Y lo harás con mi hijo en brazos? No, me parece que no.

—Está bien, pues entonces le daré una patada.

Miro abajo, a su pierna.

—¿Con esa rodilla tuya? No.

210

—Ah, sí, tienes razón. Lo había olvidado… Una loca me dio un golpe con su coche.

—Dame a ese niño. —Le quito a Thi, pero señalo la puerta—. Venga, menos excusas. Vamos a dar ese paseo, anda. Pero que conste que va a ser el primero y el último que voy a dar por aquí. Lo digo muy en serio. No me gustan los reptiles de ninguna clase, ni los pequeños, ni los grandes ni, muy especialmente, los que se arrastran deslizándose por el suelo.

Recoge las muletas de la silla y se dirige hacia la puerta.

—Está bien, doña Mandona. Vayamos a dar nuestro único paseo en toda nuestra estancia aquí. —Aguanta la puerta para que pueda salir por delante de él.

No hemos dado ni siquiera veinte pasos cuando caigo en la cuenta: este lugar es increíblemente bonito.

—Oh, Dios mío. Qué precioso es todo esto…

Los jirones de musgo cuelgan de los enormes árboles de troncos como sarmientos cuyas ramas se alargan y se inclinan hacia abajo antes de elevarse hacia el cielo. Todo es verde oscuro, azul verdoso o marrón. La paleta de colores que Dios usó en este lugar es absolutamente armoniosa. No me puedo creer que haya serpientes escondidas por aquí. Sencillamente, no tiene sentido que haya peligros acechando en un lugar tan pintoresco.

—Este es mi paraíso particular. Aquí es a donde vengo cuando necesito pensar.

Me detengo y lo miro.

—Creí que habías dicho que no venías desde hace cinco años.

Se apoya en las muletas y mira hacia el bosque.

—Y es verdad.

—Entonces… eso significa que no has pensado mucho desde hace bastante tiempo, ¿no? —Me siento como si acabase de hacerme una revelación muy personal. Espero con impaciencia a que responda.

Sonríe a medias.

—Podrías decirlo así.

—Lo entiendo. —Aparto unas ramitas de mi camino mientras avanzo por las hojas blandas, en descomposición. Thibault me sigue con paso renqueante—. Yo tampoco he pensado mucho en los últimos cinco años. Solo me levantaba todos los días, iba a trabajar y hacía lo que me decían que hiciera.

—Creo que mucha gente hace eso. Incluido yo.

—Como un maldito robot. Es una estupidez.

—No es ninguna estupidez, sino supervivencia. Al menos en tu caso, por lo que me has contado. A veces, uno se ve atrapado por la rutina, y entonces cualquier cambio parece conllevar más riesgo que mantenerla.

—Sí. Me siento identificada con eso. Esa soy yo, definitivamente, pero no eres tú, ¿verdad? A ti te encanta tu trabajo y tu vida. —Lo miro para confirmar mis palabras.

Vuelve a mirar los árboles, perdido en sus pensamientos, o eso parece. Entonces habla.

—Hace aproximadamente un año y medio o dos años, mi hermana se dio cuenta de que necesitaba hablar con la familia del hombre al que había matado.

No estoy segura de adónde quiere ir a parar con esto, pero, desde luego, estoy muy intrigada. Es evidente que su hermana está loca.

—¿Para qué?

—No estoy del todo seguro. Trató de explicármelo, pero en aquel momento a mí me pareció que estaba loca de remate, te lo aseguro. Decía que había demasiados cabos sueltos. Que no había podido cerrar como era debido esa etapa de su vida, que no podía pasar página. Quería pedirles perdón. A mí eso me parecía una soberana tontería psicológica, sobre todo porque era imposible que esa gente la perdonara, pero eso significaba mucho para ella.

Intento ponerme en su piel. Si Pável se abalanzara sobre mí con la intención de matarme y yo respondiera y acabara matándolo, ¿sentiría la necesidad imperiosa de dar explicaciones a su familia? ¿De pedirles perdón? Pienso en el primo de Pável, Alexéi, ese chico tierno y entrañable, tan inocente, que se comía la horrible comida que yo le preparaba y se reía conmigo de las cosas más tontas, y la respuesta es simple: sí. Tendría que intentarlo, desde luego. Es la única persona en esa familia que podría llegar a importarme, y me sentiría mal por destrozarle su mundo y acabar con la vida de la persona que lo mantiene económicamente.

—Entiendo lo que pretendía tu hermana. Yo también tengo muchos cabos sueltos que me gustaría atar, y ni siquiera he disparado a nadie. Pero si lo hiciera, me gustaría decirle a la familia que lo siento. No todo el mundo es malo, ¿sabes? Incluso los cabrones que se merecen que les peguen un tiro por determinadas cosas que hacen son buenos con algunas personas. Incluso los gánsteres y los mafiosos tienen madres, hermanos y primos que los quieren, que los echarán de menos cuando ya no estén, que los necesitan en sus vidas para ser felices, o sentirse seguros o lo que sea…

—¿Vas a decirme cuáles son esos cabos sueltos? —Sigue andando. Es como si estuviera desafiándome, como si me estuviera retando a hacerlo.

—No lo sé. Tal vez.

Me adelanta, arrastrando con las muletas la materia orgánica en descomposición que se oculta bajo la capa superior de las hojas muertas.

No me gusta que me dé la espalda al alejarse así de mí. Es como si quisiera dejarme atrás, y aunque sé que todo está únicamente en mi cabeza y que a los dos nos irá mucho mejor si realmente hace eso, quiero impedírselo. Quiero que nos espere a mi pequeño y a mí.

—Solo… Solo necesito un poco más de tiempo.

Se detiene y clava la mirada en el suelo.

—Avísame cuando estés lista, ¿de acuerdo? Yo no voy a ninguna parte, de momento.

—Pero te irás, con el tiempo. —Es mejor si lo dejamos absolutamente claro desde el principio. Todo este flirteo es divertido y refrescante, pero también es peligroso. Vivir en un mundo de fantasía puede hacerme perder la cabeza—. Y yo también.

Él asiente, sin mirarme a la cara todavía.

—Es cierto que, muchas veces, la gente se va. La gente se marcha, muere, desaparece. —Levanta la cabeza y me mira a los ojos—. Y hay muchas razones por las que hacen eso, algunas buenas y otras no tanto. Pero a veces también hay personas que se quedan. Incluso cuando las cosas se ponen realmente feas.

Me encojo de hombros.

—No según mi experiencia.

—He tenido el mismo grupo de amigos desde que era niño —dice, dando un par de pasos vacilantes hacia mí—. Y no importa lo difíciles que se pusieran las cosas para cualquiera de nosotros, siempre hemos seguido siendo amigos y siempre hemos estado ahí, apoyándonos unos a otros.

—Eso es genial… para tus amigos y para ti. Aunque no estoy segura de qué tiene que ver conmigo.

—Solo digo… que soy la clase de hombre que se queda.

Me mira fijamente, pero no sé adivinar qué está pasando detrás de esos ojos suyos. Es como si estuviera haciéndome una promesa de algún tipo, pero eso es imposible. Yo no le estoy pidiendo que me prometa nada y además… Como política, quedarse no siempre es la mejor idea.

—Espero que no te quedes bajo cualquier circunstancia —le digo—. No cuando es la opción equivocada.

—Bueno, claro. No voy a mentirte y decirte que nunca haya estado saliendo con una mujer y luego haya decidido irme. A veces empiezas a salir con alguien y crees que esa persona y tú sois compatibles, y luego, al cabo de un tiempo, llegas a conocer mejor a esa persona y te das cuenta de que no lo sois. En esos casos, no me quedo, claro. No es que me vaya y desaparezca, pero tampoco soy el tipo de hombre que deja que una mujer se haga ilusiones y le hace creer que hay algo que no existe.

Trato de sonreírle.

—Hablas como un verdadero rompecorazones.

Parece molesto.

—Si tú lo dices...

Thibault se arrima a un árbol y apoya la mano en la corteza. Me acerco a él, sintiéndome mal por haberlo insultado. Cuando llego a su lado, veo unas iniciales talladas en el árbol: TCD.

Sigo el trazo de las letras con mi dedo.

—¿Qué significa la C?

—Charles.

Lanzo un suspiro. No me resulta fácil pedir disculpas.

—Solo estaba bromeando. No creo que seas un rompecorazones.

—Yo tampoco creo que lo sea, pero puede que algunas mujeres no estén de acuerdo.

—¿Cuántas?

Siento lástima por esas mujeres. Empiezo a hacerme una idea de lo que se perdieron.

—Me vienen a la cabeza un par de ellas que no estaban muy contentas conmigo cuando rompí la relación. Pero era mejor así. A largo plazo, no habría funcionado.

—Para algunas mujeres es fácil encariñarse con alguien y luego, cuando el hombre no siente lo mismo, piensan que ha jugado con ellas, a pesar de que él solo quería probar si la relación podía funcionar o no, si ella era la mujer ideal.

—¿Ha jugado alguien contigo? —me pregunta.

Me río con amargura, pensando en Sonia, la tonta que creía estar enamorada de Pável, un hombre incapaz de no jugar con una mujer.

—No conozco a ninguna mujer mayor de veinticinco años que no haya pasado por eso, al menos una vez en la vida.

Thibault no se parece en nada a Pável, eso lo sé. A pesar de que estoy segura de que tiene sus secretos, no creo ni por un segundo que tengan algo que ver con hacer daño a una mujer a propósito. Lo miro y espero que me devuelva la mirada. Quiero que sepa que creo que es una buena persona, para que cuando todo esto haya acabado y él siga su camino y yo el mío, se sienta bien por lo que hizo por mí.

—Estoy segura de que hay un buen puñado de chicas por ahí que creían que iban a casarse contigo y a ser la madre de tus hijos y a vivir felices y comer perdices.

Se ríe.

—¿Por qué dices eso?

—Porque… —Me encojo de hombros—. Eres un buen hombre. Eres la clase de hombre que busca la mayoría de las mujeres.

Fuera está todo muy tranquilo y hace un día muy cálido. El viento ha dejado de sacudir las hojas y las motas de polvo que nos rodean se han asentado. Solo estamos él, Thi y yo, rodeados por la magia del bosque. Tengo unas ganas irresistibles de besarlo, pero no puedo hacerlo ahora que mi vida gira en torno a marcharme de aquí.

—Vamos, tenemos que volver. —Se aparta del árbol y me rodea, caminando más rápido que antes.

Me arrepiento de haber sido una bocazas y haber intentado decir algo bonito, haber tratado de conectar con él. Seguramente piensa que me estoy insinuando, que quiero añadirme a esa lista de mujeres a las que dejó porque no eran su tipo, así que se ha ido para evitar que siguiera poniéndome a mí misma en evidencia. Argh, qué vergüenza… Mientras aumenta la distancia entre nosotros, me asalta de pronto la idea de que unas serpientes me persiguen. Juraría que he visto algo moverse en las hojas que me rodean.

Me tropiezo al tratar de darle alcance y sujeto a mi hijo con fuerza para que no se caiga.

—¿A qué vienen esas prisas? —pregunto, recobrando el equilibrio con la ayuda de un árbol cercano.

—Nada de prisas. Es solo que me duele la pierna. Necesito tomarme un analgésico.

—Ah, de acuerdo.

Me siento herida, pero lo superaré. Siempre lo hago.

Regresamos al porche delantero y se detiene un momento en la puerta antes de abrirla.

—De verdad me gustaría que me dijeras qué es lo que tienes para Holloway. —Me mira, esperando mi respuesta.

—Sí, ya sé que te gustaría. —Ajusto el arrullo del niño, rehuyendo su mirada. No podría ser más claro conmigo ahora mismo: todo esto no va de tener una relación ni de ser compatibles; solo se trata de un hombre que tiene la necesidad de ayudar a la gente y que, casualmente, ahora está ayudándome a mí—. Quizá más tarde.

—Hay papel y bolígrafo en la encimera, allí. —Señala hacia la cocina—. Si no te sientes cómoda hablando de eso, tienes la opción de escribirlo. Podría salir más tarde a buscar cobertura y enviarle la información a mi equipo en un mensaje de texto. Así al menos podrían empezar a hablar con Holloway y ver qué estaría dispuesto a hacer para ayudarte, qué recursos estarían dispuestos a movilizar por ti en función de lo que puedas proporcionarles.

—Gracias —le digo, pasando junto a él y entrando en la cabaña. Llevo al bebé directamente al dormitorio y desaparezco tras la puerta cerrada antes de dejar que se me escapen las lágrimas.

La presión me está matando. Necesito tomar una decisión sobre si puedo confiar en él y decirle todo lo que sé o si debo plantarme y terminar con esto que hay entre nosotros, sea lo que sea, pedirle que me lleve a Lafayette y decirle adiós para siempre.

Capítulo 25

Dejo a Thibault descansando en el sofá y al pequeño Thi en el dormitorio y entro en la cocina. Después de buscar, encuentro suficientes ingredientes para preparar mi especialidad: pasta Alexéi.

Sonrío al recordar cuando hacía este plato para Alexéi. Él siempre sonreía de oreja a oreja, como un crío pequeño, mientras se lo comía. Echo de menos su presencia, simple y sin complicaciones. Ahuyento el sentimiento de culpa que surge cuando pienso en que lo estoy dejando abandonado. Si no fuera por Thi, me habría planteado llevármelo conmigo, pero con un recién nacido, eso sería demasiado. Pável nunca dejaría de buscarme si me hubiera llevado a su hijo y a su primo. Sin embargo, aún tengo que encontrar a Alexéi y comprobar que está bien. No quiero dejarlo por completo en la estacada; me aseguraré de que esté a salvo antes de entregar las llaves del reino.

Cuando Thibault se despierta, ya está anocheciendo. Se incorpora y mira a su alrededor, un poco desorientado, a juzgar por la confusión en su rostro. Me vuelvo a la cocina para sacar el zumo de la nevera y servirle un vaso. Creo que mezclar cervezas y analgésicos probablemente no es buena idea.

—¿Mika?

—Estoy en la cocina, preparando algo de cena.

Lo miro y le veo frotarse la cara y luego el pelo.

—¿Qué hora es? —Mira el reloj—. ¿Son las nueve? Maldita sea, he dormido demasiado.

—No pasa nada. Así he tenido tiempo de guardarlo todo en su sitio.

—¿Qué? —Mira hacia su bolsa de lona, en la puerta.

Cree que he querido decir que le he registrado sus cosas personales. Intento no sentirme ofendida por la desconfianza.

—Compraste muchas cosas en el hipermercado. Me parece que podríamos quedarnos aquí dos meses enteros y no agotaríamos las provisiones. ¿De verdad crees que necesitábamos ocho bolsas de harina?

—Bueno, estamos bastante lejos de la tienda más cercana, así que pensé que podría usar la panificadora y preparar pan fresco todos los días.

—Creo que nunca he comido pan hecho en casa.

—¿De verdad? —Recoge las muletas del suelo, junto al sofá, se pone de pie y echa andar despacio hacia la cocina—. Soy un experto en máquinas para hacer pan. Te enseñaré cómo se hace.

—Creía que eran las panificadoras las que hacían todo el trabajo. —Sonrío—. Debo de estar confundida.

Se acerca por detrás de mí y se inclina sobre la cazuela que hay en el fuego, llena de salsa roja.

—Sí, pero alguien tiene que echar todos los ingredientes en la máquina, ¿verdad? —Inspira profundamente, cerrando los ojos—. Mmm, qué bien huele… —Retrocede y se sienta a la mesa pequeña de la cocina—. No me extraña que mis sándwiches te deprimieran tanto: sabes cocinar.

—Solo unos pocos platos. Preparar espaguetis es fácil.

—Mmm, mi plato favorito.

—Bueno, no será igual que tu receta. Esperemos que te guste de todos modos.

—Estoy seguro de que me gustará. —Se pone de pie—. ¿Puedo ofrecerte algo para beber? ¿Un zumo o agua tal vez?

—Te he servido un poco de zumo, pero si quieres ponerme agua, te lo agradecería. Tengo mucha sed últimamente.

—Es por la lactancia. —Toma un sorbo de zumo y me trae un vaso de agua. Se detiene junto al bloc de notas donde he escrito la información que he decidido confiarle. Ya no tiene sentido seguir mareando la perdiz: o me va a ayudar o no lo hará. Y cuanto más tiempo permanezcamos juntos, más probabilidades hay de que quiera estar con él de una forma en que no debería, así que ya ha llegado el momento de decidirse. Quien no se arriesga, no gana, como solía decir mi abuela.

Él no dice ni una palabra. Simplemente se vuelve a sentar a la mesa.

Me esfuerzo por seguir aparentando despreocupación.

—¿Sabes tanto sobre la lactancia materna por tu hermana?

—Pues sí. Gracias a ella, soy todo un experto en los secretos de la maternidad.

Parece contento. Creo que se alegra de que haya confiado lo bastante en él para escribir esas cosas, la lista de información general que puedo proporcionarle a Holloway.

Me río.

—No tanto como lo experto que eres en los secretos del parto gracias a mí, espero.

—No. —Sacude la cabeza lentamente, con los ojos muy abiertos—. No, nunca había llegado a estar tan cerca del momento del parto de alguien, y con un poco suerte nunca volveré a estarlo.

—¿No quieres tener hijos?

Se levanta, se acerca a los fogones y empieza a remover mi salsa con una cuchara.

—Quiero tener hijos, eso seguro. Es solo que no seré yo quien esté abajo para recoger el «paquete». La próxima vez espero estar en el otro extremo, arriba, en lugar de abajo.

—Lo entiendo. No te culpo. Seguramente fue muy desagradable hacer de comadrona.

Apoya la mano en mi hombro.

—No, fue un milagro. —Me zarandea un momento con delicadeza antes de soltarme—. Pero no te voy a mentir… Pasé un miedo terrible, y no es algo que quiera repetir.

Dejo de untar el pan de sándwich con la crema de ajo que he encontrado en la nevera y me doy media vuelta para mirarlo.

—No me dio la impresión de que estuvieras asustado. A mí me pareciste muy valiente. Lo manejaste todo como un auténtico profesional. Estabas increíblemente sereno.

—Por fuera, estaba bien, pero por dentro, estaba temblando.

—¿Y ahora? ¿Como estás ahora?

—Ahora mismo… estoy… satisfecho. —Asiente con la cabeza, como si acabara de descubrirlo él mismo y estuviera confirmado su verdad.

Ladeo la cabeza, pues no estoy segura de entenderlo.

—¿Satisfecho?

—Sí. He dado un paseo, he dormido la siesta, los efectos de los analgésicos me circulan por las venas y no hay nadie intentando dispararme.

—¿Y eso es algo normal para ti? —Levanto una ceja con aire incrédulo. O está de broma o quiere hacerse el machito—. ¿Que alguien quiera dispararte?

Se encoge de hombros.

—No es algo normal, pero ha pasado un par de veces. —Se levanta la camiseta y me muestra el costado izquierdo, justo por debajo de las costillas—. Una vez, por poco me dejan seco.

Suelto el cuchillo en la tabla de cortar y me agacho a echar un vistazo, entrecerrando los ojos para ver la cicatriz que, definitivamente, parece ser de una herida de bala real. A Pável y a sus amigos

221

les gusta presumir de alguna de esas cicatrices, así que no me resultan del todo ajenas.

—¿En serio?

—Sí. Una bala se acercó demasiado, pero por suerte, había un ángel de la guarda velando por mí esa noche y la desvió.

—Es impresionante. —Tiene la piel arrugada y un poco levantada—. No estaba segura de creerte del todo con eso de los Bourbon Street Boys y vuestro trabajo con la policía. Hasta ahora, supongo.

—¿Y solo hace falta una cicatriz para que me creas? —Se da media vuelta y se levanta la camiseta sobre la espalda—. Pues entonces echa un vistazo a esto.

Paso el dedo por esa otra cicatriz, un palmo por encima de su cintura, de unos diez centímetros de longitud. Tiene la piel cálida al tacto. Dejo ahí mi mano. Me mira, con una expresión indescifrable pero súbitamente intensa.

—Parece como si alguien te hubiera apuñalado —le digo, retirando la mano, con la esperanza de distraer su atención del hecho de que, básicamente, lo estaba acariciando.

—Así es.

—¿Quién fue? ¿Un gánster?

—Más o menos. Fue mi hermana.

—No digas tonterías. —Me enderezo y le empujo el brazo—. No me tomes el pelo. Ya sé que es mala, pero no puede serlo tanto.

Levanta la mano como para hacer un juramento de *boy scout*.

—Hablo completamente en serio. Te lo juro por Dios. A veces mi hermana es el diablo en persona.

—No, si ya sé que tu hermana es mala. —Recupero el cuchillo y sigo untando la crema—. Y tampoco tiene pelos en la lengua.

—¿Por qué? ¿Qué te ha dicho? —Se apoya en la encimera y toma otro sorbo de zumo mientras me mira fijamente.

—Venga, ya lo sabes. Me advirtió que no jugara contigo. En pocas palabras, que no me aprovechara de ti.

Se ríe.

—Como si pudieras aprovecharte de mí.

Lo miro.

—¿Qué se supone que significa eso?

—En primer lugar, no eres de esa clase de personas.

—¿Y tú cómo lo sabes? Podría estar aprovechándome de ti ahora mismo.

—No puedes aprovecharte de una persona que se ofrece a ayudarte. Y mi hermana sabe que no ofrezco mi ayuda al primero que se cruza en mi camino.

—Sí, ya lo sé. Solo a damiselas en apuros.

Me impide volver junto a la cazuela de la salsa sujetándome el brazo con una mano.

—No, ni siquiera a todas ellas.

—Sí, claro —le digo, zafándome fácilmente de él y tomando la cuchara de madera—. Como si fueras a dejar pasar la oportunidad de ayudar a una mujer que te necesita. No me lo creo.

Avanza hacia mí y se coloca lo bastante cerca como para que sienta su aliento en el cuello mientras remuevo la salsa.

—Dejo pasar un montón de oportunidades, créeme.

Paro de remover y lo miro a los ojos. Su cara está muy cerca de la mía.

—¿Ah, sí? Dime una vez.

—Mi hermana. —Se encoge de hombros y retrocede—. La dejo pelear sus propias batallas. Después de lo de Charlie, tuve que hacerlo.

—¿Por qué? Me dijiste que te arrepentías de no haberla ayudado. Dijiste que deberías haberlo hecho.

—Sí. Y si pudiera volver a empezar, intervendría al principio para evitar que las cosas fueran de mal en peor hasta acabar como acabaron. Pero cuando todo pasó, ella estaba en una situación muy mala. Necesitaba creer en sí misma otra vez. Cada vez que me excedía ayudándola, eso lo hacía imposible. Lo interpretaba como si yo no creyera que ella podía arreglárselas sola, y eso la hacía dudar de sí misma.

—Así que... ¿Ayudándola le hacías daño?

Se encoge de hombros y se le ensombrece el semblante.

—Supongo que nunca lo había visto de esa forma, pero sí... A veces, para ayudar a alguien, tienes que no ayudarlo.

Doy unos golpecitos con la cuchara en el lateral de la cazuela para eliminar el exceso de salsa.

—¿Y qué pasa conmigo? ¿También vas a dejar de intentar ayudarme?

Se encoge de hombros.

—Voy a hacer lo que quieras que haga. He decidido que se acabó lo de decirte lo que tienes que hacer.

Sonrío.

—¿Ya te has dado por vencido conmigo?

—No, en absoluto. —Se acerca un poco más y apoya la mano ligeramente sobre mi hombro—. Sé que aún no te conozco mucho, pero he aprendido un par de cosas sobre ti.

—¿Ah, sí? ¿Cuáles?

—Eres una superviviente, y una mujer inteligente. Así que, sabiendo eso, voy a seguir recordándote que estoy aquí y que puedo ayudarte cuando quieras. Sé que harás lo correcto por tu hijo y por ti, y aceptarás cualquier oferta que creas razonable, cualquier ayuda que necesites. O no aceptarás ninguna. Rechazarás lo que no quieras o lo que no necesites, y yo tendré que aceptarlo.

—Eso suena muy maduro y reflexivo, Thibault.

Se ríe y me suelta, retrocediendo unos pasos.

—Sí, bueno, me he tomado un cóctel de Vicodin; habla conmigo mañana por la mañana, cuando ya no me queden restos de fármacos en el cuerpo.

Me río. Me encanta que pueda ser tan sincero sobre sí mismo.

—Los espaguetis están casi listos. ¿Quieres poner la mesa?

—Encantado.

Pone los platos y los vasos y luego se sienta en una de las cuatro sillas.

Sirvo dos platos de pasta, el mío mucho más pequeño que el suyo, y los deposito sobre la mesa.

—No tengo queso rallado para espolvorearlo encima.

Me siento y tomo un sorbo de agua.

—No pasa nada. —Empieza a comer de inmediato, recogiendo y haciendo girar una generosa cantidad de espaguetis en el tenedor antes de metérselos en la boca. Al principio mastica rápido, pero luego disminuye la velocidad. Se detiene y parece confundido.

—¿Te gustan? —pregunto, observándolo con atención.

Mastica un poco más.

—Mmm…

Lo miro entrecerrando los ojos.

—¿Eso significa que te gustan o pasa algo raro?

Mastica un par de veces más, traga la comida y luego bebe el resto de su zumo.

—¿Con qué has hecho la salsa?

Hinco el tenedor en mis espaguetis y lo hago girar.

—Con kétchup.

Se prepara otro bocado en el tenedor mientras asiente.

—Una elección interesante.

Baja el tenedor y se levanta para ir a la nevera y sacar una cerveza.

—Así es como le gusta a un amigo mío. Con kétchup —comento.

—A un amigo, ¿eh?

Me encojo de hombros, sintiéndome como una tonta. Debería haber sabido que la pasta al estilo Alexéi no sería buena idea.

—Supongo que nunca me he molestado en prepararlos de otra forma, teniendo en cuenta que era su plato favorito.

225

Toma varios bocados más rápidamente y señala con el tenedor su plato casi vacío.

—Me gustan. Están buenísimos. —Sonríe—. ¿Qué hay de postre? —pregunta con entusiasmo—. Si esto era la cena, me muero de ganas de ver qué viene después.

Intento contener la sonrisa ante su mentira más que evidente.

—Polos de hielo.

—Mmm… Polos. Mi postre favorito. Perfecto.

Nos miramos al mismo tiempo y compartimos una sonrisa.

—Lo estoy pasando muy bien —le digo; quiero que sepa que no ha herido mis sentimientos por que no le haya gustado lo que he preparado.

—Y yo también.

—Aunque a veces me vuelves loca —añado.

Levanta su cerveza, inclinando el botellín hacia mí.

—Enseguida vuelvo, nena.

Capítulo 26

Thibault se va después de cenar para buscar cobertura con el móvil, llevándose la nota que dejé en la encimera con la información para Holloway. Cuando regresa, estoy sentada a la mesa de la cocina con una baraja de cartas, tratando de hacer caso omiso de los nervios que siento en el estómago. Mi hijo está dormido en el único dormitorio de la cabaña, en el moisés. ¿Espera Thibault dormir allí con nosotros o se quedará en el sofá? ¿Podría compartir una cama con Thibault y estar lo bastante relajada para dormir? Lo dudo mucho.

—¿Listo para jugar una partida de cartas? —pregunto cuando entra en la cocina con las muletas.

—Sí. Espero que estés preparada.

—Pues sí. He estado practicando un poco.

Sonríe y se sienta delante de mí.

—¿Cómo practica alguien para una partida de ochos locos, exactamente?

Barajo las cartas.

—No pienso compartir todos mis secretos contigo.

—Bueno, espero que vayas a compartir algunos de ellos. —Sigue mirándome hasta que levanto la vista—. ¿Qué te parece?

—Creo que eso puedo hacerlo. En realidad, creo que ya lo he hecho.

Asiente.

—Eso es verdad. —Toma las primeras cartas que le reparto y las abre en abanico en su mano—. Y dime, ¿con quién vivías? ¿Puedes contarme eso?

—Con una persona de forma permanente y con otra de vez en cuando.

Reparto dos cartas más.

—¿Y esas personas tienen nombres?

—Sí, tienen nombres.

Sé que esto es serio, hablar de los detalles de mi vida, tan celosamente guardados, pero se está comportando de una forma del todo ridícula, tratando de fingir que no es un entrometido cuando eso es exactamente lo que es.

—¿Y puedo saber cuáles son esos nombres?

—¿Tan relevante es?

Pongo el resto de la baraja de cartas sobre la mesa y doy la vuelta a la que está arriba.

—¿Con respecto a qué? —me pregunta.

—A lo que sea que esté haciendo tu equipo con la información que ya te he dado.

Se encoge de hombros, dejando una carta en la pila de descarte.

—Tal vez. No lo sabré hasta que averigüe más cosas.

Suspiro con aire de derrota. Lo que dice tiene sentido, y no veo qué puede haber de malo en decirle algo del todo intrascendente, como con quién he estado viviendo.

—A veces vivía con Alexéi, y todo el tiempo con una chica llamada Sonia.

Juego mi mejor carta y espero a que juegue él.

—¿Y Alexéi ha desparecido o algo así? ¿Fue eso lo que le oí decir a ese tipo, Sebastian?

Deja una carta en la mesa.

228

Mi sonrisa desaparece cuando levanto la vista. Él no me mira, sino que está concentrado en las cartas.

—No te andas con rodeos, ¿verdad?

Niega con la cabeza.

—No le veo ninguna utilidad a eso. —Desplaza las cartas y las coloca en diferentes posiciones en su mano—. O vamos a llegar al fondo de este asunto o vas a seguir ocultándome información y al final tendré que decidir si puedo seguir así, a ciegas, o tendré que dar un paso atrás.

Pongo una carta, sin prestar ya demasiada atención a la estrategia del juego.

—No sé por qué crees que el hecho de que guarde algunos secretos significa que tienes que ir a ciegas.

—Nunca se sabe lo que una parte de la información puede significar en el panorama general. —Deja el descarte sobre la mesa—. Preferiría saberlo todo y juntar las piezas yo mismo en lugar de que seas tú la que decide lo que necesito saber y lo que no.

Me muerdo el labio mientras miro las cartas sin verlas realmente. Los palos se confunden ante mis ojos. Ya está presionándome de nuevo, pero me dije que intentaría confiar en él.

—El caso es que lo percibo como… una invasión.

Me mira por encima de sus cartas.

—¿De tu intimidad?

—Tal vez. O simplemente de mi seguridad. —Reorganizo las cartas y frunzo el ceño mientras decido qué hacer. Se suponía que se trataba de jugar una partida de cartas, y no de ahondar en los detalles de mi vida.

—¿Crees que contestar mis preguntas puede ponerte en peligro de algún modo?

Asiento, mirándolo.

—Creo que sí. Y creo que también podría comprometerte a ti.

—Ya soy mayorcito. ¿Por qué no me dejas a mí decidir el riesgo que estoy dispuesto a correr?

—Es que esa es precisamente la cuestión: puede que no sepas el riesgo que estás corriendo por saber ciertas cosas.

Suspira y me mira sacudiendo la cabeza.

—¿Has visto mis heridas de guerra o no?

No puedo evitar sonreír.

—Sí, he visto tus heridas de guerra. Son impresionantes.

Su sonrisa se esfuma.

—Estoy hablando en serio… Me dedico a esta clase de cosas de forma profesional. Llevo años entrenando. Incluso he colaborado con el departamento de policía, he ido a sus programas de formación y a sus seminarios, he trabajado sobre el terreno con personal altamente cualificado, tanto en el departamento de policía como en el ejército. Puedo manejarlo.

—Pero si te pasara algo a ti o a alguien de tu familia, nunca me lo perdonaría.

—Lo entiendo, pero yo nunca haría nada que pusiera en peligro a esas personas. —Suaviza el tono de voz—. Confía en mí y habla conmigo. Imagina que soy un cura y que estás en el confesionario.

—No voy a la iglesia, pero si lo hiciera, no sería la clase de iglesia que tiene un confesionario.

—Está bien, entonces imagina que soy un terapeuta. Un psicólogo.

—¿Crees que necesito terapia?

—¿Y quién no?

Roba una carta.

La habitación se queda en silencio mientras seguimos avanzando por la baraja. El reloj de cuco de la habitación contigua emite su peculiar ruido, alertándonos de la hora.

Mi vida es una locura. Estoy en una cabaña en medio de la nada, jugando a las cartas con Superman. Abro la boca y las palabras me salen a borbotones.

—Alexéi ha desaparecido. No sé dónde está.

La confesión me sale disparada, como el corcho de una botella de champán. Y lo que es aún más extraño: siento una enorme liberación de la tensión que sin darme cuenta estaba soportando.

—¿Crees que Pável le ha hecho algo? —Su aceptación serena de mis palabras me facilita seguir hablando.

—Estoy casi segura de que le ha hecho algo o sabe dónde está. No parecía molesto cuando Alexéi dejó de venir a casa, lo que me indica que él tuvo algo que ver con eso.

—¿Crees que... lo ha matado? —Su tono es compasivo. Preocupado.

Ahora estoy luchando por contener las lágrimas. No me había permitido a mí misma llegar tan lejos en mis elucubraciones. Quería creer que, como Alexéi era de la familia, no podía ocurrir eso.

—No lo sé. Es difícil saberlo con Pável. Podría haberlo enviado a algún sitio, simplemente, y haberle dicho que deje de ponerse en contacto conmigo.

—¿Es Alexéi tu novio?

Niego con la cabeza, casi riéndome ante la idea.

—No, desde luego que no. Yo cuidaba de él; le preparaba algunas comidas. Le hacía compañía; dejaba que se quedara en casa cuando parecía que lo necesitaba. Siempre dormía en el sofá.

—Ah. Entonces ¿es un niño?

—Solo en su cabeza. Tiene veinticinco años, pero la edad mental de un niño.

—Y deduzco que es a él a quien le gusta la salsa de espagueti a base de kétchup, ¿no? —Sonríe de oreja a oreja.

Lo miro frunciendo el ceño.

—Perdona, pero la salsa de espaguetis a base de kétchup le gusta a todo el mundo. —Decido tranquilizarme, pues me doy cuenta de que no es con él con quien estoy enfadada—. Pero sí, fue para él para quien empecé a hacerla así.

—Lo sabía. Bueno… más o menos. Estaba seguro de que tenías a un niño de tres años por ahí cerca.

Intento sonreír, pero mantengo la mirada fija en mis cartas para ayudar a controlar las lágrimas que aún amenazan con escapar.

—Sí, es muy joven de corazón. Sonríe a todas horas. Es divertido tenerlo cerca. Mucho menos serio que Pável o que cualquier otro miembro de la familia.

—¿Y tu compañera de piso?

—¿Sonia? Era la novia de Pável, de forma intermitente. No somos amigas. —La muy zorra me traicionó. No soy una persona vengativa, pero si lo fuera, me vengaría de ella. Ha estado a punto de estropearlo todo, y lo único que le pedí fue que me recogiera del hospital y me llevara algo de ropa.

—¿Por qué no sois amigas? ¿Cómo acabasteis compartiendo piso?

—Porque es rusa, y es difícil ser amiga de alguien así. Siempre estaba preocupada por que tuviera una aventura con su novio, así que había muchos celos de por medio. Fue Pável quien nos hizo vivir juntas.

—¿Y la tuviste? La aventura con él, quiero decir.

La sola idea me produce náuseas.

—No, nunca. Pável es peligroso. Trabajo para él, pero nunca lo dejaría entrar de esa forma en mi vida.

—Pero creía que… —Mira hacia el dormitorio.

—¿Que es el padre de Thi? Lo es. —Suspiro. La verdad es que no quiero hablar de esto, pero ya he empezado—. Pável no es una buena persona, obviamente. Y le gusta beber. Una noche vino a casa muy borracho buscando a Sonia. Cuando vio que no estaba allí, se negó a irse. Luego comenzó a beber más y me dijo que bebiera con él. Intenté negarme, pero era muy insistente. Pensé que, si accedía y me tomaba una copa muy despacio, él seguiría bebiendo, acabaría perdiendo el sentido y podría irme a mi habitación y dejarlo a él durmiendo la mona. —Me encojo de hombros. El resto de la historia no es demasiado agradable para querer compartirla con él. Me he hecho inmune a ella para que no me hunda del todo.

—Pero él no perdió el sentido porque probablemente tiene una gran tolerancia al alcohol.

—O fue eso o no estaba tan borracho como yo creí al verlo. —Respiro hondo para contener las lágrimas—. Fin de la historia.

He bloqueado todos los recuerdos de esa noche, y ahora que Thi está aquí, no hay ningún motivo para recuperarlos. He tomado la decisión de creer que la noche con Pável sucedió por una razón, y esa razón es mi hijo. Thi es el lado bueno de algo que nunca imaginé que pasaría, pero soy muy feliz de tenerlo.

—¿Así que nunca saliste con él ni mantuvisteis una relación?

—No, pero en los últimos meses él me presionaba cada vez más porque sí quería algo. En parte esa fue la razón por la que decidí ayudar a la policía. No lo quiero en mi cama. Tuve el presentimiento de que sería el principio del fin para mí. A él le gusta cómo llevo la contabilidad, pero eso no impediría que me matara si lo cabreaba lo suficiente. —Intento reír, pero la risa que me sale es como si alguien estuviera ahogando a un pájaro—. Es la única persona en el mundo delante de la que he aprendido a morderme la lengua. Casi siempre. Es como una pesadilla con patas; nunca se sabe de qué humor va a estar, y su estado de ánimo cambia muy rápido, como un rayo. Con él nunca puedes bajar la guardia.

Thibault asiente, con expresión sombría.

—No creo que los tipos como él sean respetuosos con las mujeres, ni siquiera cuando se acuestan con ellas.

233

—Definitivamente, no es respetuoso. He oído historias que te pondrían los pelos de punta. Como te he dicho, por eso estoy ayudando a meterlo en la cárcel. O lo estaba haciendo, vaya. —Miro hacia el dormitorio—. No sé qué voy a hacer ahora que tengo un hijo del que cuidar. —Me niego a pensar en el hecho de que es el hijo de Pável. No quiero imaginar lo que podría significar eso legalmente. Luego, más tarde. Ya lo pensaré más adelante, cuando estemos los dos a salvo.

—Mika… —Thibault extiende la mano hacia mí.

Me pongo de pie, enfadada conmigo misma. He hablado demasiado, y ahora cree que estoy pidiéndole que me ayude porque no paro de hacer comentarios autocompasivos.

Me concentro en sacar un vaso y el zumo.

—¿Cómo te pusiste en contacto con la policía? —pregunta Thibault—. ¿Los llamaste y dijiste: «Eh, tengo información para vosotros» o te encontraron ellos?

Suspiro.

—No, fui yo. Detuvieron a Pável y fui a pagar su fianza, y cuando estaba allí, un inspector se acercó a él y básicamente le dijo que un día lo encerraría para siempre. Por casualidad vi la placa con su nombre en su escritorio y nunca lo olvidé. Así que un día que Pável estaba especialmente insistente, diciéndome que no podía acostarme con nadie que no fuera él, hablando de que pronto estaríamos juntos, decidí llamar al inspector.

—¿Qué crees que va a pasar ahora que llevas unos días desaparecida?

—Bueno, Pável sabe que he dado a luz a un niño y le dijo a la enfermera que es suyo. Seguramente piensa que me estoy escondiendo en casa de una amiga o algo así. Va a seguir buscándome. Rendirse no es su estilo. —Me siento a la mesa con mi vaso de zumo—. No sé qué es lo que piensa Holloway. Hace tiempo que no hablo con él, así que solo sabe lo que le ha dicho tu equipo.

—¿Cómo supo Pável que habías tenido a Thi? ¿Lo vio en las noticias?

—No, llamé a Sonia. Estaba subiéndome por las paredes en el hospital, y me preocupaba que Alexéi volviera a casa y yo no estuviera allí. No sé, creo que tuve un momento de locura. No debería haberla llamado. No debería haberle contado nada a nadie. Tal como dijiste tú…, debería haber desaparecido, simplemente, y empezar de cero en alguna parte.

Se encoge de hombros y su mirada se llena con algo que parece comprensión.

—Estabas pasando por algo que te iba a cambiar la vida por completo y no tenías a nadie con quien hablar. Es natural que llamaras a alguien que conocías. No seas tan dura contigo misma.

—Tal vez tengas razón. —Tomo un sorbo de zumo—. Por lo general, soy bastante independiente, pero estar ahí, en esa habitación con un bebé cuya existencia ignoraba hasta apenas dos horas antes, me aterrorizaba, la verdad. La mayoría de las mujeres tienen nueve meses para prepararse. Yo no tuve ninguno.

—Y entonces aparecí en tu habitación. —Me dedica una de sus sonrisas más arrebatadoras—. Ese tío tan raro, acosándote… Seguramente creías que iba a denunciarte por haberme atropellado.

No tengo más remedio que sonreír.

—Nunca te consideré un acosador. Eras muy persistente, desde luego, pero saltaba a la vista que solo pretendías ayudarme. Lo entendía. Y además…, que conste que yo no te atropellé. Fuiste tú quien se abalanzó sobre mi coche.

—Nada ha cambiado, ya lo sabes. Todavía sigo intentando ayudarte.

Examino mis cartas y luego retiro la de la parte superior de la baraja y la añado a las que tengo en la mano.

—Sí, algo sí ha cambiado. No te comportas como antes, pero entiendo por qué. —Me deshago de una carta y lo miro a la cara.

Si él puede hacer preguntas comprometidas, yo también. Antes era más cariñoso conmigo. Estuvo a punto de besarme. Sin embargo, ahora se muestra distante y cortés. En cuanto empecé a compartir información con él, se cerró. Debería alegrarme, pero en vez de eso, me siento ofendida.

Deja las cartas y cruza los brazos sobre la mesa, mirándome directamente.

—Me gustas, Mika. Te admiro muchísimo. Ya te he dicho que te voy a ayudar, pase lo que pase. Nada de eso ha cambiado. —Se calla, mirando hacia abajo un segundo antes de levantar la cabeza de nuevo—. Pero cuando te besé en el parque me di cuenta de que también siento otras cosas por ti. Y eso no me importaría nada si no fuera por el hecho de que, en realidad, no estás siendo del todo sincera conmigo, y tal como dijiste… tengo familia y amigos a los que debo proteger. A mí no me importa correr riesgos, pero no puedo ponerlos a ellos en peligro mientras tanto. Sobre todo, porque tienen hijos, y esos niños dependen de ellos, como Thi depende de ti.

Es difícil saber cuál de las emociones que siento en este preciso instante es más fuerte: la tristeza o la frustración. Yo misma me lo he buscado, supongo, con mi pregunta desafiante, pero aun así… ¿Qué derecho tiene él a esperar que me abra como si fuera un maldito libro, para que pueda leer en mi interior?

—¿Quieres que te lo cuente absolutamente todo sobre mi vida? ¿Sobre todas las personas con las que entro en contacto a diario? ¿Que te cuente todo lo que digo? ¿Todo lo que hago, todos los días, todo el día…? ¿Todos mis secretos?

—Pues sí. Pero ya sé que para ti es difícil abrirte de ese modo, sobre todo con alguien a quien no conoces muy bien.

—No he planeado hacerte daño ni aprovecharme de ti, si es eso lo que piensas.

—Puedes repetírmelo todas las veces que quieras, pero hasta que conozca tu historia, no tengo ninguna razón para confiar en eso. Tal vez por el hecho de trabajar en el sector de la seguridad tengo demasiados prejuicios, pero también tengo intuición, y mi intuición me dice que vaya con cuidado. Lamento ser tan directo, pero creo que mereces que sea sincero contigo.

Se recuesta en la silla y desliza sus cartas por el borde de la mesa para poder mirarlas de nuevo.

Es la primera vez que lo veo tan frío conmigo. Vuelvo a fijar la vista en mis cartas para contener las lágrimas. La dureza con que me está juzgando me resulta insoportable.

—Ah. Está bien. Así que piensas eso porque soy una delincuente. Porque crees que soy como Pável. Lo entiendo.

Alarga el brazo y apoya la mano en mi muñeca, sujetándola. Debería apartarme de él, pero el tacto de sus dedos es como un imán, y no soy lo bastante fuerte para resistirme a la atracción.

—No, Mika, no digas eso. No es verdad que te vea como una delincuente o como Pável. Te veo como una superviviente, y si hay algo que sé de los supervivientes, porque la mujer a la que más quiero en el mundo, mi hermana, lo es, es que son capaces de hacer lo que tengan que hacer para seguir en este mundo. Si algo se interpone en su camino, alguna amenaza, la eliminarán. Y si una mentira funciona mejor que la verdad, adelante con ella, lo que sea con tal de volver a ver el sol. Es el instinto de supervivencia. Lo entiendo. No me gusta, pero lo respeto.

Dejo escapar un largo suspiro, apartando mi mano de la de él muy despacio, pero sin amargura. Todavía me duele que me tilden de mentirosa, pero le agradezco la sinceridad.

—Supongo que es justo describirme como alguien capaz de hacer lo necesario para sobrevivir. No es que te esté mintiendo, porque no es así, pero sé que haré lo que sea para protegerme.

La habitación se queda en silencio. Creo que podríamos decir que hemos llegado a un *impasse*.

237

—Vamos, Mika… —insiste él—. ¿Qué vas a hacer? ¿Vas a sincerarte conmigo y decirme lo que necesito saber, lo que quiero saber, o vas a seguir ocultándome cosas para protegerte?

Respiro hondo y suelto el aire muy despacio, tratando de eliminar la tensión acumulada en mi cuerpo.

—No lo sé. Supongo que necesito pensarlo un poco más.

Lanza una carta, el as de corazones. Sonríe con tristeza.

—Mi abuelo solía llamarme Ace, como si fuera un as.

Yo también estoy triste.

—El as de corazones. Qué apropiado… —Sobre todo teniendo en cuenta que me está destrozando el mío.

—¿Qué significa eso? —inquiere.

La tensión se respira en el aire, cargado de deseos implícitos por mi parte. Una vez le pedí un beso. Nunca volveré a pedírselo, a pesar de que cuando veo sus manos sujetar esas cartas, me pregunto qué sentiría al tenerlas sobre mi cuerpo.

—Nada. Solo necesito un poco de tiempo.

Él asiente.

—Me parece bien. Dev está trabajando en el asunto, y seguramente me llamará mañana o pasado. Hasta entonces, podemos disfrutar de nuestros espaguetis y nuestras partidas y ver adónde nos lleva eso.

Lamento haberlo defraudado, pero tengo que anteponernos a Thi y a mí por delante de sus sentimientos. Tal como ha dicho… soy una superviviente.

—Tal vez podrías enseñarme algún otro juego de cartas. Estoy lista para arriesgarme un poco más.

—¿Ah, sí? —Extiende la mano—. Perfecto. Pues vamos.

Le doy mis cartas y él se pone a barajarlas, parándose un momento a acercar la silla a la mesa.

—Podría enseñarte a jugar al póquer. Entonces veríamos lo bien que se te da ir de farol.

—Suena bien. —Hago una pausa y lo miro con una sonrisa maliciosa—. Bueno, no es que quiera que se me dé bien engañarte ni nada de eso, claro.

Me mira sacudiendo la cabeza.

—Crees que me tienes completamente dominado, ¿no?

Se me acelera el corazón al oír el tono de coqueteo en su voz.

—No lo sé. ¿Es así?

—Tal vez —dice, barajando las cartas de nuevo—. Tal vez sí.

Capítulo 27

Una cosa que Thibault no compró en el hipermercado fueron productos de higiene femenina. Por suerte, tiene la amabilidad de llevarme a primera hora de la mañana a la tienda del pueblo y esperar en el coche con el bebé atado en su asiento mientras compro lo que necesito. Llevo el dinero justo en la cartera. Estoy segura de que soy su primera clienta del día.

Cuando vuelvo a subir al coche con la bolsa en la mano, suena el teléfono de Thibault. Responde a la llamada.

—Thibault al habla. —Me mira por el espejo retrovisor, levantando el pulgar de la mano y dedicándome una mirada inquisitiva.

Asiento con la cabeza.

—Todo bien.

Thibault vuelve a su llamada telefónica.

—Sí, no, está bien. El momento perfecto, en realidad. Has tenido suerte, porque no suelo tener cobertura. Creía que ibas a enviarme un correo electrónico.

Se ríe.

—Sí, sí, sigue presumiendo de manazas, hombre. Pero estás perdiendo el tiempo, yo no juego en ese equipo. Cómprate un teclado más grande y ya está, ¿quieres?

La voz de un hombre llega débilmente a través del auricular del teléfono. Cuando deja de hablar, Thibault responde.

—¿De verdad? Estupendo. ¿Y qué te dijo?

Aguzo el oído, pero la oreja de Thibault amortigua la voz de su interlocutor

Aparta el teléfono de la cara cuando me pilla mirándolo. Entonces se acerca la ranura del micrófono a los labios.

—Espera un segundo, te voy a poner en altavoz.

—¿Estás seguro de que quieres hacer eso? —dice una voz masculina que invade el interior del coche.

—Sí. Estás en altavoz. Estabas a punto de decirme lo que has averiguado.

—Mmm, está bien. Hola, Mika. ¿Estás ahí?

—Sí, estoy aquí.

—Bien. Genial. Hola. Bueno, ¿qué estaba diciendo? Ah, sí. Querías saber qué he descubierto después de hablar con Holloway. —Hace una pausa—. Pues la verdad es que muchas cosas. No estoy seguro de que el tipo conozca la definición de la palabra «confidencial», pero el caso es que estaba encantado de informarme sobre todos los detalles, lo cual ha sido muy útil.

Thibault me mira con aire de disculpa. Sacudo la cabeza. Resulta que estoy trabajando con un poli que parece salido de *Loca academia de policía*. Genial. Menuda suerte la mía.

—Me lo soltó todo, ni siquiera intentó resistirse.

—Cuéntanoslo —dice Thibault—. Me estás poniendo nervioso.

—Está bien, ese hombre... ¿Pável Baranovski? Resulta que es un tipo de la peor calaña.

—Sí, tenía esa impresión.

Asiento con la cabeza. No voy a poner ninguna objeción a eso.

—No, quiero decir que es un malo auténtico. Es un puto asesino, una especie de capo de la mafia rusa.

Sonrío con amargura. Sí, esa descripción se ajusta bastante a la realidad. Muy propio de mí: encontrar al peor ruso del mundo entero y luego ponerme a trabajar para él. Dios, era tan joven e ingenua...

—Sí. Eso lo sé. Mika lo tenía bastante claro.

—Trafica con drogas, armas, mujeres... Lo típico.

—¿Armas? Ella no me dijo nada de eso.

Niego con la cabeza cuando Thibault me mira. No sé de qué habla Dev.

—Sí. Armas. Cuando en Luisiana ocurre algo ilegal, él siempre está metido de un modo u otro.

—¿Y por qué no hemos oído hablar de él antes? —pregunta Thibault.

—Porque es competencia del FBI. El departamento de policía local suele derivarles esos casos y luego se quita de en medio. Nosotros solo trabajamos en asuntos locales, ya lo sabes. Ese tipo pertenece a la primera generación de la mafia rusa, no es uno de nuestros líderes de las pandillas locales.

—Entonces, ¿por qué los que hablan con ella son los del departamento y no los del FBI?

—Por lo que he podido deducir, se trata de algún tema político. No es que Holloway me haya dicho eso directamente, pero ha hecho algunos comentarios. Creo que están hartos de ser arrinconados por el FBI, así que están tratando de conseguir algún reconocimiento antes de entregar las pruebas.

—Malditos cabrones... —exclamo. ¡Cómo se atreven a meterme en sus tejemanejes políticos, impulsados por sus egos!

Thibault asiente, de acuerdo conmigo.

—Eh, ya sabes cómo funcionan esas cosas: siempre están con sus peleas jurisdiccionales. No es nada nuevo.

Thibault me mira al hacer la siguiente pregunta.

—¿Qué reputación tiene Mika ahí dentro, en el distrito?

—Pues... a ver... No les ha dado demasiada información todavía. Querían que Mika les proporcionara los movimientos de Pável, pero se les estaba resistiendo un poco. Al menos eso es lo que dijo. Me comentó que ella siempre actuaba con cautela. —Hace una pausa—. Lo siento, Mika. Solo estoy repitiendo sus palabras.

—No te preocupes.

Creía que tenía un amigo en el Departamento de Policía de Nueva Orleans, pero veo que estaba equivocada. Miro a Thibault y me doy cuenta de que necesito su ayuda ahora más que nunca, o estaré completamente sola. Thi y yo contra el mundo…, un mundo cuyo dueño resulta ser Pável.

—¿Tienen alguna teoría sobre por qué Mika estaba haciendo eso? —pregunta Thibault. Se acerca y me da un golpecito en la rodilla. Entiendo que significa que me apoya, y eso mitiga un poco el dolor en mi corazón.

—Pensaban que tal vez se estaba arrepintiendo de colaborar con ellos.

—¿Le contaste que estaba embarazada?

—No. ¿Se suponía que debía hacerlo?

—No.

—Bien. En cualquier caso, oyeron rumores en la calle, rumores que decían que había desaparecido, y también habían hablado con Toni, quien les dijo que sabía dónde estaba Mika, así que se preguntan qué está pasando y qué sabemos nosotros de todo este asunto.

—¿Y ninguno de ellos se dio cuenta de que era la mujer que aparecía en las noticias dando a luz a un bebé en un salón de manicura? ¿Les dijiste tú algo?

—No, no se dieron cuenta. Le dije a Holloway que teníamos noticias de ella, pero eso fue todo. Se alegró de que todavía estuviera viva. Me presionó para sacarme más información, pero le dije que no sabía nada más.

—Muy bien. Perfecto. ¿Así que confirmaste que, definitivamente, Mika es confidente de la policía y que trabaja para ellos?

—Sí. Todo está comprobado. Pero no está en nómina de la policía: trabaja de forma voluntaria y no a cambio de dinero de nadie.

—¿Te dijeron qué era lo que iba a proporcionarles específicamente, además de los movimientos de Pável?

—Bueno, saben que ella se encarga de llevar la contabilidad, así que esperan que les suministre pruebas sólidas, pero no tienen una idea concreta sobre qué pueden ser esas pruebas exactamente.

—¿Les dijiste las cosas que había en la lista que te di?

—No. Pensé que primero hablaría contigo y luego decidiríamos cuál iba a ser nuestro próximo movimiento.

—Está bien, muy bien. ¿Esperas un segundo?

—Sí, ningún problema.

Thibault me mira y tapa el teléfono con la mano.

—¿Podemos darle a Holloway esa lista?

Siento una oleada de pánico que me invade todo el cuerpo.

—No estoy segura de qué debo hacer.

Thibault me mira fijamente. Es como si estuviera tratando de leerme el pensamiento.

—Dijiste que no tienes ordenador ni ningún otro aparato electrónico. ¿Cómo vas a acceder a toda la información sobre Pável si te vas?

¿Puedo confiar en ti, Thibault, o me vas a joder tú también? Miro a mi hijo, durmiendo plácidamente en el portabebés, y luego observo de nuevo al hombre que me ha ofrecido refugio. Anoche descubrí, viéndolo jugar al póquer, que cada vez que intentaba colarme un farol, movía la mandíbula hacia la izquierda y luego a la derecha. Ahora mismo está completamente inmóvil.

—Subí toda la información a una cuenta en la nube. Se puede acceder desde cualquier sitio siempre y cuando tengas el número de cuenta y la contraseña.

Thibault asiente, mordiéndose el labio mientras lo piensa. Luego vuelve a destapar el teléfono.

—¿Dev?

—Sí, estoy aquí.

—Hazme un favor y no compartas esa información con nadie ajeno al equipo todavía. Volveré a llamarte.

—Está bien. Aunque tengo que decirte algo más.

—Claro, adelante. —La expresión de Thibault me indica que siente tanta curiosidad como yo.

—Sé que tratamos con criminales a todas horas, pero son delincuentes de poca monta en comparación con Pável. Ese tipo también está operando en otros estados.

—Mika, ¿sabías eso? —pregunta Thibault.

—Sé que trata con gente en el extranjero, pero que yo sepa, su negocio tiene su epicentro en Luisiana.

—Tal vez maneja esos asuntos de forma separada a los temas que lleva Mika, pero el hecho es que ella sabe muchas cosas de sus negocios, que son muchos y variados, así que querrá encontrarla. Y tiene mucho dinero, estoy hablando de millones.

Sus palabras me producen un escalofrío. Ya lo sé, pero el hecho de que me lo recuerden basta para me entren ganas de salir corriendo a esconderme en la otra punta del globo.

—¿Cómo sabes eso? ¿Jenny ya ha descubierto cosas sobre él?

—No, todavía no ha empezado a investigar. Ayer tuvo un problema con Sammy que la tuvo en vela toda la noche, pero va a trabajar en eso todo el día de hoy. Me lo ha dicho el inspector Holloway.

—Ah. —Thibault me toma la mano y yo le dejo porque necesito el contacto humano. Para mí es muy violento estar escuchando a dos hombres hablar así de mi vida. Me siento desvinculada, seccionada por completo del mundo. El contacto con Thibault me trae de vuelta a la Tierra.

—Además, ese tipo, Pável, no vive a lo grande como cabría esperar, así que sospechan que tiene mucho dinero escondido. Si quiere encontrar a Mika, dispone de los recursos para conseguirlo.

Y si está ocultando su dinero en alguna parte, ella seguramente sabe dónde y él no va a querer que se lo cuente a nadie. Debes tener mucho cuidado.

Me arden las orejas. Es evidente que Dev solo hace su trabajo, pero básicamente acaba de decirle a mi caballero de brillante armadura que tiene una bomba de relojería en sus manos. Y yo soy esa bomba, por supuesto.

—Recuérdales a Toni y Lucky que se anden con ojo —dice Thibault—. Me deshice de su teléfono, pero es probable que no lo bastante pronto. Pável podría haber empezado a seguir un rastro que lo lleve hasta nuestro vecindario.

—Lo haré, descuida, pero creo que ya están en alerta. Jenny dijo algo de que iban a fumigar la casa para acabar con las termitas o algo así. Creo que se van a ir a vivir con May y Ozzie hasta que la fumigación haya terminado…

—Genial. Bueno, muchas gracias. Tengo que colgar.

Thibault pone fin a la llamada y me suelta la mano, aunque no se da media vuelta, sino que sigue mirándome fijamente.

—Tiene muy mala pinta, ¿a que sí? —digo—. Bienvenido a mi vida.

Alargo el brazo y arropo a Thi con el arrullo.

—No voy a irme a ninguna parte —responde.

—No, todavía no —contesto.

Se da media vuelta y arranca el coche. Salimos del aparcamiento y hacemos todo el camino de regreso a la cabaña sin decir ni una palabra.

Capítulo 28

Cuando regresamos a la cabaña, Thi necesita comer, que le cambien los pañales y darse un baño, y yo también. Eso me ocupa la mayor parte de la mañana y todos mis pensamientos, pero cuando acabo al fin y los dos volvemos a estar limpios y olemos bien, me instalo en el sofá con un libro. El problema es que no puedo concentrarme en la lectura.

—¿Qué es lo que tienes ahí? —pregunta Thibault, desplomándose en la silla que tengo delante.

Le enseño la cubierta.

—*Yo antes de ti.*

—No, no leas eso —dice frunciendo el ceño.

—¿Por qué? He oído que es bueno.

—Sí, pero ¿tienes suficientes pañuelos de papel? Porque te va a hacer llorar.

Me río.

—¿Lo has leído?

—¿Estás loca? ¿Tengo pinta de hombre que lee novela romántica?

Nuestras bromas son más bien tontorronas, pero nos levantan el ánimo.

—No lo sé. Pareces bastante sensible.

—Bueno, pues no soy tan sensible. —Hace una pausa—. May lo leyó. Acabó llorando a mares. Era cuando Ozzie y ella vivían en la nave industrial, antes de que se compraran la casa donde viven, así que se terminó la novela antes de que los demás entráramos a trabajar. Estuvo leyendo toda la noche y cuando llegamos, joder, parecía hecha polvo… Tenía los ojos y hasta la nariz completamente hinchados. Creí que se había peleado con Ozzie o algo así.

Pongo el libro sobre la mesa.

—Está bien, eso es todo lo que necesito saber. Mi vida ya es bastante triste. No me hace ninguna falta leer las desgracias de otra gente.

—No todo es malo —dice.

Levanto a Thi del sofá, donde está durmiendo. Mirando su carita, no tengo más remedio que estar de acuerdo.

—Al menos tengo a este pequeñajo todo para mí.

—Cada día está más grande —señala Thibault.

—Bueno, debería, con todo lo que traga. —Me agacho y le aprieto el muslo diminuto a través del arrullo. Efectivamente, está más rollizo, y eso me llena de orgullo. Al menos estoy haciendo algo bien.

—¿Y si jugamos otra vez al póquer? Te enseñaré algunas variantes.

—No, las cartas son aburridas.

—¿Y si subo la apuesta? Podemos jugar por dinero…

Me río.

—¿Con qué dinero? Acabo de gastarme hasta el último centavo en compresas.

Se levanta y me llama con un gesto.

—Vamos. Te lo enseñaré.

Levanta el portabebés y lo deposita cerca de la mesa de la cocina. Lo sigo y coloco al bebé dentro. Thi no mueve ni siquiera un párpado, de lo profundamente dormido que está.

Thibault reparte las cartas.

—Muy bien, aquí tienes tu dinero. —Busca en el estante de detrás de él y saca una bolsa de Cheetos, la abre y los desparrama encima de la mesa. Los divide entre los dos—. Los grandes valen diez y los pequeños, cinco.

Hago un verdadero esfuerzo por no reírme. Lo hace todo con gesto muy serio, pero ahora tiene restos de Cheetos en la nariz. No le digo nada.

Reparte las cartas.

—Vamos a jugar a la variante con siete cartas. Los ases son los comodines. Con los Cheetos pequeños.

Le sigo la corriente, tratando de decidir si debería tirarme a la piscina con Thibault y compartir el nombre de usuario y la contraseña de la cuenta en la nube para que su equipo pueda obtener la información que necesita y dársela a la policía. Así podría largarme por fin y empezar mi nueva vida mientras Pável empieza la suya en la cárcel, suponiendo que nadie me fastidie los planes en ningún momento.

—Es la quinta vez que me sonríes así en los últimos dos minutos —dice en nuestra sexta mano—. Deja de intentar engañarme.

Estoy harta de jugar y ansiosa por pasar a la siguiente fase. Con respecto a todo. He escuchado sus conversaciones telefónicas, una de ellas con su consentimiento expreso, y aún no he visto el menor indicio de que quiera traicionarme. De hecho, está reteniendo la información que quiere la policía y las personas con las que trabaja, en un intento de ayudarme. Si voy a confiar en alguien ahora mismo, tiene que ser en él.

Desplazo mis cartas para taparme la boca.

—No te busques excusas para retirarte de la partida. Estoy a punto de desplumarte.

Mira a la mesa. Hay miles de dólares en Cheetos en juego.

—Por favor… —se burla—. Voy a pasarme el día comiendo Cheetos con todo lo que voy a ganar. ¿Cuántas cartas quieres?

Me hace una señal con la barbilla, tratando de imitar a un profesional de Las Vegas.

—Dame dos —le digo—. Dos buenas. No vuelvas a darme esa porquería de cartas de antes.

Dejo dos naipes y él me da dos a cambio.

—Yo no voy a robar ninguna —dice, moviendo la mandíbula de un lado a otro—. Estoy muy satisfecho con lo que tengo de mano. Te toca.

Sonrío. Casi es demasiado fácil.

—Te apuesto treinta dólares de Cheetos a que voy a ganar.

Añado tres Cheetos grandes a la apuesta, sonriendo como el gato de Cheshire.

—A ver qué te parece esto… Lo veo y lo doblo.

Empuja el resto de sus Cheetos hacia el centro de la mesa para juntarlos con el resto.

—Perfecto. Yo también voy. —Deslizo los pocos Cheetos que me quedan al centro de la mesa también.

—¿Qué tienes? —pregunta.

—Enseñemos los dos las cartas al mismo tiempo. —Sonrío de oreja a oreja. Estoy a punto de ganar y ya me he decidido: se lo voy a contar todo.

—Está bien. A ver lo que tienes.

Ambos mostramos nuestras cartas.

—*Full* —anuncio, moviendo los hombros con actitud chulesca y chasqueando los dedos. Luego señalo las cartas tan malas que tiene delante en la mesa—. Y lo único que tienes es un par de doses. Pobre Thibault, has perdido frente a una chica.

Hago una gigantesca mueca de falsa decepción unos segundos antes de ejecutar otra vez mi baile de la victoria.

Se cruza de brazos.

—Maldita sea. Me has engañado.

Extiendo las manos y coloco los brazos alrededor de la pila de Cheetos para poder arrastrarlos hacia mi lado de la mesa. Tomo uno de la parte superior y lo aplasto.

—Lo cierto es que suelo tener muy buena suerte.

—¿Ah, en serio? No me digas. Me muero de ganas de oír las pruebas que respalden tu afirmación.

Me recuesto hacia atrás en la silla y cruzo los brazos sobre el pecho para imitar su postura.

—Te atropellé, ¿no es así? Giro equivocado, dirección correcta.

Se ríe a carcajada limpia, tanto que se le marcan las venas del cuello.

—Joder… —exclama al fin, cuando puede hablar de nuevo—. Si eso es buena suerte, no quiero saber a qué llamas tú tener mala suerte.

Sé que lo ha dicho de broma, pero tiene razón. Mi mala suerte es de lo peor.

—No, no quieres saberlo. —Me pongo de pie y me desperezo, de forma que se me sube la camisa y deja al descubierto parte de mi piel. Lo sorprendo mirándome. Recupero la compostura y me bajo la camisa—. Deja de mirarme la barriga gorda.

—No tienes la barriga gorda. Y no te estaba mirando.

Me observo a mí misma.

—Antes tenía el vientre absolutamente plano. Supongo que eso se acabó.

Parece absurdo preocuparme por mi cuerpo en estos momentos, pero estoy delante de un hombre guapísimo por el que estaría babeando en cualquier otro momento de mi vida, deseosa de salir con él. La verdad es que tengo muchas razones para lamentarme de la forma en que me han ido las cosas.

—Volverás a estar como antes y recuperarás tu figura, pero a mí me parece que tienes muy buen aspecto. Mejor que bueno.

Recojo las cartas.

—Deja de coquetear conmigo. Se supone que no debes hacer eso. Estoy bastante segura de que va contra las reglas.

—¿Qué reglas?

—Tus reglas.

—A la mierda las reglas.

Hago una pausa, mirándolo para ver cuánto se ha emborrachado con esas cervezas que se ha tomado durante el almuerzo.

—¿Estás seguro de que puedes decir eso, Superman?

De pronto, sin más preámbulo, me agarra y tira de mí hacia su pierna buena. Pierdo el equilibrio y caigo sobre su rodilla mientras las cartas salen despedidas, volando en todas direcciones.

—¡Eeeh! ¿Qué estás haciendo?

Me sonríe con picardía.

—Solo estoy jugando.

Me siento incómoda y desconcertada. Feliz y triste a la vez.

—Tienes restos de Cheetos en la cara. No te muevas. —Le limpio la nariz y la barbilla. Se queda muy quieto mientras lo hago. Cuando he terminado, suspiro, mirándolo, y siento una frustración inmensa por estar en la situación en la que estamos—. ¿Te ha dicho alguien alguna vez lo guapo que eres?

—No. No creo que nadie me haya descrito como guapo. De hecho, Toni suele llamarme feo.

Hago como si lo observara más de cerca.

—No, no eres feo. La verdad es que no.

Sonríe.

—Gracias. Supongo.

Me da una palmada en la cadera.

—¿A qué ha venido eso? —exclamo, haciéndome la ofendida.

—Por ir de farol conmigo. Me has robado todos mis Cheetos.

Se calla y me mira fijamente el tiempo suficiente para que me entren unas ganas locas de que nos besemos.

—Los he ganado muy merecidamente.

Me levanto y me aparto de él para ir a sacar un bol del armario de la cocina, poniendo fin al coqueteo entre nosotros. Siento una mezcla de alivio y desánimo a la vez. No tiene sentido fomentar algo que no nos va a llevar a ninguna parte, por muy divertido que sea. Necesito ser realista y avanzar en el plan que me permitirá comenzar una nueva vida, y no seguir deseando una que nunca podré tener.

Mientras limpio los restos anaranjados de Cheetos de la mesa y guardo los que quedan en el bol, empiezo a hablar.

—Oye, he estado pensando en lo que ha dicho Dev y en lo que me dijiste tú... Y en parte de lo que me dijo Toni antes... Y he decidido darte algo de información.

Parece esperanzado, así que tengo que cortarle las alas antes de que su cerebro vaya demasiado lejos.

—No toda la información, ¿de acuerdo? Solo una parte.

Su sonrisa se desvanece.

—No entiendo.

Dejo el bol sobre la encimera y me siento frente a Thibault.

—Voy a darte el número de cuenta y la información de inicio de sesión. Podrás acceder a todos los libros de contabilidad que guardé en la nube, pero vas a necesitar algo más para que todo tenga sentido, y esa es la parte que voy a guardarme para mí por ahora.

—¿Para que tenga sentido? ¿Como una especie de código?

—Sí. Como medida adicional de protección.

Da unos golpecitos en la mesa con la punta del dedo.

—¿Y qué esperas conseguir haciendo eso?

Lo miro arqueando una ceja.

Levanta la mano.

—No te estoy presionando. Solo intento entender tus motivaciones, eso es todo. Te lo prometo.

Parece sincero.

—No confío en Holloway. Está jugando a algún juego, y no parece darse cuenta de que es mi vida la que corre peligro. La mía y la de Thi. Parece bastante inepto, y ojalá mi contacto fuese otro policía, pero no ha sido así. Tengo que asegurarme de que estamos a salvo, muy lejos de aquí, antes de que explote toda esta mierda, ¿sabes lo que quiero decir?

Asiente con la cabeza.

—Lo sé. Pero ¿considerarías la posibilidad de darme el código ahora y decidir luego como equipo cuándo revelar esa parte?

La idea de dejar todo en sus manos es muy tentadora, dejar que él se encargue de todo. Pero no puedo. Tengo que cuidar de Thi y de mí.

—No. Lo siento. No puedo hacer eso.

—¿No puedes o no quieres?

—¿Importa eso?

—Para mí sí.

Me da mucha rabia que me haya acorralado de esta manera.

—No quiero.

Asiente con la cabeza, sin decir nada. Luego recoge las muletas y se las coloca bajo los brazos.

—Puedes escribirlo todo ahí, en el papel. Vuelvo dentro de un rato.

Sale por la puerta y baja las escaleras del porche delantero. Lo veo a través de la ventana, dirigiéndose hacia la parte de atrás, al precioso bosque que me enseñó ayer, a donde dijo que acude cuando necesita pensar. Seguramente será allí donde decida que estará mejor sin nosotros dos en su vida.

¿Y quién podría reprochárselo?

Capítulo 29

Thibault está cocinando. No me puedo creer cuánto hemos dormido Thi y yo. El sol ya se está poniendo. He estado soñando, sueños atormentados y llenos de dudas. Me contemplaba desde fuera, como ajena a mi vida. Los sueños me han dejado un regusto a melancolía.

—Huele fenomenal.

Me asomo a la cocina, sosteniendo a Thi sobre mi hombro y frotándole la espalda. Está inquieto, pero da igual lo que haga, no consigo que eructe.

—¿Cómo has dormido?

Thibault se aparta del fregadero y me pide con un gesto que le entregue al niño. Se lo doy con mucho gusto.

Es como si Thibault quisiera una tregua. Le di la información que le prometí y se la transmitió a su equipo, pero yo me mantuve en mis trece y no le confié el código necesario para comprender la información. Simplemente, no puedo hacerlo. Debo andar con pies de plomo ahora que tengo a Thi. Él es lo único que tengo que vale la pena.

—Dormí bastante bien hasta que me despertó este pequeño granuja.

Tomo un vaso de agua de la encimera y me la bebo toda de un trago.

—¿Quieres un vaso de agua? —Me guiña un ojo.

Trato de sonreír.

—No me importaría. —Relleno el vaso y se lo doy a Thibault—. Aquí tienes.

—Estaba pensando en preparar un café. ¿Te apetece?

—No, gracias. La verdad es que no me gusta el descafeinado, y supongo que no debería tomar café normal.

—Yo voy a hacerme una taza del normal. ¿Y si te preparo una infusión?

Me siento en una de las sillas de la mesa.

—No, gracias. Seguiré bebiendo agua.

Empuja al bebé hacia atrás, sujetándole la cabecita para poder mirarlo a la cara. Thi tiene los ojos abiertos.

—Esta es la primera vez que te veo despierto en todo el día, pequeñín. Mírate, con esos ojazos azules y las mejillas tan regordetas.

—¿Crees que está bien? —pregunto—. Duerme un montón.

—Está perfectamente. Los recién nacidos duermen casi todo el día. Recuerdo que durante semanas intenté que Melanie y Victor jugaran conmigo, y lo único que querían ellos era cerrar los ojos. Me sentía acomplejado y pensaba que iba a ser el tío más aburrido del mundo para mis sobrinos. —Levanta la mano y acaricia la mejilla regordeta de Thi—. Desde luego, se está poniendo bien rollizo.

—Eh, cuidado con lo que dices… Ese al que estás insultando es mi hijo.

—No es ningún insulto. Los bebés rollizos son niños sanos. —Le estruja las mejillas de Thi y se ríe de la cara graciosa que pone.

—Bueno, ¿y qué hay de cenar?

Miro hacia el horno, tratando de hacer caso omiso de las mariposas que siento en el estómago. Ver a Thibault ponerse tierno con mi hijo es entrañable y doloroso a la vez. Es un buen hombre. No solo estoy diciéndole adiós a mi vida —lo cual, en el fondo, no es tan horrible—, sin que también estoy despidiéndome de él. Mi héroe. Y estoy segura de que eso sí es algo horrible.

—Pollo al horno. Una de mis especialidades.

—Suena bien. Me muero de hambre. —Me froto el estómago.

—He hablado con mi equipo mientras estabas durmiendo. —Apoya al bebé sobre su hombro, le da una palmadita en la espalda y me mira, levantando el pulgar, cuando Thi eructa.

—¿Y? ¿Estás satisfecho con lo que te han dicho?

—Sí y no. —Se vuelve describiendo un círculo lento, pendiente de su rodilla, y se dirige al armario donde guarda los vasos. Toma uno y saca el zumo de la nevera.

—Sé que dijiste que querías agua, pero también deberías beber esto. Tiene muchas vitaminas.

—Lo que tú digas, jefe.

Me mira por encima del hombro.

—Muy bien. Sigue así.

—Ja. Ya te gustaría. —No puedo evitar sonreír.

Sirve el zumo y me da el vaso. Luego se sienta en la silla delante de mí, se apoya a Thi en el hombro otra vez y le frota la espalda en pequeños círculos con la mano, gigantesca en comparación con el cuerpecito de mi hijo.

—Verás, es verdad que no quiero presionarte con esto, pero ahora que he hablado con los miembros de mi equipo, me temo que voy a tener que insistir en un par de cosas.

Arqueo las cejas.

—¿Ah, sí?

Niega con la cabeza.

—Por favor, no te enfades conmigo. No quiero que esto sea una pelea entre nosotros.

—No me estoy peleando con nadie. —Tomo un sorbo de zumo mientras lo observo por encima del vaso.

—Está bien, bueno, Jenny ha entrado en tu cuenta en la nube y ha encontrado tus archivos. Dice que está todo muy bien, salvo por una cosa.

—¿Qué es?

—El hecho de que están encriptados y no hay forma de relacionarlos con Pável hasta que obtengamos la clave para desencriptarlos. Jenny dijo que es imposible identificar los asientos contables y que los libros bien podrían ser de una empresa que vende narices de payaso o cualquier otra cosa.

—Eso sería un montón de narices de payaso.

—Narices de payasos, aparatos electrónicos, pistolas... Ya sabes a qué me refiero. No podemos identificar ni un solo artículo sin el código.

—Lo sé. Ya te lo dije. —Me encojo de hombros. No sé por qué está actuando así, esto no es ninguna novedad para nadie.

Me mira durante un buen rato y luego vuelve a centrar su atención en Thi. Habla con serenidad.

—Mi hermana y su marido se han ido de casa por su propia seguridad. Yo estoy aquí en esta cabaña por tiempo indefinido hasta que te encuentres a salvo. Mi equipo trabaja para ayudarte y lo estoy pagando todo de mi propio bolsillo.

Desplaza la mirada hacia mí.

—Si no puedes confiar en mí ahora, si no puedes creerme cuando te digo que estoy de tu parte, no sé qué más decirte. ¿Debería irme, sin más? ¿Decirte «ya nos veremos, que te diviertas hablando con Holloway en el distrito», y desearte buena suerte? ¿Dejar que te las arregles tú sola con el pequeño Thi al hombro? —Señala el cuerpo diminuto de mi hijo.

—Pero ¿por qué no puedes confiar en mí? —pregunto. Siento que el corazón se me rompe en pedazos—. ¿Por qué tengo que ser yo quien deposite toda la confianza en los demás?

—Confío en ti. Sé que estás diciendo la verdad.

—Sí, lo sabes porque has comprobado por partida doble y hasta triple todo lo que te he dicho. Tienes a un equipo de personas asegurándose de que todo es verdad. Pero ¿por qué no puedes confiar en mí cuando digo que todo el mundo tendrá el código una vez que me ponga a salvo? ¿Una vez que Thi y yo estemos lejos de las garras de Pável?

Thibault se vuelve hacia mí, acunando al bebé en brazos.

—Ya estás a salvo. Por eso hemos venido aquí.

Niego con la cabeza.

—No. Esto es solo una tregua y lo sabes. Una parada de descanso. Necesito irme lejos, encontrar otro hogar, buscar un trabajo y, finalmente, poder matricular a mi hijo en la escuela sin preocuparme de que su padre pueda secuestrarlo.

—Pero es que, si nos das el código para que podamos entregárselo a la policía, todo eso podrá suceder.

—O podrían desbaratarse mis planes.

—¿Y por qué iba a ocurrir eso?

Subo el tono de voz.

—¡No lo sé! ¿Por qué no iba a ocurrir?

—Porque la policía necesita que testifiques sobre esa información.

—Y una mierda. Podrían tomarme declaración y luego soltarme. Pero si muero, bueno, mala suerte. Ya tienen lo que querían. Sé bien cómo funciona la ley, créeme… Lo he estudiado a fondo.

Me mira fijamente durante más tiempo.

—No confías en nadie, ¿verdad?

Lo dice como si fuera una mala persona por ser así. Pero ese no es mi problema.

Levanto la barbilla.

—No. No confío en nadie.

Sacude la cabeza, decepcionado.

—Estoy haciendo todo lo que puedo por ayudarte, pero no es suficiente. Tienes que ayudarme tú también. Tienes que ayudarte a ti misma, y la única manera de hacerlo es reconocer que no puedes hacerlo sola. Me necesitas…, a mí o a alguien como yo. —Se levanta y se acerca a mí para depositar al niño en mis brazos.

—Me las he arreglado estupendamente yo sola hasta ahora.

—Hasta el momento en que diste a luz a este precioso bebé que tenemos aquí. —Señala a Thi—. Ahora las cosas han cambiado. No eres solo tú la que huye de ese criminal; ahora sois tú y un recién nacido. ¿Qué vas a hacer cuando se ponga enfermo?

¿Enfermo? Me entra el pánico y miro la carita de Thi.

—¿Lo está? —Ni siquiera sé el aspecto que tiene un niño enfermo.

—No, no lo está. Pero los bebés se ponen enfermos muy a menudo. No puedes ir a la primera consulta pediátrica que encuentres con un bebé que no tiene historial médico registrado en ningún sitio y esperar que lo traten sin que te hagan preguntas. ¿Rellenaste el certificado de nacimiento en el hospital? —No se molesta en esperar mi respuesta—. No es así como funcionan las cosas en nuestros tiempos. Necesitas poder demostrar quién es, quién eres tú… Necesitas la información de tu seguro médico…

—Puedo acceder a dinero en efectivo cuando quiera.

—Estoy seguro. Según Jenny, lo tienes todo configurado de forma muy sofisticada. No me extrañaría si me dijeras que has estado robándole dinero a Pável todo este tiempo. Tal vez tengas un millón de dólares en el banco en alguna parte.

—Yo no haría eso… Robarle dinero solo para tener otra fuente de ingresos. —Me ofende que piense eso de mí.

Me mira como si estuviera loca.

—¿Qué? ¿Robarle dinero a un criminal? ¿Por qué no?

—Porque, para empezar, robar está mal, y además es peligroso. Si Pável creyera que le he robado aunque solo fuera un dólar, me cortaría el cuello.

Extiende los brazos hacia delante.

—¡Exactamente! Ese hombre es malvado y cruel…, el mismísimo diablo, si las historias que la policía ha compartido con mi equipo son ciertas. No puedes manejar esta situación tú sola. Sé que eres fuerte e independiente, y que estás acostumbrada a hacerlo todo sola, pero eso no puede seguir así. Déjame ayudarte, maldita sea.

Me mira fijamente.

Le aguanto la mirada, pero me tiembla la barbilla. Tiene sentido, sí, pero al mismo tiempo, me está pidiendo demasiado. Me han traicionado demasiadas veces para poner mi vida en sus manos.

—Ahora mismo te odio con toda mi alma.

Baja la voz.

—Bueno, yo no te odio, pero odio lo que estás haciendo.

—¿Y qué es lo que estoy haciendo, eh?

Se me escapan unas estúpidas lágrimas y me las seco con rabia.

—Ser muy poco razonable. Correr riesgos innecesarios.

—Pensé que estaba siendo una buena persona.

—¿Cómo vas a ser una buena persona si pones en peligro a tu hijo?

Me cambia la cara. Eso sí es un golpe bajo.

—¿Qué?

—Ya me has oído. Antes solo era tu vida la que arriesgabas. Si cometías un error, si Pável descubría que habías informado de sus movimientos a la policía, bueno, fin de la historia. Ya está. Adiós Mika. Ahora, si descubre lo que has estado haciendo, no serás solo tú quien pague el precio. ¿Cómo crees que te sentirás cuando te encuentre y te quite a tu hijo? ¿Cómo te sentirás cuando tu hijo desaparezca, como desapareció Alexéi?

Sin pensarlo, agarro mi vaso y le arrojo el contenido a la cara, me levanto y tiro la silla al suelo con el impulso.

—¡Cómo te atreves! ¡No digas eso!

Se queda ahí, inmóvil, parpadeando con los ojos llenos de zumo.

—Eres tan bruto como tu hermana, ¿lo sabías? ¡Más bruto aún! ¡No solo bruto, sino malo!

Se encoge de hombros mientras se inclina para arrancar un trozo de papel de cocina del rollo.

—Llámame lo que quieras, pero al menos formo parte de tu equipo. —Se limpia el zumo pegajoso de su cara.

—¡No estás en mi equipo! —Respiro como un toro furioso, con las lágrimas rodándome aún por las mejillas. No consigo secármelas a tiempo con la mano, pues siguen saliendo en un torrente interminable. Se me rompe el corazón. Quería que él estuviera en mi equipo. Maldita sea, yo quería estar en su equipo. No me había dado cuenta hasta ahora de lo mucho que quería formar parte de él… y de lo imposible que es eso.

—Sí, sí lo estoy, te guste o no.

Me mira de arriba abajo.

—Tal vez deberías llevarme a la ciudad y dejarme allí. —Aprieto los dientes con fuerza, hasta que me duele la mandíbula.

—No, no pienso hacerlo. Vamos a sentarnos aquí hasta que solucionemos todo esto.

Miro la silla de la que me he levantado hace un momento.

—No hay nada que solucionar.

Dulcifica el tono de voz, haciendo que se me encoja aún más el corazón.

—Sí lo hay. Vamos, no hagas eso. Aunque creo que estás siendo muy terca en este momento y que tratas de alejarme de ti por todos los medios, todavía estoy de tu parte. Mírame… —Extiende los brazos hacia fuera—. No voy a irme a ninguna parte. —Lanza un

262

suspiro—. Por favor, Mika... Dame ese código para que pueda enviárselo a Jenny. Y luego hablaremos de nuestro plan.

—¿Y qué vas a hacer por mí? —pregunto, levantando la barbilla.

—¿Qué quieres decir?

Me encojo de hombros.

—Quieres que te confíe todo lo que tengo, que te dé la única baza negociadora de que dispongo. ¿Qué vas a darme tú a cambio?

Mira a su alrededor.

—Te he dado a mi equipo, mi casa, mi palabra. ¿Qué más queda?

—¿Qué te parece tu confianza, simplemente? ¿Y si confías en que cuando esté a salvo, cuando esté en mi nuevo hogar, os daré ese código? ¿Puedes hacer eso?

Me mira fijamente, tensando al máximo los músculos de la mandíbula.

—Me estás pidiendo que te siga ayudando con una fe ciega.

—Es que en eso precisamente consiste la confianza, ¿no crees?

—Supongo.

—¿Te he mentido alguna vez?

—Técnicamente, no. Pero tampoco has sido del todo franca conmigo.

—Pregúntame lo que quieras y te lo diré. Pregúntame cualquier cosa salvo el maldito código.

Me mira de hito en hito.

—¿Has robado parte del dinero de Pável y te lo has guardado para ti?

—No.

—Has dicho que tienes acceso a dinero en efectivo. ¿De dónde sacaste ese dinero?

—Lo ahorré. Y lo invertí. Tengo un título en gestión financiera, y lo que no me enseñaron en las clases lo he aprendido por mi cuenta.

—¿Le amas?

Arrugo la frente.

—¿Que si amo a quién? ¿A Thi? —Miro a mi bebé.

—No, no me refiero a él. Hablo de Pável.

Me río hasta que me doy cuenta de que no está bromeando.

—¿A Pável? ¡No! ¡Dios, no! Ni siquiera… Dios, eso es asqueroso. ¿Cómo podría amar a un hombre que asesina a la gente? —Tengo ganas de vomitar.

Se encoge de hombros, pero lo único que puede hacer es mirar a Thi.

Me tiemblan los labios. Tiene que escucharlo para creerlo. Y si quiero que confíe en mí, es necesario que deje de rehuir sus preguntas.

—Está bien, ¿quieres oírme decirlo en voz alta? Lo diré: Pável me violó. ¿Estás contento?

Empiezo a toser, lo que precipita los sollozos. Trato de taparme la cara con la mano.

De repente, Thibault corre a mi lado. Me abraza por la cintura, inclinándose hacia mí, apoyando la cabeza en la mía.

—Mierda, qué horror. Mika, por favor, no llores. Siento haberte presionado. Joder, qué imbécil puedo llegar a ser a veces… —Suspira y me abraza con fuerza—. Dios, tengo ganas de matar a ese desgraciado. Por favor, no te enfades conmigo. Por favor, no llores. Solo trataba de entender…

—¿Qué esperas de mí? Mi vida se está desmoronando por completo ahora mismo, y tengo un hijo del que cuidar… No tengo ni idea de lo que estoy haciendo y tú… ¡tú te quedas ahí mirando a mi hijo y juzgándome!

—No te estaba juzgando. No lo hacía, te lo prometo. —Me acaricia el pelo—. Y no estás sola, ¿me oyes? Estoy aquí, y no voy a irme a ninguna parte. Ya lo he dicho cien veces, pero lo seguiré diciendo hasta que me creas, ¿de acuerdo?

—Deberías irte. Aléjate, aléjate de mí lo más rápido posible. ¡Vete!

—No. Yo nunca haría eso. Eres demasiado importante para mí.

Me aparto de su abrazo.

—¿Por qué? Ni siquiera me conoces de verdad, y lo que sabes de mí es una absoluta pesadilla.

—Por supuesto que te conozco. —Se levanta y me aparta el pelo de la cara—. Sé dónde creciste, quién te crio… Sé que se te da bien contar dinero y que podrías enseñarme un par de cosas sobre la confección de nóminas, una tarea que odio con todo mi corazón… Sé que cocinas unos espaguetis malísimos y que juegas fatal al póquer. Ah, y sé que eres una madre fantástica. Sé que quieres a tu hijo y que harás todo lo que esté en tu mano para mantenerlo a salvo. ¿Qué más necesito saber?

No puedo responder. Las lágrimas no me dan tregua para que pueda hablar. La persona que está describiendo no suena del todo mal.

—Y sé que quieres creerme. Sé que no quieres hacer esto tú sola.

—¿Como lo sabes? —Mi voz se parece al croar de una rana.

—Porque te estás mordiendo el labio otra vez.

—¿Qué?

Se acerca y me acaricia la boca con el pulgar.

—Cada vez que mentías cuando jugábamos al póquer, te mordías el labio. Y lo estás haciendo ahora también, así que sé que mientes cuando dices que quieres que me aleje de ti lo más rápido posible.

Dejo de morderme el labio de inmediato. Entonces suelto una carcajada. Comprendo que me dejó ganar al póquer.

—Eres un cabrón.

Se encoge de hombros.

—Puedo vivir con eso.

265

Suspiro, dejando que buena parte de la tensión de mi cuerpo se vaya con el aire de mis pulmones.

—No quiero que pienses que no escucho cada palabra de lo que dices o que no valoro lo que significa, porque sí lo hago. Pero si te doy el código y lo compartes con tu equipo, tendré que vivir con el hecho de que podría estar firmando sus sentencias de muerte. Pável irá por cualquiera que él piense que tiene acceso no autorizado a sus asuntos.

—No, no es por eso… Una vez que compartas esa información, tendrás que vivir con el hecho de que pasarás a formar parte de mi equipo… de mi familia. Todos vamos a cuidar de ti. A partir de entonces, no seré solo yo.

Quiero sonreír, pero me tiemblan demasiado los labios y me contengo.

—Quiero creerte, de verdad que sí. Me muero de ganas de creer que eso es posible. —Hago una pausa para tomar aliento y serenarme—. Pero el único modo de que eso suceda es si confías lo suficiente en mí para seguir adelante con todo esto sin el código.

Nos miramos a los ojos durante mucho, muchísimo tiempo. Thi se queda completamente en silencio. Entonces Thibault lanza un prolongado suspiro, muy profundo, y me atrae hacia sí, estrechándome entre sus brazos, con cuidado de no aplastar al bebé.

—No voy a fallarte. Ninguno de los miembros de mi equipo te va a fallar. Puedes contar con los Bourbon Street Boys, absolutamente, ya sea con el código o sin él.

Capítulo 30

Después de llorar hasta quedarme sin lágrimas, los tres nos dirigimos con paso renqueante al dormitorio. En la cocina, el temporizador emite una señal para avisarnos de que el pollo está listo justo cuando me estoy tumbando en la cama.

—Vuelvo enseguida —dice Thibault—. No te muevas de aquí.

Suelto una carcajada débil.

—No sé adónde podría ir.

Se inclina y me da un beso fugaz en los labios antes de salir de la habitación, saltando sobre una pierna.

—Continuará —anuncia, volviéndose a mirarme por encima del hombro. Se me acelera el corazón ante esta incipiente muestra de intimidad entre nosotros.

Me incorporo despacio y acomodo a mi hijo para poder darle de mamar. Todavía no ha protestado de hambre, pero si quiero relajarme en este dormitorio y tener la mínima oportunidad de conversar o de hacer alguna otra actividad con Thibault, el pequeño Thi necesita tener la barriga llena y estar durmiendo.

No voy a tratar de imaginar en qué puede consistir esa «otra actividad». Acabo de dar a luz a mi hijo, así que mi cuerpo no está listo para mucho ajetreo, y tontear con Thibault solo complicaría una situación ya de por sí imposible. Y, sin embargo, no me molesto en taparnos a Thi o a mí mientras le doy de mamar, disfrutando de la libertad de hacer lo que hay que hacer sin preocuparme de si alguien va a ver algo que no quiere ver. Esta soy yo, Thibault, te guste o no. En mi estado más salvaje y natural.

Thibault regresa a la habitación cuando estoy sentada en la cabecera de la cama. En cuanto ve que estoy amamantando a Thi, se vuelve de espaldas para darme algo de privacidad.

—Ay, lo siento.

—No hace falta que te des la vuelta.

Se vuelve para mirarme.

—¿Estás segura? No quiero hacerte sentir incómoda.

—Como si eso fuera posible… —Niego con la cabeza—. Hace unos días me viste mis partes pudendas cuando estaban en el peor estado imaginable. Si hay alguien en todo el mundo que pueda verme dando de mamar a mi hijo, desde luego, ese eres tú.

Me mira dibujando una enorme sonrisa y se da la vuelta por completo.

—Aleluya. Porque me encanta mirarte.

Arrugo la frente.

—¿Qué…? ¿Qué te pasa? ¿Eres un pervertido?

Se acerca renqueando para traerme un bol de comida y deja otro detrás, en la cómoda.

—No, no soy un pervertido, pero me fascina lo rápido que le has cogido el tranquillo a todo esto de la maternidad y lo bien que lo estás haciendo.

Esbozo una sonrisa incómoda. Por algún motivo, el cumplido que acaba de dedicarme me avergüenza un poco.

—Ahora me estás haciendo la pelota.

—No, solo te digo lo que veo. ¿Estás lista para cenar?

Miro hacia abajo, al bebé.

—Estoy un poco ocupada ahora mismo.

—¿Quieres que te dé de comer? —Levanta un tenedor cargado con lo que parece un trozo humeante de pollo.

—¿Hablas en serio?

—Completamente. Llevo meses dando de comer a los hijos de mi hermana. Soy un profesional.

Me encojo de hombros.

—Me parece un poco raro, pero está bien.

—Abre la boca.

Sopla en el tenedor varias veces para enfriar la comida antes de desplazarla hacia mí.

Me río mientras separo los labios. Esto es ridículo. Absurdo. Pero me despierta mucha ternura hacia él. Desde luego, es un buen tipo. No creo que cualquiera que lo viera en la calle pudiera imaginar lo tierno y considerado que es. Parece un tipo duro. Serio. Contenido.

El sabor de la comida impacta en mis papilas gustativas e interrumpe mi hilo de pensamiento.

—Mmm… ¡Qué rico está! ¿Lo has hecho tú?

—Sí, claro. —Toma un bocado del mismo cuenco—. No solo sé hacer sándwiches de mortadela.

Asiento con la cabeza.

—Sándwiches y pollo al horno. Creo que podría sobrevivir a base de esas dos cosas.

—No solo sobrevivir…, alimentarte y crecer, nena. Vas a nutrirte y a crecer muy bien.

—Me gusta tu actitud positiva, aunque esté fuera de lugar.

—No, verás: no está fuera de lugar. Lo tengo todo pensado.

—Tienes un plan, ¿eh? ¿Y ese plan nos incluye a Thi y a mí mudándonos a una isla privada en medio de la nada, donde nadie pueda encontrarnos?

—No, no exactamente. —Su sonrisa se desvanece—. Aunque, por lo que tengo entendido, es posible que los federales quieran incluirte en algún tipo de programa de protección de testigos.

—¿Para siempre? —Hace dos días eso sonaba como un gran plan, pero esta noche... no tanto. Porque sé que eso significa que nunca volveré a ver a este hombre, y cuanto más tiempo paso con él, más difícil me resulta soportar la idea de no verlo.

Me da otro bocado de pollo.

—No lo creo. No para siempre. Quiero decir, no soy un experto en esos temas, pero seguro que podemos hablar con ellos al respecto.

Hablo con la boca llena.

—¿Hablar con quién? No sé cómo funciona eso. ¿Es el Departamento de Policía de Nueva Orleans quien decide esas cosas? ¿El FBI? ¿El fiscal?

—El FBI. —Él también come un bocado, masticando con calma antes de contestar—. Creo que serán ellos quienes se encarguen del caso. Está fuera de la jurisdicción del Departamento de Policía de Nueva Orleans.

—Pero si entro en un programa de protección de testigos, significa que nunca podré ponerme en contacto con nadie de mi pasado y ellos nunca podrán ponerse en contacto conmigo, ¿verdad?

Solo hay una persona con la que me gustaría volver a estar en contacto. Dos, si cuento a Alexéi.

—No lo sé. —Pincha más pollo con el tenedor para dármelo—. No conozco los detalles y no creo que tengamos que preocuparnos por eso ahora. Lo más importante es darle la información a la policía lo antes posible para que podamos parar lo que sea que esté sucediendo. Ya nos encargaremos del resto después.

La idea de desaparecer por completo de la vida de Thibault me quema por dentro. No estoy segura, pero creo que a él también le preocupa. Sin embargo, la única forma de saberlo con seguridad es decir algo.

—Pero... Si voy a ser una testigo protegida, no podré verte nunca más. —Siento un sudor frío mientras aguardo que me responda.

Me ofrece otro bocado, frunciendo las cejas y ensanchando las fosas nasales.

—De verdad, no creo que tengamos que preocuparnos por eso en este momento.

Es increíble lo mucho que me duele su respuesta. He dado por sentadas demasiadas cosas. Supongo que voy a ser una de esas chicas a las que dijo adiós porque no eran compatibles. Ya que estamos, podría ponerle las cosas más fáciles para que diga lo que necesita decir.

—Así que, lo que me estás diciendo es que no me encariñe demasiado contigo.

—No te estoy diciendo eso. —Suelta el tenedor y me mira a los ojos. Su gesto sombrío se transforma en una expresión de… angustia—. Oye, sé que esto es una locura… Acabo de conocerte y nuestras vidas se han cruzado de la forma más extraña posible.

—Te echaste encima de mi coche.

Me mira esbozando una sonrisa triste.

—No. Me diste un golpe con el coche y luego me agaché entre tus piernas, te rompí las bragas y te vi dar a luz a un bebé milagroso.

No quiero emocionarme demasiado por lo que está diciendo. Todavía no me ha dado ningún motivo para pensar que siente una conexión tan especial conmigo como la que empiezo a sentir yo con él.

—¿Así que fue eso lo que le pasó a mi ropa interior? ¿Me la rompiste?

Me hago la ofendida, para aligerar el ambiente.

Él intenta sonreír.

—¿Qué esperabas que hiciera? Un niño venía de camino, iba a nacer de un momento a otro, y las bragas estaban en medio.

Miro al pequeño que trajo a este hombre a mi vida y le acaricio la mejilla.

—Eran mis bragas favoritas. Me debes un par nuevo.

Thibault se acerca y me remete unos mechones de pelo por detrás de la oreja.

—Te compraré tantas bragas como quieras cuando salgamos de aquí, pero primero necesito que hagas algo por mí.

—¿Qué es? —Lo miro aleteando las pestañas, sintiéndome avergonzada por lo íntimo que me resulta este momento cuando sé que solo está siendo amable conmigo.

—Bésame.

Se me acelera el corazón y mi expresión se dulcifica cuando toda la tensión desaparece de mi cuerpo. Le importo y le gusto, al menos un poco.

—Bah, eso es fácil. Puedo hacerlo, ningún problema.

Esboza una sonrisa increíblemente sexy mientras se acerca a mí. Soy consciente de que intenta ser tierno y delicado, consciente del hecho de que estoy dando de mamar a mi hijo ahora mismo. Lo agarro de la camisa mientras nuestros labios se tocan, y entonces desliza la lengua y roza la mía muy suavemente.

—No quiero hacerte daño —susurra en mi boca.

—No dejaré que me lo hagas. —Hundo la mano que tengo libre en su pelo y tiro de él con el puño. Él gime y me besa un poco más antes de interrumpir el contacto para mirar al bebé.

Thi se ha quedado dormido en el pecho. Lo separo despacio, envolviéndolo en su arrullo.

—¿Quieres que lo acueste en el moisés? —pregunta Thibault.

Asiento y se lo doy.

Thibault se levanta de la cama, toma al niño en brazo con suma delicadeza y lo deja en la cuna diminuta junto a nosotros, asegurándose de que esté envuelto con cálidas mantas. Luego se sienta en el borde del colchón y toma mi mano entre las suyas. Me mira con una expresión indescifrable. Mi lado más paranoico me dice que se arrepiente de haber empezado algo. Mi lado más esperanzado dice que está siendo respetuoso.

—¿Qué estamos haciendo? —pregunto.

—No estoy muy seguro, pero pararé en cuanto te sientas incómoda.

—No me siento incómoda en absoluto. Estoy… ansiosa. Aunque no en el mal sentido. —Lanzo un suspiro—. Lo que digo no tiene ningún sentido, lo siento. —Sonrío—. Voy a echarle la culpa de mi confusión a ese beso de antes.

Me devuelve la sonrisa.

—Sé que no podemos… hacer ciertas cosas ahora mismo, porque acabas de tener al niño y todo eso, pero si pudiera besarte un poco y abrazarte, sería genial.

Siento una alegría inmensa en el corazón.

—Sí, estaría bien. —Me callo, sin saber muy bien cómo funciona esto. Nunca me he quedado abrazada a un hombre, sin hacer nada más—. ¿Vamos a hacerlo con la ropa puesta o sin ella?

—¿Y si empezamos con la ropa y vemos luego adónde nos lleva eso?

—Está bien. —Me río—. Me siento como debe de sentirse una chica virgen cuando conoce a un buen chico que se toma las cosas con calma… No estoy acostumbrada.

—Ya me imagino.

—¿En circunstancias normales no te gustan las simples caricias de alto voltaje? —le pregunto.

—Para serte sincero, no exactamente. Pero, por alguna razón, contigo suena divertido.

—Intentaré tomármelo como un cumplido. —Sonrío para que sepa que no estoy siendo mala.

Me toma la mano y me besa el dorso.

—Es un cumplido. Un cumplido enorme. —Mira hacia la puerta—. Voy a apagar la luz, si te parece bien.

—Por supuesto. Aunque creo que será mejor si apartamos la comida primero.

Levanta el bol del pollo y lo pone en la cómoda.

—Solo una cosa: ten un poco de cuidado con mi rodilla izquierda —dice, atravesando la habitación—. El otro día, una loca me atropelló con el coche, así que la tengo dolorida.

—Será mejor que dejes de hablar así. Sabes perfectamente que cruzaste sin mirar. Soy inocente. Ningún jurado me condenaría.

Vuelve a la cama y se acuesta muy despacio. Se acerca y desliza el brazo por debajo de mi cuello, atrayéndome hacia él. Presiono los pechos contra su torso. Se apoya a medias sobre el codo y se inclina encima de mí, enterrando la nariz en mi cuello. Inhala profundamente.

—Hueles muy bien.

—Necesito una ducha.

—No, no la necesitas. Entonces olerías solo a jabón, y no a ti.

Me río de la tontería que acaba de decir.

—Creo que estás un poco mal de la cabeza. O al menos del olfato.

—La cabeza y el olfato me funcionan perfectamente. Lo único que pasa es que tengo en mi casa a una mujer que me está volviendo loco.

Me besa el cuello, haciéndome cosquillas con la lengua cuando termina.

Apoyo la mano en su cadera, suspirando con el placer de estar a su lado y sabiendo que lo vuelvo tan loco como él a mí.

—Tal vez te estás volviendo loco porque estás frustrado sexualmente.

—Eso podría ser, pero no estoy seguro. Creo que podría ser la actitud de esa mujer la que me vuelve loco. —Me besa en la boca, jugando con mi lengua unos segundos y haciendo que se me acelere el corazón hasta que se detiene para mirarme.

—¿Su actitud? —Lo miro con la cabeza algo inclinada, con aire juguetón—. ¿A qué te refieres?

Me atrae hacia su cuerpo y me besa el cuello de nuevo. Siento que me derrito cuando la placidez y el calor se apoderan de mis huesos.

—Creo que me engañas deliberadamente para intentar volverme loco —dice.

—Estás fatal.

Hace una pausa y se aparta un poco para poder mirarme.

—No, en realidad soy bastante intuitivo. Creo que eres un poco rebelde y disfrutas sacándome de mis casillas simplemente porque puedes hacerlo.

Me encanta la idea de ejercer esa clase de poder sobre este hombre.

—Ah. Creo que tienes razón… Creo que voy a disfrutar sacándote de tus casillas. —Estiro el brazo y apoyo la mano en la parte delantera de sus vaqueros. La tiene dura como una piedra—. Sí, tienes razón. Estoy disfrutando con esto, es verdad. —No puedo dejar de sonreír.

Él lanza un gemido.

—Será mejor que tengas cuidado, nena. Voy a arder en llamas ahí abajo como sigas así…

Lo acaricio, desplazando la mano hacia arriba y hacia abajo.

—¿Quieres que pare?

—Sí y no.

Suspira, apartándose un poco.

Detengo el movimiento de mi mano. Su voz está diciendo que sí, pero su lenguaje corporal dice que no.

—Me va a costar mucho parar una vez que empecemos, así que tal vez deberíamos esperar —dice.

Está siendo increíblemente considerado y generoso en la cama, cuando sé que su cuerpo tiene que estar ansioso por desfogarse. Debe de estar sufriendo mucho.

—De verdad, no me importa hacer algo por ti, aunque yo no estoy físicamente preparada para que hagas nada por mí.

Me besa con delicadeza y luego se aparta de nuevo.

—Y te lo agradezco, pero creo que, para nuestra primera vez, será más divertido si podemos hacer algo juntos.

Hasta que responde de esa manera, no me había dado cuenta de la importancia de la prueba a la que lo estaba sometiendo. Acaba de demostrarme de nuevo que le importo de verdad y que no está en esto solo para su propia satisfacción personal. Es un hombre considerado y bueno de verdad. Dejo escapar un largo suspiro y me acerco más a él. Me siento absolutamente segura cuando estoy en sus brazos.

—¿Estás bien? —Trata de mirarme a la cara, pero la tengo enterrada en su pecho.

—Sí, estoy bien. Solo me preguntaba por qué el destino es tan malo conmigo a veces.

Juguetea con mi pelo.

—¿Por qué lo dices?

Es una locura decir esto en voz alta, pero no nos sobra el tiempo. Sé que Thibault tiene razón; me meterán en algún tipo de programa de protección de testigos, lo que significa que habré de separarme de él y de todas las demás personas que hay en mi vida. Si no le digo esto ahora, nunca se lo diré.

—Todos estos años he estado buscando a un hombre como tú, un hombre bueno y amable, delicado y comprensivo… Alguien que me apoyara y me protegiera…, y aquí estás.

Me besa en la parte superior de la cabeza.

—¿Y cuál es el problema? Estoy aquí, y ya te dije que no pensaba irme a ningún lado.

—No quiero ponerme dramática, pero siento que estoy en el umbral de la muerte o del olvido.

Se ríe a medias.

—Bueno, eso es ser bastante dramática. Aunque no sé por qué te sientes así. Pensaba que las cosas empezaban a mejorar. ¿Estaba equivocado?

—O Pável me encuentra, y entonces no podré hacer nada más que decir «Adiós, mundo cruel», o me incluirán en un programa de protección de testigos que me obligará a cortar todos los vínculos con todo y con todos. Adiós, Nueva Orleans, y adiós… a ti. Como he dicho… el destino se porta mal conmigo.

—No, lo has entendido mal. Si Pável viene por ti, yo estaré justo a tu lado, así que no tienes nada de qué preocuparte.

—Quiero creerte, de verdad que sí. —Es una sensación embriagadora imaginar a Thibault a mi lado y protegiéndonos a Thi y a mí, como un ángel de la guarda o un superhéroe de la vida real, pero no es realista, y ambos lo sabemos.

Tira con más fuerza de mí y envuelve la pierna buena alrededor de la mía, atrayéndome hacia él. Nuestros cuerpos están completamente entrelazados.

—Créeme, puedo ser el doble de terco de lo que puedas llegar a imaginar.

Me río.

—La verdad es que te creo cuando dices eso.

—Me alegro. —Alarga la mano y me da una palmada en el trasero—. Tal vez me hagas caso más a menudo, ahora que sabes que digo la verdad.

Lo pellizco con fuerza, imaginando por una fracción de segundo cómo podría ser nuestro futuro juntos.

—Que sepas que vas a tener mucho trabajo cuando vuelva a estar activa al cien por cien.

—Estoy deseando que llegue ese momento.

No hace falta decir nada más. Los dos sabemos lo que sentimos el uno por el otro, y ambos sabemos que las posibilidades de que esto funcione no son muchas, pero nos abrazamos, y consigo quedarme dormida sintiéndome como si estuviera flotando en una nube, muchos metros por encima de la Tierra y de todos mis problemas.

Capítulo 31

Me despierto rodeada de una oscuridad total. Tardo unos segundos en recordar dónde estoy y lo que estaba haciendo antes de quedarme dormida. Cuando siento la pesadez de mis piernas y capto el olor de Thibault inundándome la cabeza, recuerdo lo que sucedió antes de eso: estoy en la cama con un hombre por el que siento algo muy fuerte después de conocerlo desde hace apenas unos días. Entonces me doy cuenta de que el ruido que me ha despertado era el de mi bebé, quejumbroso en su moisés.

Con la barbilla, le doy un golpecito en el hombro a Thibault.

—El peque está despierto.

—No, no lo está —murmura—. Todavía estoy durmiendo.

—Tú quédate ahí y no te muevas. —Trato de zafarme de su abrazo y luego aparto las mantas, con cuidado de no golpearle la rodilla. Tengo el cuerpo entumecido, pero me acerco al moisés y me agacho para sacar al bebé. Se ha destapado casi por completo, así que lo abrazo y lo hago entrar en calor antes de llevármelo a la cama.

—No llores, pequeñín, mamá está aquí.

Me recuesto en el cabezal y dejo escapar un enorme bostezo cuando él ya se ha agarrado al pecho.

—¿Quieres que encienda la luz? —murmura Thibault.

Le acaricio el pelo, grueso y rizado, susurrando mi respuesta.

—No, porque entonces se despertará del todo y no me dejará volver a dormirme.

—Ya eres toda una profesional. —Se incorpora y se desliza hacia atrás para situarse a mi lado. Alarga el brazo y toma la mano del bebé—. ¿Puedo traerte algo para beber? —susurra.

—Sí, un vaso de agua estaría bien.

—Enseguida vuelvo.

Hace ademán de irse, pero lo agarro de la mano.

Me mira de nuevo.

—¿Qué pasa?

—Quiero darte ese código. —Me cuesta mucho tragar saliva. Es como si tuviera la garganta hinchada. Me resulta difícil respirar.

—¿Estás segura? —dice en voz baja. Levanta la mano y la apoya con delicadeza en mi mejilla—. No quiero que pienses que me lo debes ni nada de eso. Tienes que estar completamente convencida de hacerlo. Entiendo por qué quieres guardarte algunas cosas, y no me enfadaré si no estás lista.

Asiento con la cabeza. En cuanto las palabras salgan de mi boca, lo sé…

—Confío en ti.

Se da media vuelta, haciendo una mueca de dolor por culpa de la rodilla. Entonces me mira fijamente.

—Esto es muy importante para ti. Quiero que sepas que lo entiendo. Y no quiero que pienses que tienes que hacer esto para que yo confíe en ti. Ya confío en ti.

—Lo sé. —Su sinceridad me abruma. Significa mucho para mí.

—Y te voy a ayudar pase lo que pase.

—Eso también lo sé.

Empiezo a llorar.

—¿A qué vienen esas lágrimas? —me pregunta con ternura, inclinándose hacia delante para secármelas.

—Son de miedo. Y también de felicidad. Y de tristeza. —Me río de lo ridícula que estoy siendo. Él sonríe.

—Lo entiendo. Yo también siento todo eso.

—Entonces, ¿dónde están tus lágrimas? —pregunto para tomarle el pelo.

—Superman nunca llora. —Se le escapa una especie de tos e inclina la cabeza hacia abajo, presionándose el puente de la nariz con los dedos.

—¿Qué pasa?

Levanta la cabeza y se limpia la cara. Le tiembla la voz.

—Ya te dije que no soy Superman.

Extiendo el brazo y él se acerca, y los dos nos abrazamos, con el pequeño Thi acurrucado entre nosotros. La voz de Thibault se oye amortiguada en mi hombro.

—No te fallaré. Te lo prometo.

—Sé que no lo harás. Aún no me has decepcionado, ¿verdad que no? —Le sujeto la cabeza, agarrando un grueso mechón de pelo con la mano y apretándolo—. Todo irá bien, lo sé. Dios no es cruel. Dios es bueno.

—Sí. Dios es bueno. —Thibault se aparta—. Voy a ir a buscarte el agua.

—Tráeme también unos pañuelos de papel, anda. Y papel y bolígrafo.

—Sí, señora.

Se mete en la cocina y vuelve con todo.

—¿Podrías encender la luz? —pregunto.

—Creía que habías dicho que Thi se despertaría con la luz.

—Sí, es lo más probable, pero necesito ver para poder escribir el código.

—¿Qué te parece esto? —pregunta, usando una aplicación de linterna del teléfono para iluminar con luz tenue la parte del papel que necesito ver.

—Perfecto. Mucho mejor.

—¿Eres zurda o diestra?

—Diestra. Si me traes un libro o algo rígido para apoyar la libreta…

Se da la vuelta, saca un libro de tapa dura de una estantería y lo lleva a la cama, colocándolo debajo de la hoja de papel. Tomo el bolígrafo y empiezo a escribir mientras él me ilumina con el teléfono.

—¿Qué es eso? —pregunta.

—Es el nombre del archivo en el que Jenny o quien sea que investigue la cuenta en la nube encontrará una aplicación de software.

—Ah.

—Cuando hayan abierto el archivo, tienen que hacer clic en la aplicación para abrirla.

—De acuerdo. Parece fácil.

—Luego la aplicación de software les pedirá una contraseña, y esto es lo que han de introducir. Distingue entre mayúsculas y minúsculas, así que asegúrate de que lo escriban correctamente. Si se equivocan al introducir el código, aunque solo sea una vez, se cerrará y dejará de funcionar, y habrá que restablecerlo todo.

—¿Y cómo se restablece?

—Hay que acceder con mi huella digitalizada en el sistema usando un escáner de impresión, que es un pequeño dispositivo de hardware conectado al ordenador. Sería un lío, así que es mejor que tu equipo no cometa ningún error.

—Bueno. —Hace una pausa—. Caramba, es más complicado de lo que creía.

—Sí. Quería estar segura de que nadie podía hackearlo. Bueno, pues una vez que se ha introducido la contraseña, el archivo ejecutable activará todos los demás archivos en las otras carpetas y revelará los datos que estás buscando.

—¿Y no tendremos que ir y descifrar todos los datos con el código? ¿Lo hará automáticamente?

—Sí, eso es justo lo que quiero decir.

—Parece algo muy sofisticado.

—Lo es. —Esbozo una sonrisa triste. De amargura—. Utilicé parte del dinero de Pável para pagarlo, así que puede que cuando te dije que no le había robado nada, no fuera del todo sincera.

—Este código evita que alguien que no tenga autorización pueda acceder a su información contable, así que yo diría que usaste su dinero para hacerle un favor.

—Pero solo sería un favor si él tuviera el código.

Thibault se encoge de hombros.

—Eso es un simple detalle. No me preocupa; no creo que signifique que eres una persona deshonesta.

—No me quita el sueño, desde luego. —No tenía otra opción. Para mí fue una decisión fácil, porque Thibault tiene mucha razón con respecto a mí: soy una superviviente. Y ahora que he visto a través de sus ojos lo que significa ser una superviviente, estoy orgullosa de serlo.

—¿Dónde lo conseguiste? —me pregunta.

—Contraté a un ingeniero de software para que lo hiciera. Vive en la India. No supone ningún problema: nadie puede seguir su rastro hasta mí.

—Perfecto. Eso es genial. Aunque, si no te importa, se lo comentaré a Jenny.

—Claro, díselo. No tengo nada que ocultar, ni a ti ni a ella. —Le doy el papel y él lo mira.

Señala la primera línea.

—Así que este es el archivo donde Jenny encontrará ese software, y luego tendrá que abrir el software e introducir esta contraseña, ¿verdad? —Señala la segunda línea, una serie de letras, números y símbolos que había memorizado durante varios días.

—Sí. Dile que se asegure de que no cambia ninguno de los archivos en la nube. Para que funcione, es necesario que conserven el mismo nombre que tenían cuando los subí allí, y estar guardados en el orden en que estaban inicialmente. Si mueve algo de sitio o cambia el nombre de algún archivo, es posible que no funcione como es debido.

—Está bien, se lo diré. —Dobla el papel y se lo mete en el bolsillo. Luego mira al bebé y tensa la mandíbula.

—Quieres ir a hablar con ella ahora mismo, ¿verdad? —Le sonrío. No dice ni una palabra, pero su cuerpo no podría estar más tenso.

—¿Tan transparente soy?

—Pues sí, como un libro abierto con las letras grandes.

Se acerca y me pellizca la mejilla con suavidad.

—Muy graciosa. ¿Te importa si me alejo un poco con el coche hasta encontrar cobertura y llamo a Ozzie?

—No, no me importa. Dame esa botella de agua y déjame aquí. —Miro a mi hijo—. La barra libre de leche está abierta y, por lo visto, este pequeñajo tiene mucha hambre. —Le toco la mejilla con delicadeza—. Es un tragón.

—Está bien. No tardaré mucho. Seguiré la carretera unos cinco minutos y haré una llamada rápida. Volveré en cuanto haya terminado.

—Ningún problema. Si Thi termina antes de que llegues, me volveré a dormir.

Se detiene de camino a la puerta y apaga la aplicación de la linterna.

—Cuando regrese, ¿quieres que duerma en el sofá?

—¿Estás loco?

—Eso era lo que esperaba que dijeras.

Sale de la habitación balanceándose sobre las muletas y se dirige a la puerta principal.

Capítulo 32

Después de darme por vencida y renunciar a volver a dormirme, me aseo, me visto y me siento en el sofá a esperar a que Thibault vuelva de llamar por teléfono. Estoy hojeando una revista cuando oigo su coche dar un frenazo en la parte delantera. Llega a mis oídos el sonido de unos pasos apresurados, corriendo por el camino de grava a más velocidad de la que le creía capaz con esa lesión en la rodilla. Deja el motor del coche en marcha.

Me pongo de pie, con el corazón acelerado. Thibault parece… asustado.

—¡Mika! —grita mientras sube los escalones del porche.

—¡Estoy aquí!

Corro hacia la puerta, temiendo que se haya hecho daño. La abro y me doy de bruces con él, que resopla sin resuello en la mañana aún oscura, como si acabara de correr una maratón olímpica. La lámpara de la sala de estar proyecta luz sobre su rostro, y veo cómo le resbala el sudor por las sienes.

—Siento tener que decir esto, pero hemos de irnos. Ya.

Abro los ojos como platos. No puedo procesar por qué me dice eso. Todo iba genial hasta hace tan solo veinte minutos.

—¿Pasa algo malo?

—Tal vez no sea nada, pero he visto un coche en la carretera, y creo que podría venir en esta dirección. Definitivamente, no es nadie de mi equipo.

Salgo corriendo de la sala de estar para ir al dormitorio, saco a mi hijo del moisés para colocarlo en el portabebés y arranco la bolsa de pañales de la cómoda.

Thibault me acompaña.

—Recoge nuestra ropa —le digo, señalando los cajones.

Empiezo a meter pañales y toallitas en la bolsa. Está casi vacía después de que ayer la saqueara una y otra vez. Thi está en el portabebés, durmiendo después de su última toma. Me paro un momento a incorporarlo y atarle el arnés.

Thibault lleva un montón de ropa en los brazos y sale cojeando de la habitación. Cuando termino de recoger todo lo que puedo, miro a derecha e izquierda , sin saber muy bien qué busco.

—¿Qué más tengo que llevar?

—No te hace falta llevar nada excepto el bolso. ¡Vámonos!

Salgo del dormitorio con el portabebés de Thi y mi bolso al hombro. Thibault está de pie en la puerta con una pistola en la cintura y cargado con una bolsa de lona. Algunas prendas de Thi sobresalen por la parte superior.

Cruzo la sala de estar a todo correr, en dirección a la puerta principal, pero me detengo en la mesita de centro para llevarme la botella de agua. Thibault me hace un gesto mientras masculla algo en voz alta, casi para sí mismo.

—Me crucé con el coche hace un par de minutos. Llegué aquí en tres minutos, como máximo. Ese conductor tiene ocho minutos, más o menos, para llegar al siguiente camino de entrada, y si va tan lento como antes, podría tardar hasta diez. Solo faltan un par de minutos por el camino de curvas para que aparezca aquí, en la puerta principal, suponiendo que sea aquí hacia donde se dirige...

Sus cálculos frenéticos me están asustando. Lo miro fijamente, tratando de deducir qué está haciendo.

—Vamos, tenemos que irnos —dice, gesticulando con furia—. ¡Corre!

—Me estás asustando de verdad —le digo mientras echo a correr por la puerta principal.

Sale cojeando detrás de mí, con las muletas colgándole inútilmente de la mano izquierda.

—Lo siento —dice, abriendo la puerta del asiento en el que está la base del portabebés—. No era mi intención, solo quiero ponernos a salvo.

—Está bien, está bien. Vámonos. —Encajo el portabebés en la base mientras Thibault arroja nuestras bolsas al asiento delantero del pasajero.

—¡Súbete al asiento trasero! —grita, dirigiéndose a la pata coja al lado del conductor.

No lo dudo ni un segundo. Me subo corriendo y trepo por encima del bebé, cerrando la puerta detrás de mí.

Thibault se monta en el coche de un salto y pone la marcha atrás para arrancar y dar media vuelta. Caigo hacia atrás en el asiento por el impulso y corro a abrocharme el cinturón de seguridad.

—¿Dónde están? —pregunto, con la voz impregnada de miedo. Me agarro al respaldo del asiento de Thibault para empujarme hacia delante. Miro por el parabrisas delantero; lo único que veo es el camino de entrada y los árboles.

Él tiene la vista fija en la carretera y acciona un interruptor que apaga los faros y las luces del salpicadero.

—Hay dos caminos de entrada a la casa —señala—. Están buscando el que queda a tu derecha. Han pasado de largo por el que nosotros vamos ahora. Cuando está oscuro, queda tan escondido que no se ve desde la carretera.

—¿Y no nos verán cuando entren?

—No. El año pasado ordené instalar un dispositivo para las operaciones especiales. Mi coche no proyectará ni una sola luz, ni siquiera las de posición o las de freno.

—¿Quién es? —Miro por la ventanilla, buscando señales de un intruso. No veo nada más que las formas oscuras de los árboles y los arbustos desfilando a gran velocidad—. ¿Crees que es Pável?

—No lo sé. Tal vez no sea nadie. Estaba hablando con Ozzie por teléfono cuando pasó el coche y me dio mala espina. Normalmente en esta carretera no hay tráfico, y ese conductor parecía estar buscando un camino de entrada, reduciendo la velocidad en cada claro entre los árboles. Aunque puede que, simplemente, esté un poco paranoico, así que no te asustes.

—No lo creo. —Estoy prácticamente hundida en mi asiento, y casi segura de estar viendo algo entre los árboles—. Me parece que alguien viene a través del bosque —digo en voz muy alta por culpa del pánico.

—No nos van a ver, te lo prometo.

—Definitivamente, estoy viendo a alguien —anuncio cuando las luces de unos faros atraviesan los árboles—. Pero están bastante lejos. Casi no se les distingue.

—Es alguien que viene por el otro camino. —Pisa el acelerador.

—¿Adónde vamos? —pregunto. Siento como si la cabeza me fuera a estallar de puro estrés.

—Lo más lejos posible de aquí.

—Pero ¿tienes alguna idea de dónde?

Necesito un plan con urgencia. Odio pensar que vamos a ciegas, que estamos a merced de quienquiera que sea. De Pável.

—Aún no. Pero cuando lleguemos a la carretera principal y hayamos avanzado unos kilómetros, llamaré a Ozzie. Seguro que se le ocurre algún plan para nosotros.

—Eso espero —digo en voz baja—. ¿Le diste el código?

—Sí, se lo di.

Me recuesto en mi asiento mientras el todoterreno pasa rebotando sobre los baches y resaltos del camino. Extiendo el brazo y tomo la manita de Thi, agarrándome al reposabrazos de la puerta para no perder el equilibrio. Me siento como si estuviera en una pesadilla, corriendo lo más rápido posible para salir de ella aun sabiendo que no va a ser lo bastante rápido. La aparición de ese coche en casa de Thibault me ha demostrado que nunca estaré a salvo de Pável… Ni siquiera en una cabaña en medio de la nada.

Nunca me había sentido tan indefensa. Mi único consuelo es saber que le di el código a Thibault y que él lo compartió con su equipo antes de que alguien pudiera matarme.

Ojalá no lo hubiera puesto en peligro a él también.

Capítulo 33

Conduce hasta que pone suficientes kilómetros de distancia entre nosotros y la cabaña para sentirse cómodo sacando el teléfono.

—¿Estás bien por ahí detrás? —pregunta mientras usa el pulgar para buscar un número de teléfono.

Mi ritmo cardíaco se ha calmado un poco, pero tengo el ánimo por los suelos. Siento que no importa lo que haga: estoy bien jodida.

—No exactamente. Asustada, más que nada.

—¿Cómo está el bebé?

—Dormido. Bien. Al menos Thi es capaz de relajarse.

—Necesito llamar a Ozzie mientras conduzco. ¿Te parece bien?

—Sí, me parece bien. Confío en ti.

—Tendré cuidado, te lo prometo. Llevo una carga preciosa a bordo.

Escucho las palabras de Ozzie a pesar de que no está en altavoz.

—Háblame —dice.

—Estamos en la carretera. Definitivamente, alguien iba a la cabaña.

—También han ido a tu casa. Lo vimos en las cámaras de vigilancia. —Me agarro al asiento de Thibault y me impulso hacia delante para asegurarme de oírlo todo.

—¿Va todo bien por ahí? —pregunta Thibault.

—Sí. —Ozzie suspira—. Oye… Siento no haberme puesto inmediatamente con este tema cuando me hablaste de él por primera vez. Tal vez podríamos haber evitado todo esto.

Thibault niega con la cabeza.

—No sigas. Hiciste exactamente lo que debías. Me pasé de la raya.

No sabía que ayudarme a mí hubiese causado problemas a Thibault con su compañero. Ahora aún estoy más conmovida por las decisiones que ha tomado. Una cosa es decidir ayudar a alguien con el respaldo de todos aquellos en quienes confías, y otra muy distinta es hacerlo tú solo. Está demostrando otra vez cuánto significamos —Thi, yo, nuestra seguridad— para él.

—Eso ahora no importa. Todos estamos metidos en esto. ¿Adónde te diriges?

—Esperaba que pudieras decírmelo tú. Solo estoy conduciendo sin rumbo.

—¿En qué dirección? ¿Quieres que active el localizador?

—No. De todos modos, voy a cambiar a un teléfono prepago en un minuto; el localizador no tendrá tiempo de hacer su trabajo.

—Buena idea. Vamos a pasar al protocolo de operaciones especiales solo como precaución.

Thibault asiente.

—Te llamare luego.

Cuelga el teléfono y lo coloca en su regazo, utilizando la pierna como soporte para empujarlo hacia abajo y así poder extraer la batería.

—¿Qué estás haciendo? —pregunto mientras miro por encima de su hombro.

Baja la ventanilla.

—Asegurarme de que nadie puede seguir nuestro rastro.

Diez segundos después, arroja el teléfono por la ventanilla, y otros diez segundos más tarde, la tarjeta SIM, que acaba en la cuneta de la carretera. Tira la batería al asiento junto a él.

—Pero, ¿cómo vas a hablar con tu equipo?

—Tengo un teléfono prepago. —Me pasa su bolsa de lona a través del espacio entre los asientos delanteros—. ¿Te importaría sacarlo de aquí? Está en un estuche negro que parece un kit de afeitado.

Rebusco en la bolsa hasta que lo encuentro y se lo doy.

—Aquí lo tienes.

Lo enciende y espera que aparezca la pantalla de bienvenida. Cuando está listo, se desplaza hacia el primer número, presiona el botón y se acerca el teléfono a la cabeza. Me inclino hacia delante y acerco mi oreja a la suya todo lo que me permite el cinturón de seguridad.

—Bien. Tu teléfono está operativo —dice Ozzie sin más preámbulos.

—Sí. Con la batería cargada y listo para funcionar. Parece que también tengo todos los números del equipo en la agenda de contactos.

—Recuérdame abrazar a mi mujer por encargarse de eso cuando todo esto termine —dice Ozzie.

—Dale un abrazo de mi parte también.

—Está bien, así que te has ido de la cabaña. ¿En qué dirección conduces?

—Hacia el oeste.

—Bueno. Déjame echar un vistazo en mi pantalla. —Pasan varios segundos hasta que vuelve a hablar—. De acuerdo, saldrás de la autopista en la salida 28 y luego recorrerás unos quince kilómetros antes de incorporarte a la autopista 10. Sigue otros veinte kilómetros y verás un Motel 6. Supongo que tendrán un letrero gigante que se podrá ver desde la carretera si no está justo allí en una salida.

—Está bien. Eso suena bien.

—Lo pagaré con una de nuestras tarjetas.

—Genial. Te llamaré cuando llegue allí.

—Perfecto. Y nosotros iremos y nos instalaremos por ahí cerca, así que espera y ya está.

—¿Estás seguro de que es buena idea?

—¿Preferirías hacer esto tú solo?

Niega con la cabeza.

—Definitivamente, no.

—Bien. Todavía no sé a quién vamos a enviar, pero al menos uno de nosotros estará allí antes del amanecer.

Exhala un suspiro de alivio.

—No sabes cuánto me alegro de oír eso.

—Me lo imagino. Siento que hayas tenido que ocuparte tú solo de esto durante tanto tiempo. Debes de tener la rodilla hecha polvo.

Me dan ganas de abrazar a Thibault y darle las gracias y pedirle perdón al mismo tiempo. No tenía ni idea del peso que llevaba a su espalda hasta ahora. He aquí un hombre acostumbrado a trabajar como parte de un equipo que ha tenido que arreglárselas solo porque me había hecho una promesa.

—Sobreviviré, pero, desde luego, he tenido días mejores. Fue culpa mía que las cosas fueran como fueron. Lo siento mucho.

—Basta. No pienso volver a hablar sobre quién tiene la culpa, y tú tampoco. Todos cometemos errores. Nadie es perfecto. Ahora ya sabemos cómo manejar las cosas de otra manera para la próxima vez.

Debería haber confiado en él mucho antes, haberle dado las respuestas que me pedía para que su equipo pudiera poner en marcha su investigación. Tal vez podríamos haber evitado esta situación. Le he causado tanto dolor, primero con la rodilla y luego con su equipo…

—Ojalá no haya otra próxima vez —dice Thibault—. Voy a instalarme con Mika en el motel, pero nos fuimos sin apenas nada de la cabaña. Tenemos algunos pañales y cosas básicas para el bebé, pero nada de comida ni ropa para ella.

—Ni compresas —digo débilmente desde el asiento de atrás. Me siento como una carga.

—Ni… eeeh… productos de higiene femenina —añade.

—Está bien, traeremos todo eso nosotros. No hay problema. ¿Algo más especial para Mika o el bebé?

—Si Toni pudiera darnos más ropa de la suya, sería fantástico. Y mucha agua. Agua embotellada.

—Entendido.

—Hablamos pronto.

—Sí, ten cuidado. No bajes la guardia. No veo cómo podrían encontraros ahora, pero nunca se sabe.

—¿Cómo crees que nos localizaron en la cabaña?

Ozzie suspira.

—Bueno, si te estuviera buscando, encontraría tu casa a partir de tu teléfono o conseguiría tu nombre a través de las noticias que se han ido publicando y lo utilizaría para buscar registros de propiedades en línea. Encontraría tu casa y la cabaña en menos de treinta segundos. No sería difícil. Aunque si no estuvieras tan implicado en el caso, eso ya lo sabrías.

Thibault lanza un suspiro.

—Tenemos que solicitar al tribunal que nuestras direcciones sean confidenciales, como las de los agentes de policía y los fiscales.

—Estoy de acuerdo. Será lo primero en mi agenda con el jefe de policía cuando esto termine.

—¿Dijiste que también fueron a mi casa?

—Sí. A tu casa y a la de Toni. Me alegro de que ella no estuviera allí.

Siento una inmensa sensación de culpa. Levanto la mano y agarro el hombro de Thibault para disculparme.

—Yo también. —Thibault aparta el teléfono para frotarse el pecho un par de segundos antes de volver a la conversación—. Joder. Siento como si me estuviera dando un ataque al corazón.

—Bueno, ya hemos pasado por esto antes, con May. Por eso establecimos protocolos para estas situaciones. Solo tenemos que seguir el plan y estar atentos a cualquier problema que surja.

—Lo haré.

—Nosotros también. Nos vemos pronto.

—Cuento con ello.

Thibault cuelga el teléfono y lo suelta en el asiento junto a él.

Siento una intensa pena en el corazón.

—Thibault, lo lamento mucho.

Me mira antes de volver a fijar la mirada en la carretera.

—No tienes que disculparte. —Me toma la mano, que aún tengo apoyada en su hombro, y la besa muy rápido, haciendo que se me acelere el corazón—. Esto no es culpa tuya. Es culpa de Pável, y no va a ganar.

—Me gustaría tener tu fe —le digo.

—Tú ten fe en mí, y yo me encargaré del resto.

Asiento con la cabeza.

—Lo haré. —Y no lo digo por decir. Creo en Thibault. Confío en que hará todo lo que esté en su mano para mantenernos a salvo a Thi y a mí, y no puedo pedir nada más que eso.

Capítulo 34

Con las instrucciones básicas de Ozzie y un poco de ayuda de la aplicación Google Maps de Thibault, no nos resulta difícil encontrar el Motel 6. Temo que el recepcionista le ponga pegas a Thibault porque la tarjeta de crédito que Ozzie ha usado para pagar la habitación lleva un nombre que Thibault no conoce, pero el empleado debe de haber recibido información suficiente para satisfacer su curiosidad y cumplir con las reglas del motel. Thibault sale de la recepción, se sube al todoterreno, nos lleva a Thi y a mí hasta la puerta de nuestra habitación y nos deja una llave.

—Entra y cierra con llave. Yo voy a aparcar detrás del edificio y enseguida vuelvo. Tengo mi propia llave.

Me bajo del coche con el portabebés en un brazo y la bolsa de pañales colgada del hombro. Cuando entro en la habitación, no me detengo, sino que voy directa al baño y también cierro la puerta detrás de mí.

Al cabo de unos cinco minutos, alguien llama a la puerta.

—¿Va todo bien ahí dentro? —pregunta Thibault. Me limpio el sudor del labio superior y las sienes.

—Estoy bien. ¿Puedo salir?

—Sí. Solo estoy yo.

—¿Cuál es el código secreto?

No entiendo cómo no se nos había ocurrido antes.

—Mmm, ¿qué código?

—Necesitamos un código secreto que podamos usar para que la otra persona sepa que todo va bien. He visto muchas películas donde todas las muertes podrían haberse evitado si hubieran tenido un código secreto.

Estoy un poco mareada. Esa es mi excusa para decir tonterías.

—Cómo te gustan los códigos… —murmura.

—¿Qué has dicho?

—He dicho, ¿qué te parece «palomitas de maíz»? ¿Es un buen código?

—Sí, eso funcionará. No se me ocurre ningún momento en que use eso en una conversación normal.

Pasan los minutos.

—¿Vas a salir o qué? —pregunta Thibault.

Me da miedo abrir la puerta. Este baño me parece muy, muy seguro; no hay ventanas, la puerta tiene un par de centímetros de grosor y está equipada con un pestillo muy grande.

—Aún no has dicho el código secreto.

—Palomitas de maíz —dice—. Hay palomitas de maíz por todas partes.

—Ahora salgo.

Me levanto, despegándome del borde de la bañera. Recojo el portabebés del pequeño Thi de encima de la tapa del inodoro.

—Tengo todas las luces apagadas, así que ten cuidado y no te tropieces con nada —dice—. No quiero que nadie fuera del motel vea que esta habitación está ocupada.

—Muy bien. —Me encanta ese plan. Abro la puerta y salgo del baño. Verlo allí, bajo la tenue luz del cartel de la salida de emergencia de la habitación, me produce una inmensa sensación de alivio—. Tengo mucho miedo.

—¿Tienes miedo? ¿Doña Mandona? No me lo creo.

Me abandono en sus brazos y entierro la cabeza en su pecho.

—Cállate. No eres gracioso. Solo yo soy graciosa.

Me acaricia la espalda y me besa en la coronilla.

—Todo va a ir bien. Alguien de mi equipo estará aquí por la mañana y nos traerá lo que necesitamos. Creo que puedes beber agua del grifo sin problemas hasta que lleguen.

—No podría comer nada ahora mismo, aunque tuviera muy buena pinta. —Me sorbo la nariz, rezando para que no se me escapen las lágrimas, pero mis emociones solo me ofrecen una tregua a medias—. Ni siquiera aquel delicioso pollo al horno que hiciste.

—No te culpo. Todo esto da mucho miedo, pero todo terminará pronto.

—No sé por qué crees que puedes decir eso. —Lo miro—. Esto es solo el principio.

—No, no lo es. Nos diste el código. Por la mañana, Jenny pondrá todo el dispositivo en marcha. Cuanto antes metan a Pável entre rejas, mejor.

Siento que me invade el pánico.

—Por favor, dile a Jenny que no se lo dé a nadie todavía.

Veo a Alexéi con claridad meridiana en mi mente. Su cara, su sonrisa, las conversaciones que solíamos tener… Siempre estaba en mi casa, sin hacerle daño a nada ni a nadie. No se merece que lo deje en la estacada ni condenarlo a muerte.

Se aparta para mirarme.

—¿Por qué?

Es hora de otra confesión. Me gustaría haber dicho algo antes, pero no voy a castigarme por ser precavida. Su voluntad y capacidad para dar con nosotros demuestran lo decididas que están estas personas a obtener lo que quieren y lo peligrosamente astutos que pueden ser.

—¿Qué está pasando, Mika? Por favor, dímelo.

Miro hacia el suelo, avergonzada por estar a punto de descargar otro montón de mierda sobre Thibault y su equipo, como si mantenernos a salvo a Thi y a mí no fuera suficiente.

—Si le damos a la policía todo lo que quieren, no intentarán encontrar a Alexéi. Y necesito encontrarlo. Es importante.

Apoya las manos sobre mis hombros.

—¿Qué quieres decir? ¿Qué tiene que ver Alexéi con esto?

Miro a Thibault, suplicándole con la mirada que me crea, que escuche lo que estoy diciendo.

—Nada… No tiene nada que ver con esto, más allá del hecho de que es un buen chico… Él es un buen hombre, y cuando todo lo demás era una mierda a mi alrededor, cuando todos me trataban como a una mierda, él no lo hacía, ¿de acuerdo? Él era amable conmigo. Él me escuchaba. Nunca me hizo nada malo ni cruel, a diferencia de todos los demás hombres en mi vida. Es inocente. Nunca le ha hecho nada malo a nadie.

Me siento impotente y desesperada, como si Thibault fuese a ignorar lo que acabo de decirle porque el bienestar de Alexéi no tiene nada que ver con mi seguridad personal. Pero tiene que ver conmigo como persona. Cuanto más lo pienso, más me doy cuenta de lo importante que es asegurarme de que Alexéi está bien. Nunca podría sentirme libre de mi pasado sabiendo que dejé su alma bondadosa en manos de esos salvajes. Eso me atormentaría por siempre. Necesito convencer a Thibault.

—No sé por qué Pável lo tiene escondido ni si se ha deshecho de él, pero necesito saber que está bien, o al menos qué le ha ocurrido. Es como una tortura, imaginar que… —Tengo que hacer una pausa para respirar, tratando de calmarme—. Alexéi me necesita. No puedo abandonarlo sin más. Si todavía está vivo, necesita que lo encuentre, y si está muerto… —Me callo para contener las lágrimas—. Si está muerto, debo enterrarlo como es debido. Pável nunca lo hace como es debido.

Thibault me habla en tono tranquilizador.

—Si la policía pone en marcha la operación de detener a Pável y el fiscal empieza a trabajar en su procesamiento, Alexéi aparecerá.

Me enfado porque no se está tomando esto tan en serio como creo que debería.

—¿Por qué dices eso? Si Pável lo ha matado, no tendrá ninguna motivación para contarnos lo que pasó, y la policía no hará nada al respecto. Alexéi no significa nada para ellos en comparación con Pável. Y si Pável tiene a Alexéi escondido en alguna parte, nunca descubriremos dónde. Pável podría pagar a alguien para que lo vigilase durante el resto de su vida.

—¿Y tan malo sería eso? ¿Que alguien cuidara de él?

Me dan ganas de gritar.

—La gente que Pável contrata para vigilar a otras personas no es agradable, ¿entiendes? No es como si Alexéi estuviera viviendo con una familia adoptiva cariñosa que le ofreciera tres comidas al día y regalos en Navidad. Que nosotros sepamos, podría estar sufriendo abusos en este preciso momento. Es una persona muy simple. Es fácil manipularlo y hacerle daño. ¿Entiendes lo que eso significa?

—¿Crees que Pável lo introduciría en el negocio del tráfico sexual?

—¿Por qué no? Pável es un inmoral, y es muy malvado. Puede que Alexéi sea su primo, pero para Pável básicamente es un inútil a menos que le esté haciendo ganar dinero de alguna manera.

—¿Ha hecho algo así con él alguna vez?

—No, pero lo ha amenazado suficientes veces para que le crea muy capaz de hacerlo.

—¿Lo utilizaba como influencia contra ti? —La expresión de Thibault se vuelve sombría.

—No. Nunca dejé que Pável supiera lo mucho que me importaba Alexéi. Eso era demasiado peligroso.

—¿Y crees que nunca se dio cuenta?

Me encojo de hombros.

—Espero que no. Siempre tuve demasiado miedo de preguntarle dónde estaba Alexéi. Una vez le lancé una indirecta, diciendo que no lo había visto últimamente, pero Pável me dijo que no me preocupara por eso. —Levanto la mano y le toco la cara, esperando poder abrirme paso por esa expresión pétrea—. ¿No te das cuenta? Si le damos ese código a la policía, no me harán caso cuando les diga que tienen que encontrar a Alexéi. Pero si lo retengo, harán todo lo posible por averiguar dónde está. Primero debo asegurarme de que está bien, de que Pável no le ha hecho daño. Entonces les daré su maldito código. —Aparto la mano y arropo a mi hijo con el arrullo—. No voy a dejar que sean ellos quienes dirijan todo el cotarro. Ese código es mi mejor baza de negociación.

Thibault se aleja y se detiene ante el pequeño escritorio de la habitación. Abre el cajón, saca un bolígrafo y un papel, y los deja encima del escritorio.

—Escribe todo lo que sepas sobre él: nombre completo, apellido, fecha de nacimiento, cualquier tatuaje o marca que lo identifique, lugares que frecuentaba, la iglesia a la que asistía, personas con las que pasa el tiempo… Todo.

Me acerco despacio y dejo a mi hijo en la cama antes de coger el bolígrafo.

—¿Vamos a denunciar su desaparición a la policía?

—No inmediatamente. Antes quiero ver lo que consigue averiguar mi equipo.

—Está bien. —Escribo lo que sé en el papel y le paso el bloc de notas—. Te lo agradezco mucho, de verdad.

—No tienes ni que decirlo. —Hace ademán de alejarse, pero lo detengo poniéndole una mano en el brazo. Me mira.

—Sí tengo que decirlo. Después de lo que ha pasado esta noche, no dejo de pensar en que el destino te va a apartar de mi lado en cualquier momento, cuando menos lo espere. No quiero que haya cosas que se queden sin decir entre nosotros.

Vuelve y pone la mano en un lado de mi cara, inclinándose para darme un lento beso en los labios. Presiona la frente contra la mía.

—El destino se ha tomado muchas molestias para unirnos. No nos va a separar así como así, te lo prometo.

—No puedes prometer cosas sobre las que no tienes ningún control.

—Mírame.

Se acerca a la cama con el bloc de notas, se sienta y saca el teléfono. Sus dedos vuelan sobre el teclado mientras mira la información que acabo de escribir.

—¿Qué haces? —Temo que haya dejado de lado mis preocupaciones y esté haciendo lo que quiere en lugar de lo que le he pedido. Por un momento, recuerdo lo que se siente cuando te traicionan.

—Estoy copiando toda la información que me has dado en un correo electrónico para enviársela a todos los miembros del equipo. Es una invitación abierta para cualquiera que esté despierto y disponible para empezar a indagar un poco.

Suspiro de alivio. No está hablando con la policía. Todavía no, al menos. Le estoy muy agradecida por hacerme caso.

Al cabo de menos de un minuto, su teléfono emite un ruido y mira el mensaje que acaba de llegarle.

—Toni está en ello.

Me acerco y leo el mensaje.

T: Estoy en ello. Ten cuidado. Quédate en la sombra. Corto.

—¿Qué significa eso de «quédate en la sombra»?

—Me está diciendo que no envíe más mensajes a menos que sea absolutamente necesario. —Thibault se levanta y me observa. Estudia mi rostro y luego me mira a los ojos durante un buen rato.

—¿En qué piensas ahora mismo? —pregunto, sin estar muy segura de querer oír la respuesta, pero satisfecha de que no haya más secretos entre nosotros.

—Estoy pensando que nunca me he sentido tan al borde de la muerte como ahora. Y eso me hace ver un montón de cosas con absoluta claridad: como a la mujer que tengo aquí delante...

Me toma de la mano, haciendo que se me acelere el corazón.

—Es una mujer delicada, temperamental, furiosa, divertida, graciosa, seria e inteligente. Y tiene un cuerpo precioso y un bebé también precioso, y aunque prepara unos espaguetis horribles, definitivamente, es alguien a quien quiero conocer mejor.

—Dedicarme halagos no te va a servir de nada conmigo. —Intento no dejarme llevar por mis emociones, pero maldita sea, es difícil cuando se muestra tan sincero y amable al mismo tiempo.

Me aprieta la mano.

—¿Estás segura de eso?

Se me escapa una sonrisa.

—No. Tal vez no. Intenta dedicarme unos pocos más y ya veremos. —Ningún hombre ha dicho nunca esas cosas sobre mí, jamás. Es abrumador que te bañen en piropos de esa manera. No quiero que acabe nunca.

—Podría pasarme la vida entera tratando de conocerte, y no creo que me aburriera nunca en el proceso. —Sacude la cabeza—. No. Mi vida nunca será aburrida mientras tú estés en ella.

Pongo los ojos en blanco.

—Pues para mí una vida aburrida estaría bien para variar, la verdad.

Me abraza.

—Qué va. El aburrimiento es muy aburrido. —Mira hacia la cama—. ¿Te apetece dormir un rato? Puede que tengamos un par de horas hasta que llegue alguien.

—Solo si te acuestas a mi lado.

—Claro.

—Voy a trasladar al bebé a la otra cama —le digo, apartándome de él.

—Buena idea. Así cuando te lleves todas las mantas no le darás un golpe sin querer…

Sonrío pero me guardo mis comentarios para mí. Me encantan sus bromas, pero la sensación de peligro que nos rodea aún me impide seguirle el juego. Aparto la ropa de cama para dejarnos espacio bajo las sábanas y dejar dos de las cuatro almohadas en la cama que hará las veces de cuna gigante para el niño. Me aseguro de que esté completamente encajonado, a pesar de que todavía es demasiado pequeño para moverse por su cuenta y rodar por la cama.

—Me preocupa que se dé la vuelta y se ahogue —le digo, mirándolo fijamente.

—Es demasiado pequeño para moverse, pero puedo ponerle mis zapatos a los lados para impedir que se dé la vuelta, si eso te hace sentir mejor.

Arqueo una ceja.

—¿Quieres poner tus olorosos zapatos al lado de mi hijo?

—¿Qué? Mis zapatos no huelen. Mis pies huelen a algodón de azúcar.

Me río.

—¡Ja! Estás loco. Ningún pie huele a algodón de azúcar.

—Los míos sí.

—Lo que tú digas. Trae, dame esos zapatos olorosos. —Extiendo la mano.

Va al baño, sale con dos toallas y envuelve sus zapatos con firmeza. Los coloca a ambos lados del bebé.

—¿Contenta? —pregunta, tumbándose en la cama y dando unas palmaditas a su lado.

—Pues sí. Y para tu información, tus zapatos no huelen a algodón de azúcar.

—¿Qué? Imposible.

—A menos que los fabricantes de algodón azúcar hayan inventado un sabor nuevo llamado calcetín de gimnasia sucio y yo no me haya enterado.

—Ven aquí, que te vas a enterar —dice, señalando la cama.

Sonrío y me acerco, contoneando las caderas de lado a lado con aire sugerente.

—Será mejor que tengas cuidado. Tengo un Toyota y no me da miedo usarlo.

Intenta agarrarme y me pongo a chillar. Me aparto justo a tiempo.

—¡Chist! —exclama, alargando el brazo más delicadamente—. Vas a despertar al niño.

Me acuesto a su lado y apoyo la cara en su pecho. Paso la mano por encima de sus marcados abdominales.

—Oh, maldita sea —exclama, estirando el brazo para frotarse la pierna.

—¿Qué pasa? —Lo miro a la cara.

—Mi rodilla. Me está matando.

—Pobrecillo. Antes has corrido mucho. Ha sido impresionante, la verdad.

—Sí, soy un machote, ¿qué quieres que te diga?

Le doy un codazo y sonrío.

—Aunque admito que la adrenalina lo hace más fácil. Ahora lo estoy pagando, claro.

—Mañana estarás arrepentido. —Levanto la cabeza para mirarlo—. ¿Quieres que te traiga una pastilla? —Ojalá pudiera hacer algo. Su rodilla está peor porque ha antepuesto mi seguridad a su propia salud y su comodidad.

—Ya me he tomado la medicación que puedo tomar de momento.

Bajo la cabeza y me arrimo a su lado.

—¿Cuándo te operarán?

—No lo sé. Cuando todo esto termine.

—¿Y aguantarás tanto tiempo?

—Tengo mucha resistencia, créeme. —Me aprieta con ademán sugerente.

—Eso suena divertido. Que tengas aguante…

Me acaricia el costado y acerca mi trasero hacia él.

—Algún día, si te portas bien, te lo demostraré.

Suspiro.

—Nunca he sido de las que se portan bien.

—Bueno, tampoco hace falta que te portes demasiado bien.

Permanecemos en silencio durante un buen rato y creo que se ha quedado dormido.

—¿Thibault? —susurro.

—¿Sí? —me contesta, susurrando él también.

—Hay algo que me preocupa.

Saber que puede que no tengamos mucho tiempo juntos y que mis días podrían estar contados hace que me resulte más fácil compartir con él uno de mis miedos más profundos.

—¿Sobre qué, aparte de lo obvio?

—Estoy preocupada por Thi. Por quién es su padre.

—¿Temes que le otorguen la custodia? Porque no creo que debas agobiarte por eso. Ningún juez del mundo le daría ese niño a un criminal como él.

—No, eso no es lo que quiero decir. Quiero decir… Lleva el ADN de Pável. ¿Y si…? No sé… ¿Y si tiene tendencias criminales? —Dejo escapar un largo suspiro—. Quiero muchísimo a mi hijo y odio que me asalten esa clase de pensamientos. No es justo para él.

Thibault acerca mi cabeza y la besa.

—No todos los bebés nacen de una relación amorosa. ¿Y quién sabe qué fue lo que convirtió a Pável en la persona que es? Tal vez lo trataron como a un animal, y si alguien hubiera sido más amable, no habría acabado siendo un ser tan despreciable. Da igual. El caso es que no tenemos que preocuparnos por él. El pequeño Thi ha sido el fruto de un acto violento, pero eso no significa que haya algo malo en él ni que su futuro no vaya a ser fabuloso. Nació como un ángel perfecto e inocente, y lo va a criar una magnífica mujer. Va a ser un niño increíble, ya lo estoy viendo.

Sus palabras, tan bondadosas, hacen que me entren ganas de llorar, porque hasta que lo conocí, no había habido mucha bondad en mi vida. Sin embargo, en vez de llorar, me río. La alegría que siento no deja que me salgan las lágrimas.

—Estás loco. Solo ha abierto los ojos dos veces delante de ti.

—Sí, pero yo estaba allí cuando nació, y he pasado cinco días con sus noches con su madre, y puedo decirte que tiene a una mujer muy dura cuidando de él, y que ella le enseñará la diferencia entre lo que está bien y lo que está mal, entre el amor y el odio, entre el respeto y la falta de respeto. Le va a ir bien. Igual que a ti.

Deseo con todas mis fuerzas que Thibault tenga razón.

—Depositas mucha fe en mí.

—Tú también lo haces. Te he visto en acción. Nadie puede doblegar tu espíritu; es demasiado fuerte.

—Unas veces tengo fe en mí y otras no.

—Bueno, cuando no la tengas, siempre puedes pedirme que te dé una charla.

Estoy a punto de reprimirme y no decir lo que pasa por mi mente, pero luego pienso: «¿Qué diablos? ¿Por qué no?».

—En esos casos ¿debería llamarte por teléfono o basta con que te despierte? —pregunto.

—Puedes despertarme.

Lo rodeo con los brazos y lo estrecho con fuerza, inclinando la cabeza para poder verle la cara. Juntos, acabamos de dar lo que parece un paso más a un precipicio, una cornisa tan alta que no puedo ver lo que hay debajo, y lo único que hace Thibault es sonreírme.

—Estás loco.

—Los dos lo estamos.

—Me encanta hacer locuras —le susurro.

—Y a mí también.

Capítulo 35

Thibault se despierta cuando está saliendo el sol y desliza el brazo por debajo de mi cuello, tratando de no despertarme. Me he despertado dos veces por la noche, para dar de mamar a Thi, y apenas puedo mantener los ojos abiertos, pero tengo demasiado miedo para dormir. Lo veo acercarse a la ventana y abrir la cortina.

Se ve la luz de unos faros entrando en el aparcamiento.

—¿Quién es? —pregunto mientras me incorporo en la cama.

—Reconozco se coche. Es alguien de mi equipo.

Devuelve la cortina a su sitio y se dirige hacia el baño. Lo oigo abrir el grifo de agua y enjuagarse la boca. Corro a recomponerme un poco la ropa y alisarme el pelo con el peine que metí en la bolsa de los pañales.

Thibault se acerca a la puerta y espera un golpecito muy leve que llega un minuto después. Él la golpea a su vez como respuesta, con un toque tan leve que podría confundirse con los ruidos habituales de la noche.

Una voz grave y masculina se cuela a través de la puerta.

—Soy yo.

Thibault me mira.

—Es Ozzie.

Abre la puerta y vemos que no solo es Ozzie, sino que viene acompañado de Jenny. Lleva un portátil en la mano.

—¿Sorprendidos de verme? —Ella entra primero, parándose a dar un beso a Thibault en la mejilla y a darle una palmadita en el hombro antes de avanzar por el interior de la habitación. Deja el ordenador en la mesita y lo abre. Se sienta de inmediato. Mira alrededor en la habitación y me hace una seña con los dedos—. Hola —susurra, mirando al bebé dormido.

—Hola. —Ozzie extiende la mano y Thibault se la estrecha. Luego lo acoge a medias en un abrazo. Se pegan unas palmaditas en la espalda unas cuantas veces antes de que Ozzie entre del todo en la habitación, para que Thibault pueda cerrar la puerta. Echa el pestillo detrás de él.

—¿Todo bien por aquí? —susurra Ozzie.

—Sí. Hemos pasado una noche un poco dura con el niño, pero estamos bien.

Los cuatro miramos a la cama donde el pequeño tirano duerme plácidamente. Nunca imaginas con qué eficacia alguien tan diminuto puede dominar tu mundo hasta que lo experimentas en carne propia. Todavía me choca un poco lo horrible que puede ser la falta de sueño.

—Os he traído algunas cosas, pero están en el maletero. No creo que vayáis a estar aquí mucho tiempo, así que las he dejado ahí —explica Ozzie.

A continuación habla Jenny:

—Estoy iniciando sesión en esa cuenta en la nube con una VPN para que nadie pueda seguir el rastro hasta nosotros.

—¿Alguien ha traído un cepillo de dientes? —pregunto, dándome unos golpecitos en los labios. Tengo muy mal sabor de boca.

Jenny descuelga su bolso del respaldo de la silla y me lo enseña.

—Todo lo que necesitas debería está aquí dentro.

—Gracias. —Thibault hace ademán de recoger el bolso, pero Ozzie se lo impide. Agarra el bolso y me lo acerca.

—¿Estás bien?

Lo miro, reparando en su estatura y en su corpulencia física. Es impresionante.

—La verdad es que ahora me siento mejor. —Miro a Thibault rápidamente, esperando que no se ofenda por eso—. No es que no esté bien con Thibault aquí cuidando de nosotros, pero cuantos más seamos mejor, ¿verdad?

—Desde luego. —Ozzie señala con la cabeza hacia el baño—. Siéntete libre de hacer lo que tengas que hacer. Disponemos de una media hora.

—¿Media hora antes de qué? —Me detengo en la puerta del baño, esperando su respuesta.

—Anoche, muy tarde, tuve una conversación con el jefe del Departamento de Policía de Nueva Orleans. Y luego llamó a algunos de sus contactos en el FBI. Al parecer, hay un equipo trabajando en el caso, con Holloway actuando como enlace en el Departamento de Policía de Nueva Orleans, y quieren hablar contigo.

—¿Qué les has dicho? —pregunta Thibault.

—No mucho. Prefería hablar con vosotros primero. Pero accedí a mantener una reunión de tanteo. —Ozzie mira el reloj—. Se supone que tendrá lugar a las ocho en punto en un restaurante ubicado en la autopista 10.

—¿A cuánto queda de aquí? —pregunta Thibault.

—A unos veinte kilómetros.

—Está bien —digo—. Puedo estar lista para entonces.

Entro en el baño, pero dejo la puerta entreabierta.

—Bueno, ¿qué novedades hay? —pregunta Thibault.

—Vamos a esperar a Mika. Necesitamos su opinión —dice Ozzie.

—Está bien, pero creo que está lista para lanzarse a la piscina y acabar con esto.

—¡Sí! —digo con el cepillo de dientes en la boca—. ¡Estoy lista! —Todo lo lista que llegaré a estar jamás.

—¿Ah, sí? —La voz de Ozzie transmite un tono desafiante. Dejo de cepillarme los dientes. ¿Me está hablando a mí?

—¿Me he perdido algo? —pregunta Jenny.

—Tal vez —dice Thibault. No parece muy seguro de sí mismo. Sigo cepillándome los dientes más despacio para asegurarme de oírlo todo.

—¿Qué está pasando, Thibault? —pregunta Jenny—. Parece que tienes muchas cosas en la cabeza.

—Y las tengo, pero ahora no es el momento de hablar de eso, sinceramente. Tenemos otras prioridades. —Sigue un silencio y luego Thibault interviene de nuevo—. ¿Qué pasa? —Parece como si estuviera a la defensiva.

—Te has involucrado personalmente, ¿verdad? —pregunta Ozzie.

Casi me ahogo con la espuma de la pasta de dientes. Ellos saben que los estoy oyendo, ¿verdad? Me aparto a un lado para que me vean más claramente cuando me inclino y escupo en el lavabo. Tal vez no se han dado cuenta de que no he cerrado la puerta, pero con el grifo de agua abierto, era más que evidente…

—Por supuesto que me he involucrado personalmente. Mira dónde estoy.

—No es eso de lo que estoy hablando, y lo sabes.

—Espera un momento. ¿Estás enfadado con él? —pregunta Jenny—. No lo entiendo. ¿Qué ha pasado?

—Se ha involucrado en una relación con una clienta. No es algo que fomentemos en Bourbon Street Boys.

Me enjuago la boca rápidamente. Necesito defender a Thibault, explicarles que…

—No he podido evitarlo —dice—. Esas cosas a veces pasan, sin más. —Suspira—. Yo iba tranquilamente por la calle, y entonces, de repente, ella salió de la nada, y al cabo de un momento estaba ayudándola a dar a luz a su hijo. No es una experiencia de la que puedas salir sin desarrollar algún tipo de apego emocional.

Me seco la boca y cierro el grifo. Es como si el tiempo se hubiese ralentizado. ¿Qué estarán pensando? ¿Me odiarán por haberlo metido de lleno en mis problemas, por hacer que sienta algo por mí? ¿Creen que lo he engañado de algún modo? ¿Que yo he provocado esta situación? ¿Que tengo motivaciones ocultas?

La voz de Jenny es amable.

—Ay, qué tierno es eso… Sinceramente, no sabía que eras capaz de sentir algo así, Thibault.

Su fácil aceptación elimina parte de la tensión que me atenaza el pecho. Salgo del baño y me aclaro la garganta para asegurarme de que saben que estoy allí.

—¿Que se supone que significa eso? —pregunta Thibault.

Ninguno de los tres parece darse cuenta de mi presencia. Tengo la extraña sensación de ser como una mosca en la pared.

—Vamos, ya sabes… —dice Jenny, mirándome por fin antes de seguir hablando—. Siempre eres tan duro con todo… Simplemente creía que ibas a ser un soltero recalcitrante… Que estarías solo el resto de tu vida.

—¿Tú la oyes? —le dice Thibault a Ozzie con aire incrédulo.

—Sí, la estoy oyendo. Yo pensaba lo mismo.

—¿Qué? ¿Pensáis que tengo un corazón de piedra? ¿Que soy una especie de donjuán o algo así?

Se vuelve y me mira como yo si tuviera una explicación para el comportamiento de los otros dos. Lo único que puedo hacer es encogerme de hombros.

—No, no, nooo… —exclama Jenny. Se levanta y se acerca a él—. No he querido decir eso, para nada. No te enfades. Simplemente, parecías cien por cien concentrado en el trabajo, y las únicas personas para las que tenías tiempo en tu vida eran Melanie y Victor. Ni siquiera te gusta venir a las noches de pizza.

—¿De qué estás hablando? Me encantan las noches de pizza. —Casi parece dolido por su acusación.

Ozzie resopla.

—Di la verdad.

—¡¿Qué?! Vamos, me encantan las noches de pizza. —Baja la voz—. Bueno, está bien, a veces hay demasiado ruido y demasiados niños corriendo por todas partes… Pero me gustan los niños.

A continuación, sigue una larga pausa mientras todos se miran unos a otros y luego miran a Thi, que los observa desde la cama. Por una vez, tiene los ojos abiertos.

—Joder, ya sabéis que me gustan los niños. Soy el tío favorito de Melanie y Victor.

—Eso es verdad —dice Jenny, volviendo la vista hacia Ozzie y luego hacia mí—. Es su tío favorito.

—Es su único tío —contesta Ozzie secamente.

—Sí, pero aunque hubiera diez tipos haciendo cola con la condición de tíos carnales, yo seguiría siendo el número uno. —Parece muy orgulloso de sí mismo.

—Tienes razón —dice Jenny—. Tienes toda la razón. Siento haberte juzgado como lo hice. Ha sido injusto por mi parte.

—Te conozco desde hace mucho tiempo —dice Ozzie después de una larga pausa.

—Sí. ¿Y qué? —Thibault está a la defensiva.

—Nunca te había visto ablandarte con nadie como con esta chica. —Me mira—. Sin ánimo de ofender.

Levanto las manos.

—No me he ofendido.

Es verdad. Entiendo perfectamente el sentimiento protector de sus amigos hacia él. Si fuera mi mejor amigo, a mí tampoco me haría ninguna gracia que quisiera estar conmigo. Querría que se fuera bien lejos, que se distanciara de cualquier mala influencia, porque es un hombre muy especial.

—No me he ablandado. —Thibault se dirige a mí y me toma de la mano, empujándome para que me acerque más a ellos. Se me acelera el corazón. No me puedo creer que me esté defendiendo—. Solo me preocupo por Mika y Thi. Quiero protegerlos, y quiero asegurarme de que estén bien. ¿Qué tiene eso de malo?

—¿Y luego qué? —pregunta Ozzie—. ¿Te irás? —Me mira—. ¿Te irás tú?

Abro la boca para responder, para asegurarles que no voy a hacerle daño a este hombre que está siendo tan bueno conmigo, pero Thibault se me adelanta.

—No lo sé. —Parece incómodo. Me suelta la mano y se cruza de brazos—. Supongo que ya lo veremos cuando llegue el momento.

Me siento fatal; por mi culpa se ha visto metido en una conversación que, evidentemente, no tiene ningunas ganas de mantener. Tengo los niveles de estrés disparados. Thi empieza a moverse, la primera señal del llanto inminente.

—No creo que vaya a ser tan sencillo —dice Ozzie—. Esta vez no. No en esta situación.

—¿Qué quieres decir? —Thibault parece suspicaz.

—Este es un caso del FBI. La necesitan para que testifique.

—¿Y? Testificará.

—Su vida correrá peligro en el futuro más inmediato. Tendrá que entrar en un programa de protección de testigos.

Me arden las orejas. Todo eso ya lo sé, pero oírselo decir a Ozzie en voz alta y poner a Thibault en semejante aprieto me remueve el estómago y el corazón.

—Muy bien. Pues yo… No lo sé. —Parece disgustado—. Tal vez me vaya con ella. Me tomaré una excedencia y la ayudaré a instalarse. O tal vez me quede. No lo sé.

Tengo que hacer un gran esfuerzo por mantener la boca cerrada y contener las lágrimas. Primero lo atropellé con mi coche y ahora lo he puesto entre la espada y la pared: o se olvida de la promesa que me hizo o renuncia a sus amigos de toda la vida. Para otro hombre, podría ser una decisión fácil, pero no para él. Odio haberlo puesto en esta situación.

—¿Por cuánto tiempo? —pregunta Ozzie—. Estos casos pueden durar años.

—¿De verdad crees que podrías dejar los Bourbon Street Boys un par de años? —pregunta Jenny, escandalizada.

—No lo sé. —Está nervioso.

Ya he escuchado suficiente. Se siente estresado y bajo presión, y no es justo. Tanto él como yo sabemos que no va a entrar en ningún programa de protección de testigos conmigo. Solo nos conocemos desde hace unos días. No sería justo que esperara eso de él, aunque creo que lo que hemos empezado entre nosotros es algo muy especial.

Me acerco y tomo al bebé en brazos.

—Hola, angelito. ¿Tienes hambre? —Me siento en el borde de la cama y empiezo a desabrocharme la chaqueta. Esta situación se me ha ido de las manos. Necesito recuperar el control, y la única forma en que sé cómo hacerlo ahora mismo es sacándome una teta.

—Ya hablaremos de esto más adelante —dice Thibault, dando un paso a un lado y ocultándome de la vista de Ozzie.

—Estaré lista en cinco minutos —les digo, impregnando mi voz de toda la falsa alegría que consigo reunir.

—Os esperamos en el coche —anuncia Ozzie, volviéndose hacia la puerta y atravesando la habitación. Una parte de mí quiere odiar a ese hombre, pero no puedo. Se comporta como un buen amigo y como un socio inteligente. Yo haría lo mismo si estuviera en su lugar.

Intento manipular la bolsa de los pañales con Thi en brazos.

Thibault se acerca.

—Déjame ayudarte —dice.

Le apoyo la mano en el brazo para detenerlo.

—Ya lo hago yo —contesto—. Ve saliendo. Yo iré enseguida.

—Nos pondremos al día —dice Jenny, haciéndome una señal con la cabeza.

—¿Podemos hablar de esto? —pregunta él en voz baja.

El bebé no se agarra. Está muy cansado. Niego con la cabeza y me levanto.

—Vámonos.

Me subo la cremallera y salgo por la puerta delante de él, acompañada de Jenny, mientras Thibault recoge nuestras cosas. Siento como si, al salir de esa habitación del motel, estuviera dejando atrás mi mejor futuro posible.

Capítulo 36

Aparcamos detrás de la puerta trasera del restaurante y nos dividimos en dos grupos: Thibault con mi hijo y conmigo, y Ozzie y Jenny juntos. Ellos dos entran en el restaurante primero y le envían un mensaje a Thibault para informarnos de que todo está despejado, así que los seguimos. Estoy muy nerviosa y las gotas de sudor se me acumulan en las sienes. Tengo ganas de vomitar.

—No te preocupes, Mika —dice Thibault mientras avanzamos despacio por la pared lateral del restaurante. No lleva las muletas, así que cojea aparatosamente—. Estamos contigo. No estás sola.

—Sí, pero es el FBI. No esperaba tener que tratar con ellos. —Cuando alguien trabaja con el FBI en las películas, la cosa nunca acaba bien.

—No son diferentes. Solo son policías de ámbito federal. La única diferencia entre ellos y los polis del Departamento de Policía de Nueva Orleans que ves todos los días en la calle es que los federales llevan traje. Eso es todo.

—Me siento absolutamente fuera de mi elemento.

—Tu elemento está conmigo, y yo estoy aquí. —Abre la puerta y espera a que yo entre. Cuando paso, me quita el portabebés de las manos.

Desearía de veras que eso fuera cierto. Quiero estar con él, en su elemento, y empezar una vida nueva y emocionante a su lado. Lástima que no sea eso lo que nos depara el destino.

—¿Estás lista? —pregunta.

Asiento, aunque no lo estoy.

—Adelante.

Nos dirigimos a la esquina del restaurante, a una mesa redonda donde Ozzie y Jenny están sentados con dos hombres; solo uno de ellos lleva traje. Hay dos sillas vacías.

Cuando llegamos al borde de la mesa, los dos agentes del FBI se ponen de pie. Ozzie y los agentes están de espaldas a la pared. Thibault me hace una seña para que vaya junto a Jenny, cosa que me alegra, porque significa que voy a tenerla a ella y a Thibault a mi lado, protegiéndome del contacto directo con los agentes. Me da mucha energía mental tenerlos allí. Jenny se preocupa mucho por Thibault, y él la respeta, así que siento que también puedo confiar en ella. Dejo el portabebés en el suelo, al lado de mi silla, lejos del ajetreo del restaurante.

El agente del traje extiende la mano.

—¿La señorita Cleary, supongo?

Le estrecho la mano.

—Sí.

—Encantado de conocerla. Soy el agente especial Vanderwahl. Gracias por venir tan temprano por la mañana.

Asiento y estrecho la mano del otro hombre.

—Agente especial Booker —dice.

El agente Vanderwahl sonríe y se alisa la corbata contra el estómago mientras se sienta.

—Estamos trabajando en un caso en el que está involucrado alguien a quien creo que usted conoce. —Señala hacia mi silla—. Adelante, siéntese. Y no dude en pedir el desayuno, también. Invitamos nosotros.

—Gracias —le digo, acomodándome—, pero no tengo mucha hambre.

Thibault se inclina hacia mí y me habla en voz baja al oído.

—¿Te traigo un zumo? Necesitas echarte algo al estómago, de verdad.

Asiento con la cabeza.

—Gracias.

Alargo la mano por debajo de la mesa y aprieto la suya para que sepa que le agradezco el detalle. Aunque esté en plena negociación de un acuerdo con el FBI para que les entregue a un asesino, él va a asegurarse de que me tomo mis vitaminas. Es tan tierno... Me rompe el corazón pensar que voy a tener que dejarlo y olvidarme de él.

Thibault le hace una señal a la camarera y pide un café para él, un zumo para mí y tostadas para los dos, además de algo de fruta y queso, que supongo que es para mí también. Hasta podría intentar comer algo solo para que se sienta mejor, aunque no sé cómo voy a conseguir tragar los bocados, porque siento como si fuera a vomitar en cualquier momento.

Una vez que todos han pedido, la mayoría algo de beber, los agentes apoyan los antebrazos sobre la mesa y se echan hacia delante. La chaqueta del agente Vanderwahl se le ahueca sobre los hombros.

—Voy a ir directo al grano —dice—. Usted tiene información sobre un individuo al que llevamos mucho tiempo intentando atrapar. Nos gustaría que nos dijera qué es lo que sabe exactamente y luego, una vez que sepamos si es algo que podamos usar, tal vez podamos hacerle una oferta que le facilite las cosas.

Eso despierta mis recelos inmediatamente.

—¿Qué cosas me facilitaría?

Thibault desliza el pie y me da un golpecito con él. Yo le respondo igual. Es fantástico contar con su apoyo.

—Déjeme empezar de nuevo. —Vanderwahl me dedica una sonrisa falsa y prosigue—. El individuo del que estamos hablando es Pável Baranovski. Es natural de Moscú y se trasladó a vivir aquí cuando era un adolescente. Empezó a participar en el tráfico local de drogas a la edad de diecinueve años y luego fue ascendiendo rápidamente hasta dirigir grandes zonas de varios distritos del centro de Nueva Orleans y también ciertas áreas de Baton Rouge. Ahora creemos que sus operaciones se extienden a cuarenta estados y a seis países extranjeros.

Presiono los labios, pero no digo nada. Me preocupa no tener toda la información que ellos andan buscando, porque, que yo sepa, Pável tiene su sede en Luisiana.

—Pero lo único que hemos conseguido son rumores. No disponemos de datos, técnicamente hablando. Sin embargo, no hace mucho, nos llamó la atención que estaba utilizando a una chica local para que le llevara los libros de contabilidad.

Los dos agentes se miran y sonríen. El segundo, Booker, interviene entonces.

—Imagínese. Un traficante ruso, cuya red completa está formada por otros hombres también rusos, contrata a una chica de Nueva Orleans para que se encargue de llevar el seguimiento de todo su dinero. —Los dos siguen sonriendo y se encogen de hombros.

Vanderwahl me mira.

—¿Puede explicarnos eso?

Siento que me están acusando de algo, pero no sé de qué.

—No, no puedo explicarles eso.

Thibault pone la mano sobre la mía.

—¿Están intentando decir algo sobre Mika o Pável? Porque suena como si la estuvieran acusando de algo.

Él también ha captado la insinuación; no eran imaginaciones mías. Siento una oleada de alivio en todo el cuerpo, consciente de que me apoya al cien por cien.

Booker trata de hacerse el inocente y se encoge de hombros.

—No, en absoluto. Solo nos preguntamos cómo puede ocurrir algo así, nada más.

Me observan fijamente y no parecen muy amigables, que digamos.

Thibault se vuelve para mirarme y me habla bajito al oído para que nadie más lo oiga.

—¿Puedes decirles cómo acabaste haciendo ese trabajo?

Niego con la cabeza. Cómo llegué allí no es de su maldita incumbencia. Y tampoco quiero tener esta conversación delante de los amigos de Thibault.

—Quiero que se pongan de tu parte —susurra—. Tienes que decirles algo.

Lo miro y mis ojos se llenan de lágrimas. Me siento como si me estuvieran desnudando, exponiendo mi vulnerabilidad delante de todo el restaurante. Respondo apretando los dientes con fuerza.

—No quiero.

—Depende de ti —dice.

Veo tanta bondad en sus ojos… Y no me juzga ni por un instante. Thibault no me reprocha que durante un tiempo vendiese mi cuerpo para sobrevivir. Entonces, ¿por qué debería incomodarme? Ninguna de estas otras personas me importa. Bajo la vista a la carita inocente de mi hijo y, de pronto, veo mi vida con claridad meridiana. Solo me importan tres personas en esta mesa: mi hijo, yo misma y el hombre que ha jurado protegerme, Thibault. Nadie más.

—No siempre trabajé de contable para él —contesto, mirando a los agentes—. Al principio, yo era una de las chicas que trabajaban para él en otro sector.

Los dos hombres tratan de interpretar lo que estoy diciendo. Entonces la bombilla de su cerebro parece encenderse de repente.

—¿Estás diciendo que eres prostituta?

La palabra me golpea como una bofetada. Thibault pone la mano encima de la mía.

—No. Estoy diciendo que fui prostituta.

—Ah. —Los agentes intercambian una mirada.

—¿Es eso un problema?

Vanderwahl responde:

—No, no diría que sea un problema, pero tenemos que determinar hasta qué punto tu información es fiable.

—Así que… ¿está diciendo que como en algún momento vendí mi cuerpo a cambio de dinero, ahora no soy una persona digna de confianza y no pueden creer lo que digo? ¿Creen que todas las putas son unas mentirosas?

Thibault me aprieta la mano. Jenny mira al agente. Ozzie mantiene un gesto impasible, sin transmitir ninguna emoción o pensamiento interpretables.

—Nadie ha dicho eso. No exactamente. —Vanderwahl mira a Booker, pero este se encoge de hombros.

—Ustedes se venden todos los días, pero no lo admiten. Al menos yo soy sincera al respecto.

Booker esconde la barbilla en el cuello.

—¿Qué? Eso no tiene ningún sentido.

—Claro que sí. —Lo miro esbozando una sonrisa de cansancio—. ¿Qué tuvo que hacer para conseguir este trabajo?

—Estudiar mucho. —Me mira con una expresión muy crítica.

—¿Ah, de verdad? ¿Así que nunca le ha hecho la pelota a nadie? ¿Nunca ha dejado de lado sus valores o sus juicios y los ha sustituido por los de otro? —Hago una pausa y espero a que reflexione sobre eso un rato. Su expresión no es tan arrogante como lo era hace un momento—. ¿Nunca ha tomado una decisión para conseguir ese trabajo que perjudicase a su mujer a o a sus hijos? ¿O nunca ha sacrificado la felicidad de alguien de su familia a cambio de sus propios objetivos, su propio ego, su propia necesidad de sentirse importante?

Miro a Thibault.

—Polis… Son todos iguales. Se creen mejores que las chicas que hacen la calle, pero ellos también se prostituyen. —Miro a Booker—. Todo el mundo vende un trozo de sí mismo alguna vez. Incluso usted.

—Eso he oído —dice Jenny en voz baja.

Ozzie me mira y asiente casi de forma imperceptible.

Por un momento, me siento como si formara parte de su equipo. Es muy emocionante, pues sé que son los buenos.

Vanderwahl se aclara la garganta.

—Creo que nos estamos desviando un poco del tema. Y me disculpo si alguno de los dos le ha dado la impresión de que no la respetamos por las decisiones que ha tomado en su vida.

Thibault está sonriendo. Con el rabillo del ojo, veo como le relucen los dientes blancos. Sin embargo, mantengo la mirada fija en Booker. Él es mi problema. Es él quien hará que me pase algo malo. Si no acepta mis condiciones y se marcha, habré terminado con estos muchachos. No pido mucho, pero al menos merezco algo de respeto. Lo estoy sacrificando todo para estar aquí. Ellos, en cambio, no están sacrificando nada.

—¿Por qué nos hemos reunido? —pregunta Ozzie—. ¿Qué tal si empezamos por ahí?

—Eso es fácil —digo, mirando alrededor de la mesa—. Yo tengo una información, y estos chicos la quieren. Pero, ¿qué pasará conmigo cuando se la dé? Porque os prometo que en el momento en que Pável se entere de que les he dado información que va a hacerle daño, vendrá a buscarme. Y creedme, me encontrará, y entonces estaré muerta.

Se me hiela la sangre en las venas. No es una amenaza hipotética: es un hecho.

Vanderwahl responde:

—Si un fiscal considera que la información que nos proporciona es lo suficientemente valiosa y da como resultado el procesamiento de Pável y sus secuaces, estaremos dispuestos a ofrecerle que entre en nuestro programa de protección de testigos.

Ozzie niega con la cabeza.

—No. Es Pável o sus secuaces, no las dos cosas.

Me alegro de que haya intervenido, porque yo no había reparado en ese pequeño detalle. Booker mira a Ozzie y frunce el ceño.

—¿Quién eres tú? ¿Su abogado?

—Soy un amigo, es todo lo que necesitas saber.

Los dos agentes intercambian una mirada que no sé descifrar.

—Podemos negociar esos detalles más tarde —dice Vanderwahl—. La pregunta ahora sigue siendo: ¿qué es exactamente lo que tiene?

—¿Qué tal si empiezo planteándoles lo que yo quiero? —Me enderezo en el asiento y pongo las manos en la mesa frente a mí, entrelazándolas.

—Si lo prefiere así… —Vanderwahl se recuesta hacia atrás y apoya las manos en los brazos de la silla—. Adelante. La escuchamos.

—En primer lugar, necesito protección. Necesito saber que mi hijo y yo estamos a salvo. —Antes de que Booker pueda interrumpirme, levanto un dedo—. Y… necesito que encuentren a alguien.

Los dos agentes intercambian una mirada y luego se vuelven para mirarme.

—¿Encontrar a alguien? —pregunta Vanderwahl.

—Sí. Tengo un amigo que es familiar de Pável. Desapareció, y necesito que lo encuentren. No tiene nada que ver con toda esta mierda, es inocente. No es un criminal.

—Si podemos encontrarlo, lo haremos, pero no le garantizamos nada —dice Booker.

Me encojo de hombros y me recuesto hacia atrás.

—En cuanto lo encuentren, les daré lo que quieren… Lo que sea que necesiten para encerrar a Pável en la cárcel. Pero hasta entonces, no tengo nada más que decir.

Jenny levanta un dedo.

—Creo que puedo ayudar con eso.

Todos vuelven la mirada hacia ella. Jenny levanta la vista y nos sonríe nerviosa antes de sacar el portátil de una funda junto a su silla y abrirlo.

—Tengo unas notas por aquí… Un minuto.

Nuestro grupo se queda en silencio. El ruido de los cocineros manipulando ollas, sartenes y cucharones en la cocina se mezcla con el murmullo de voces de los otros comensales, pero todos los presentes en nuestra mesa miramos a Jenny.

Ella está totalmente concentrada en su pantalla mientras habla.

—Ya teníamos información sobre Alexéi, así que he hecho algunas búsquedas y he averiguado un par de cosas.

Me incorporo de golpe y me inclino hacia Jenny, con el pulso acelerado.

—¿Lo has encontrado?

—Puede que sí.

Nos mira y esboza una pequeña sonrisa antes de volver a su ordenador.

—Alexéi Baranovski, nacido el 8 de julio de 1995. Último domicilio conocido: Nueva Orleans, Luisiana.

Deslizo la mano por debajo de la mesa y tomo la mano de Thibault. Mis palmas están pegajosas, pero a él no parece importarle. Me responde acariciándome la muñeca lentamente, y eso me ayuda a calmarme.

—Es titular de una cuenta bancaria financiada por depósitos que llegan una vez al mes desde una cuenta del extranjero, en las Islas Caimán. Esa parece ser su principal fuente de ingresos. Ha habido varias transacciones en cajeros automáticos en esta cuenta, dos ayer mismo, sin ir más lejos.

—¿Cómo ha accedido a esa información? —le pregunta Booker.

Jenny lo mira, pero luego vuelve a la pantalla de su ordenador.

—Todas las retiradas de dinero se hicieron en el mismo cajero automático, que se encuentra en la sucursal de Chase Bank en Jefferson Highway.

La miro frunciendo el ceño.

—Eso está en el lado oeste de la ciudad. No queda cerca de mi apartamento ni de la casa de Pável.

—¿Qué más has conseguido? —pregunta Thibault.

Jenny mira hacia arriba y cierra la tapa de su ordenador.

—Eso es todo. No tengo acceso al sistema de vigilancia de ese cajero automático. Probablemente podría conseguirlo, pero no he tenido tiempo.

—¿Está realizando búsquedas ilegales y accediendo a servidores sin permiso y sin una orden? —le pregunta Booker.

Se señala el pecho con gesto delicado.

—¿Quién? ¿Yo? No. —Niega con la cabeza—. Yo nunca haría eso.

Siento que un rayo de esperanza me da de lleno en el corazón. Jenny puede encontrar a Alexéi. Si ha logrado todo esto en un período tan corto de tiempo y ha accedido a información que en teoría tiene prohibida, como sé que ha hecho, no me cabe ninguna duda. Estoy casi mareada. Jenny solo necesita más tiempo.

Ozzie los interrumpe.

—El caso es que creo que podemos encontrar a Alexéi o al menos a la persona que está accediendo a sus cuentas. —Me mira—. ¿Basta con eso por ahora?

Todo el mundo me está mirando. La mesa se vuelve a quedar en silencio.

La camarera se acerca justo entonces para traernos la comida, el café y los zumos, acabando con la tensión del momento. Booker se vuelve hacia Vanderwahl y dice:

—Creía que esa mujer, Son…

Vanderwahl lo interrumpe, fulminándolo con la mirada.

—Luego. Ya hablaremos más tarde.

De pronto, todo mi cuerpo se pone rígido. ¡Booker ha estado a punto de decir «Sonia»! Sé que es eso lo que iba a decir. Clavo las uñas en la mano de Thibault con fuerza suficiente para hacerlo estremecerse. Si Sonia está hablando con el FBI, ¿qué diablos significa eso? En lo que a mí respecta, solo puede implicar una cosa: sigue intentando traicionarme. ¿Y por qué iba a tener tratos con estos dos tipos a menos que estos también estuvieran en mi contra? Sonia le dijo a Pável dónde estaba para que él pudiera venir a buscarnos al niño y a mí. Si su artimaña hubiera tenido éxito, probablemente ahora yo estaría muerta y mi hijo estaría solo con ese monstruo. No… El hecho de que Sonia colabore con Booker y Vanderwahl no puede significar nada bueno. Esto no me gusta nada. No confío en ellos.

—¿Tienen palomitas de maíz en la carta? —suelto.

Jenny me mira y frunce el ceño.

—¿Palomitas de maíz? No sé. No he visto nada de eso. —Mira a Ozzie—. ¿Tú las has visto?

Ozzie me mira con paciencia exagerada.

—¿Palomitas de maíz?

Asiento vigorosamente con la cabeza.

—Es un antojo. Me dan de vez en cuando. —Miro a Thi y luego a los demás—. Creo que es algo relacionado con el postparto.

Thibault aparta el brazo de mis garras y se levanta, empujando la silla hacia atrás mientras se balancea sobre una pierna.

—Creo que tenemos que ir a cambiar el pañal de Thi. Huele muy mal. Podemos pedir palomitas de maíz más tarde.

Siento un alivio tan grande que casi me mareo. Creo que esperaba que me mirara como si estuviera loca, o que tratara de convencerme de que me calmara. Pero se está levantando y abandonando una reunión con el FBI solo porque he dicho la palabra clave: «palomitas de maíz». Me dan ganas de llorar de felicidad.

Todos miran hacia abajo, hacia el portabebés, donde el pequeño Thi duerme profundamente. Pobrecillo, utilizándolo de esa manera para nuestro plan de escape: tan pequeño y ya es todo un superhéroe.

Me levanto con Thibault, empujando la silla.

—Lo sé. —Agito la mano delante de la nariz, tratando de venderles el plan de los pañales apestosos—. ¡Uf! Creí que era la única que lo olía. Lo siento mucho. —Miro a Thibault—. No quiero estropearos el desayuno a todos. ¿Me puedes ayudar? Ya sabes que todavía se me da muy mal esto de cambiar pañales. —Miro a los agentes, tratando de parecer una cabeza hueca—. Prácticamente acabo de parir. Todavía no sé lo que estoy haciendo. —Con un poco de suerte, no harán los cálculos y no se darán cuenta de que ya he cambiado unos cincuenta de esos malditos cacharros.

Thibault gesticula hacia el baño.

—Después de ti.

—Tú trae la bolsa de pañales, que yo llevaré al bebé —le digo.

Thibault hace un gesto con la barbilla a Ozzie y a Jenny.

—Vuelvo enseguida. No habléis de nada importante sin nosotros, ¿de acuerdo?

—De nada importante —asiente Ozzie—. Hecho.

Hace una señal a Jenny con la cabeza y ella le responde del mismo modo. A él se le da mucho mejor que a ella. No soy ningún Bourbon Street Boy, pero estoy casi segura de que acaban de comunicarse con alguna especie de código.

Vamos al baño con el aire más despreocupado posible. Miro por encima del hombro un par de veces, y hasta el momento en que llegamos a la puerta del baño de señoras, Vanderwahl y Booker nos siguen con la mirada, pero entonces Jenny tira su vaso de zumo y derrama el líquido sobre la mesa.

Todos se levantan de un salto para evitar mancharse y Thibault aprovecha la confusión para empujarme hacia la puerta de la cocina. Entro corriendo sin dudarlo. Él me sigue y mira a través del pequeño ventanuco mientras la puerta se cierra.

—¿Nos han visto? —pregunto.

—Nadie ha visto nada; todavía están limpiando el zumo, y ahora la camarera se interpone en la línea de visión de cualquiera que esté vigilando las puertas.

—¿Qué vamos a hacer? —pregunto mientras me empuja hacia la puerta de atrás, pasando por delante de dos cocineros de aire aburrido y varios estantes de ollas y sartenes.

—Nos vamos. Querías irte, ¿verdad?

—Joder, ya lo creo que sí. Esos dos conocen a Sonia. Booker ha estado a punto de decir su nombre. Está pasando algo. Tal vez no sean agentes del FBI. Tal vez sean dos topos. Tal vez están a sueldo de Pável. Tal vez Sonia está delatando a alguien. No lo sé y no me importa. No confío en ellos.

Llegamos a la puerta de atrás y me detengo; pongo la mano en su brazo.

—Tú sí confías en mí.

Me dan ganas de llorar al corroborarlo, con las emociones inundándome a raudales el cuerpo.

—Por supuesto que sí.

—Acabas de levantarte de esa mesa y has hecho lo que te pedía sin preguntar nada.

No me puedo creer que esto sea real.

—Eso es lo que hacemos cuando confiamos el uno en el otro, ¿verdad?

Lo estrecho con un solo brazo.

—Gracias.

Me da una palmadita en la espalda y luego da un paso hacia un lado para abrir la puerta.

—Podemos seguir hablando de eso cuando nos hayamos largado de aquí. Tú dirígete al coche lo más rápido que puedas. Estaré justo detrás de ti.

Capítulo 37

—¿No vamos a volver al motel? —pregunto.

—No —dice Thibault, al incorporarse a la autopista en la dirección opuesta a la que esperaba que fuese—. El FBI ha invertido demasiados recursos, y ante la remota posibilidad de que uno de esos agentes sea un poli corrupto, prefiero tener que sufrir alguna incomodidad que acabar muerto. —Estira el brazo hacia el otro lado del salpicadero y pulsa un interruptor.

—¿Qué has hecho?

—Acabo de deshabilitar el sistema de navegación del coche para que ningún especialista en informática pueda usarlo en nuestra contra. El bloqueador de la señal no viene de serie con estos coches, pero hemos personalizado el nuestro.

—Ah. ¿Y adónde vamos ahora? —Me vuelvo hacia atrás para mirar a Thi. Sigue profundamente dormido.

—Vamos a buscar otro hotel en el que registrarnos. Toni puede conseguirnos una tarjeta de crédito. —Me mira—. No te preocupes. Tenemos la situación controlada.

Sonrío a medias.

—No me puedo creer que acabemos de salir corriendo de ahí.

—Ni yo tampoco.

—Te juro que ha estado a punto de decir el nombre de Sonia. Es mi compañera de piso. Esa a la que no le gusto, la que sale con

Pável. Pero ¿por qué iban a hablar con ella? Y si lo hacen, ¿qué interés puede tener ella en venderme?

—No tengo ni idea. Y tal vez no iba a decir el nombre «Sonia». Tal vez iba a decir Sonny o a hablar de una televisión Sony.

Me río.

—¿En serio?

Esboza una sonrisa débil.

—No, la verdad es que no. Pero no importa. No estabas cómoda, y ellos no han sido respetuosos exactamente, así que eso es todo. Podemos intentarlo de nuevo en otra ocasión si quieres.

—¿Crees que trabajan juntos? —pregunto. No puedo dejar el tema así como así, como él quiere. Me inquieta que el nombre de Sonia haya aparecido cuando estábamos hablando de Alexéi.

Se encoge de hombros mientras conducimos por una carretera secundaria que no es tan cómoda como la autopista, pero seguramente está menos transitada por los agentes federales.

—Es difícil saberlo. Podría haber sido solo un comentario inocente. Tal vez su supervisora se llama Sonia. O tal vez estaban hablando de otra persona con un nombre parecido. No importa; más vale prevenir que curar, y confío en tu instinto. Confío en ti.

Compartimos una sonrisa. Es como si acabara de superar un hito en mi vida al tiempo que pasamos los jalones de la carretera.

—Yo también. También confío en ti. Completamente.

Alarga el brazo y entrelazamos las manos durante unos segundos.

Le suena el teléfono, así que me suelta para responder a la llamada.

—Es Ozzie. —Presiona el botón verde y se lo acerca a la oreja—. Hola. Lo sentimos, tuvimos que largarnos.

Ozzie dice algo que no puedo oír. El ruido de los neumáticos sobre el asfalto es demasiado fuerte y el pequeño Thi empieza a protestar. Trato de calmarlo mientras escucho la mitad de la conversación, la parte de Thibault.

—No, no se lo ha pensado mejor. Cree que uno de los dos tipos dijo algo sobre Sonia. Solo la mitad del nombre. Eso la asustó. Sonia es el nombre de su compañera de piso, una novia o ex novia de Pável. Si está involucrada de algún modo en la investigación, no puede ser bueno para Mika… Vamos a buscar un sitio para descansar.

Cuelga el teléfono y me mira por el espejo retrovisor.

—Ozzie dice que de acuerdo. Lo entiende.

—¿Qué van a hacer?

—Van a hablar con el equipo y elaborar un plan B.

Pasan diez minutos hasta que consigo volver a dormir a Thi y centrarme de nuevo en Thibault.

—Verás, no me importa hablar con el FBI, siempre y cuando sepa que no es alguien que está trabajando para Pável y sus hombres.

—Lo entiendo, de verdad que sí. —Se echa hacia atrás y me acaricia la pierna—. Vamos a resolver este asunto. Mi equipo es muy bueno.

—No puedo creer que Jenny ya haya encontrado a Alexéi o a alguien que está utilizando su cuenta. Es fantástica, ¿verdad?

—Sí, lo es.

—¿Y no están enfadados porque nos hayamos ido?

—Así es como trabajamos nosotros, dándonos apoyo mutuo. Siempre. Y por supuesto que no están enfadados. ¿Por qué iban a estarlo? Ellos confían en mí y yo confío en ti. Son cosas que pasan. No puedes ser bueno en seguridad si no sabes cómo encajar los golpes.

El bebé empieza a quejarse de nuevo.

—Tiene los mofletes muy rojos. ¿Te parece que están rojos?

Ajusta el espejo retrovisor para mirarlo.

—No le veo la cara con el portabebés colocado hacia atrás.

Pongo la mano en la frente de Thi.

—Parece que está caliente. Creo que tiene fiebre.

—Genial, justo lo que nos faltaba —dice, lazando un suspiro y sacudiendo la cabeza.

—No te enfades.

Me siento fatal. No he sido más que una carga para él desde el momento en que se cruzaron nuestros caminos.

Thibault me mira por el espejo.

—No estoy enfadado, solo estoy preocupado por él. Y también estoy preocupado por ti.

Apoyo la mano en su hombro, agradecida de que se preocupe por nosotros.

—Me alegro mucho de que estés aquí conmigo. Me da pena haberte metido en esto, pero estoy contenta de no estar sola.

—No tienes que sentir pena ninguna. Estoy aquí porque quiero.

—Espero que no vivas para lamentarlo.

—Lo único que podría llegar a lamentar es separarme de ti y del pequeño Thi. Ese sería el mayor error de mi vida, estoy seguro.

No digo nada más. Estoy demasiado emocionada por su apoyo incondicional, tanto a mí como al niño, que estoy segura de que está enfermo. Y Thibault tenía razón… No rellené el certificado de nacimiento de Thi y no tengo pruebas de que sea mi hijo. ¿Cómo vamos a encontrar a un médico que lo atienda? ¿Qué pasa si llaman a los servicios sociales y me lo quitan? Pável aparecerá y entonces todo habrá acabado.

Capítulo 38

Una hora más tarde, después de seguir varios caminos y pistas rurales, encontramos un pequeño hotel bastante destartalado que acepta dinero en efectivo. Thibault llama a Ozzie en cuanto nos instalamos en la habitación. Trato de dar de mamar al pequeño, pero no tiene hambre. Se muestra muy inquieto y está ardiendo.

—Odio tener que dar más malas noticias, porque creo que últimamente solo hago eso, pero el bebé está enfermo —informa Thibault por teléfono—. Necesitamos encontrar un médico que haga visitas a domicilio.

Hace una pausa.

—Lo sé. Dímelo a mí.

Ozzie responde algo que no consigo oír.

—No lo sé. Tiene fiebre y está muy nervioso.

Thibault echa a andar arrastrando la pierna mala, cojeando desde el baño hasta la puerta principal.

—Lo sé. Y encima, Mika aún no ha rellenado el certificado de nacimiento del niño, así que, si hay algún problema, no tiene ninguna prueba de que sea suyo hasta que alguien le haga una prueba de ADN. Esto podría convertirse en una auténtica pesadilla. —Hace una pausa—. ¿Hay alguna posibilidad de que tu amigo Teddy esté disponible? ¿Tu viejo colega? —Thibault mira por la ventana—. Estamos en un lugar dejado de la mano de Dios. Estoy seguro de que podría encontrar un campo en alguna parte. Acudiríamos a su encuentro, claro.

Thibault asiente a lo que sea que Ozzie le está diciendo.

—Estaré pendiente de tu llamada.

Estoy demasiado preocupada por mi hijo para cuestionar cualquier cosa que hayan dicho o planeado, y confío en que Thibault cuide de nosotros, así que me concentro en tratar de hacer que Thi coma, mientras Thibault se encarga de gestionar todo lo demás.

Capítulo 39

—¿Que quieres que haga qué? —exclamo al enterarme de cuál es su plan.

Thibault se ríe.

—Me miras como si me acabara de salir otra cabeza y te estuviera pidiendo que te escapes y te vengas a vivir a un circo ambulante conmigo. —Se calla y me toma de las manos—. Es la única manera. Ese jarabe no está surtiendo efecto. —Los dos miramos al bebé, en mis brazos. Tiene la cara de color rojo encendido y los ojos hinchados de tanto llorar. Los paños fríos en la frente tampoco sirven de nada, maldita sea—. Tenemos que hacer que lo vea un médico enseguida, y tardaremos horas si vamos en coche. Sabes que no podemos ir a un hospital. Es demasiado arriesgado. Hemos de ir a ver a ese hombre. Examinará a Thi y lo curará en un santiamén.

—Sí, pero…

—¿Confías en mí? —Su sonrisa se desvanece mientras espera mi respuesta.

Lo fulmino con la mirada.

—No es justo, eso es jugar sucio.

—Oye, solo es una pregunta. ¿Confías en mí, sí o no?

Protesto.

—Sí, confío en ti… pero ¿un helicóptero?

—Es muy fácil. Solo tenemos que conducir un rato hasta que encontremos un claro, enviaremos a Ozzie y a Teddy las coordenadas del GPS, y estarán allí en media hora. Pan comido.

—¿Quién es Teddy?

—Teddy es el piloto. Es genial, te va a encantar. Sirvió en el ejército con Ozzie, en el extranjero. Es el mejor.

—Sí, pero luego querrás que me suba al helicóptero. Esa es la parte que me preocupa… Pan comido si no fuera porque me mareo.

—¿Nunca has volado en un helicóptero?

—Ni siquiera he volado en avión, y al menos los aviones tienen un espacio amplio con un montón de asientos, y unas alas realmente grandes y mucha gasolina, motores y esas cosas…

—¿Así que te da miedo que se estrelle? ¿Es ese el problema?

—Sí. ¿No es eso lo que teme todo el mundo cuando se sube a un cacharro que vuela?

—Supongo, pero este helicóptero no se va a estrellar.

—Claro, porque tú puedes garantizármelo al cien por cien. Tú lo sabes a ciencia cierta. En tu mundo, es un hecho. —Lo miro como si estuviera loco, porque es evidente que lo está.

—Sí. Puedo garantizarlo al cien por cien, porque incluso aunque el motor dejase de funcionar, las hélices seguirían girando y el piloto podría llevar a cabo un aterrizaje controlado.

—Estás loco de atar.

Me rodea el cuerpo con los brazos y tira de mí y de Thi hacia él, apoyando la frente en la mía.

—Estoy loco. Por ti. Tú me vuelves loco. Ahora, por favor, por favor, por una vez en tu vida, escúchame y haz lo que te digo sin discutir.

—Es bastante improbable que eso pase.

Me besa con delicadeza en los labios.

—Lo sé. Pero tienes que subir a ese helicóptero.

—Bien —le digo, suspirando—. Pero si se estrella, te atormentaré el resto de tu existencia, y mi hijo también.

—Está bien. Acepto tus términos. —Se aparta para sacar el teléfono del bolsillo—. Adelante —dice.

Ni un «hola» ni nada más. Cuelga y se guarda el aparato en el bolsillo.

—Ozzie es un hombre de pocas palabras, ¿verdad?

—Podrías decirlo así.

—Eres distinto cuando estás con él, comparado con cuando estás conmigo.

—Eso espero. —Me sujeta la cara con las manos y me besa de nuevo.

—¿Qué quieres decir con eso? —Lo miro fijamente.

—Que Ozzie es mi amigo, y no la mujer que me gusta en el sentido romántico de la palabra, así que, por supuesto, me comporto de manera diferente cuando estoy con él a cuando estoy contigo.

Quiero hablar un poco más sobre eso de que le gusto «en el sentido romántico de la palabra», pero el pequeño Thi vuelve a echarse a llorar, así que empiezo a pasearme arriba y abajo por la habitación, intentando que se agarre al pecho. Lo hace al principio, pero luego se aparta, llorando. Es la sensación más angustiosa que he tenido en mi vida.

—Thi no está bien. Ahora ni siquiera quiere comer.

—No te preocupes, está todo controlado. —Thibault consulta el reloj—. Tenemos que encontrar un campo despejado para que sepan dónde recogernos.

Echo a andar hacia la puerta, centrando toda la atención en mi hijo.

—Voy a confiar en ti.

Recoge la bolsa de pañales y su bolsa de lona y se dirige a la puerta. Tiene las muletas en la entrada y las recoge también para servirse de ellas tras colgarse ambas bolsas de los hombros.

—Quédate aquí y espera a que me asegure de que está todo bien. —Abre la puerta y asoma la cabeza. Luego se vuelve y sonríe—. Aquí solo hay cigarras y polvo.

Lo sigo rápidamente al todoterreno y me subo a la parte de atrás con Thi. Avanzamos hasta que Thibault encuentra un claro que considera lo bastante grande, apto para el aterrizaje de un pequeño helicóptero. Envía un mensaje de texto a Ozzie con las coordenadas del GPS.

—¿Que hacemos ahora? —Miro el campo a nuestro alrededor. Estoy desanimada. Asustada. Temo que todo lo que hemos tenido que pasar por mi culpa no vaya a servir de nada cuando Pável me encuentre y se lleve a Thi. ¿Y si resulta que mi hijo tiene algo realmente grave? ¿Y si ese médico no puede curarlo?

—Esperar. Y rezar para que nadie haya intervenido el teléfono de Ozzie. —Se acerca la bolsa de lona y saca la funda y el arma, pegándoselas al cuerpo.

Verlo con un arma es como enfrentarse a una buena dosis de realidad.

—Estás empezando a asustarme.

Me mira por encima del asiento delantero.

—No tengas miedo. Estoy aquí contigo, y soy de los buenos.

Intento sonreír.

—Tal vez sea un poco ingenua, pero la verdad es que eso me hace sentir mejor.

Me sonríe de nuevo.

—No eres ingenua: tienes esperanza.

—Sí. Tú me haces tener esperanzas.

—Lo mismo digo.

Se vuelve para ver a través del parabrisas como una pequeña mota negra en el horizonte se va acercando hacia nosotros. Miro su perfil, preguntándome cómo pude tener tanta suerte al equivocarme de calle aquel día.

Capítulo 40

El trayecto en helicóptero es lo más normal del mundo para Thibault, pero para mí supone algo verdaderamente aterrador. Las vistas que me ofrecen las enormes ventanillas redondas resultan demasiado vastas y extensas, y hacen que piense que es como si estuviéramos suspendidos sobre la Tierra únicamente mediante una cuerda. Todo pasa zumbando, demasiado rápido: edificios, granjas, tractores, animales, coches… Es como ver una película en avance rápido, y me preocupa el final. ¿Nos estrellaremos? ¿Moriremos en un infierno, rodeados de llamas?

Al final no muero, pero el aterrizaje es la peor parte. Miro furiosa a Thibault mientras atravesamos el hangar gigantesco y semivacío, una vez que todo ha acabado.

—No pienso volver a hacer eso nunca más, ¿me oyes? Me dijiste que cuando el motor se para, el piloto realiza un aterrizaje suave y agradable.

Thibault trata de contener una sonrisa.

—No se ha parado ningún motor. Funcionaba perfectamente.

—Si no me hubiera puesto el cinturón de seguridad, me habría caído a la pista.

—Pero tenías puesto el cinturón de seguridad, ¿verdad?

Me niego a seguir discutiendo con él sobre eso, pero vale más que tenga otra forma de llegar a donde quiera que vayamos, porque no pienso subirme otra vez a ese cacharro. El piloto parece un loco, con esa barba espesa y desaliñada. Lleva un gorro hecho de piel de animal, con cola y patas y todo. Es como si un mapache se estuviera echando una siestecita en su cabeza.

Ozzie nos espera en la oscuridad del hangar y junto a él hay un tipo vestido con una camisa de golf.

—Ese es el doctor Rainer —me informa Thibault en voz baja cuando nos acercamos—. Es pediatra. Ha visitado a Melanie y Victor varias veces en casa de Toni.

—¿Un médico que hace visitas a domicilio? ¿Cómo lo has conseguido?

—Ozzie tiene contactos.

Están listos para recibirnos al bebé y a mí en el despacho del director. No es el lugar más limpio del mundo, pero la visita es rápida.

—Tiene una infección de oído —anuncia el médico, guardando su instrumental en un maletín de cuero negro—. Es algo muy normal en los bebés de esta edad. Va a llorar mucho, además de tener fiebre. Necesitará antibióticos para eliminar la bacteria y más ibuprofeno para bajar la fiebre. He traído algunos medicamentos conmigo por si acaso. —Me mira—. ¿Sabes si tiene alguna alergia?

—No, no lo sé. Es la primera vez que se pone enfermo. Pero yo no tengo ninguna alergia.

—Está bien, quiero que empieces con este. —Me enseña un frasco—. Es amoxicilina: llenas el frasco con agua hasta esta línea, lo agitas muy bien y se lo das con el gotero. Guárdalo en la nevera. Si no funciona o si ves que le sale un sarpullido o que tiene problemas para respirar, dale este antihistamínico y prueba con este otro antibiótico. Sigue las mismas instrucciones: añadir agua, etcétera.

Tomo los dos frascos y los examino con atención.

—¿Y qué pasa si le sale una erupción con el segundo?

—Entonces tendrás que ir al hospital. Sé que aquí pasa algo y, sinceramente, no quiero saber lo que es, pero si le aparece una erupción después de tomar los dos antibióticos y muestra dificultades para respirar, es una emergencia médica. Tendrás que llevarlo a algún sitio que disponga de todos los fármacos y equipo médico necesarios para tratar de inmediato a un bebé con una reacción alérgica.

—Me está asustando...

—No quiero asustarte. Sé que eres una madre primeriza y eres muy sensible a estas cosas. Mi opinión profesional es que el estado de tu hijo va a mejorar muy pronto. Como ya he dicho, esto es normal, les sucede a casi todos los bebés. Simplemente sigue las instrucciones que te voy a anotar en este documento, dale los antibióticos durante diez días y se pondrá bien. Te daré mi número de teléfono para que puedas llamarme a cualquier hora, del día o de la noche, por si tienes alguna pregunta.

—Lo llamaré, ¿sabe? No soy una de esas personas educadas que no llaman porque les preocupa molestar a alguien.

Sonríe.

—Está bien. No te daría mi número si no quisiera que lo usaras.

Miro por la puerta de la oficina hacia Ozzie, que está solo y mirando la pista de aterrizaje.

—Gracias, Ozzie.

Él me mira.

—De nada.

Thibault sale de la oficina para hablar con Ozzie. Sus voces llegan perfectamente al espacio donde estamos el médico y yo, así que me levanto y salgo a la parte principal del hangar para que sepan que estoy allí y que su conversación no es privada. En ese momento, el pequeño Thi rompe a llorar de nuevo. Me concentro en tranquilizarlo y en tratar de que se agarre al pecho. La conversación de

Ozzie y Thibault se filtra en mi cerebro como el ruido de fondo de un televisor encendido.

—Entonces, ¿qué se supone que debo hacer ahora? —pregunta Thibault.

—Creo que necesitas hablar con el Departamento de Policía de Nueva Orleans. He hablado con el jefe. Están listos para llevarla a algún sitio y garantizar su seguridad. No sé de qué iba todo eso con los dos tipos del restaurante. No sé si están limpios o no, y no veo forma de saberlo ahora mismo.

—Tenemos contactos ahí dentro.

—Sí, ya lo sé, pero pensé que esos dos tipos eran de fiar, y quién sabe si lo son, así que ahora no estoy seguro de poder confiar en nada de lo que ocurre ahí dentro. Ese tipo, Pável... Sus tentáculos llegan a todas partes.

—Sí. No vale la pena correr el riesgo.

Ozzie mira a su amigo.

—Esa chica significa mucho para ti. —Me mira.

Creo que se supone que debo oír lo que están diciendo. Intento no mirarlos, pero estoy pendiente de cada palabra.

Thibault asiente.

—Sí. —No puedo ver la expresión de su rostro, pero percibo la verdad en su voz—. Ella es especial. No voy a dejar que se vaya. No puedo.

Cuando lo oigo decir eso, es como si un rayo me electrizara el corazón. Me vuelvo a medias para que no me vea la cara. Se me escapan unas lágrimas, pero estoy sonriendo. Creo que está mal sentirme tan feliz, porque eso solo le va a acarrear más problemas, pero no puedo evitarlo. Los sentimientos entre nosotros son mutuos. El destino nos ha asestado un duro golpe, uniendo nuestras vidas en el peor momento posible, cuando no vamos a poder estar juntos mucho tiempo, pero no consigo sentir nada parecido a la tristeza por eso.

Ozzie le da una palmada en la espalda.

—Me alegro por ti, amigo mío. Solo hazme un favor…

—¿Qué es?

—Asegúrate de que te lanzas a esto por las razones adecuadas.

—¿Qué se supone que significa eso?

Ozzie mira a Thibault frente a frente, y tengo que fingir que estoy arropando a Thi con el arrullo para que no vean que estoy escuchando a hurtadillas todo lo que dicen, como la idiota desesperada que soy.

—Te has visto en la situación extraordinaria de tener que ayudar a una mujer a dar a luz. Y no a cualquier mujer… Es el paradigma de la damisela en apuros: alguien que huye de la mafia rusa y todo lo que eso conlleva. Has tenido complejo de Superman desde los siete años. Solo digo que…

Así que su amigo lo conoce hasta ese extremo. Thibault es muy afortunado de tener a personas como él en su vida. Eso hace que me importe aún más: no solo sé cómo es por experiencia propia, sino que todas esas personas me ayudan a corroborar lo especial que es, personas en las que confía hasta la mismísima policía, con quienes trabajan, además. Confirmado: es de los buenos.

—Venga ya, ¿queréis dejar eso de una vez? Ya basta… Esa broma ya está muy gastada. —Thibault parece enfadado.

—¿De qué te disfrazaste en Halloween durante cinco años seguidos?

Levanto la cabeza y veo a Thibault encogiéndose de hombros.

—No lo sé… ¿De Spiderman?

Ozzie niega con la cabeza.

—No.

—¿De Batman?

Ozzie empieza a sonreír.

—No.

—Vamos, por favor. Tenía siete años.

—Fuiste de Superman cuando tenías siete, ocho, nueve, diez y once años. Y la única razón por la que no fuiste de Superman a los doce años es porque dejamos de salir a hacer truco o trato a los once.

—Lucky sí que salió. Y Dev también.

—Sí, pero tú no. Porque eras demasiado mayor y demasiado guay para hacer esas cosas de críos, ¿recuerdas? —Sacude la cabeza, mirando la pista de aterrizaje de nuevo—. Siempre eras tan serio, tan entregado... Siempre sabías exactamente lo que hacías y cómo ibas a hacerlo.

—No siempre.

—Es verdad, cuando murieron tus abuelos. Lo recuerdo.

—Pero luego tú volviste de tus misiones en Irak y me metiste en vereda.

—Ya ibas por el buen camino, solo necesitabas resolver tus asuntos primero.

—¿Alguna vez te di las gracias por lo que hiciste por mí? ¿Por darme trabajo y una razón para levantarme por las mañanas?

—Muchas veces. ¿Te he dado las gracias yo alguna vez?

—¿Por?

Ozzie pone la mano en el hombro de Thibault.

—Por ser siempre mi mejor amigo, por estar siempre a mi lado, por ser el mejor colega y compañero de trabajo que se puede tener.

Siento una alegría inmensa por Thibault y Ozzie. Yo nunca he tenido un amigo o una amiga así. Pero Thibault se lo merece. Me dan ganas de abrazar a Ozzie por estar ahí, al pie del cañón, para él. Si no lo hubiese estado, tal vez Thibault no habría ido a esa cafetería ese día, y no habría cruzado la acera sin mirar, y yo no lo habría atropellado...

Thibault se lleva las manos a las caderas, baja la cabeza y la sacude lentamente.

—Llevas casado demasiado tiempo, amigo mío. Lo de May realmente se te está pegando...

—¿Y tienes algún problema con eso?

Thibault levanta a cabeza.

—Joder, no, no tengo ningún problema con eso. Antes de conocerla, eras demasiado arisco con la gente. Y además…, ella tenía razón, esa barba te sentaba fatal. Era una barba horrible.

Ozzie inclina la cabeza hacia atrás y se ríe.

—Siempre le digo que volveré a dejármela crecer. Cada vez que intenta que me ponga una camisa de color rosa le digo que voy a guardar la maquinilla de afeitar en un armario para siempre.

—Si alguna vez te veo con una camisa rosa, te pegaré un tiro, así que no tienes que preocuparte por la barba.

Ozzie abraza la cabeza de Thibault en un gesto entre bromista y amistoso.

—Por favor, hazlo. Te prometo que seré un blanco perfecto.

El médico recoge su maletín y se detiene en la puerta, dudando al ver el peculiar forcejeo entre los dos hombres. Me dirijo hacia ellos.

—No es mi intención interrumpir este festival del amor, pero creo que el doctor quiere irse.

Ozzie y Thibault se separan, y Ozzie se me acerca.

—Mika, ¿qué te parecería ir a hablar con el inspector Holloway y darle ese código? —Me mira a mí y luego a Thibault—. No sé lo que ha pasado con el FBI; podemos investigarlo, pero el jefe de policía de Nueva Orleans me ha asegurado que Holloway es un buen tipo.

—No lo sé. —Miro a Thibault—. ¿Qué crees que debería hacer?

—Creo que deberías confiar en mi mejor amigo e ir a hablar con el inspector, pero no quiero que hagas nada con lo que no te sientas cómoda. Confío en cualquiera que sea la decisión que tomes, y la apoyaré.

—Está bien. —Miro fijamente a esos dos grandullones y pienso en Jenny concentrada en la pantalla de su ordenador, dándome información sobre mi amigo Alexéi y la garantía de que lo buscarían. Me doy cuenta de que confío en los Bourbon Street Boys más que en cualquier otra persona. Y creo a Thibault cuando dice que Thi y yo estaremos a salvo—. Eso es lo que haré: le daré el código a Holloway si crees que va a favorecerme.

Ozzie da una palmada y se frota las manos.

—Vamos. Nos llevaremos mi coche.

—¿Qué hay de tu todoterreno? —le pregunto a Thibault.

—Ya lo recogeremos más tarde.

Los tres nos subimos al coche de Ozzie y decimos adiós al médico cuando se va en su propio vehículo. Thibault viaja en el asiento delantero junto a Ozzie, mientras que yo me siento en la parte de atrás, con el bebé. Me acurruco junto a él, apoyando la cabeza en el asiento y cerrando los ojos. Me estoy quedando dormida cuando los susurros de Ozzie se cuelan en mi cerebro.

—Es una mujer dura. Valiente —dice, en voz tan baja que apenas la oigo con la radio puesta.

—Desde luego que lo es.

—Siempre esperé que acabaras conociendo a alguien así.

—¿Alguien así?

—A la chica capaz de romper tu caparazón y colarse en esa parte tan suave y blanda que tienes dentro y que sabes esconder tan bien.

Thibault se ríe.

—Sé que eso no puede haber salido de ti.

—Bueno, ¿y qué? Son las palabras de May, pero yo estoy de acuerdo.

—Estás perdido, amigo mío.

—Sí, bueno, bienvenido al club.

Capítulo 41

Los siguientes dos días pasan como un torbellino. Los Bourbon Street Boys tienen mucha influencia en el Departamento de Policía de Nueva Orleans y en la oficina local del FBI. Lo organizan todo mientras yo paso el tiempo con Thibault en el apartamento de la nave industrial, cuidando a mi hijo para que se recupere y descubriendo más razones aún para enamorarme de este hombre que todavía quiere ser mi superhéroe.

Thibault y yo pasamos la mitad de los días y la mayoría de las noches en brazos del otro, rememorando nuestro pasado, básicamente. No hablamos mucho del futuro porque no está muy claro. No creo que ninguno de los dos quiera arriesgarse a tentar al destino.

Aunque por fin me siento a salvo y segura. Sé que es muy probable que sea algo temporal, pero me permito disfrutar de la sensación mientras pueda. La sede de los Bourbon Street Boys en la nave industrial es lo más parecido a una fortaleza que podría esperar. Mientras nosotros nos quedamos arriba, en el apartamento de Ozzie, Dev y Lucky hacen turnos para montar guardia, apostados en la planta baja, atentos a las cámaras de seguridad que vigilan todo el edificio y el área que lo rodea.

Aunque Thi todavía está enfermo, al menos la fiebre ha remitido por fin y él vuelve a mamar de nuevo. De hecho, yo también he conseguido dormir unas pocas horas y, teniendo en cuenta que es Ozzie quien cocina para nosotros, hemos comido como reyes. Estoy todo lo lista que podría estar para mi entrevista conjunta con el Departamento de Policía de Nueva Orleans y el FBI.

Para prestar declaración, me han permitido entrar en la sala de interrogatorios acompañada de una persona. Ahora que tienen la información y los códigos para descifrarlo todo, lo único que necesitan es grabarme ante la cámara diciendo que todo es verdad, que soy la persona que recopiló la información, la guardó, la cifró y luego la entregó a las autoridades. Quería que Thibault viniera conmigo, pero él insiste en que lleve a mi abogada.

—Tienes que hacerlo, nena. No quiero que intenten meterte en algún lío. Esa abogada conoce la ley, y yo no.

—¿Estarás aquí cuando termine? Han dicho que vamos a tardar horas.

Sostiene a Thi en brazos en el pasillo de la comisaría de policía. Lo levanta un poco más alto.

—Little Thi y Big Thi van a estar aquí. No nos vamos a mover de este lugar. —Señala la sala de interrogatorios—. Estaré ahí mismo, al otro lado de la pared. En cuanto salgas por la puerta, tendrás a un bebé hambriento que se morirá de ganas de verte.

—¿Has pensado ya en lo que quieres hacer? —pregunto, mirando la sala por encima del hombro. La puerta se abre y veo a seis personas dentro, esperándome. Ozzie ya nos advirtió: me van a ofrecer entrar en el programa de protección de testigos y es posible que pueda negociar traer a alguien conmigo. Nos lo dijo a Thibault y a mí esta mañana, cuando estábamos de camino a la comisaría, pero no he tenido las agallas de preguntarle si realmente quiere venir conmigo. Toda su vida se encuentra aquí, en esta ciudad. No quiero ponerlo en la tesitura de haber de elegir, pero estoy a punto de entrar ahí dentro, rodeada de gente que va a querer sonsacarme todo lo que sé, y necesito desesperadamente saber si voy a salir de aquí sola y si tendré que empezar mi nueva vida sin él.

Asiente, juntando las cejas y frunciendo la boca.

—Sí, pero ya hablaremos de eso cuando salgas. No quiero que te preocupes por eso. Todo va a ir bien.

Está ansioso, como yo.

—Si no puedes… ya sabes… venir conmigo, lo entiendo. Quiero que lo hagas, no me malinterpretes, pero te estaría pidiendo que dejaras a tu familia, a tus amigos y tu trabajo… Es demasiado. —Los ojos me brillan con las lágrimas—. No puedo hacer eso.

—Deja de preocuparte por eso, ¿quieres? Tú entra ahí y habla con ellos. Enfrentémonos a los problemas de uno en uno.

—¿Señorita Cleary? ¿Podría pasar, por favor? —El inspector Holloway lleva el que parece su mejor traje. Señala hacia una silla vacía en el lado opuesto de la mesa.

—Estaré justo aquí —dice Thibault, que se inclina y me besa—. No tardes. Este pequeñajo se despertará pronto y no tendré lo que estará buscando.

Beso a Thi en la cabecita y me doy media vuelta para irme. Cuando llego a la puerta, miro por encima del hombro a Thibault.

—Gracias. Por todo.

—Te quiero. —Pestañea varias veces después de decir esas palabras, con expresión un tanto conmocionada. Creo que le han salido en voz mucho más alta de lo que pretendía. O tal vez no pensaba decirlas en absoluto.

Su declaración de amor es como un rayo de luz que asoma a través de unos nubarrones negros para alegrarme la vida. Cuando entro en la habitación, estoy sonriendo, que ya es estar mucho más alegre de lo que estaba una fracción de segundo antes de que Thibault abriera la boca y me ofreciera sus sentimientos en bandeja, es decir, de que se volviera completamente loco. Ahora el corazón me late desbocado, pero, por lo demás, estoy bien. Me estoy acostumbrando a esta montaña rusa de emociones que he experimentado desde que nos conocimos.

Cuando la puerta se cierra, lo miro por el ventanuco cuadrado y pronuncio estas palabras:

—Estás loco de atar.

Yo también lo quiero… tantísimo. Pero no voy a decírselo ahora y coaccionarlo de ese modo para que haga algo que no debería hacer. Lo que suceda entre nosotros a partir de este momento tiene que ser decisión suya, sin culpa de ninguna clase, sin expectativas ni ilusiones.

Capítulo 42

El bebé se ha dormido al fin y Thibault y yo estamos juntos en la cama. Estamos en mi lugar favorito: enredados en los brazos del otro, respirando el aroma del otro. Nunca me cansaría de esto. Lo voy a echar tanto de menos que el dolor es incluso físico.

—¿Estás contenta con cómo ha ido todo? —me pregunta. Parece animado. Despreocupado. Ambos fingimos que no pasa nada porque Thi y yo vayamos a irnos.

—Sí. —No puedo decirle lo triste que me siento por tener que marcharme y dejarlo. Tengo que fingir que era justo lo que quería.

—¿Te han dicho cuánto tiempo estarás fuera de circulación?

—Solo me dijeron que no lo saben. Podrían ser años. Podría ser para siempre. Depende por completo de lo que suceda en el juicio y de a cuánta gente de la red de Pável vayan a poder detener tras la operación sorpresa.

—Deberíamos saberlo en las próximas semanas —dice Thibault—. Disponen de toda la información. Tienen todos sus contactos y sus conexiones, gracias a ti. Ahora solo es cuestión de que el FBI y la Departamento de Policía de Nueva Orleans se pongan manos a la obra y utilicen todos sus recursos para atarlo todo.

—Pues sí.

No quiero hablar más de eso. Solo quiero olvidar que todo esto está pasando. No puedo mantener la farsa de que no me estoy muriendo de pena por dentro por tener que separarme de él para siempre.

—Antes te he dicho que te quería —dice en voz baja.

Me arde la cara y el corazón me late más fuerte.

—Sí, lo has dicho.

—Y tú me has contestado que estaba loco.

—Sí, eso he dicho. —Está loco. Y yo también, por desgracia.

—¿Es una locura? ¿Enamorarme de una mujer a la que solo conozco desde hace una semana?

—No lo creo. —Deslizo la mano sobre su pecho—. Le pasa a mucha gente. Mucha gente cree en el amor a primera vista.

—¿Y tú?

—Tal vez.

Me levanta la barbilla con el dedo.

—Me estás volviendo loco, ¿lo sabías?

Detengo el movimiento de mi mano.

—¿Quieres que deje de tocarte?

—Sabes que no estoy hablando de eso.

Me doy la vuelta y me siento, dándole la espalda. Trato de facilitarle las cosas, pero resulta imposible.

—¿Qué pasa? —pregunta.

Niego con la cabeza.

—Nada.

Me frota la espalda.

—Por favor, háblame.

Las lágrimas me escuecen en los ojos y me pica la garganta por el esfuerzo de contenerlas.

—No puedo. Es demasiado duro.

Se incorpora y se desliza para situarse a mi lado. Ambos estamos frente a la pared, en el borde de la cama. Me toma la mano y la apoya en su muslo.

—No me has dicho si negociaste un tercer asiento en ese avión que va a llevarte lejos de aquí.

Me duele tanto el corazón que creo que lo tengo roto en pedazos.

—No creo que sea una buena idea.

—¿Por qué? —exige.

Me sorprende el dolor que percibo en su voz. Miro hacia arriba y me encuentro con su expresión de angustia.

—¡Porque sí! —Levanto mi mano—. ¡Mira a tu alrededor! Este es tu sitio, esta es tu gente… ¡Esto es lo que sabes hacer!

—Puedo hacer lo que hago desde cualquier parte del mundo.

—Pero ¿qué hay de tus amigos? ¿De tu familia?

Arruga la frente y sus ojos se llenan de lágrimas.

—Los voy a echar de menos.

Lo miro y niego con la cabeza.

—¿Dejarías a los mejores amigos que has tenido en toda tu vida y a tu familia… por mí?

Entierra la cara en las manos y se queda así durante un buen rato. No me atrevo a moverme. Todo está en el aire: o bien me iré de aquí mañana y empezaré de cero yo sola, o bien lo haré como parte de un equipo. En cualquier caso, alguien saldrá perdiendo; ambas opciones harán daño a este hombre del que me he enamorado. Las decisiones que tomé hace cinco años están creando hoy un caos absoluto, y no hay nada que pueda hacer al respecto más que sentarme a esperar a ver lo que pasa.

Levanta la cabeza y me mira, pero en sus ojos ya no brillan las lágrimas.

—Lo que te he dicho iba en serio: te quiero. Adoro al pequeño Thibault. Pero también quiero a mi familia y a mis amigos.

Asiento con la cabeza.

—Lo entiendo.

Aparto la mano mientras mi corazón se hace trizas.

—No, creo que no lo entiendes. —Vuelve a tomarme la mano—. He vivido muchos años en piloto automático, sin pensar. Pasando por la vida sin más. Haciendo lo que tenía que hacer para cumplir con mi deber. Haciendo lo que todos esperaban de mí.

—Todos hacemos eso.

—Tal vez. Y creía que iba a ser el típico que se queda al margen, viendo a todos los demás miembros de su familia casarse, tener hijos… Me contentaba con ser el tío favorito de mis sobrinos.

—Eres genial con los niños. —Estoy llorando. No puedo evitarlo.

—Pero he empezado a pensar de nuevo, después de mucho tiempo. Los problemas de mi hermana realmente sacudieron los cimientos de mi mundo. Más de lo que yo mismo imaginaba.

—Es comprensible.

—Y he descubierto algo sobre mí mismo.

—¿Y qué es?

Me mira.

—No quiero ser el tipo que ve a todos los demás formar una familia.

—No tienes por qué serlo. Estoy segura de que hay cientos de chicas en Nueva Orleans que estarían encantadas de ser las madres de todos los hijos que quisieras. —Me muero por dentro al decir eso, pero tengo que ser justa con él.

—Pero es que no quiero a ninguna de esas chicas.

—¿No? —Tengo el corazón en llamas.

—No. Quiero a la que conduce por calles de un solo sentido después de equivocarse al girar, a la que prepara la salsa de los espaguetis con kétchup, a la que se preocupa por todos los demás antes de preocuparse por sí misma.

Me señalo, con la barbilla temblorosa. Está luchando por mí. Quiere salvarme.

—¿A esta chica de aquí?

Me toma el dedo y lo besa.

—Sí, loquita. A ti. Es a ti a quien quiero.

Sacudo la cabeza, sin atreverme a creer que esto es real. Sin embargo, parece que está diciendo la verdad.

—Tu familia me va a odiar.

—No, no te odiarán. Lo entenderán.

—Toni me va a estrangular con sus propias manos.

—Toni se alegrará mucho por mí, ya lo verás. —Se mete de nuevo en la cama y se tumba—. Ven aquí y abrázame, anda.

Lo miro, fijándome en sus ojos amables, en la amplitud de su pecho, en su sonrisa… y no lo dudo ni un instante. El mundo entero podría ponerse contra nosotros y aún seguiría dispuesta a correr el riesgo de estar con él.

—Confía en mí —dice mientras me acurruco a su lado y me acaricia la espalda—. Todo va a salir bien.

—Confío en ti. De verdad.

Cierro los ojos y me atrevo a imaginar una vida con este hombre y mi hijo, el bebé al que ayudó a traer al mundo. La imagen me procura tanta calidez, tanto amor, que casi me asusta.

Capítulo 43

—Esto es una locura —dice Toni, enfadada—. No me puedo creer que a nadie se le haya ocurrido mejor solución que el programa de protección de testigos por un tiempo indeterminado.

Estamos sentados alrededor de la mesa de reuniones en Bourbon Street Boys, Thibault y yo cogidos de la mano mientras su familia y amigos nos miran. El pequeño Thi está en su portabebés, en el suelo, listo para marcharnos.

Lucky rodea los hombros de su esposa con el brazo.

—Cariño, no hace falta que pongas las cosas más difíciles de lo que ya son. Tienen que irse. No les queda otra opción.

Se encoge de hombros.

—No estoy poniendo las cosas más difíciles, solo estoy diciendo lo que pensáis todos los demás. Por supuesto que tienen una opción.

Jenny mira a Toni y sacude la cabeza.

—Cielo... no lo hagas.

Toni mira a su amiga.

—No me llames «cielo». —Levanta la mano y se limpia los ojos con furia; sus lágrimas son la única señal que me indica que verdaderamente hay algo de bondad ahí dentro.

—Lo siento —le digo. Y lo digo muy en serio, con todo mi corazón.

Thibault apoya la mano en mi brazo.

—No te disculpes. —Mira a su hermana—. Ojalá pudiéramos hacer esto de otra manera, pero no podemos.

May se acerca y se inclina para abrazarlo primero a él y luego a mí.

—Lo entendemos. Toni está triste y disgustada, pero ella también lo entiende.

—No, no lo entiendo. No hables por mí, May. Esto no tiene ningún sentido. —Mira a su hermano—. Solo hace una semana que conoces a esta mujer. ¿Cómo es posible que pudiendo elegir entre yo, que te conozco desde que nacimos…? —Hace un ademán señalando a los que están de pie alrededor de la mesa—. Entre estas personas, que te conocen desde que eras un niño, y ella ¿la elijas a ella en vez de quedarte de nosotros? ¿Cómo es posible, eh?

—No estoy eligiendo entre vosotros y ella. No pienses eso.

Se pasa las manos por el pelo. Es evidente que está muy tenso. Me siento como un monstruo por ponerlo en esta tesitura.

—Entonces, explícamelo otra vez, porque no lo entiendo.

—Ya te lo he dicho cinco veces; no puedo controlar lo que siento. Y no puedo permitir que Mika y su hijo se volatilicen y ya no vuelva a verlos nunca más, de ninguna manera. No puedo hacer eso.

—¿Pero sí vas a dejar que el resto de nosotros nos volatilicemos? ¿Vas a volatilizarte tú de manera que nunca podamos volver a hablar contigo, jamás? ¿Qué pasa con mis hijos? ¿Qué hay de Melanie y Vic…? —Se le quiebra la voz y no puede continuar. Lucky la estrecha en sus brazos.

Se me saltan las lágrimas, de modo que me levanto y me doy media vuelta para que nadie las vea. Esta es la cosa más horrible que he hecho en mi vida, peor que vender mi cuerpo, peor que trabajar para un criminal. Odio que las circunstancias hayan obligado a Thibault a tomar esta decisión: elegir entre una mujer a la que acaba de conocer o ellos, su familia y amigos. ¿Cómo puedo valer tanto para él? La sensación de derrota hace que me cueste respirar.

—Tal vez no deberíamos —le digo, volviéndome hacia él—. Esto va a destrozar a tu familia; no es justo para ellos.

Thibault se levanta rápidamente, haciendo una mueca por el dolor que el movimiento le causa en la rodilla.

—Y una mierda, Mika. Yo me voy contigo. No vas a ser una mártir por ellos. —Se vuelve y mira a su hermana—. La decisión está tomada. Sé que no te gusta, Toni. Sé que esto te duele, y si pudiera hace algo para aliviarte ese dolor, lo haría.

—Podrías hacerlo, pero no quieres. —Toni se cruza de brazos.

—Ya basta —dice Lucky, sorprendiendo a todos con el volumen de su voz. Los presentes se quedan en silencio y ven a Toni mirar a su marido—. Sabes que te quiero, Toni, más que a nada en este mundo, pero ahora estás siendo muy egoísta, y tienes que parar.

Ella se queda boquiabierta.

—¿Qué?

Él le agarra la cara, colocando sus fuertes manos a ambos lados de la mandíbula de Toni.

—Te quiero. Mírame.

Ella cierra los ojos, de los que le brotan las lágrimas.

—Mírame —dice Lucky con más dulzura.

Toni le obedece y abre los ojos. Están inyectados en sangre, y húmedos. No para de llorar.

—Te quiero. Tú me quieres. Apoyamos a Thibault, pase lo que pase. Es un hombre inteligente y cariñoso, y no hace nada sin pensarlo detenidamente.

—Lo dices como si no supiera eso de mi propio hermano.

—Entonces también sabes que necesita vivir su propia vida. Y ahora mismo, esa vida no está aquí. Está en otro lugar. Pero un día, él volverá. Tu amor… Nuestro amor lo traerá de vuelta.

Toni se aferra a sus manos.

—Pero tú no me puedes garantizar eso.

Él asiente con la cabeza.

359

—Sí puedo. Lo acabo de hacer. Cree en mí como yo creo en ti.

El único consuelo que me queda después de separar a Thibault de su hermana es saber que ella cuenta con ese hombre tan fabuloso. Las palabras de Lucky me hacen desear una vez más poder rehacer mi vida por mi cuenta para no tener que estar aquí y obligarlos a todos a despedirse.

Parece que Toni va a seguir resistiéndose, pero de pronto asiente con la cabeza una vez. Lucky la atrae hacia su cuerpo y apoya la barbilla en la cabeza de ella unos segundos. Luego se vuelven despacio, se levantan y caminan hacia un rincón alejado de la habitación. Se me enternece el corazón al verlos.

Thibault se aclara la garganta.

—Os quiero a todos, con todo mi corazón, y me ha encantado trabajar con vosotros durante todos estos años, demasiados para poder contarlos. A la mayoría os conozco desde que éramos niños, y a una, desde el día en que nació.

Mira a Toni. Creo que ella lo está escuchando. Espero que así sea.

—Y durante muchos años este lugar fue mi segundo hogar. Me despertaba cada día entusiasmado y feliz de poder estar con todos y cada uno de vosotros, haciendo juntos esta labor por el bien de Nueva Orleans.

Mira al hombre corpulento que tengo a mi derecha.

—Ozzie, tú y yo no tenemos la misma madre, pero también eres mi hermano. —Mira a Dev y a Lucky, que se ha dado media vuelta—. Vosotros, chicos, también. Eso no va a cambiar. No importa lo lejos que me vaya, cómo me acabe llamando, lo que me pase en mi nueva vida: nada de eso va a cambiar. —Hace una pausa—. Volveré a vuestro lado si puedo. Os lo prometo.

—Sabemos que lo harás —dice May. Mira a su hermana—. Además, de todos modos, nadie puede esconderse de nosotros, si nos proponemos encontrar a ese alguien.

Ozzie niega con la cabeza, diciéndole que se calle. Ella baja la cabeza, fingiendo obedecer, pero, por lo poco que la conozco, no puede ser por eso.

—Sé que todos pensáis que estoy loco, y sé que me queréis y por eso os preocupáis por mí. Pero quiero que en este momento miréis a la persona de la que os enamorasteis y os preguntéis: si la vida os obligara a elegir entre los Bourbon Street Boys o la persona que está a vuestro lado, ¿a quién elegiríais?

Hasta que ha dicho eso, no me había dado cuenta realmente de lo que esto significaba para él, de la pregunta que se había formulado a sí mismo antes de tomar su decisión de venir con Thi y conmigo. Cuando miro alrededor y veo de qué y de quién se está despidiendo, por mí y por mi hijo, me emociono. Sé que solo debería mirar dentro de mí misma para determinar mi propia valía, pero significa algo muy especial que un hombre como Thibault me elija a mí ante la disyuntiva de una vida hermosa llena de gente maravillosa y buena. Lo único que puedo hacer es tratar de ser digna de ese amor, trabajar todos los días para ser el tipo de mujer que lo merece.

La habitación se queda en completo silencio. Thibault deja que los otros asimilen sus palabras antes de continuar.

—Sé que me queréis tanto como yo a vosotros, sé que amáis vuestro trabajo tanto como yo, y que queréis a Ozzie tanto como yo…, pero no creo ni por un segundo que cualquiera de vosotros fuera a elegir esto en lugar de la persona de la que se enamoró, así que espero que podáis entender por qué tengo que irme.

Antes de que alguien acierte a decir algo, suena el timbre de la planta de abajo, lo que indica que hay alguien en la puerta de la nave industrial.

Ozzie se acerca al intercomunicador y activa la pantalla de vídeo. El inspector Holloway está allí. Lo veo desde el otro lado de la habitación, mirando a la cámara.

—¿Puedo subir? Hay novedades.

Mi corazón deja de latir durante unos segundos que se me hacen eternos. Me masajeo el pecho. Es como si tuviera un ataque al corazón. Esto no puede ser bueno.

—¿Qué ha pasado? —dice May—. ¿Qué significa eso? —Mira a su hermana—. ¿Son buenas o malas noticias?

Jenny le hace una señal con la mano a May.

—Estamos a punto de averiguarlo. Cállate.

Ozzie señala hacia la puerta.

—Dev, ¿podrías encargarte de eso?

—Enseguida. —Da una palmada a Thibault en el hombro y echa a correr, guiñándonos un ojo mientras se dirige hacia la puerta. Al cabo de un minuto, las gigantescas puertas de la nave industrial se abren y se ve a Dev en la pantalla acompañando al inspector al interior del edificio.

—¿Quieres algo de beber? —me pregunta Thibault, tocándome ligeramente el brazo.

Niego con la cabeza. Estoy demasiado nerviosa para tomar nada. Tengo el estómago revuelto y siento el corazón a punto de estallar.

Se dirige a la cocina para servirse una taza de café. Toma un primer sorbo y esboza una mueca. Vuelve y se sienta, haciéndome señas para que me siente con él junto a la mesa. Hago lo que me dice y lo tomo de la mano, en el reposabrazos de la silla.

Holloway aparece en la puerta y va directo al grano. Ni siquiera toma asiento.

—¿Habéis visto las noticias?

Capítulo 44

Todos nos miramos, negando con la cabeza.

—De acuerdo, dejadme ser el primero en informaros. —No parece contento—. El FBI y el Departamento de Policía de Nueva Orleans han lanzado una operación conjunta para detener a los miembros de la banda de Pável Baranovski. La hora de inicio de la operación era a las siete de esta mañana. La intención era aprovechar el factor sorpresa para atrapar a la mayoría de ellos durmiendo y así conseguir el máximo número de detenciones. Por desgracia, alguien se nos adelantó.

—¿Qué? —Ozzie se acerca al inspector.

—Sí. Alguien logró entrar allí y cargárselo. Ya estaba frío cuando entramos en su residencia.

—¿Que se lo cargó? —May mira a Ozzie—. Pero ¿cargárselo cómo? ¿Quiere decir que lo han matado? ¿Como… con un arma?

Holloway la mira como si estuviera bromeando.

—Sí, con un arma. Quince disparos, según mis últimas informaciones. Todavía están contando los agujeros.

Tengo las manos frías como el hielo y siento que me mareo. ¿Pável está muerto? ¿Realmente muerto?

—¿Quién lo mató? —pregunto. Mi voz retumba en mi cabeza: «¿Quién lo mató? ¿Quién lo mató? ¿Quién lo mató?».

—No lo sabemos. Pero ya teníamos la sensación de que algo raro pasaba cuando empezamos a investigar este caso; por eso queríamos contar con la ayuda de Mika. —Me señala—. Ella estaba en nuestra lista de fuentes de información, pero también hablamos con otras personas de dentro de la organización.

—Sonia —le digo.

—Sí. Sonia. Tu compañera de piso.

—Pero ella me traicionó. Ella le contó a Pável dónde estaba.

El inspector niega con la cabeza.

—No, ella no hizo eso, no fue así. Él espió el contenido de su teléfono y la obligó a decirle dónde estabas.

—Ah. Ahora me siento fatal. Sonia no me delató.

El inspector asiente con la cabeza.

—Sí, bueno, pero no le ha servido de nada. También la han asesinado.

Ojalá no hubiera dudado de ella.

—¿Pero quién? —pregunto—. ¿Quién haría algo así? —Miro a todos a mi alrededor—. Pável tenía muchos enemigos, pero estaba bien protegido. Nadie se atrevería a…

—¿Tienen alguna pista? —pregunta Thibault.

—No exactamente, pero, además, tengo otras buenas o malas noticias para ti. —Me mira frunciendo el ceño.

—¿De qué se trata? —pregunta Ozzie.

—¿Sabes ese código que nos diste para el programa de software?

—Sí. —Me inclino hacia Thibault, deseando estar más cerca de él y de la seguridad que me brinda.

—Ya no funciona. Lo usamos exactamente como nos dijiste, pero ahora no funciona.

—Pero ya debieron de sacar una copia de todas las pruebas la primera vez que entraron en el programa, así que, ¿por qué necesitan volver a entrar? —pregunta Jenny.

—Sí, sacamos copias de todo, pero ahora que todo el departamento está investigando la información para verificar los datos, nos estamos encontrando con cuentas cerradas, empresas fantasma, nombres que ya no existen… Es como si nunca hubiera pasado. —Nos mira a todos—. Estamos absolutamente perplejos. De lo único de lo que estamos del todo seguros es de que Mika no tiene nada que ver con eso.

Una oleada de alivio me recorre el cuerpo.

—¿Qué le hace decir eso? —pregunta Toni—. ¿Qué le hace estar tan seguro?

—Ella nos lo enseñó todo, fue completamente transparente con nosotros. Lo investigamos a fondo, créeme, muy a fondo. Lo comprobamos todo. Y hablamos con el informático al que Mika recurrió. Él nos confirmó lo que decía. —Baja la cabeza, sacudiéndola—. Estamos bien jodidos.

—Tal vez podamos ayudar —dice Jenny.

Todos se vuelven a mirarla. Ella sonríe con aire vacilante.

—Sabemos la forma en que está estructurada la organización. Quiero decir, no es que esos traficantes de armas o de personas vayan a desaparecer de la faz de la Tierra; solo van a usar otros nombres. Pero sabemos que todo el mundo deja una huella, incluso cuando se conecta a internet.

—¿Una huella? —pregunta Holloway—. ¿Qué quieres decir?

—La gente que se mueve *online*… Todos tienen un estilo propio, un sello personal. Al cabo de un tiempo, empiezas a reconocer ese estilo, después de haber observado a fondo su trabajo. Es como una huella que dejan dondequiera que vayan, para que puedas ver dónde han estado. Cuando ves esa huella una y otra vez, cada vez es más fácil reconocerla. —Se encoge de hombros—. Creo que es muy probable que podamos rastrear a esas personas si contamos con tiempo y recursos suficientes.

—¿Qué tipo de recursos? —pregunta Holloway.

Jenny mira a Ozzie.

—Tal vez se nos ocurra algo.

Ozzie asiente.

—Sí, podríamos hacer eso. Le enviaré un presupuesto si quiere.

—Sí, muy bien. Enviádselo directamente al jefe.

—Entonces, ¿estamos listos para nuestra salida a las cuatro en punto? —Thibault mira el reloj, esperando la respuesta de Holloway.

El inspector niega con la cabeza.

—No.

—¿Por qué no? —preguntamos Thibault y yo al mismo tiempo.

—Porque… como he dicho, toda la operación se ha ido al traste. El equipo se ha disuelto. La operación ha terminado. No hay necesidad de que entréis en el programa de protección de testigos porque no va a haber ningún juicio.

Sus palabras hacen que el corazón deje de latirme por un instante. Me llevo la mano al pecho mientras vuelve a la vida.

—Pero… la vida de Mika todavía podría estar amenazada. —Thibault me rodea con el brazo.

—¿Por parte de quién? —Mira alrededor de la habitación—. Todo lo que ella sabía sobre la organización ya no existe. Quien esté detrás de esto es un maldito genio. —Se da media vuelta y se dirige hacia la puerta—. Tengo que volver a la comisaría. El jefe os dará información más detallada. Solo me pidió que viniera a informaros de los hechos más básicos.

Me arden las orejas. ¿Quién? ¿Quién es el responsable de esto? La cara que aparece en mi cabeza es la de Sebastian: él es quien tiene los mejores contactos, el hombre de máxima confianza de Pável, el más inteligente y el más capaz. Pero también podría haber sido alguien a quien no conozco. Pável traficaba con armas, y yo no sabía nada de eso.

Dev se acerca para escoltarlo fuera del edificio. El inspector se detiene en la puerta que conduce a la habitación más allá de la cocina y se vuelve hacia nosotros.

—En todos los años que llevo trabajando en el cuerpo, nunca había estado tan cerca de resolver un caso tan importante para que, luego, en el último momento, me lo arrebaten así de las manos. Tengo que retirarme. Ya no soporto toda esta mierda.

Sale de la habitación y nos quedamos ahí, mirándonos. Thibault y yo nos ponemos de pie, creo que los dos estamos un poco conmocionados.

—Bueno, supongo que eso resuelve el problema —dice Toni. Parece agotada.

Lucky se acerca y pone los brazos alrededor de Thibault, dándole una palmada en la espalda varias veces.

—Me alegro de tenerte de vuelta, amigo mío.

—Y yo me alegro de estar de vuelta. —Thibault sonríe al fin y es como si acabara de quitarse un gran peso de encima.

A continuación, Lucky se acerca y me da un abrazo a mí también.

—No sé qué decir. —Tengo miedo de creer que esto es real. Me dan ganas de gritar y llorar y cantar al mismo tiempo, pero estoy demasiado aturdida para hacer algo.

Él se aparta y me mira.

—No digas nada. No hace falta. —Me dedica una sonrisa radiante y luego se va, dejando espacio para que todos los demás abracen a Thibault.

Toni es la última en la fila. Le da un largo abrazo a su hermano. Empiezo a pensar que sería mejor si me fuera, pero ella me agarra del brazo cuando hago ademán de marcharme.

—No tan rápido —me dice.

Aparto el brazo de su mano, pero le planto cara. Levanto la barbilla, preparada para oír las palabras de odio que sin duda me va a dedicar.

—Será mejor que seas buena con él.

—Por supuesto que lo seré.

—Toni, tranquilízate —dice Thibault.

Levanto la mano para indicar a Thibault que no hace falta que hable, sin apartar los ojos de los de Toni.

—No, deja que hable yo. —Hago una pausa, observando su actitud, su postura, su expresión. Toni es dura, sí, pero tiene sus puntos débiles. Hoy he visto uno de ellos, pero no voy a aprovecharlo—. Respeto tu relación con tu hermano y el amor que sentís el uno por el otro. No haré nada que pueda interferir en eso.

Asiente con la cabeza una vez.

—Ya me encargaré yo de que así sea.

—Pero no creas que puedes faltarme al respeto solo porque soy una buena persona. Quiero a tu hermano, pero eso no te da carta blanca, ¿entendido?

Contrae la comisura de la boca.

—Sí, entendido.

—¡Bien! —Thibault da una palmada—. Bueno, eso ha estado muy bien. ¿Alguien quiere celebrarlo con una cerveza?

—No podemos. Estamos embarazadas —dice un coro de voces al unísono.

Todos los hombres en la sala dejan de moverse y miran fijamente a las tres mujeres que acaban de hablar: Jenny, May y Toni.

Yo levanto un dedo.

—Y yo estoy dando el pecho, así que…

—Mierda, eso es un montón de estrógeno —dice Dev, con miedo en los ojos.

Capítulo 45

Thibault nos abraza a Thi y a mí, allí mismo, en la sala de reuniones, balanceándose al son de un ritmo interior que fluye entre nosotros. Tengo los ojos cerrados mientras proceso el torbellino de sentimientos y trato de lidiar con la tormenta de emociones que se está desatando en mi interior. Estaba listo para dejarlo todo por mí, pero ahora no es preciso que lo haga: podemos tenerlo todo. Es abrumador. Demasiado abrumador.

Alguien se aclara la garganta, y quienquiera que sea está muy cerca. Abro los ojos y veo a May justo detrás de Thibault con una gran sonrisa.

—¿Podemos ayudarte con algo? —pregunta Thibault, volviéndose para mirarla.

—Estáis invitados a la noche de pizza que empezará en aproximadamente media hora.

—¿Noche de pizza? —exclama Thibault como si acabara de invitarlo a someterse a una operación de rodilla sin anestesia.

—Me encantan las noches de pizza —digo con entusiasmo. Me aparto de Thibault y le sonrío. Mi corazón da saltos de alegría. Por primera vez en mi vida, pienso que el destino no me odia.

May se acerca y le hace cosquillas al bebé en el cuello.

—¡Bien! Puedo tener todo el amor de este bebé para mí sola.

—No tan rápido —dice Jenny detrás de ella—. Habrás de compartir.

May mira a su hermana.

—Vas a tener uno tuyo muy pronto. Este es mío. Vete.

—Tú también vas a tener uno tuyo.

—Sí, pero el tuyo nacerá primero. —Vuelve a hacerle cosquillas a Thi.

Miro a Thibault, sonriendo. No me puedo creer que ya no esté obligado a elegir entre su familia y yo, y encima, voy a participar en una de las fiestas que vi en su álbum de fotos. Es como si fuera un sueño.

—Te gustan las noches de pizza, ¿no?

Thibault hace una mueca.

—Me encantan. Me encanta todo el ruido, los niños gritando, los perros ladrando…

Me pongo de puntillas para besarlo suavemente en los labios.

—Sí, te encantan.

Suspira y me rodea con los brazos.

—Ahora sí.

Capítulo 46

Los chicos disfrutan de unas cervezas en el jardín trasero, todos juntos, y las chicas estamos en la cocina riéndonos de las tonterías que hacen nuestros hombres cuando están cansados y demasiado dispersos para pensar con claridad por haber tenido que levantarse por la noche a ocuparse de los niños. Todos nuestros hijos están arriba, incluido Thi, que duerme profundamente junto al monitor de vigilancia para bebés. El receptor está en la encimera de la cocina, en completo silencio. Es la felicidad absoluta.

Por el pasillo llega el ruido de apertura y cierre de la puerta delantera, y el pequeño perro de May, Felix, empieza a ladrar como un poseso. La perra más grande está fuera, en el jardín trasero, y corre a presionar el hocico contra la puerta corredera de cristal, dejando un inmenso rastro de baba.

—¿Quién será? —pregunta May—. Ya estamos aquí todos.

Toni es la primera en moverse y echa a andar rápidamente desde la cocina, seguida de Jenny y May, que van justo detrás de ella.

Cuando llego allí, Toni está gritando y hay piezas de mobiliario volando por los aires. Una pequeña mesa auxiliar que estaba en el vestíbulo de la entrada principal aterriza en la sala de estar, y Toni aparece justo detrás. Cae al suelo, hecha un ovillo.

—¡Felix, no! —le grita May a su perro mientras este ladra y gruñe como una bestia sedienta de sangre. Ella y Jenny se abrazan, retrocediendo lentamente por el pasillo hacia mí. Me quedo ahí, paralizada, observando la chocante escena que se desarrolla ante mí.

El pequeño chihuahua está ocupado ladrándole a los tobillos de un hombre, mordiéndole la pernera del pantalón y agitándosela con movimientos furiosos... Y resulta que conozco a ese hombre.

—Dejad que Tamika vaya conmigo y entonces nosotros vamos. Nadie acabará herido. —El fuerte acento ruso me trae muchos recuerdos, y no todos son malos... Estoy muy confundida.

—¿Alexéi? —Doy un par de pasos hacia delante, con el corazón dándome saltos con una alegría irracional al verlo—. ¿Dónde has estado, tesoro? ¡Oh, Dios mío, pensé que no volvería a verte!

Corro a toda prisa hacia él, ansiosa por abrazarlo, para convencerme de que realmente está aquí y para ayudarlo a que entienda que estoy bien y que no hace falta que se preocupe por mí. Por lo visto, el pobre chico cree que necesito que acuda en mi auxilio.

—No vayas —dice Jenny, agarrándome del brazo, para detenerme.

—¡Felix, ven aquí! —grita May.

El perro deja de ladrar y sale escabulléndose hacia la sala de estar.

Me libero de las garras de Jenny.

—No pasa nada. No va a hacerle daño a nadie; solo está un poco confuso.

Paso por delante de las dos mujeres mientras Toni se pone de pie, mirándolo con aire asesino mientras se limpia la sangre de la comisura de la boca con el dorso de la mano.

Es cuando veo esa sangre de color rojo brillante cuando caigo en la cuenta de que ya ha hecho daño a alguien. Me detengo y miro a Toni de nuevo; un moretón le colorea la mejilla. No se ha caído al suelo: alguien le ha pegado.

Miro a Alexéi y descubro una expresión en su rostro que nunca había visto antes. Se me hiela la sangre al ver lo mucho que se parece a Pável.

—¿Qué está pasando aquí? —le pregunto—. ¿Qué has hecho? ¿Cómo sabías que estaba aquí? —La sospecha se apodera de mí y sustituye al alivio que acababa de sentir al verlo con vida.

—Tú vienes conmigo —dice, fulminándome con la mirada.

Nunca lo había oído hablar así antes. Siempre se mostraba feliz cuando estaba conmigo; a veces se confundía, pero nunca se enfadaba. Mi mente trata desesperadamente de encontrar una explicación que tenga sentido. Hace años que conozco a este hombre; es imposible que haya venido aquí con la intención de hacerle daño a alguien. Quienquiera que se haya encargado de la operación de Pável le habrá contado lo que pasó conmigo. Pável le dijo dónde estaba antes de que lo mataran. Ha perdido a su familia y está buscando a alguien que lo ayude. Sí, tiene que ser eso. Alexéi no es como Pável.

—¿Por qué no nos calmamos todos un poco y respiramos hondo? —digo, extendiendo las manos.

Por encima de nuestras cabezas oímos el ruido de unos fuertes pisotones. Miro hacia arriba, temiendo que aparezcan los niños: Alexéi ya está bastante confundido; no necesita que el caos empeore aún más las cosas.

La voz de Jenny resuena con un deje histérico:

—¡Niños! ¡Quedaos ahí arriba! Prohibido bajar las escaleras. ¡El que baje las escaleras se quedará sin postre!

—¡De acuerdo, mamá! —responde un coro de voces. Un par de ellos se ríen.

El sonido de los pies corriendo en dirección opuesta es como un tranquilizante, y siento un alivio inmediato. El zumbido de la silla de ruedas de Jacob se mezcla con el de los pasos.

Me acerco más a Alexéi.

—Alexéi, ¿qué ocurre? ¿Qué te ha pasado? ¿Adónde te fuiste? Te echaba de menos.

Toni se aleja despacio de la sala de estar rodeando la parte de atrás y desaparece de la vista.

—No tienes que preocuparte por mí, Tamika. Tienes que preocuparte por ti. Tienes información para mí. —Su expresión y voz se vuelven francamente siniestras—. Vamos a hablar en privado.

Sus palabras no suenan para nada como Alexéi. Es como si otro hombre se hubiera apoderado de su cuerpo.

—Alexéi, yo no sé nada de nada. Todo lo que sabía ahora ha desaparecido. —Lo miro, tratando de armar este rompecabezas. ¿Alguien le ha ordenado que haga esto? Sí, eso debe ser. Ha memorizado un guion. Le encanta repetir cosas que ha escuchado.

—Eso es mentira. —Se ríe. El sonido me recuerda a un payaso malvado en una atracción de feria. Es una risa sin alma—. Tienes buena memoria —dice—. Me lo contarás todo.

Sigo hablando con la esperanza de que esta situación absurda comience a cobrar sentido muy pronto.

—Alexéi, somos amigos. Te diré todo lo que quieras saber. No tengo nada que ocultar.

—No somos amigos —dice—. Ahora nos vamos. Tú vienes conmigo. —Extiende la mano—. Ven.

Avanza hacia mí, pero yo retrocedo, empujando a las mujeres a la cocina. No quiero ir con él. Parece enloquecido. Tiene que haberle pasado algo terrible; tal vez se volvió loco cuando perdió a su primo. Necesito intentar ganar tiempo.

—Pero no quiero irme de la fiesta. —Intento que mi voz suene alegre, con la esperanza de cambiar su estado de ánimo—. Es una noche de pizza. A ti te gusta la pizza. Podemos ponerle un poco de kétchup.

—¡No más kétchup! —grita tan fuerte que hace que me duelan los oídos—. ¡Tu kétchup me pone enfermo! Todo lo que cocinas es con kétchup —se burla, y el labio inferior le llega casi a la barbilla.

—Pero creía que te gustaba el kétchup. —Siento como si estuviera atrapada en una turbia pesadilla de la que no consigo despertar. Nada es como debería ser.

—«Creía que te gustaba el kétchup» —me imita—. Y también creías que yo era estúpido. Bueno, supongo que no eres tan inteligente como piensas.

Se me acelera el corazón cuando una idea empieza a abrirse paso en mi cerebro. ¿Es posible que me haya engañado desde el principio?

—Todo ese tiempo, te observo —dice—. Te veo. Te escucho. Pável tenía razón. Tú no eres *sem'ya*. No podemos confiar en ti. —Sonríe, obviamente orgulloso de sí mismo—. Soy el *shpion* que vive en tu sofá.

Me mareo cuando la sangre abandona mi cerebro. Oh, Dios mío. Al parecer sí, es verdad, he sido víctima de un engaño: Alexéi me estaba espiando todo el tiempo.

El sentimiento de decepción es tan grande que creo que voy a asfixiarme. Este hombre que tanto me importaba, por el que estaba dispuesta a arriesgar a mi hijo y mi propia seguridad, lleva años engañándome. Él era los ojos y los oídos de Pável, y yo nunca me di cuenta. Ni siquiera capté un solo destello de su traición a través de la fachada que él mismo había creado.

La amargura se apodera de mi boca.

—Nunca quise formar parte de tu horrible *sem'ya*, Alexéi, pero supongo que eso ya lo sabías. —Dije muchas cosas negativas sobre su familia a lo largo de los años que estuvo a mi lado. Me estremezco al pensar en la cantidad de cosas que probablemente debió de revelarle a Pável. Tengo suerte de estar viva.

—Sí. Y cuando Pável ve que estás embarazada, me envía lejos. Él conoce todos tus secretos, incluso los que no compartes conmigo. Entonces él ya no se preocupa por ti. Solo por bebé. Lástima que tú y el bebé os fuerais del hospital antes de que se lo llevara. Suerte para ti, tal vez, porque estarías muerta y el bebé estaría con él. —Se burla de nuevo—. Pero no me importa el bebé. Demasiados problemas, bebés. El bebé se queda aquí, tú vienes conmigo.

Me zumban los oídos. No me puedo creer lo que estoy escuchando.

—Pável sabía que estaba embarazada. ¿Cómo?

Encoge sus corpulentos hombros.

—Estabas gorda y enferma. No es difícil darse cuenta.

—Pero... él nunca dijo nada. —Un despiadado gánster ruso sabía que estaba embarazada y yo no. Me explota la cabeza, oficialmente.

Por el rabillo del ojo, veo una figura de pie en la cocina, a mi derecha. Thibault. Lleva algo en la mano, algo que le llega por encima del hombro. Su muleta. Retrocedo otro paso. Si consiguiera atraer a Alexéi hasta aquí, Thibault podría romperle la cabeza con eso. Aprieto los dientes y tomo la decisión: somos un equipo, Thibault y yo. Los dos juntos podemos acabar con Alexéi, ese maldito hijo de perra.

—Podemos hablar de Pável fuera —dice—. Ven.

Extiende la mano.

—Mmm, no, gracias. Creo que me quedaré aquí.

Retrocedo otro paso.

—Todas estas personas aquí —dice Alexéi, mirando a quienquiera que está detrás de mí—. ¿Te han invitado a fiesta de pizza? ¿Les has dicho que no eres una persona leal?

—¿De qué estás hablando? Fui leal... —Me interrumpo—. Hasta que dejé de serlo.

Sí, si Pável todavía estuviera vivo, es más que probable que no me considerara leal en absoluto.

—Ayudaste a forastero a quedarse negocio de mi primo. No pensaste nada en mí. —Se señala el pecho con el dedo.

Ahora vuelvo a estar confusa.

—¿Qué? No tengo ni idea de qué estás hablando.

—¡Sebastian! Se ha quedado negocios de Pável y de mí. Él no es *sem'ya*, es forastero. Lo dejaste entrar.

—¡Yo no dejé que nadie hiciera nada! ¡Pável era su contacto, no yo!

—¡¿Pero qué hay de mí?! —grita, señalándose el pecho de nuevo—. ¡Te olvidaste de mí!

Todos desaparecen de mi vista. Tengo la extraña sensación de que estoy sola en esta casa con un loco.

—Alexéi, ¿cómo puedes echarme la culpa de eso? Siempre te comportaste como si lo más importante en el mundo para ti fueran tus Legos. No tenía ni idea de que querías dirigir el negocio. Ni siquiera pensé que pudieras hacerlo.

Nada de esto tiene sentido. ¿Cómo habría podido siquiera imaginar que él iba a ser capaz de dirigir un negocio como el de Pável?

Se burla de nuevo.

—Solo estaba haciendo trabajo. Pável me dijo: «Vigila a Tamika», y fue bien. Siempre eres tan paranoica. Nunca dices nada a nadie, nunca haces nada con nadie, siempre guardas todo. Pero a un hombre que es un niño, dices todo. Tan estúpida.

Niego con la cabeza ante su ingenuidad y la mía.

—Durante cinco años, para poder espiarme, actuaste como si tuvieras una discapacidad mental y, en cambio, ¿se suponía que eso debía hacerme creer que eras alguien capaz de hacerse cargo de un negocio multimillonario? —Resoplo con incredulidad—. Estoy bastante segura de que no soy yo la estúpida en esta habitación.

Se golpea el pecho con el puño.

—Es gran trabajo. Es gran trabajo para gran hombre.

Casi es como una revelación cuando al fin consigo encajar las piezas de lo que dice y, de forma bastante retorcida, todo cobra cierto sentido: Alexéi estaba tratando de demostrar su valía y lealtad a Pável, y cuando Pável vio que, a pesar de que Alexéi no era el chico más despierto del mundo podía serle útil de todos modos, le encargó un trabajo simple que sabía que podía hacer, mientras engañaba al pobre infeliz haciéndole creer que algún día ocuparía un lugar en la mesa de los mayores gracias a sus sacrificios. A Alexéi lo engañaron tanto como a mí.

—Hiciste todo eso para que Pável confiara en ti y te asignara un lugar dentro del negocio.

—Todos hacemos lo que tenemos que hacer. Es por *sem'ya*. Familia y lealtad. No sabes nada de eso. Tú no eres *sem'ya*.

Casi siento pena por este pobre idiota delirante.

—Pero es que él no tenía ninguna intención de hacer eso, Alexéi. Él siempre iba a reservárselo todo para sí mismo.

—¡No sabes eso! ¡Tú cállate! —Se abalanza sobre mí y saca una pistola de detrás de la espalda.

El tiempo parece moverse a cámara lenta cuando me aparto a trompicones y miro a Thibault, de pie a mi derecha, oculto a la vista de Alexéi.

El arma me apunta a la cara.

El dedo de Alexéi está en el gatillo y luego…

La muleta de Thibault traza un amplio arco desde arriba justo cuando me deslizo hacia el suelo. Estoy cayendo…

La muleta de aluminio impacta con el cañón de la pistola y se la arranca a Alexéi de la mano. La pesada arma cae al suelo y dispara, una fuerte detonación que envía la pistola a un lado, hacia el borde de las escaleras.

A continuación se oyen varios gritos, uno de ellos mío.

Algo me escuece en la pierna, como si la tuviera en llamas.

Me caigo de espaldas y me encojo para tocarme la pierna. Siento algo cálido y húmedo.

Ruedo por el suelo de lado cuando alguien me agarra la mano y me arrastra por el suelo. Es May, que me aleja de los dos hombres que luchan en el pasillo: Thibault y Alexéi.

—¡Mierda! ¡Te han disparado! —exclama Jenny. Agarra un paño de cocina de la encimera y lo enrolla—. ¡Rápido, dadme un cinturón! —grita.

Toni se quita el suyo y se arrodilla a su lado.

De pronto aparecen otros cuerpos en la cocina, moviéndose como un torbellino y seguidos por un perro al galope, que parece recién salido del infierno, y luego se oye una sucesión de gruñidos, golpes y choques.

—¡Un cuchillo! —ruge Ozzie.

Luego hay más impactos, y más y más ladridos infernales.

La voz de Alexéi retumba con un tono más agudo.

—¡Me está mordiendo! ¡Quitádmelo!

Me miro la pierna y los sonidos de la pelea se desvanecen cuando me doy cuenta de lo mal que estoy.

—¿Voy a morir? —Me siento aún más débil al ver los paños de cocina, que se tiñen rápidamente de rojo—. Dios, eso es mucha sangre…

—No. No puedes morirte —dice Toni.

—¿Por qué no? —pregunto, porque por lo visto ahora es el momento idóneo para mantener conversaciones estúpidas.

Me mira fijamente.

—Porque mi hermano te quiere, idiota. —Tira de su cinturón con fuerza sobre el paño que me cubre el agujero de la pierna—. Si mueres, nunca te lo perdonaré.

Me río y lloro al mismo tiempo.

May apoya la mano en mi mejilla.

—¿Estás bien, cariño?

—Creo que le gusto —digo, todavía llorando.

—Va a entrar en shock —anuncia May—. ¡Que alguien llame a Emergencias! —Se levanta y me deja ahí con Jenny y Toni.

Tomo a Toni del brazo y la obligo a mirarme.

—Si muero, asegúrate de poner el nombre de Thibault en el certificado de nacimiento.

—Estoy segura de que ya figura ahí —contesta.

—No, me refiero al nombre de tu hermano. Ponlo a él como el padre.

—¿No es demasiado tarde para eso? —pregunta, frunciendo el ceño.

Niego con la cabeza.

—No. En el hospital no quise rellenar el formulario.

Ella mueve la cabeza mostrando su desacuerdo.

—No. No pienso hacer eso. Hazlo tú misma.

Me quedo boquiabierta cuando se levanta y se aleja. Miro a Jenny, muda de asombro.

—Es una mujer muy cruel.

Jenny sonríe mientras limpia el suelo.

—Eso significa que le caes bien. Considéralo un cumplido. —Me acaricia el hombro—. Deberías alegrarte… Podría llegar a ser tu cuñada algún día si juegas bien tus cartas.

Me tumbo en el suelo y miro al techo.

—Ay, Dios, ayúdame.

Capítulo 47

—Estoy agotada. —Miro por encima del hombro al asiento trasero—. Y el bebé también. —Thi ha estado durmiendo tres horas seguidas, pobre angelito.

—Yo también. —Thibault deja escapar un fuerte bostezo—. Podría dormir una semana entera.

—¿Puedes creer todo lo que ha sucedido en las últimas veinticuatro horas? —le pregunto.

—No.

Suspiro, agachándome con cuidado para tocarme la pierna vendada.

—Alexéi presentándose en la barbacoa y recibiendo una buena paliza, nosotros haciendo una visita de cinco horas al hospital por una bala en la pierna, nuestro segundo viaje a la comisaría de policía en menos de una semana…

—Increíble —dice Thibault.

—Si en los cinco años que hace que conozco a Alexéi alguien hubiera intentado convencerme de que no tenía una discapacidad mental, le habría soltado una bofetada. Quiero decir, su actuación era impecable.

Thibault sacude la cabeza.

—Bueno, no me pareció un tipo particularmente brillante, pero entiendo lo que dices. Pável era una especie de genio malvado y loco; solo a alguien así se le habría ocurrido esa treta.

—Lo sé. Supongo que, si no eres parte de la familia, de su estúpida *sem'ya*, no eres alguien de confianza.

—Depende de la familia… —Me mira.

Trato de sonreír.

—¿Crees que la tuya me aceptará alguna vez?

—Ya lo han hecho.

—Pero a tu hermana no le hace ni pizca de gracia que estemos juntos. Parece muy enfadada. —A pesar de que en el suelo de la cocina me dijo lo que Jenny consideraba unos cumplidos, todavía no sé si creerlo.

—Mi hermana siempre está enfadada por algo; le gusta ponerse de mal humor. Es su estado de ánimo favorito. No te lo tomes como algo personal.

—Me dijiste que te recuerdo a ella.

—Solo en ciertos aspectos. Mi hermana es una mujer muy leal, muy dura, muy inteligente… Esas son las cosas que me recuerdan a ella cuando estoy contigo. Pero creo que, en general, eres una persona más feliz y positiva que Toni.

—No me siento muy positiva en este momento.

—Bueno, pues deberías.

—¿Estás loco? Me acabo de enterar de que alguien que creía que tenía la capacidad mental de un niño de diez años ha estado espiándome durante cinco años. Creo que podemos decir con bastante seguridad que soy una ilusa.

—No, creo que podemos decir con bastante seguridad que has sido un peón en un plan muy complejo ideado por distintas partes interesadas que lo único que querían era el control de unos negocios de naturaleza muy turbia. —Se encoge de hombros—. ¿Quién sabe si la policía logrará desentrañar toda la madeja algún día?

—Alexéi le echaba la culpa de todo a Sebastian, pero la policía y los agentes del FBI dijeron que este ha desaparecido. ¿Crees que él también está muerto?

—No tengo ni idea, pero estoy seguro de que vamos a investigarlo. Ahora lo importante es que no anda suelto por ahí, y Alexéi tampoco. No saldrá de la cárcel, ahora que creen que pueden relacionarlo con todos esos asesinatos por su ADN. Y Pável está muerto. Cualquiera que fuera el negocio que tenía montado, ha sido desmantelado y luego reorganizado de nuevo, y ahora tú no puedes perjudicarlos de ningún modo, por lo que ya no tienen nada que temer de ti. Si van detrás de ti solo conseguirán atraer la atención de la policía, cosa que no les interesa en absoluto. Estás a salvo.

—Ojalá pudiera hacer algo. Todas esas chicas…

Thibault me mira y me da una palmadita en el brazo.

—No nos han dejado fuera de juego todavía. Jenny tenía razón; podemos empezar a investigar esas huellas digitales y rastrear los movimientos de los traficantes. Esas chicas conseguirán la ayuda que necesitan de una forma u otra, pero al menos tú ya no estás en medio de todo eso. Al menos ya no eres un objetivo para los mafiosos.

Apoyo la cabeza en el asiento y suspiro. Le sonrío.

—Esta es la primera vez en años que me siento segura. —Ladeo la cabeza y lo miro—. Y todo gracias a ti.

—No puedo llevarme todo el reconocimiento yo solo. Tú mereces parte del mérito, y mi equipo también tuvo un papel fundamental.

—Sí. Tu equipo es increíble. Tienes mucha suerte. No me puedo creer que fueras a dejar todo eso y a todas las personas que quieres por mí. —Todavía se me acelera el corazón al pensarlo.

Se encoge de hombros.

—Eso es lo que haces cuando quieres a alguien.

—¿Me quieres?

—Creo que eso ya te lo he dicho. —Frunce el ceño con aire risueño.

—Lo dijiste en el pasillo de la comisaría de policía. No lo dijiste de verdad, en plan… como oficialmente.

—Tal vez lo diga más tarde. —Trata de que no se le escape la sonrisa.

—Bueno, si alguna vez quieres verme desnuda, será mejor que lo hagas.

Me mira y sonríe de oreja a oreja.

—Te quiero, te quiero, te quiero, te quiero.

—Yo también te quiero, Thibault.

Estira el cuerpo a través de los asientos para tomar mi mano, y me entrego al sueño mientras nos lleva a casa. Antes de que me quede completamente dormida, su voz penetra en mi cerebro soñoliento.

—¿Y cuándo crees que podré verte desnuda?

Sonrío perezosamente.

—Muy pronto, creo…

Capítulo 48

Encuentro una nota en la encimera después de dejar al pequeño Thi en casa de Toni y Lucky. Se lo van a quedar solo por esta noche. Ahora que mi hijo tiene cuatro semanas y duerme bastantes horas seguidas, Thibault y yo al fin podemos disfrutar de una noche solos. Me quito los zapatos mientras leo una nota escrita con la letra de Thibault:

> Búscame en la planta de arriba, si te atreves... (¿Te acuerdas de lo de mi resistencia? Sí: ahora te vas a enterar).

Se me acelera el corazón y una oleada de calor me abrasa todo el cuerpo. Respiro profundamente varias veces para intentar calmar mi pulso acelerado, pero no me sirve de nada. Imposible estar más nerviosa de lo que estoy ahora. Vamos a consumar por fin nuestra relación.

Me armo de valor y me dirijo a las escaleras. Desde el momento en que lo vi delante de mi coche, después de haberse estrellado contra el parachoques, pensé que estaba muy bueno. Y en cuanto comprendió que ese día yo era una mujer que necesitaba ayuda, la expresión de enfado se le borró de un plumazo del rostro, se puso en modo superhéroe y empezó a salvarme la vida. Poco a poco, un día tras otro, me demostró que él era el hombre más indicado para la misión que se traía entre manos. Ahora, gracias a él y a su equipo, puedo volver a empezar de cero, y esta vez voy a hacerlo bien.

Sigo siendo una especialista en números, pero ahora llevo la contabilidad de los buenos en lugar de colaborar con los malos. Thibault todavía me agradece a diario que me haya hecho cargo de las tareas relacionadas con las nóminas de Bourbon Street Boys. Y ocuparme de eso desde nuestra nueva casa, con mi hijito a mi lado, me ha hecho la vida casi fácil. Casi. Como todos los recién nacidos, Thi puede dar un montón de trabajo, pero es una personita feliz, y toda la ayuda que recibo de las chicas del equipo hace que parezca un camino de rosas en comparación con lo que habría sido si hubiera dejado Nueva Orleans para siempre jamás.

Subo despacio las escaleras, preguntándome qué será lo que Thibault tendrá reservado para mí. Ha demostrado ser muy romántico y cariñoso cuando se lo propone. En nuestra casa siempre hay flores frescas acompañadas de una nota amorosa. Incluso cocina a veces para mí, cuando no vamos a comer a casa de Toni ni pedimos comida para llevar. Aunque no me importan esas cosas. Vivo para nuestros momentos solos en la cama, enredados en los brazos del otro, hablando sin parar sobre nuestro futuro.

Oigo una música suave detrás de la puerta de nuestro dormitorio. La empujo y veo que la habitación está iluminada con velas. El suelo y la cama están cubiertos de pétalos de rosa. No veo a Thibault por ninguna parte.

Entro y me quito la ropa, pues ya no me avergüenzo de mi cuerpo, sometido a extraños cambios por el embarazo, de una forma que nunca imaginé posible. Tengo el vientre más ancho y ya no está terso, mi trasero ahora es más grande y redondo, y tengo los pechos hinchados y descolgados. Thibault dice que soy perfecta, y la verdad es que me inclino a creerle, ya que a ambos nos ha costado mantener las manos alejadas del otro. Cuatro semanas enteras únicamente a base de caricias tórridas que bastarían para poner a prueba la paciencia de cualquiera. Estoy más que preparada...

—Ahí estás —dice, saliendo del baño. Está completamente desnudo. Con un cuerpo escultural; su miembro viril entre las piernas, grueso y oscuro.

Espero a que se acerque, nervioso de repente. Hemos hablado mucho sobre este momento, pero hablar y actuar son cosas totalmente diferentes.

Me abraza y me mira.

—¿Nerviosa?

Asiento con la cabeza.

—Mucho. —Un escalofrío me recorre el cuerpo.

—Iremos despacio.

—Está bien —le susurro mientras baja los labios para acudir al encuentro de los míos.

Nos besamos, despacio, con pasión. Subo los brazos para rodearle la parte posterior del cuello y él desplaza las manos a mi cintura y luego a mi trasero. Me aprieta con suavidad hacia él. Siento su miembro duro cuando nos abrazamos.

Me estremezco con pequeñas descargas de placer cuando sus manos recorren mi cuerpo y desliza la boca hacia mi garganta. Su aliento caliente sobe mi piel recién besada me produce escalofríos. Tengo los pezones duros y se detiene a acariciarlos.

—Será mejor que no hagas caso a estas dos esta noche —le digo, preocupada porque mi parte maternal se despierte y me obligue a ponerme un sostén.

Desliza la mano a mi trasero otra vez.

—Ningún problema. Me encanta tu culo. —Lo aprieta y me empuja otra vez.

Me agacho y le tomo el miembro duro en la mano, acariciándolo, disfrutando de su tamaño y del calor que emana de él.

—Me muero de ganas de sentirte dentro de mí —le susurro en el cuello.

Él lanza un gemido.

—Estoy intentando ir muy despacio, pero la verdad es que me cuesta muchísimo.

Me alejo y lo miro.

—No vayas lento por mí.

Esboza una sonrisa maliciosa y se inclina, levantándome en brazos con un poderoso movimiento.

Lanzo un grito de sorpresa y luego me río.

—¡Cuidado con tu pierna, tonto!

Se acerca a la cama.

—Mi pierna está perfectamente. Me operan la próxima semana y me arreglarán lo que rompamos esta noche.

Me deposita sobre los pétalos de rosa y me mira. Su espléndida erección se alza imponente de su cuerpo, y admiro sus músculos tensos y marcados, buceando en sus ojos oscuros y llenos de tórridas promesas.

Coloco los brazos por encima de la cabeza y levanto las caderas.

—¿Qué estás mirando, eh?

Él sacude la cabeza.

—A la mujer más sexi del mundo entero.

Trato de contener una sonrisa.

—¿Ah, sí? ¿Por qué no vienes aquí y me dices eso? ¿A ver qué pasa?

Se desplaza a los pies de la cama.

Lo sigo con los ojos.

Me hace una señal con la barbilla.

—Ábrete de piernas.

Muevo las caderas de forma que estoy completamente tumbada bocarriba. Separo un poco las rodillas.

—¿Te gusta así?

—Más.

Las abro un poco más.

—¿Qué tal ahora?

—Más. Abre las piernas del todo, para mí…

Las abro del todo, sintiendo como una leve vulnerabilidad abre una grieta en la seguridad que tengo en mí misma.

—¿Te gusta así?

Asiente.

—Déjame mirarte un poco.

Los segundos pasan con lentitud exasperante. Podría preocuparme por lo que está pasando en su cabeza, pero no lo haré, porque este es Thibault y confío en él más que en cualquier otro ser humano sobre la faz de la Tierra.

—Eres tan hermosa… —dice.

Mi cuerpo se convierte en calor líquido. Pongo la mano entre mis piernas y me toco.

—Será mejor que vengas aquí pronto, o empezaré sin ti.

Se lleva la mano al miembro mientras se acerca a la cama. Pone el peso de su cuerpo sobre su rodilla buena, en el colchón, y se acerca a mí. Cuando está entre mis piernas se detiene y se relame los labios.

—¿Estás lista para mí? —Desliza la punta del miembro entre los pliegues de mi sexo. No encuentra ninguna resistencia. He estado preparada para él desde antes de subir esas escaleras.

Asiento con la cabeza.

—Sí, ya lo creo que estás lista… —Se pone en posición—. Tal vez quieras agarrarte a algo.

Me sujeto al cabezal de la cama, detrás de mí, mientras desliza la totalidad de su miembro duro dentro de mí, centímetro a centímetro, con una delicadeza insoportable. Cierro los ojos y gimo. Luego vienen las lágrimas. Es una sensación increíble… hermosa… caliente… tal como estaba predestinado que ocurriera.

Presiona el cuerpo contra el mío mientras me penetra.

—Oh, Dios… Cómo me gusta, joder —susurra.

Miro hacia arriba y veo su rostro contraído en una mueca que bien podría ser de dolor, pero que sé que es de placer.

—¿Qué tal tu rodilla? —le pregunto.

—No te preocupes por mi rodilla. Ni siquiera la noto; lo único que noto en este momento es a ti… —Se retira y me embiste de nuevo, esta vez más rápido. Más fuerte. Se le tensan los músculos del cuello, le sobresalen las venas. Tiene un aspecto feroz, el hombre más sexi del mundo.

Gimo y suelto el cabezal para agarrarme a Thibault. Lo que hace me está matando… Arremete contra mí, me embiste, hace que quiera más y más.

—Otra vez… —le ruego.

Y lo hace otra vez. Me aferro con mis brazos y luego también con las piernas, mientras él empuja y se retira, marcando un ritmo que primero es extremadamente lento, pero luego tan rápido que siento que voy a abandonarme en cualquier momento. Le hinco las uñas en la piel sudorosa, lo araño y le dejo marcas apasionadas por toda la espalda.

Una oleada palpitante empieza a acelerarse abajo, entre mis piernas, y se desplaza a lo más hondo de mi ser, un cúmulo de calor insoportable. Es casi como un cosquilleo que poco a poco me embarga el cuerpo por completo a medida que el calor entre nosotros aumenta cada vez más.

—¡Thibault! —grito, desesperada por entender qué es lo que me está pasando.

—¡Espera, nena! —me gruñe al oído.

El sudor le gotea del pecho para juntarse con el mío. Empiezo a llorar y a gemir. No me puedo contener.

—Creo que tengo…

Se me escapa un grito cuando todo mi cuerpo estalla con una explosión de luz. Mis entrañas palpitan con la necesidad de encontrar satisfacción a su ansia. Él se mueve contra mí, haciéndome dar rienda suelta a esta sensación, arrancándomela, exigiéndola y tomándola. Él también grita, arqueando la espalda, arremetiendo contra mí con todas sus fuerzas. Siento un vértigo muy intenso; siento que me estoy cayendo. Me aferro a él mientras lloro.

Al final, cuando creo que ya no puedo más, reduce sus movimientos y tengo que soltarlo. Me duelen los músculos y no me quedan fuerzas.

—¿Estás bien? —me pregunta, besándome con suavidad en la frente. Se detiene y espera a que le responda.

—Sí. —Levanto las manos para enjugarme los ojos—. Solo se me ha ido la cabeza un momento. —Me siento como si hubiera corrido un kilómetro a toda velocidad. Estoy eufórica y también un poco mareada.

Él sonríe.

—Te he hecho llorar lágrimas de felicidad.

No puedo dejar de sonreírle.

—Sí, es verdad.

—Tal vez deberíamos llamarme Superman.

Lo agarro y lo beso con fuerza en la boca.

—Tal vez deberíamos, sí. —Miro hacia abajo—. Aunque el Hombre de Acero también te haría justicia, sí.

Se ríe y me acaricia el cuello.

—Me quieres.

Le doy una suave palmada en el trasero.

—Sí.

El aire frío me roza la piel cuando él se aparta y cae hacia a un lado.

—Ay, mierda… —exclama, suspirando, llevándose la mano al estómago mientras mira al techo.

Tardo unos segundos en controlar mis emociones antes de ponerme de lado para poder mirarlo.

—¿Qué pasa? —le pregunto. Dios, cómo quiero a este hombre... Es tan guapo que debería estar prohibido.

Vuelve la cabeza para mirarme.

—Me haces muy feliz.

Frunce el ceño.

—Entonces, ¿por qué pareces tan triste?

Hace una mueca y mira hacia abajo un momento a su pierna.

—La rodilla me está matando. —Me mira con una expresión de disculpa en los ojos—. No creo que pueda volver a hacerlo hasta que me operen y pueda recuperarme.

Me pongo a cuatro patas y me acerco hacia él.

—¿Quieres decir que te duele la rodilla si hago esto? —digo, sentándome a horcajadas sobre él, colocándome con cuidado sobre su miembro, que ya está reaccionando.

Una sonrisa asoma despacio a sus labios.

—Mmm, creo que eso puedo soportarlo. —Levanta las caderas hacia arriba un par de veces, animando a su erección a que espabile y alcance a llegar hasta mí—. Oh, sí, definitivamente, puedo soportarlo.

Adelanta la mandíbula cuando aprieta los dientes y me toma de la cintura con ambas manos. Me encanta cómo pasa de novio tierno a amante fogoso en tan poco tiempo.

Yo también sonrío.

—Bueno, pues muy bien entonces. Demuéstrame algo de esa resistencia de la que hablabas en tu nota.

—Sí, señora.

Se desliza dentro de mí y luego pasa las siguientes horas demostrándome de distintas maneras y posiciones que realmente es Superman, no solo fuera del dormitorio sino también dentro de él.

Made in the
USA
Lexington, KY